U0745232

中国当代文学批评先锋书系

王万森◎主编

新闻的温度

——新闻文体的一种解读

常庆◎著

山东教育出版社

图书在版编目（CIP）数据

新闻的温度：新闻文体的一种解读／常庆著. —济南：山东教育出版社，2014

（中国当代文学批评先锋书系）

ISBN 978-7-5328-8613-5

Ⅰ.①新…　Ⅱ.①常…　Ⅲ.①新闻—文体—文学研究—中国—当代　Ⅳ.①I207.5

中国版本图书馆CIP数据核字（2014）第232403号

新闻的温度

——新闻文体的一种解读

常　庆　著

主　管：山东出版传媒股份有限公司

出版者：山东教育出版社

　　　　（济南市纬一路321号　邮编：250001）

电　话：（0531）82092664　传真：（0531）82092625

网　址：http://www.sjs.com.cn

发行者：山东教育出版社

印　刷：山东德州新华印务有限责任公司

版　次：2014年9月第1版第1次印刷

规　格：710mm×1000mm　16开本

印　张：20.75印张

字　数：310千字

书　号：ISBN 978-7-5328-8613-5

定　价：42.00元

（如有印装质量问题，请与印刷单位联系调换）

印厂电话：0534-2671218

本专著获得山东省文化建设课题（30710901）研发经费资助

总　序

　　为学生出书,是我的夙愿。带他们读研,总想为他们做些什么,当然,依然与书有关。

　　师生是一种缘分。因为导师制,研究生与老师之间便形成一对一的关系,类似旧时的师徒。1994年我开门招收硕士,韦丽华与刘复生是第一级,他们一直称我"师傅",韦丽华改口称"老师"的时间早一些,刘复生则至今"师傅""老师"混着叫。我觉得"师傅"亲切,也更贴切。师生缘分不可以简化为拿学位,尽管学位是学业标志,但是,有比学位更重要的和更根本的,就是人文精神。根本的问题在于怎样做人:怎样做导师,怎样做研究生,怎样提升人文境界。反思自己做导师的经历,确乎留下诸多遗憾,现在为学生出一套书,姑且作为补偿。

　　读书是一种缘分。读书是连接师生的纽带。学生为读书而来。他们经过基础训练,具备一定的知识基础,那是被动式接受教育。读研就要主动读书,独立地发现问题。读书是知识积累的过程,更是发现问题、解读问题、分析问题、阐释问题、解决问题的过程。我与学生因读书走到一起,读书是我们的共同道路。年过七旬,一直没有离开过学校,读书成为我的生命过程。尽管学无所成,但却读书教书,以书为伴,拥抱文学,面向学生。读书面前人人平等。带研究生,不是我教你学,而是在读书中切磋激励,在互动中共享读书的乐趣。现在出这套书,是在延续师生共同读书的乐趣,延续读书的共同生命。

各位研究生的论文都是精心之作,可以看作读书心得,也可以看作他们学术研究的结晶。读他们的书,能读出文学的和文化的价值,读出乐趣。

愿与读到这套书的诸位分享。

王万森

2014 年 4 月 23 日世界读书日

目　录
contents

1　　引　言

1　　**第一部分　特　稿**

2　　给特稿下个定义

7　　第一篇　红色朗读者

13　　有对比，才有不合时宜

19　　第二篇　生命的礼物

29　　唯有细节赋予文字镜头感

33　　第三篇　回　家

43　　诉说一场世间的悲伤

46　　第四篇　葬我于故乡

56　　具象一个宏大的时代

62　　第五篇　郭敬明与他的成功强迫症：忙碌得像颗陀螺

78　　写一个被传言围绕的人

81　　第六篇　占领华尔街

91　　新闻事件"热闹"背后的"冷静"叙述

94　　第七篇　失落的阶级

104　　深度报道到底深在哪

108　　第八篇　无声的世界杯

120　　"马路新闻"也可以"高大上"

124　　第九篇　小丑与大都市

133 特刊报道：小人物要写出大情怀

137 **第二部分 深度报道**

138 纸媒的最后一道防线

143 第一篇 爸爸去哪儿找原创

147 轻娱乐背后的难以承受之重

151 第二篇 看不见的水荒

166 论据虽好，但需慎用

169 第三篇 尊严死

179 关于死亡

183 第四篇 砸车者蔡洋生存碎片

189 千方百计讲好故事

192 第五篇 "最世"团队——郭敬明制造

198 重视外围采访重要性

201 第六篇 蔡荣生背后的高校腐败：自主招生漏洞重重

206 客观才能公正 有广度才能有深度

210 第七篇 "等你毕业了进监狱吧"——中央美院学生
         的美术治疗

216 关注每个角落

219 第八篇 晋商丁书苗的人生过山车

227 简洁的魅力

230 第九篇 摔婴者韩磊命运只在一念之间

242 温情与理性的融合

246 第十篇 西藏种草记

250 "绿色"主题的魔力

253 第十一篇 新疆暴涨万倍的疯狂石头

261 石非石 人非人

264　　　第十二篇　狱侦耳目

270　　　个人命运与制度考量

274　　　第十三篇　十年前,他们离开部委大楼——1998年部
　　　　　　　　　　委人员大分流回望

285　　　以史为鉴

289　　　第十四篇　南京饿死女童的最后一百天

297　　　片段式叙述与整体事件描写

300　　　第十五篇　关于移动支付的专题(节选)

313　　　移动支付时代的博弈

317　　　后　记

引　言

　　接受美学的主要创立者和代表人物德国文艺理论家汉斯·罗伯特·姚斯在其著作《走向接受美学》中说："文学的形式类型既不是作家主观的创造,也不仅是反思性的有序概念,而主要是一种社会现象。类型与形式的存在依赖于它们在现实世界中的功能。"从这个意义上来看,每一种文体都具有其他任何一种体裁所无法取代的功能。作为一种社会现象,文学如此,新闻传播亦如此。

　　我们知道的一个常识是,文体是内容和形式的统一。文本内容决定体裁形式,选择、运用哪种文体,取决于表现对象的特点以及作者反映的具体方式。任何文体都同其一定的表达内容相适应,新文体的产生依赖于新的历史环境,然而文体一经形成和确定,又会反作用于表达内容,对它具有一定的制约和要求。同时,文体形式本身就具有内容的性质。没有不与内容相联系的形式,外在形式的性质完全取决于借助它们得以表现的内容性质,内在的东西无一不溢于其表。

　　新闻传播是一种社会现象,文体则是它的表征。不同的新闻文体以各自不同的方式在对现实社会内容实现着表达功能,这是新闻文体的本质特征,也是它产生和存在的前提。消息如此,通讯如此,特写如此,深度报道亦如此。因此,当我们在传播同一信息,或者观点、思想内容时,可以在诸如此类的种种方式中进行选择,即选用最恰当的传播文体,达到最佳的传播效果。

　　与此同时,新闻传播环境的变化也不断地加剧新闻文体的变化。

传统媒体新闻传播文体不断地被颠覆。在媒体市场化的背景下，"只要生动、好看、有趣，怎么写都可以"，这似乎已成为报业生存的必然之路。在"给读者一份好看的报纸"的理念的诱惑下，对传统新闻文体的颠覆已然成为风尚。这不足为奇，因为新闻文体的最初出现便是在媒介市场化的背景下产生的。

新的媒介形态的传播方式不断加速新闻文体的变革。任何一种媒介形态都有适合自身传播方式的文体，以互联网为基础的各种新媒体传播除了交互性、超链接性的基本特质外，更表现出碎片化、浅阅读化等倾向。如何在这一变化过程中体现新闻文体的传播价值，似乎也成为新闻人或传媒人不可回避的问题。

无论如何，新闻文体都以自己的方式存在和变化着，并且实现着它的传播价值。这也是本书所依赖的现实。

对于中国的新闻界来说，无论实务，还是理论，特稿都是一个新鲜的概念。走在前面的实务界，很多人将李海鹏在《南方周末》的作品《举重冠军之死》视为"中国式特稿"的开山之作。这篇特稿作品刊发于 2003 年 6 月 19 日，从那至今的十几年里，特稿在中国已经从备受争议的萌芽状态发展到探索讨论的绽放态势，业界对特稿的态度不再像初时那样，只是简单地排斥、质疑。

今天，特稿在中国已经有一定的积淀。作为一种新的新闻体裁，在过去的十多年里，媒体和媒体人在实践的层面探索特稿写作的题材界限和叙事技巧。中国特稿写作的先锋者们，阅读大量的西方特稿作品，以及非虚构写作样本，试图从中发现特稿写作的规律，并应用于自己的稿件创作中去。

特稿在中国很快找到了市场。随着一篇篇特稿作品的问世，特稿写作的队伍越来越庞大，除最初的《南方周末》和《中国青年报》外，越来越多的媒体尝试并开始重视特稿这种新闻体裁，即使是以财经调查报道著称的市场化重量级媒体，也试图用特稿来展现在常规的调查报道中不适合出现的一些有所牵连的故事，将其作为主线事实表达的一种补充。在很多人看来，特稿既深刻又可读，其传播的广度可能要远远超过我们常见的调查报道，后者需要它的读者有更为专业或者更高层次的背景，但是特稿不一样，"讲故事"的叙事技巧和丰富的文学创作元素，极大地扩展了它的读者范围，理解它的难度并不比理解一篇小说更高,阅读它的兴趣也并不比阅读一篇小说更低。

今天,在媒体和媒体人储备了大量的特稿样本的基础上,我们从理论研究的角度分析它们,解读它们,试图能够发现特稿对于新闻文本的意义,总结其中的发展规律,讨论它的成功和不足,为之下一步的发展做好理论储备。尤其是当它刚刚从萌芽绽放为花朵,还未走向成熟的时候,刊载它的传统媒体便遭遇网络新媒体的冲击。之后的特稿平台将发生怎样的变化,之后的特稿本身又将出现哪些新的特征,这些都是值得探讨的问题。

我们也希望在解读这些特稿作品的时候,能够发现它对于整个社会表达的意义,因为当社会中的那些意象通过媒体展现给他者的时候,特稿为之打开了另一扇窗口。中国正处于社会转型期,社会法治、医疗卫生、基础教育、自然环境、食品安全等领域,都出现了一些影响正常秩序的问题。特稿善于选取其中的经典意象,从个体的角度,通过一个有血有肉的故事,设置一个宏观的社会议题。

特稿与在它之前的消息、通讯等新闻体裁一样,被载入新闻写作教程。当下,我们的新闻系学生已经在学习特稿,并尝试进行特稿写作。在以后的新闻学课堂中,特稿也必将仍然是一重要内容部分。本书在优秀的文本基础上解读特稿,分析其中的规律和问题,除了希望能够为学界的进一步研究添上一瓦,还希望能够在课堂上与我们的学生讨论,为这种新闻体裁的发展发现一个更为广阔的空间。

比之特稿,深度报道已经是一种相当成熟的新闻体裁。因为对事实有着清教徒式的膜拜和坚持,这种新闻体裁几乎摒弃所有花哨的文学创作元素,以事实为唯一的武器,挖掘更深层次的社会问题。有人认为,"直言快语"的深度报道比特稿更快地适应了正在转型期的中国社会,媒体市场也因此对深度报道陷入一种狂热的崇拜。对任何事物的狂热都不值得赞赏,而之所以出现这种不正常的热度,或许是因为在很多时候,我们其实对深度报道产生了误读。

任何一种新闻体裁都需要逻辑的支撑,深度报道更是如此。随着当下新闻写作对故事和细节的追求,深度报道也紧跟潮流,丰富自身的文本样式。但是,因为拿捏不当,深度报道在使用讲故事的叙事技巧和填充细节的过程中,又往往容易丢失原来的精准和深刻，出现一种信息量超载又没有逻辑骨架的尴尬。我们常常会在报纸或者杂志上看到这样一篇所谓的深度报道，通篇是散漫不够精准的故事，其中甚至还有十分刻意的细节描写，主题模糊不清，不知所指。

与这种繁冗拖沓相对的，还有一种剑走偏锋的极端。有些深度报道在成稿过程中被加入太多的主观立场，一方面或者是因为采写者对事实的掌握还不够丰富和透彻，另一方面或许是因为别有用心地利用稿件达到其他目的，导致最后出来的稿件中，事实被过度夸大或者刻意隐瞒，根本无法承载其所要表达的主题。

深度报道还容易陷入一种资料堆砌的假深度里。在深度报道的采写过程中，有些被举为"经验"的写作技巧，如整合资料等。媒体同行对新闻价值的判断常常出现趋同的现象，由此一来，对同一议题不同细节的深度报道便会在一定时间内有所积累。日后再采写相关议题时，很容易搜索到丰富的资料。一些采写者将这种资料重新整合组稿，便成为一篇新的深度报道稿件。这样的深度报道，资料堆砌的痕迹比较严重，缺乏议题与时俱进的相关内容，但是因为对之前资料的梳理整合，又呈现出一定的逻辑性，容易导致读者落进深度的假象里。

本书收录了中国当下一些优秀媒体的优秀深度报道。在深度报道发展多年之后出现诸多乱象的今天，依然有一些优秀的作品坚持深度报道本来的精准和深刻，坚持用一手的事实说话，逻辑骨架坚实不摧。在如此基础之上，这些深度报道作品又带着各自鲜明的风格，有的冷峻但直指要害，有的带有热度但不失专业主义水准。这些风格来自其所刊载媒体对深度报道的理解和定位。

近些年来，无论是新闻实践领域还是新闻理论领域，从来不乏对深度报道这一当下热门的新闻体裁的探讨，总结它走到今天的规律，发现它出现的种种问题，预测它之后的趋向。我们的学生常常热衷于谈论深度报道，这种深刻的新闻体裁承载着他们对新闻理想的认知，甚至成为他们学习新闻学专业的动力和重要理由。或许几年后，他们中会有人从事深度报道工作，那时，他们或将发现，其实深度报道远非他们在报纸或者杂志上看到的那样，无论是在采访成稿的前期，还是最后刊载发布的后期，都将面临一系列或大或小、或明或暗的阻力。我们希望能通过对一些优秀深度报道作品的解读，带给学生一种更为清晰和透明的认知,帮助他们充分做好采写深度报道和研究深度报道的准备。

　　本书所解析的新闻文本来自国内最有分量的媒体,它们是《中国青年报》《南方周末》《中国周刊》《时尚先生·ESQUIRE》《财新·新世纪》《齐鲁晚报》《新京报》《南都周刊》等,这些媒体在坚守新闻的本质规律、历史使命和社会责任的同时,不断探索和创新,成为中国媒介的先锋,向他们表示敬意。诸多作者向我提供了如此优秀的新闻文体的范本,并慷慨授予了我引用的权利,让我有了研究和解析的精致文本,在此一并表示由衷的感谢。

第一部分　特　稿

给特稿下个定义

很难去给特稿下什么定义。如果作为一种体裁,特稿必须像消息、通讯一样有个定义,那么它的定义可能就是《新闻学大辞典》中解释的那样:"特稿就是运用解释、分析、预测等方法,从历史渊源、因果关系、矛盾演变、影响作用、发展趋势等方面报道新闻的形式。"显然,这个定义是抽象的。

以特稿写作著称的李海鹏曾提及,《南方周末》内部把他的《举重冠军之死》看作报史上的第一篇特稿。但是他认为,在那之前,《南方周末》就已经有很多带有特稿色彩的尝试,"在一流纸媒圈子里,大家早就知道可以'像写小说那样写新闻'"。特稿究竟是什么,或许它有一个具象的定义,就是那本《普利策新闻奖特稿卷》。它几乎囊括了所有的特稿体裁,并一度成为中国特稿写作者模仿和学习的范本。

普利策新闻奖在评选特稿时的标准是:"除了具有独家新闻、调查性报道和现场报道共有的获奖特质外,特稿主要是考虑高度的文学品质和原创性。"

特稿之"特"

即便是业内人士,也很难将特稿做一个准确的归类。它是新闻,又不仅仅是新闻。更多的人愿意将其纳入非虚构写作的范畴。基于事实,而又加之以适当的文学元素。在记录的基础上,增加创作的智慧。近些年来,不断地有媒体人在探索和总结着特稿之"特"。

首先,题材特殊。业内已有共识,并非所有的题材都能写成特稿。特稿要求它的题材有戏剧性的矛盾,有更为复杂和细腻的人物心理活动。在中国,《中国青年报·冰点周刊》毫无疑问是特稿写作的佼佼者。其中一位记者曾经如此总结,因为特稿,"……我得以见到并记录多种多样的世界,特别是那些人性中最难向外人表达的善、美、智慧、宽容、丑陋、痛苦以及爱"。冰点的特稿题材,多是大时代里经典的小人物和小故事。写作者就从这些意象中,挖掘深处的人性和社会制度文明。以调查报道见长的财新特稿,则在常规的揭露真相的基础之上,以故事的形式,展现其中更深层次的事实和人性。有人说过,好的特稿题材甚至能写成一个好的电影剧本,尤其是在挖掘人性方面,特稿与电影,从来都是相通的。例如,特稿作品《葬我于故乡》讲述一位台湾老人独自运送同乡骨灰回大陆老家的故事,数十年前,他们被裹挟着从大陆奔向台湾,数十年后,这些漂泊一辈子的游子又想尽办法落叶归根。宏大的时代命运、两岸的政治议题便被具象于这些老人的思乡之情里和回家之路上。

其次,逻辑缜密。特稿并非只是简单地记录、陈述社会上正在发生或者即将发生的动态现象,而是基于真实事件的基础上,分析事件发生的前兆、现在的征态、未来的趋势,它综合多条线索,展示一起事件错综复杂的背景。对一篇信息庞杂的特稿而言,逻辑担当着骨架的功用。那些细致的情节如何罗列,深刻的立意如何呈现,无一不是依附骨架而来。李海鹏认为,特稿并非靠内容控制读者,而是靠"细密的、有智性的逻辑链"。倒叙、插叙、蒙太奇、单线叙事、多线交叉……这些叙事技巧是特稿的外在逻辑,事件本身的起因和结果则是它的内在逻辑。所有的素材不是泛泛陈列,而是依据一定的逻辑剪辑,最终成为一个非虚构的好故事。例如,特稿作品《红色朗读者》细节丰富,血肉饱满,穿插运用倒叙、对比等多种技巧,还原主人公的生前身后事。但是这些都是依附于全文的骨架主线,即不合时宜的主人公如何与一个年代相容,又如何与另一个年代相撞。

第三,体量庞大。与一般的新闻体裁相比,特稿的篇幅很长。一篇特稿文章的字数,少则几千,多则上万。庞大的体量是允许其展开丰富细节的一个保证。特稿写作者从来不吝啬手中的笔,尽其所能地将与主题表达相关的每一个细节落实到纸上。特稿的体量充足,并不意味着它的写作就是那种摊大饼式铺写。跟消息、通讯等新闻体裁一样,特稿同样讲究简要和精练。它的每一句话都需要凝练的智慧。体量只是给了特稿一个更为广阔的创作空间,给了写作者可以尽情展示其创作才华的平台,给了阅读者可以更加详细了解这个世界的一扇明窗。例如,特稿作品《郭敬明与他的成功强迫症》,以 14 000 字左右的篇幅,详细讲述了郭敬明从一个小镇青年到如今城市名流的变化轨迹。如此庞大的体量,仅有现场采访的内容显然不够,其中很大一部分内容是作者从已有资料中整合而来。这篇特稿刊发时,郭敬明正因为他的电影作品《小时代》上映而成为诸多杂志的封面人物,《郭敬明与他的成功强迫症》是其中的上乘之作。

第四,创作新颖。这是特稿的魅力之一,也恰是其引发争议的地方。因为人们已经习惯了消息、通讯这类模式固化的新闻写作模式,习惯了多用实词、尽量避免虚词这类新闻写作手法,当带着文学创作元素的特稿来到中国的时候,既有掌声,也有嘘声。有人为之振奋,并在模仿中学习,希望能将之在中国这片新闻创作相对保守的土地上尽可能地推广;也有人为之堪忧,认为它混淆了多年以来已经列入新闻教科书并被要求严格恪守的新闻写作规则。特稿的出现,推倒了新闻和文学之间的隔离墙,并取各自所长,获取一种更为丰富的表达。特稿写作者大胆地运用副词和形容词,刻画人物的心理活动,将原本客观的自然和社会环境赋予拟人的色彩以烘托主题。事实证明,新闻依然是新闻,文学依然是文学,特稿也收获越来越多的拥趸。例如,特稿作品《举重冠军之死》通过讲述退役举重冠军财力的困顿和死亡,通过退役前后地位落差的对比,引人反思举国体育体制存在的痼疾。2003 年,它最初在《南方周末》上刊发时,特稿在中国还是一个陌生的概念。赞扬的声音说,这篇作品运用故事性的讲述手法,可读性强;批评的声音说,文学创作的痕迹太重,这不是新闻。但是十几年后,回头再看这篇作品,它或许是中国特稿作品的开端。

凭特稿逆袭

正是因为那些特征和功能,特稿的存在,并非只是为新闻创作提供了另一种体裁那么简单。

跟媒介史上的任何一次变革一样,应时代技术和需求而生的新媒体,总是以强大的力量攻占领地,将贴着"落后"标签的传统媒体推至边缘。在网络大背景下,经受 PC 终端和移动终端冲击的传统纸媒一而再、再而三地失守,尤其是以报道市井琐事起家的都市生活类报纸。在信息发布方面,传统纸媒受制于出版时间和场地的限制,网媒却能够在技术条件满足的前提下,做到就地即时上传。在信息发布方面,因为受制于报纸发行的地域性限制,相当一部分传统纸媒只是"活在当地",报道当地发生的事情给当地的人阅读,但是网络却极大地扩展了信息传播的范围,一定程度上打破了这种地域局限性。纸媒将自己的信息上传到网络,借助网络的力量将之传播至全国。网络初兴之时,传统纸媒为了借其力扩大自己在全国的影响力,不惜牺牲版权,任之转载。在移动终端时代,一些传统纸媒紧跟时代步伐,建立自己的移动应用终端。在用户体验方面,报刊亭陆续关闭、报摊日渐萧条,报纸零售量的下降是读者购买量的下降。读者之所以放弃报纸,跟它的用户体验不无关系,比起轻便且随身携带的智能手机,报纸不仅不方便携带,而且存在一直解决不了的油墨问题,比之翻页阅读,用户显然更喜欢轻便的触屏点击浏览。

在纸质媒体广受新媒体冲击的背景下,特稿为纸媒的继续存在增加了一个有分量的砝码。特稿写作者需要深厚的新闻素养,往往是新闻行业里的佼佼者。非常庆幸的是,大部分的特稿作者仍然供职于传统的纸质媒体。尽管这些年来,网络媒体也正在组建自己的深度报道团队,但多以更能博取关注度的调查报道为主,同样有价值的特稿写作并没有受到应有的注意。如今,在冰点之后,一些纸质媒体也开始重视特稿,尤其是倡导专业主义的一些高质量杂志,已经将特稿推至一个相当高的位置,并因此逆袭媒体市场。正是因为特稿这种细腻体裁的存在,为日渐萧条的传统纸媒提供一种如书籍般留存的价值,并挽留读者的传统阅读习惯。读者重新在纸质媒体上找到了深度,并被它的故事式讲述手法所吸引。同样,它那庞大的体量、慢节奏的阅读感,也并非受屏幕限制的移动终端所能完美展现。

不是所有的纸质媒体都找到了适合自己的特稿之路,尤其是一些眼光不够长远、人才储备又不够出色的都市生活类报纸,当它们在刊发特稿的时候,甚至都不知道特稿是什么，就曾有报纸将"特稿"误当做"稿闻"的笑话，它们只是盲目地投医，只是将其作为一副时髦的救命药而已。这样的特稿，确实难以承载拯救纸媒之重。

寻找中国式特稿

在中国，特稿是伴随着争议出现并发展起来的。很多习惯将新闻与文学之间竖起一道墙的人们，害怕墙被推倒之后的混乱。但是，特稿后来的发展证明，墙倒了可以扩展彼此的空间。如今，余华根据新闻写出了小说《第七天》，贾樟柯则将新闻放进电影《天注定》里搬上了银幕。新闻则从文学那里寻获了技巧和趣味，以特稿的形式找到了另外一种生命力。

中国这片土地上，从来不缺特稿素材，缺的是优秀的特稿写作者。相比较于消息、通讯等新闻实践业务的长时间熟练培训，特稿写作还是新闻课堂上的一个新鲜话题。中国当下的特稿写作者，也多是将特稿视为非虚构写作的训练，在摸索中学习并试图推广这项更为丰富的新闻事实表达方式。

如今，在中国谈特稿，已经过了纠结定义的阶段，执着于专业主义的人们更为关注的是如何将它写得更好，留恋传统纸媒时代的人们则更为关注它如何拯救一张日薄西山的报纸。

如果非得纠结一下，那么特稿的定义，在工具书的词条里。但究竟什么是特稿，则在杂志和报纸上。如果非得讲究一下，那么特稿的存在意义，远非给纸媒的那点希望。

第一篇　红色朗读者

《南方周末》特约撰稿　范承刚

收集的两百余枚毛泽东像章被盗以后，山西省阳高县71岁的李德才吊颈身亡。

一个旧时代的遗腹子。他始终怀念四十多年前的生活，以及那时他所拥有的灿烂青春。

最后的革命情怀

30年来，李德才不厌其烦地寻觅着人群最密集处，开启他激昂而冗长的演讲。演讲的内容只有一个：红色语录。

李德才去世两个月了，整个阳高县城都在谈论他的死亡。人们用一种混杂着伤感与戏谑的口吻回忆着这位71岁老人的一生，如同悼别一座早已风化的纪念碑。

2012年2月25日深夜，在自家种满豆角与红萝卜的菜地里，李德才用一根红裤带将自己挂在了2米高的大棚支架上。直到次日早晨7时许，僵硬的尸体才被邻居发现。

县城的人们能轻易地给他画一幅肖像：五短身材，大眼粗眉，大檐帽永远端正，墨绿军衣颜色早褪，右臂戴上红卫兵袖章，全身满缀着四十多枚明晃晃的毛主席像章。他总是推着一辆吱呀作响的红旗牌28自行车，车后贴着三块写满毛主席语录的纸板，车前挂着一张脸盆大小的毛主席画像——画像被老人当作了车牌。

县城里的人大多能清晰地回忆起他的声音:洪亮,亢奋。激动时,他会咧开干裂的大嘴,露出两排蛮横而不齐整的黄牙,双手像杨树枝一样摇摆。30年来,李德才如布道师一般,不厌其烦地寻觅着人群最密集处,开启他激昂而冗长的演讲。演讲的内容只有一个:红色语录。

政府大院前,他对着来来往往的公务员高呼:"只有落后的领导,没有落后的群众!"

体育场里,他跑着步,一遍遍地大喊:"发展体育运动,增强人民体质!"

田畔地头,他笑着热情鼓励田里的农民:"备战备荒为人民!"

就连在街头有人打架,他也会冲上前,拦下两人,正经严肃地表示:"要文斗,不要武斗……"

有时,他也会得意自夸:"马克思的博才,毛泽东的天才,刘少奇的文才,周恩来的人才,张春桥的口才,都不如阳高的李德才!"

阳高四中历史老师朱凯仍记得三十年前读小学时,李德才就曾闯进学校,在国旗下高声背诵毛主席语录;他没想到多年后已为人师,这位年过七旬的老人仍怀抱着坚硬的革命情怀并试图影响他人。

小城里的人很早就窃窃私语,说李德才"精神有毛病"、"学毛主席语录走火入魔了"……朱凯却不这么认为,平日里的李德才和善、勤快,言语清晰,种菜为生,常推着个小推车走街串巷,"他只是满肚子的不合时宜"。

教了十多年的中学历史,朱凯清晰地感知到那一段红色记忆在几十年间不断地流失。课堂上,关于"文革",他只用十五分钟就讲完了,对于学生来说,那只是一个没有任何附加意义的名词;孩子们对经济话题更感兴趣,比如宋朝有没有夜市。

朱凯和他的同龄人能理解李德才身上"很可贵的忠诚",但90后的学生们则将老人视为了"疯子"。听着李德才演讲长大的朱凯轻易就察觉到自己与时代的改变,这位"世界上最无奈的演讲家"却将记忆的时针固执地拨停在了"红色年代"。

李德才的死亡在小县城里泛起波澜。有人猜测老人的自杀,源于其视为珍宝的毛主席像章被盗;也有人估计老人身患绝症,担心无人照料而选择自我了断。更多的人则沉入了一种复杂而奇特的情绪。百度阳高贴吧里,网友"笨无烦"留言说:"每次看到挂满像章的他自豪地走在阳高的大街小巷,高声背诵着熟悉的词语,让我一次次想起那个疯狂的年代和疯狂的人,我们从疯狂中走出,而李德才却永远留在了疯狂中。"

十余平米的阴暗小屋里,李德才给这个世界留下的全部遗产是:5本泛黄起皱的毛泽东选集,二十多个仅存的毛主席像章,一本贴满了百余幅毛主席照片的影集,以及6幅楠木相框的毛主席画像。遗物放在一个半米高的红褐色米缸里,米缸里没有一粒米。

火红的青春

人民公社化运动中,李德才被选为队里的会计,负责计算工分。这份差事让他每个月轻松地就能拿够工分,并能多分些白面。

李德才人生最辉煌的时期,是四十多年前的"文革"期间。

清朝时,他的父亲李绿曾在衙门当差,后来回家做了农民,母亲张慧英则是缠着小脚的旧时妇女,贫瘠的土地及6个子女让这个家庭陷入困苦难熬的境地。邻居张明树至今记得,李德才一家是方圆几里最穷的,全家8个人躺在一铺炕上,几口人盖一床被。土屋里,窗户破烂裂缝,风刮一夜之后,只有人躺的地方还干净着。

革命时代的降临改变了这个家族的命运。1950年,喧嚣的锣鼓声中,9岁的李德才目睹着父辈们烧掉了旧的土地契约,换回了新的土地证。李德才得以读完小学,并在逐渐成熟后担起一家重责。

1958年,人民公社化运动在阳高县展开,李德才进入了西北12队,聪明好学的李德才被领导选为队里的会计,负责计算工分。这份差事让他每个月轻松地就能拿够工分,并偶尔能多分些白面。

家里人都能吃饱了,年轻的小伙子兴奋莫名。那年10月,李德才与张明树参加了县城组织的15万人庆祝游行,第一次看见了满天的焰火。张明树还记得那晚,17岁的同伴望着火光映红的天空,一遍又一遍高喊着"毛主席万岁",直到喉咙沙哑。

每晚收工后，小队里六十多个年轻劳动力，都要聚集在龙王庙街的一间小屋里开会。煤油灯下，人们面对着墙壁上贴着的毛主席画像，在队长叶洪如的带领下学习中央精神和毛主席语录。

这是李德才人生最为漫长且充实的学习阶段。几年后，这群庄稼汉的情绪开始懈怠，总有人在唱歌时趴在炕上睡觉，李德才却始终是最严肃的一个，毛主席语录背得最熟。邻居到他家串门，也会发觉四面墙壁上都挂着或大或小的毛主席画像。

也是从那时起，他的胸前一直佩戴着毛主席像章。

后来，大哥结婚分了家，父亲及二哥患病去世，几个姐姐也相继出嫁，只剩下李德才与母亲二人相依为命，但这位勤快的民兵与毛主席的热烈崇拜者，仍然沉浸在自足而稳定的快乐中。

24岁时，邻居张明树给李德才介绍了个对象，多疑的母亲担心媳妇对自己不好，孝顺的李德才把婚事推掉了。旁边的人劝他早结婚早生小孩，可以养老，他笑着说："毛主席说了，不管工人、农民，60岁就退休，有国家管着。"

私下里，李德才偷偷对张明树说："以后生活好了，还可以娶个知青嘛。隔壁生产队有好几个人就娶了城里来的媳妇。"

原以为未来会像花儿一样展开的李德才，却猝不及防地一头撞上了时代的巨变与生活的逆转。1976年9月，李德才与数万群众在新建好的县城文化馆前，顶着细雨，痛哭着告别了逝世的毛主席；1982年，土地下放，生产队将机器售卖后，也随之解散；1984年，年过七旬的母亲病重去世。

李德才分到了两亩田，却过起了伶仃一人的生活。在阳高人的眼里，自1980年代开启，李德才就像被斩断了根的树，生命的时钟永远停滞在记忆中的年代。

不合时宜者

"这里有没有卖毛泽东语录？"得到否定的答案后，他生气地指着书架说："《盗墓笔记》，怎么能卖这种大毒草？"

古长城边上的阳高，曾是汉与匈奴、唐与突厥、宋与契丹、明与蒙古相争的军事重镇,也曾有过城墙高耸、哨兵游弋的繁华时代。建国后,阳高褪去了昔日荣光,成为农民占到八成以上的国家级贫困县。

然而1980年代以来开启的经济浪潮,也席卷了这个偏远的县城。30年来,低矮的平房、泥泞的沙石路如蝉蜕一般消失,崭新的商品楼、广告牌、酒店、KTV拔地而起,整个县城陷入了狂飙突进的城市化洪流中。

如今,阳高县城居民能收看的电视节目从12套增加到51套,固定电话从1978年的560户发展到4.4万户,移动电话用户数也已超过5.5万。李德才仍终日操持着两亩菜田,背诵着毛主席语录,试图如以往一样生活。当他推着小车走进阳高县城,却发觉他成了阳高县城里不合时宜的守旧者与游荡者。

他卖菜羞于与人讲价,遇见老人还免费赠送,这让他仅能勉强维持温饱;他游走于大街小巷,收捡人们丢弃的毛主席像章或其他"文革"遗物,最终收集了一两百个像章,装满一个小布袋。

干完农活之余,他穿上了军装,戴上了毛主席像章,成了人们眼中那个精力充沛、脾气粗暴、爱管闲事的李德才。

他有了最为著名的一句口头禅:"该治理整顿了!"

龙泉派出所的民警董翔曾看见他对着几个正没收小贩推车的城管,大喊着:"你们是要为人民服务的!不是来给人民添乱的!"

阳高五中学生曾少平常在新华南街十字路口遇见李德才,他正在吹着哨子,站在拥堵的车流中,挥舞着手臂,指挥交通。

西街一家书店里,店员李萍萍则在一个下午碰到了推门而入的李德才,他问:"这里有没有卖毛泽东语录?"得到否定的答案后,他生气地指着书架说:"《盗墓笔记》,怎么能卖这种大毒草?"

更多的时候,人们会看见李德才站在县政府门口,针砭时弊,指点江山。

二十多年来,李德才就像怪异的雕塑般出现在阳高街头。人们看见他最后一次站在政府门前,是2009年开始的旧城改造。在这场史无前例的旧城改造中,大南街、大北街、辕门街等主干道不复以往,共有22.3万平方米的建筑被拆掉。最让李德才痛心疾首的,则是县文化馆的消失。

建于1974年,占地1 400平方米的文化馆是阳高县的标志性建筑,也是李德才心中的圣地。他曾在这里哀悼毛主席的去世,也最爱在此发表演说。

李德才最终发觉他无力阻挡文化馆的被拆。2011 年冬日的某一天,小贩董俊强看见李德才站在文化馆的瓦砾堆里,低着头,茫然发着呆。在他身后,高高竖立着"阳高 CBD 商业核心地"的广告招牌。

棺材里的像章

外甥秦东武操办了老人的葬礼,合棺前他小心地将仅存的二十余枚毛主席像章,放在了狭小的楠木棺材中。

李德才 70 岁之后,患上了高血压及脊椎病,引发了双手强烈的麻木疼痛。他无法再骑车,也不能再种菜。他只能将地租给了外甥秦东武。靠着每年七百多元的土地租金和六百来块的低保生活着。

在人生的最后一年里,李德才在阳高街上继续游荡。就连在邮政局门口整日闲坐的老人也瞧不起他,认为他"落伍了,陷在旧时代里出不来"。

他曾去县里肉联厂找侄子李宁借钱,二楼的窗口涌出很多人头,对着他笑嘻嘻地指指点点。侄子不愿意见他,掏出 10 块钱,托人递给他。

"他沉在过去,可我得想着将来。"李宁承认很难理解叔叔的怀旧,他自己的父亲在阳高一中当了一辈子的伙夫,"文革"期间死的时候,工资不到 30 块,一家人根本吃不饱。如今他在一家私营公司帮忙收购农副产品,每月赚一千多元的外快。"如今就算是打工,过得也挺舒心。"

李德才仍热心管闲事。2011 年 11 月,在天池超市门口,李德才碰到了一个正在喝酒的男子。他如往常一般走过去,劝对方"喝酒适量,好好生活",却招来了一阵毒打。冲动的年轻人用 30 厘米长的铁板,一直往李德才头上"啪啪"地敲,直到晕倒。最终,可怜的老人被缝了二十多针。

而更让他陷入莫名愤怒的,则是毛主席像章的被盗。几十年来,李德才收集了近两百个款式各异的毛主席像章,这些像章被他视作珍宝,用毛巾擦拭得发亮,并小心地装在一个布袋里。

这些红色纪念品曾在二十年来被人随意丢弃,却在最近 5 年成为了利润丰厚的商品。金光街古玩店的老板陈强说,一个质量较好的毛泽东像章,如今可以卖到两百元。如果成套,价格更高,购买的一般都是外地顾客。

曾有人想要购买李德才的像章,却被他用"斗私批修"狠狠顶回。他只会偶尔挑选一两个,送给为他看病的医生,或曾帮助他的人。

不料 2011 年 12 月,在他外出闲逛时,盗贼撬开了铁锁,拿走了布袋。李德才只留下了身上带着的二十余个像章。

李德才病倒了,侄子李宁去看他。李德才喃喃地说:"怎么会这样?"

在人生的最后几天里,李德才似乎陷入了对未来的莫名恐慌。2 月 24 日下午,阳高中医针灸诊所的医生吕军在散步时,遇到了颤巍巍走在街上的李德才。像被夺走了魂魄,他口齿模糊地说:"医生,我手麻,我手麻……"

2 月 25 日早晨,邻居张明树最后一次看见李德才。他依旧低声且恍惚地说:"我手麻,以后怎么办……以后怎么办……"

长期的贫困、孤独击倒了李德才,疾病及老无所依的恐惧似乎是压垮他的最后一根稻草,让老人倒在了无人问津的死亡里。外甥秦东武操办了老人的葬礼,合棺前他小心地将仅存的二十余枚毛主席像章,放在了狭小的楠木棺材中。

有对比,才有不合时宜

这样一个本身已与时代格格不入、极具历史感的特殊新闻人物,以荒诞戏剧化的方式结束生命,作者在选题时大概已清楚该新闻事件对读者的吸引力。写作者在掌握大量与人物相关的组合式采访资料后,将它们准确地、不带个人立场地呈现给读者,对一个专业的新闻报道者来说也许并非什么难事。但范承刚的可贵之处在于,他站在非黑非白的地界思考而非判断,他一边笑,一边悲哀,敏锐地写出了人性的复杂,这与他所在《南方周末》这份报纸更愿意用"公民"甚于"人民"、更喜欢去"理解"而非"慰问"的新闻报道方式不谋而合,他也许是受到了这种精神的召唤,非颂扬,非咒骂,将掌握的材料提炼成一个内容丰富、将信息紧紧包裹的文本，于是我们才心平气和地读到了一个完整的李德才。

《红色朗读者》是一篇看完导语就想继续往下看故事的特稿，它描写一位不合时宜的老人，如何与一个年代相容，又如何与另一个年代相撞，后者甚至与他的死亡相关。在展现这位老人的"不合时宜"时，作者运用了大量的对比，社会已经发生巨变，但是一位老人却沉浸在过去不能自拔。直观的反差，更能引发人们的深思。

对比里的"变"与"不变"

对比之后呈现的反差，贯穿《红色朗读者》的前前后后，从开头的导语，到最后的葬礼。

"收集的两百余枚毛泽东像章被盗以后，山西省阳高县71岁的李德才吊颈身亡。

一个旧时代的遗腹子。他始终怀念四十多年前的生活，以及那时他所拥有的灿烂青春。"

这篇特稿的开头，交代了李德才的死亡，并以对比的方式概括全文，即主人公生活在新时代中，却怀念着旧时代的生活，他的人生已至暮年，却怀念着曾经的灿烂青春。

对比手法的运用，不仅出现在导语中，还出现在之后的任何一个细节里。作者不仅让采访对象描述主人公的人生前后对比，而且让采访对象对自身也做了一个类似的对比，最后采访对象的"变"与特稿主人公的"不变"又构成了一组对此，凸显主人公的性格特征。

譬如，阳高四中历史老师朱凯在讲述主人公李德才的"不变"时，也在讲述自己的"变"，讲述社会和时代的"变"。三十多年前，朱凯读小学的时候，李德才便在学校的国旗下表达他的革命情怀，三十多年后，朱凯从当年的小学生成为一名老师，但是李德才的革命情怀依然坚硬。

几十年的时间里，除了朱凯的身份有了变化，那段红色记忆也在课堂上不断流失。作为老师，朱凯仅用15分钟便能将那段疯狂岁月的内容讲完，作为学生，那不过是一个名词，关注度不及古时的夜市。"听着李德才演讲长大的朱凯轻易就察觉到自己与时代的改变",但是唯有李德才是不变的,他"将记忆的时针固执地拨停在了'红色年代'"。

"2011年冬日的某一天,小贩董俊强看见李德才站在文化馆的瓦砾堆里,低着头,茫然发着呆。在他身后,高高竖立着'阳高CBD商业核心地'的广告招牌。"

孤零零的老人站在一片瓦砾堆里,其身后则是高高竖立的CBD广告招牌,这段描写的对比让读者无端觉得悲凉。文化馆是李德才曾经告别领袖以及"演讲"的地方,对于他而言是一种精神象征。但是它却在城市建设中变为瓦砾,以后也将被新的建筑物所取代。李德才的精神所依轰然倒地,他的背后则是快速的经济发展大趋势。

"十余平米的阴暗小屋里,李德才给这个世界留下的全部遗产是:5本泛黄起皱的毛泽东选集,二十多个仅存的毛主席像章,一本贴满了百余幅毛主席照片的影集,以及6幅楠木相框的毛主席画像。遗物放在一个半米高的红褐色米缸里,米缸里没有一粒米。"

这一处的对比,并不明显,却值得玩味。李德才的住处是一处不大的阴暗空间,这位老人活了一辈子,去世的时候留下的全部财产却只有与毛主席有关的种种纪念物件。它们没有被李德才摆放在小屋显眼的地方,而是被置于一个米缸中,一个本应来存米的物件,却没有一粒米,而是盛放着他的精神食粮。或许在李德才的认知里,米缸是那个小屋里最安全又最踏实的存储空间。小屋的阴暗与这些纪念物件象征的光辉形成对比,米缸所代表的物质与精神亦是一种反差。这些,都是李德才停留在过去的认知状态和不断发展的社会现实之间的矛盾写照。

除此之外,特稿中处处可见那些带着意味的对比,比如李德才年轻时候对未来的期盼以及他老年生活的不如意,比如他和侄子一个停滞一个往前的生活态度等。李德才的"不合时宜"便在这一次又一次的对比之中,被展现得淋漓尽致。

特稿写作的血肉

较之以《永不抵达的列车》《葬我于故乡》为代表的《中国青年报》的"冰点"

特稿,《南方周末》特稿《红色朗读者》在语言和叙事风格上呈现了不一样的特点。正在慢慢发展的中国式特稿,因为刊载媒体的不同,也出现了流派式的特点。特稿写作,在新闻的基础上带有较强的文学创作特点,各有风格是自然之事。

《葬我于故乡》的写作者赵涵漠,是特稿写作新生代里的佼佼者,她在《中国青年报》时期的特稿作品,以情感细腻著称。这位写作者喜欢用连词的方式,将长句破为短句。但是这种风格的形成与其所供职的媒体大有相关,这种语言叙述方式几乎是《中国青年报》冰点周刊的惯有模式,标准化明显。

赵涵漠供职《人物》杂志之后,语言风格有所转化,行文更为灵活,但又烙上了鲜明的《人物》烙印,同样是情感细腻,但是描写更加细致。《中国青年报》的冰点周刊可能只是要求他们的记者问到诸如事发时的天气这样的一些细节,那么《人物》这本具有特稿气质的杂志,要求他们的记者细微到注意采访对象的每一个表情。

《南方周末》是中国最早开始刊载并重视特稿写作的媒体之一,后来执掌《人物》后又入职他处的李海鹏便是从中走出的特稿高手。这篇《红色朗读者》是一篇带有《南方周末》特征的特稿作品,与冰点和《人物》相比,它不失细腻,却带着一股子硬朗之气,行文也更为凝练,叙述节奏也稍快一些。与《葬我于故乡》比较,《红色朗读者》没有使用那么多的转折词,情感也因此不及前者婉转悠扬,但是读者的阅读体验却更为流畅。

对特稿写作而言,转折词的用与弃,也是一种叙述技巧的对比,它们各有各的表达状态和阅读体验。但是,对一篇特稿而言,技巧的运用只是锦上添花,充足的信息才是最重要的基础。《红色朗读者》中的主人公李德才已经去世,但是写作者却通过采访其生前与之有过交集的各种人,包括路边的小贩和贴吧里的网友,获取足够多且优质的信息,这些才是一篇特稿作品需要的血肉。

影像化方式塑造与丰满新闻人物

说范承刚在素描好像都不够力度,因为作者在写作中加入了模拟视听等形象化的多种表现形式,迎合了读者们在被多种媒体冲击时代下新的感知和思维方式的需要,读者在阅读特稿时仿佛已经有影像画面映入眼帘,有红色语录的呼喊萦绕耳边,作者无需赘述,新闻人物已是有血肉的人。而读者自然已不需要价值判断的灌输,看上去意识不到作者技巧的存在,实际读者已透过语词的外壳直接观看到琥珀的内核,即优质而充足的信息。

比如这段,"县城里的人大多能清晰地回忆起他的声音:洪亮,亢奋。激动时,他会咧开干裂的大嘴,露出两排蛮横而不齐整的黄牙,双手像杨树枝一样摇摆。30年来,李德才如布道师一般,不厌其烦地寻觅着人群最密集处,开启他激昂而冗长的演讲。演讲的内容只有一个:红色语录。"画面感如此强烈,连人物特写都像摆好了机位,读者即观众,在人物现场望着这位逝者如何激烈地度过他的一生。

再比如排比的这几段,简洁明练,却将李德才存在过的场景一一罗列开来,仿佛分镜头剧本都写好在列,演员李德才无需排练一条就过,只留给读者唏嘘。

政府大院前,他对着来来往往的公务员高呼:"只有落后的领导,没有落后的群众!"

体育场里,他跑着步,一遍遍地大喊:"发展体育运动,增强人民体质!"

田畔地头,他笑着热情鼓励田里的农民:"备战备荒为人民!"

人的复杂性从来都是客观存在的,但在报道时有选择的侧重却会导致读者对人物理解上完全的不同,而范承刚把发生过的画面直接抛给大众,他人的评价看法几笔带过,将多面性留给读者做抉择,新闻人物因此丰满起来。

故事性的叙述解释悲剧原因

文章开头便交代了事件过程,"收集的两百余枚毛泽东像章被盗以后,山西省阳高县71岁的李德才吊颈身亡。"和多数严肃的新闻报道风格似乎无异,作者开题笔触冷静、不容置疑,却留下有关死亡原因的巨大疑团,读者从来不会就此罢休,于是作者故事性的叙述成就其又一出彩之处。

"革命时代的降临改变了这个家族的命运。1950年,喧嚣的锣鼓声中,9岁的李德才目睹着父辈们烧掉了旧的土地契约,换回了新的土地证。李德才得以读完小学,并在逐渐成熟后担起一家重责。

1958 年，人民公社化运动在阳高县展开，李德才进入了西北 12 队，聪明好学的李德才被领导选为队里的会计，负责计算工分。这份差事让他每个月轻松地就能拿够工分，并偶尔能多分些白面。"

作者用时间线将故事的结构串联起来，并随时补充细节，让读者一路看到了少年的李德才，青年的李德才，更重要的是在大历史背景下被推着走或者自己做好了选择走在什么位置的李德才，一路走来使得结局越发昭然若揭又顺理成章，直到疾病及老无所依的恐惧这最后一根稻草压在他身上，开头令人难以接受的结局好像都残忍地变得合理，因为读者也在故事中成为被动，再也无法掌控局面，将新闻人物归还给他自己所做的选择，即开头所示的内容，这正是作者在叙述的过程中无形间做到的。而此类故事性的叙述却也没有过多的铺张渲染，偏离新闻性，作者的目的依然是还原事实。

收尾看似仓促实则意味深长

"长期的贫困、孤独击倒了李德才，疾病及老无所依的恐惧似乎是压垮他的最后一根稻草，让老人倒在了无人问津的死亡里。外甥秦东武操办了老人的葬礼，合棺前他小心地将仅存的二十余枚毛主席像章，放在了狭小的楠木棺材中。"

作者至此搁笔。读罢我好像依然期待着更多信息，更多有关他人的反应和情绪，更多或嘲讽或惋惜与怀念的评价，更多李德才尚留在人间的东西，可作者戛然而止，不再解释，就像"生命的时钟永远停滞在记忆中的年代"。作者在前文已把信息交待完全，结局如此，李德才老人只是和"文革"一样，被留在历史里。李德才不再需要关心有没有卖毛泽东语录，不再不合时宜地出现在街边，不再陷在旧时代里不出来。或许因为时间不停，我们存在的"时代"也终有一天会变成"旧时代"，我们每个人都在跟着时代走，只有李德才留在了他崇拜的那个"旧时代"。当我终于理解了这个略显仓促的收尾，看到了某种隐喻，原来它不仅恰恰契合了老人结束生命的突兀，也引导我们思考时间长河中的停滞，我不得不惊叹范承刚特稿写作的独到。好的特稿写作，正如范承刚所说，是"炼金"的过程。

第二篇　生命的礼物

《中国青年报》冰点特稿　赵涵漠

　　我是被这样一条消息击中的:"两位重度角膜炎患者重见光明;两位尿毒症患者有了新的肾脏;一位肝硬化患者有了生的希望,这些幸运,都来自一位因车祸去世的年仅22岁的湖北武汉大学生。他的父母忍痛捐出他的器官,他们相信,通过这样的方式,儿子就还活着,一直活着……"

　　这个故事催促着我启程。第二天,6月11日,我从北京到达武汉,试图找到逝者父母。但武汉红十字会的工作人员在听说我的采访要求后却表现得很为难,这对夫妇并不想面对媒体,已经拒绝了所有采访,甚至当获取器官手术进行时有人带着相机混入现场,闪光灯一闪,都被他们赶了出去。最后,我辗转从这家人的亲戚那里要到了一个固定电话号码。

　　他们生活在距离武汉150多公里的荆门市京山县。我在两场暴雨间短暂的空当中到达京山,晚上8点,拨通了那部电话。

　　"没什么可说的,我们只是做了一点很平凡的事,请你们不要来打扰我们的生活!"父亲张天锐接听了电话,他嗓门很大,声音听上去有些愤怒。

　　我反复地向他说明来意,但他都毫不犹豫地拒绝了。可当我告诉他,我只比他的儿子大3岁时,他沉默了一阵。

　　我说:"别把我当成记者,就当成您儿子的同学吧。"

　　他捂住话筒,似乎是和身边的妻子商量了几句,然后,像是下了很大的决心,"那你过来吧。"

"毕业了我就找个事做,你和爸都不用这么辛苦了。"

我没想到,眼前会出现这样一对父母。

张天锐今年49岁,他穿着一件深蓝色的旧背心,又黑又瘦,满脸胡渣,总是皱着眉,额头上的皱纹就像是用刀刻上去的。当我主动向他伸出手时,感觉像握着一块粗糙的石头。母亲胡久红48岁,是个矮小的女人,她撩起裤腿时,会看到右腿只有左腿一半粗细,小儿麻痹症影响了她的一生。她走起路来很慢,一脚高一脚低。

在一间门市房前,张天锐拉起卷帘门,神情木然地说:"这就是我们的家,所有的家当。"

事实上,这是一个30多平方米的铺面,屋子被一个小木柜象征性地隔成两半。外面半间几乎被几十桶脏乎乎的煤气罐塞满了,仅仅留出一条通道。屋里到处是煤气味。

里面10平方米左右的半间才是这个家庭真正生活的地方。张天锐坐在一张可以半躺着的竹椅上,胡久红拉过砖头大小的木凳坐下来,我是客人,被让到了仅剩的一张靠背椅上。

胡久红垂着头说:"家里只有3张凳子,碗也不够,所以儿子不大把朋友往屋里带,没地方坐。"

这是一间小到毫无遮蔽的房间,除去一个淡绿色的冰箱和一台100元钱买回来的二手彩电,再没什么像样的家电。一张双人床和一张单人床沿着墙依次摆放。胡久红扶住那张木制的小床,"原来儿子就睡在这,这么大的孩子,从来没自己住过一间房。"停顿了一下,她接着叹气道,"没办法,太困难了。"

就连这间简陋的屋子也不是他们的财产,而是每月500元租来的。在他们的月工资只有四五十元的时候,这对夫妇就下岗了。除了力气,他们再没有什么求生的本领。张天锐做起了搬运工,每爬上高楼换一个重达30公斤的煤气罐,他能获得5元报酬。而妻子因为残疾,只能在家洗衣做饭,几乎没有收入。

他们唯一的孩子名叫张磊,今年22岁。就在上个月,他刚刚结束在湖北中医药大学继续教育学院护理专业的学校生涯,也完成了在京山中医院的实习任务。这个家庭还欠着学校一年的学费——4 800元。这笔钱,他们很快就要攒够了。未来的生活看上去挺有盼头,等交了钱拿到毕业证,张磊也许就将成为医护行业中稀缺的男护士。

坐在他们弥漫着煤气味的家里,张磊空荡荡的硬板床就在我背后。过去,张天锐每个月给儿子400元生活费,后来物价涨了,张磊的生活费也涨到了600元。对张家来说,这笔钱得攒上好一阵子,张天锐必须为此扛上120个煤气罐。胡久红从来没有将这笔钱一次性汇出过,只能每10天给武汉的儿子寄出200元。

我问他们:"张磊抱怨过吗?"

母亲沉默地摇摇头。父亲却盯着墙边一辆锈迹斑斑的手推车。每逢放假,张磊就推着小车去附近帮父亲送气。"他不像别个的儿子那么聪明、读书好,但就是蛮听话也蛮老实。"张天锐慢慢地说。

胡久红突然想起,就在几个星期前,儿子在家里一边帮她洗衣,一边憧憬:"毕业了我就找个事做,不管是好工作还是差工作,你和爸都不用这么辛苦了,爸不用再去搬'坛子'了。"一家人也曾在吃晚饭时打算,如果有机会,就让年轻人去南方闯闯,存够了钱,可以回到这座县城里贷款买自己的房子。

"你醒过来吧,你这么孝敬爸爸妈妈,就醒过来看看我们吧。"

5月31日早上6点半,张天锐像每天一样早早开始准备一天的活计。张磊也起床了,他刚刚结束在京山中医院的实习,那天正准备去医院取实习鉴定。

听他医院的同事说,张磊是个听话的孩子,很受医生老师们的喜欢。如无意外,那份鉴定应该写得挺漂亮。张天锐也记得,儿子心情不错,像往常一样穿着T恤和短裤,7点钟就出门了。

可已经开始送"气坛子"的张天锐并不知道,张磊并没有走出太远。仅仅在离家不到1 000米的十字路口,这个只有22岁的年轻人被一辆农用汽车撞倒。据说,当时下着小雨,好心的路人拨打了120,又用雨伞遮住了已经失去意识的张磊。

20分钟后,他被送往京山县人民医院的重症监护室。

事实上,那时除了头上一点擦伤外,他的身体表面并没有明显的外伤。当张天锐和妻子接到医院打来的电话时,他们带着家里仅有的2 000元现金赶往医院。看过儿子，这对父母乐观地相信，张磊几天后就能转去普通病房。

胡久红决定在监护室外陪着儿子，让丈夫回家看店。他们一天也不敢丢掉自己的小生意，无论是半夜12点，还是凌晨3点，餐馆或早点铺的老板只要打一个电话，张天锐就必须马上将煤气罐送到。

可管床医生袁以刚却知道，他面对的这个"蛮年轻帅气的小伙子"情况并不乐观。在对大脑进行CT扫描后，他发现张磊的脑干已经受到严重损伤。6月2日，病人呈弥漫性脑肿胀，瞳孔变大。医院决定迅速为他进行开颅手术，三四个小时后，手术结束，瞳孔缩小。但第二天，同样的症状再次出现。当晚，张磊已经无法进行自主呼吸，不得不插上呼吸机。25个小时后，医生向家属宣告："从临床上看，病人已经脑死亡。"

这对贫穷的夫妇从未有一刻想要放弃自己的孩子。守在病房里的胡久红拉着袁以刚的手，只机械地重复着同一句话："医生，救救我儿子吧，就算只是个植物人也好。"

那个年轻人躺在病床上，看起来就像是随时要醒来的样子。父母拉着他的手，哭着呼唤："张磊，你醒过来吧，你这么孝敬爸爸妈妈，就醒过来看看我们吧。"年轻的女友程丽（化名）用手机在他耳边播放了他们曾经一起唱过的《我想大声告诉你》。

可是奇迹并没有出现，没有一种声音能将张磊唤醒。按照亲戚们的指点，夫妇俩去菜市场买了一条野生河鱼，然后在河水里将鱼放生。随后，他们又将儿子的衣服裤子收好，请人带去"收魂"。胡久红感到，自己就像疯了一样，"只要能救儿子，我们什么方法都不拒绝"。

他们不懂，躺在病床上的张磊还有心跳，怎么就被宣告了"死亡"。医生不得不一次又一次地向围住他的病人家属解释脑死亡的含义：病人无自主呼吸，一切反射消失，脑电静止。

几个小时后，这对夫妇终于接受了这绝望的现实，整个人瘫倒在地上。

我没敢再细问当时的情形。但屋里的悲伤比煤气味还要浓，张天锐用双手捂住了脸，"孩子就是我们的希望啊，现在，希望变成了肥皂泡，什么都没了。"

"是不是捐得太多了？孩子身上要到处动刀子，疼啊。"

6月5日早上8点，张天锐瘫在病房前"动都不能动"，胡久红被自己的姐姐搀扶着走进医生办公室。她小声地向在场的医生说出自己的决定："儿子没希望治好了，我们想把他的器官捐出来。"

这是个不大的县城。一个当地人悄悄告诉我："这里很忌讳这个，要留个全尸，如果传出去了，恐怕在当地连生活都生活不下去。"

可是最初，胡久红还来不及考虑这些。医生向她解释"脑死亡"时，曾经提到国外的人对脑死亡的接受度比较高，很多脑死亡患者都进行了器官捐献。那时，这个母亲已经接近崩溃，但这句话却好像突然给了她启示。

在家里，夫妻俩每天辛苦工作之余，唯一的娱乐生活就是打开那台100元的破电视。他们舍不得买机顶盒，便偷偷地将一条天线接出屋外。尽管只能收看到中央一台和京山县电视台，可电视剧里"捐眼角膜"的情节却曾深深地打动过他们。

张磊被宣布"脑死亡"的那一晚，夫妻俩仍旧守在病房外。矮小的母亲靠着医院的白瓷砖墙壁，她站不稳，眼睛也哭坏了，连报纸上的字都看不清。

"当时什么感觉都没得，就是痛苦。"胡久红呆坐在小板凳上，说到那个晚上，眼里几乎没有了光。

她幻想着有人来救救儿子，大脑坏了，能再移植一个健康的大脑吗？不能，当然不能。"我那时就想，医院里别人的孩子，也许肝坏了，肾坏了，他们也像张磊一样，等人救啊。"

当胡久红把捐献器官的念头提出来时，周围的亲戚们都沉默了，没有人表示赞同。这个小个子女人一辈子都脾气温顺，只有这一次，倔强得令人吃惊。"孩子是我生的，我有这个权利！"她不容分说。

如今，这对夫妻已经记不清，他们在这个念头上究竟来来回回地挣扎了多久。两人整夜抱头痛哭，张天锐决定顺从妻子的主意。"孩子烧了，也是一把灰，捐了，没白来这世上一次。"他一边说着，一边起身从柜子里拿出张磊已被磨卷边儿的学生证，让我看上面的证件照。那是个相貌清秀的小伙子，正对着镜头微笑。

　　在整个县城里，这是第一宗遗体器官捐献的案例。最初，医护人员们甚至不知道捐献该从何入手。一位泌尿科医生主动提出，自己曾经在武汉参加过器官移植方面的培训，可以帮忙联系武汉市红十字会。

　　6月5日上午11点10分，武汉市红十字会器官捐献管理中心负责人骆钢强带着3名医生赶到京山县城。

　　这是他第一次在重症监护室外见到张磊的父母。那时，胡久红垂头丧气地坐在病房外发呆，"很可怜的样子"，张天锐则躺在医院的地上，"看起来已经筋疲力尽了"。这对匆匆做出决定的夫妇还不清楚自己即将面对什么。他们甚至不知道儿子究竟有哪些器官可以捐献。

　　胡久红心里想着，就捐对眼角膜吧。

　　可骆钢强却发现，年轻的张磊身体健康。他尝试着提出，眼角膜、肝脏、肾脏和一部分皮肤都可以进行捐献。

　　对于这名已经在红十字会工作了20多年的工作人员来说，"劝捐"绝不是轻松的工作。最常见的情况是，他会被愤怒的家属连推带搡撵出医院，"你怎么找到这里的？滚！"

　　可眼前的夫妻俩，除了悲伤，反应很平静。张天锐想了一会儿，问道："是不是捐得太多了？孩子身上要到处动刀子，疼啊。"

　　"捐一个器官和捐几个器官的程序是一样的，都要开刀。不过，捐的器官越多，做出的贡献越大。好多人等着救命啊。"骆钢强劝说道。

　　"总是捐，不如多捐些。"张天锐用劲地抹了一下眼泪，和妻子在早已准备好的器官捐献协议书上颤颤抖抖地写下了名字，同意进行无偿捐献。

　　"还有没有什么要求？"骆钢强问。

　　"将来能告诉我们受捐的人在哪儿吗？我们想知道孩子在哪里活着。"张天锐问。

　　骆钢强不得不让这对父母失望了，原则上，捐献者与受捐者之间应该"互盲"。张天锐失望地点点头，"那算了，只要他们健康。"

　　当他们走出门外时，连日来也一直守候在医院的亲戚和张磊的同学都围了上来。"捐什么了？"有人问。

"眼角膜。"这对老实的夫妇只能含含糊糊地回答。

"不敢和他们说啊。谁不希望自己的孩子最后走时能是一个整身子。"张天锐叹了口气。

后来发生的事情证明,他们的担心并非多余。张磊去世后,有人提着香蕉和苹果来看望他们,却问道:"捐献器官是不是收钱了?"

张天锐感到,有人在背后戳他们的脊梁骨。也正因如此,他们拒绝了此前所有的采访,生怕被更多人知道。在我去采访的第一个晚上,他们把我引进屋,然后把大门紧紧地关上,同时反复地叮嘱我:"白天人太多,千万别来找我们。"

决定放弃对张磊的治疗时,讲话一向粗声大气的父亲站在病床边哭了,"儿子,原来你要帮我去扛气,我都不愿意。走到今天这一步,我也不想。但把器官捐了,就好像你还活着。我把你养育一场,也值了。"

母亲已经根本说不出话来,她紧紧抱住了儿子,用自己满是泪水的脸颊贴紧了儿子的脸颊。这是他们之间的最后一次拥抱。

16 点 40 分,管床医生袁以刚拔除呼吸机,将"就像睡着了一样"的张磊推进手术室。心电图显示,这个只有 22 岁的年轻人的心跳由 100 多次,慢慢降为 30 多次。17 点整,心电图成为一条直线。

张磊走了。

"我报答不了他什么,只能尽力去帮助其他人。"

来自武汉市同济医院和湖北省人民医院的 3 位医生,从这个年轻的死者身上获取了一对眼角膜、一对肾脏、一颗肝脏以及 2 000 平方厘米的皮肤。这些器官被分别包好,放在天蓝色的冰桶里。然后,他们就像对待一个刚刚结束手术的病人那样,小心翼翼地为遗体进行缝合。

同在手术室里配合这台特殊手术的袁以刚还记得,医护人员最后为这个年轻人穿上了他姑妈买来的白衬衫和西装,笔挺笔挺的。这是张磊一生中第一次穿这么正式的衣服。根据当地的习俗,家人还请医护人员用一些小拇指般粗细的带子系住了张磊的袖口、裤腰和裤腿。

当一切结束后,为了表达对死者的尊重,3 位医生以及 1 名护士对遗体进行三鞠躬。

这个"必须比 120 还要快"的小团队没有在县城多逗留一分钟,他们带着张磊生命的一部分,于 6 月 5 日夜里 11 点到达武汉。

仅仅就在 10 多分钟后,51 岁的王荣(化名)成为第一个被推进手术室的病人。这个女人被可怕的肝硬化已经整整折磨了一年,基本只能在医院卧床。她的消化道早已不能工作,1 年来,除了稀饭和面条她几乎没有吃过其他东西,体重掉下整整 25 公斤。

她的手臂瘦得像根竹竿,腹部却被积水充满,鼓了起来。她一度以为,"没得希望了"。肝源太少,王荣的一些病友整整等了两年,还有更多人,在漫长的等待中死去了。

因此,当 6 月 5 日下午,这个女人在被通知前往同济医院参加配型时,她简直不能相信自己的人生会出现这样的转机。配型结果显示,她可以接受器官移植手术。

如今,当我在重症监护室里见到她时,尽管她身体极其虚弱,但腹部的积水已经消失。曾经由于肝病而发黄的眼白,也正慢慢褪回原本的颜色。等到出院,这个整整一年都在挨饿的女人,最想喝一碗莲藕排骨汤。

她是从医生那里听说捐赠者是个 22 岁的小伙子的。我本来必须趴在她嘴边才能勉强听见她说话,但一提起这件事,她努力用双肘将自己从病床上撑起来一点,用尽最大的力气说:"我儿子今年也 24 岁了,我真感觉他的爸爸妈妈太伟大了,太伟大了!"

我晃了晃手里的相机,问她:"能给你拍张照片吗?"

她点头表示同意。当镜头对准她时,她笑得很灿烂,伸出左手,比了一个 V 字手势。"一切都会慢慢好起来的。"她说。

第二天凌晨,天还黑着,蓉蓉已经躺在湖北省人民医院的手术室里。这个去年刚毕业的大学生,只比张磊大 3 岁,可 11 年前,她就得了慢性肾炎。

这个贫困的家庭不得不举家搬迁到武汉治病,父母以卖菜为生。蓉蓉一直成绩优秀,考入了这座城市一所"211 高校"的财会专业。可就在进入大学的那一年,她由肾炎转为尿毒症,再也没有排尿。此后,她每个星期要去医院透析两次,手臂上密密麻麻地全是扎针时留下的疤痕。

在发给我的短信里,这个女孩说她喜欢穿时装。可是她的妈妈告诉我,开始透析后,她就再也没有穿过短袖上衣。

有时,她觉得熬不下去了,就问妈妈:"你为什么要救我。我活着,我的亲人都跟着一起受折磨。"她妈妈流着眼泪重复着这些话给我听,"好多人都让我放弃她,可那是我的女儿啊!"

几乎就在撤走张磊呼吸机的同时,蓉蓉接到了前往医院进行配型的通知。结果是可以移植。

凌晨3点半,蓉蓉握了握妈妈的手,然后被推进手术室。3个多小时后,医生出来告诉焦急的母亲:"手术很成功。"

几天后,从网络新闻上看到对张磊的报道时,全家人才猜出这颗肾脏的来历。蓉蓉妈妈的眼圈红了:"做父母哪个不晓得失去孩子的心情。他的爸妈好伟大,救了好多人呐!"

紧接着,又有一名30多岁的尿毒症患者进入手术室。4个小时后,他成功换肾。现在,他已经可以摆脱透析机了。

等到时钟指针转动到6月6日早上8点,右眼几乎完全失明的李可(化名)在同济医院接受了角膜移植手术。6年前,她因一次小感冒而感染角膜炎,如今,角膜已经溃烂、穿孔。因为只有一只眼睛有视力,她常常撞在墙上摔倒。为了今天的这只角膜,她已经足足等待了5年。两个小时的手术结束后,就在当天,她发现自己的视力恢复到0.5,"能看见桌子和树了"。

与其他受捐者一样,她也不知道捐赠者的信息。"只听说他很年轻,真的谢谢他,谢谢他的家人。"她曾经向媒体表示,自己和妹妹也愿意捐献器官。"如果不是这位好心人,我可能一辈子都看不见。我报答不了他什么,只能尽力去帮助其他人。"

张磊的另外一片眼角膜,被小心地存放在同济医院眼库内一台绿色的冰箱里。医生说,过不了多长时间,这片年轻的角膜就将带给另一个病人以光明。

"我会好好赚钱,照顾你,照顾爸爸妈妈。"

6月5日傍晚,获取器官的手术刚刚结束,为了避免被熟人看到,几个亲戚快跑着把被白布单裹好的张磊运进医院楼下的殡仪馆车里。第二天,张磊被火化,骨灰送回老家祖坟,他的背后是一片松树林,面前种着高粱和西瓜。

回到县城,胡久红必须不停地干活。她希望自己一刻都闲不下来,这样就不会想到已经离开的儿子。"心情就像现在的下雨天一样,冰冰凉凉。"她拉着我的手哭了起来。

有时,她在擦地,恍惚觉得儿子就坐在床上,"我和他说说话,就像他还没走,只是我摸不着他。"甚至现在走在街上,她看到别人一家三口说说笑笑地经过,心里也疼。

这些年,这对夫妇一直在为生计发愁。京山县已经有一些住宅区安了天然气,眼看着,送煤气罐这个生意就要搞不成了。他们也想过带张磊出去旅游,可是没有时间,更没有钱。他们窘迫地回忆起,平常挺少和孩子聊天。

我问:"张磊有什么爱好吗?"

父亲说:"有时愿意看看小说。"

母亲却反驳:"没有,啥时候看过小说。"然后,两个人各自别过头去。

张磊的书本和衣服,已经全部"烧"给他了。根据当地风俗,后辈没结婚仍然算小孩子,未能尽孝于父母,家里不设灵堂。

胡久红费力地跪在已经裂缝的瓷砖上,从床底拉出了一个小木箱,取出一个被黑色塑料袋层层包住的小包裹,里面放着张磊生前仅有的5张照片。这是一个白净秀气的小伙子,喜欢穿白色的衬衫,在镜头前,总是笑呵呵的。

我问他们:"后悔捐献吗?"

"捐了,起码还能让孩子的一部分继续活着。"张天锐回答我。

他沉默了一阵,又低声说:"但孩子死得惨,死了之后还要开膛破肚,叫谁也是难受的。"

他决定出去透透气。胡久红离我坐得更近了一点,压低了声音说:"我整夜整夜睡不着,闭上眼睛就看见儿子的脸。"她向丈夫的方向张望了一下,"怕他爸爸担心,不敢和他说。"

6月15日,夫妻俩来到位于武汉市石门峰陵园的武汉遗体捐献者纪念碑前,"张磊"是这块灰色石碑上的第385个名字。他们蹲下身去,轻轻地摸了摸那两个字。

半年前,张磊在京山结识了小他两岁的女友程丽。比起为生存忙碌的张磊父母,程丽似乎更了解这个年轻人:他心地好,说起话来总是细声细气的。他喜欢听陈奕迅的歌,喜欢玩"魔兽",有时也去打打桌球。他的笑容总是"很有感染力",在 KTV 里,这两个年轻人常常合唱"五月天"的《知足》,因为里面的歌词写道,"如果我爱上你的笑容,要怎么收藏,怎么拥有……"

像很多恋爱中的年轻人一样,程丽喜欢幻想自己未来的家,比如,"结婚照要挂在哪面墙上","书柜要什么样式的"。张磊总是笑着听,并向年轻的恋人保证:"我会好好赚钱,照顾你,照顾爸爸妈妈。"

一切都已经计划好了。等到张磊的工作稳定下来,他们就去两家见双方父母,定下婚期。

"总之,跟他在一起,怎么样都好。"这个刚刚 20 岁的女孩羞涩地笑了笑,眼角却依旧挂着忧伤。

2011 年 5 月 31 日早上 7 点,22 岁的张磊在小雨中走出家门,他拿起手机,打电话给程丽,督促她起床上班,不要迟到。他们正在电话里开心地聊着,程丽突然听到一声闷响,手机里再也没声音了。

唯有细节赋予文字镜头感

2011 年 7 月 23 日,甬温线发生特大铁路事故。在关于那场事故的海量报道中,来自《中国青年报·冰点周刊》的特稿作品《永不抵达的列车》在网络上被广泛转载。或许,你也曾为那篇特稿里的故事落泪,即使那个时候,你还不知道它的作者赵涵漠,也没有注意什么是特稿。

在《永不抵达的列车》刊发前一个月,《中国青年报》的第 798 期"冰点"特稿作品是《生命的礼物》,同样出自中国新生代特稿作者赵涵漠之手。比之广为人知的前者,这篇更早出现在报纸上的特稿作品并不逊色。它的线索非常简单,儿子意外去世,父母将其器官捐献。依照正常的新闻处理手法,这样的线索写成一则 800 字的消息足以,如果出现在微博上,也不过 140 字。但是,当它以特稿的形式出现时,篇幅却近 8 000 字。作者最终呈现出来的是一个用细节铺就的故事,多出来的那数千字不是唠叨,而是一场挖掘和还原。

这就是特稿的魅力。它以大篇幅不厌其烦地描写着的细节,无论是普通而微小的个体故事,还是庞大的时代以及繁杂的社会,统统蕴含其中。纵览全文,读者动容之处,也恰恰是这些尽可能详细的细节。

细节一:

我没想到,眼前会出现这样一对父母。

张天锐今年 49 岁,他穿着一件深蓝色的旧背心,又黑又瘦,满脸胡渣,总是皱着眉,额头上的皱纹就像是用刀刻上去的。当我主动向他伸出手时,感觉像握着一块粗糙的石头。母亲胡久红 48 岁,是个矮小的女人,她撩起裤腿时,会看到右腿只有左腿一半粗细,小儿麻痹症影响了她的一生。她走起路来很慢,一脚高一脚低。

这部分关于人物外貌的描写,出现在《生命的礼物》的开头,作者以此交代了她的惊讶。这对父母,普通甚至贫穷,他们俨然生活在社会底层。这样的经济基调,已经与捐献器官,而且是捐献自己过世儿子的器官这一先锋行为形成矛盾。而矛盾,正是一篇文章的引人注目之处。

采访对象的衣着、面貌、神情、体态,都是作者亲眼观察到的一种直观描写,而且在描写时,作者并不避讳被新闻写作视为大忌的形容词和副词,除此之外,作者将其与采访对象握手的直接触感也写在其中,这种来自作者的主观感受更是被一般的新闻写作视为不容。但是,这是一篇特稿作品,自有它的特别之处。它的底线从来不是"客观"、"公正"这些我们从接触新闻专业伊始便频繁与之相见的字眼,而是立于事实基础之上的"非虚构"。它允许形容词和副词的存在,允许比喻等修辞手法的运用,允许主观感受的出现,并因此增色不少。作为读者,通过这些与一般新闻写作不同的文字表现,在脑海中足以架构出这对夫妻的具体形象。通过文字提供一种具象的画面感,或许是特稿写作者描写细节的目标和动力之一。

除了这种直接观察而来的描写,这部分内容还出现了另外三个信息点,张天锐和胡久红的年龄,以及胡久红身患小儿麻痹症。显然,这是作者通过观察之外的渠道获知的,询问或者其他。比之对这对夫妻的外貌描写,这三个信息点着墨不多,也没有什么可以雕琢的技巧,但是,它们却是交融其中的。观察和询问,两种信息来源交织互补,相融于一种毫无违和感的细节描写之中。没有"记者看到",也没有"记者了解到"这种时常见诸报端的字眼,因为这篇特稿作品,是作者讲述的一个故事。是的,她在给读者讲故事,而故事的意境里,是不需要"记者"这样的字眼出镜的,即使需要作者出现来增强作品的现场感和直观感,也是一种我们很少在一般新闻写作中看到的"我",坦坦荡荡的第一人称。

"故事故事,细节细节。"将故事故事化,细节细节化,这是特稿以及一些深度写作的处理方式。

细节二:

半年前,张磊在京山结识了小他两岁的女友程丽。比起为生存忙碌的张磊父母,程丽似乎更了解这个年轻人:他心地好,说起话来总是细声细气的。他喜欢听陈奕迅的歌,喜欢玩"魔兽",有时也去打打桌球。他的笑容总是"很有感染力",在 KTV 里,这两个年轻人常常合唱"五月天"的《知足》,因为里面的歌词写道,"如果我爱上你的笑容,要怎么收藏,怎么拥有……"

像很多恋爱中的年轻人一样,程丽喜欢幻想自己未来的家,比如,"结婚照要挂在哪面墙上","书柜要什么样式的"。张磊总是笑着听,并向年轻的恋人保证:"我会好好赚钱,照顾你,照顾爸爸妈妈。"

一切都已经计划好了。等到张磊的工作稳定下来,他们就去两家见双方父母,定下婚期。

"总之,跟他在一起,怎么样都好。"这个刚刚 20 岁的女孩羞涩地笑了笑,眼角却依旧挂着忧伤。

2011 年 5 月 31 日早上 7 点,22 岁的张磊在小雨中走出家门,他拿起手机,打电话给程丽,督促她起床上班,不要迟到。他们正在电话里开心地聊着,程丽突然听到一声闷响,手机里再也没声音了。

如果你曾经阅读过《永不抵达的列车》,一定觉得这样的结尾方式似曾相识。作者通过生者的回忆,尽可能地还原死者生前的细节。而这些细节,在彼时的生活中,或许只是极为寻常的一幕,寻常到如果不是发生死亡事件,它们都不可能在生者的记忆里久存。但是,因为主角的一去不返,这些生活里的寻常镜头却变得尤其珍贵,这些都是死者留在世界的最后影像。在《永不抵达的列车》中,逝者留给世间的最后一点讯息,是手机听筒里传来的一丝轻微的声响。声波的这一端是一位普通的母亲像往常一样等待归家的女儿,声波的那一端则是即将隔世的死亡。在这篇《生命的礼物》中,结尾出现的道具也是手机这一在生活中最为寻常的通讯工具,那声最后的闷响,却是作者不愿直面描写的死亡,而这种间接的表现却比直面描写的死亡更能触动人心,一方已经经历人世之永诀,而另一方却依然如寻常般等待。这种生命戛然而止的突然,总是异常惨烈。

赵涵漠曾介绍她的特稿写作经验,其中一条便是要尽可能地问,甚至连新闻事件当天的天气和具体的时间点也不放过,因为她需要细节支撑她的故事。在这篇《生命的礼物》中,天气便是一个重要的细节,细节到读者似乎亲眼看见了事发当天的情景。譬如结尾最后一个自然段的第一句,时间具体到早上的 7点,天气小雨,动作是拿起手机,打电话的内容是督促女朋友起床。除此之外,这样的细节还有 KTV 里的歌词、年轻恋人之间关于未来的琐碎幻想,以及生者生前睡的床、生活费的来源、变动和父母将其寄出的方式,甚至事发当天出门时候的穿着。而在《永不抵达的列车》一文中,这样的细节则变成了死者生前在篮球赛中的奔跑、脖子上的挂件、火车票的改签心情等。

唯有细节,能够赋予文字镜头感,以画面的方式给读者讲述一个具象的故事。而这,便是特稿胜于其他的魅力之一。

第三篇　回　家

《中国青年报》冰点特稿　林天宏

1. 在前往地震重灾区映秀镇的山路上,我第一次遇见了程林祥。

那是 5 月 15 日下午大约 2 点钟的时候,距离 5·12 汶川特大地震发生已近 3 天。大范围的山体滑坡和泥石流,摧毁了通往映秀镇的公路和通讯,没有人知道镇子里的情况究竟怎么样。我们只能跟随着救援人员,沿山路徒步往里走。

那已经不能称之为"路"了。连日的大雨,把山路变成了沼泽地,每踩一步,大半只脚都会陷进泥浆里。无数从山上滚落的磨盘大的石头,在人们面前堆成一座座小山。

救援者几乎每人都背着 30 斤重的救援物品,在烂泥浆和乱石堆中穿行。他们一边要躲避山上不时滚下的足球大小的碎石,一边要防止一脚踏空。在脚边十余米深的地方,就是湍急的岷江。那是雪山融化后流下的雪水,当地人说,即便是大夏天,一个人掉下去,"五分钟就冻得没救了。"

沿途,到处是成群结队从映秀镇逃出来的灾民。他们行色匆匆,脸上多半带着惶恐和悲伤的神情。这时,我看见一个背着人的中年男子,朝我们走来。

这是一个身材瘦小、略有些卷发的男子,面部表情看上去还算平静。背上的人,身材明显要比背他的男子高大,两条腿不时拖在地面上。他头上裹一块薄毯,看不清脸,身上穿着一套干净的白色校服。

同行的一个医生想上去帮忙,但这个男子停住,朝他微微摆了摆手。"不用了。"他说,"他是我儿子,死了。"

在简短的对话中，这个男子告诉我们，他叫程林祥，家在离映秀镇大约25公里的水磨镇上。他背上的人，是他的大儿子程磊，在映秀镇漩口中学读高一。地震后，程林祥赶到学校，扒开废墟，找到了程磊的尸体。于是，他决定把儿子背回去，让他在家里最后过一夜。

紧跟程林祥的，是他的妻子刘志珍。她不知从什么地方捡来两根树干，用力地拿石头砸掉树干上的枝杈，然后往上缠布条，制造出一个简陋的担架。在整个过程中，她始终一言不发，只是有时候略显暴躁地骂自己的丈夫："说什么说！快过来帮忙！"

担架整理好后，夫妻俩把程磊的遗体放了上去。可担架太沉，他们抬不上肩膀，我们赶紧上去帮忙。

"谢谢你。"她看了看我，轻声说道。原本生硬的眼神，突然间闪现出一丝柔软。

在那一刻，我的心像被什么东西狠狠揪了一下。

因为急着往映秀镇赶，我不能和他们过多交流。望着夫妻二人抬着担架，深一脚浅一脚离去的背影，想到这一带危机四伏的山路，我决定，从映秀镇回来后，就去找他们。

2. 5月16日，我从映秀镇回到成都。从那天开始，一直到21日，每隔几小时，我就会拨一次程林祥给我留下的手机号码，但话筒那边传来的，始终是关机的信号。

5月21日上午10时，在结束了其他采访后，我和摄影记者贺延光商定，开车前往水磨镇，去找寻这对夫妻。

从都江堰前往水磨镇的那段山路，已经被救援部队清理过，勉强能够通车。但这几天，余震始终没有停止，路上又增加了几处新的塌方点，很多路段仅能容下一车通过的宽度，路旁不时可以看到被巨石砸毁的面目全非的各种车辆。去过老山前线的贺延光说，这些车就好像"被炮弹击中了一样"。

路上，我们还经过了两处很长的隧道。地震给隧道造成了严重的破坏，在车灯隐约的照射下，能看到山洞顶部四处塌落，裸露在外的巨石和钢筋张牙舞爪。隧道内还有一些正在施工的大型车辆，回声隆隆，震得人耳膜发胀。

　　黑暗中,我突然间意识到,数天前,程林祥夫妻走的就是这条山路,抬着儿子的尸体回家。在四周一片黑暗的笼罩下,他们会是怎样一种悲伤与绝望的心情?甚至,他们俩能够安全到家吗?

　　到水磨镇后,我才终于松了一口气。

　　镇上的许多居民说,数天前,他们都看到过一对夫妻,抬着儿子的尸体经过这里,往山上去了。但他们不认识这对夫妻,也不知道他们住在哪里。

　　水磨镇派出所的一位警察说,本来,他们可以通过全国联网的户籍档案,查到程林祥的住址。但现在,镇上没有电,网络也不通,没有办法帮助我们。

　　程林祥没有给我们留下详细地址,但在之前简短的对话中,他曾告诉我们,他的二儿子程勇,在水磨中学上初中。

　　果然,水磨中学的很多老师都认识程磊和程勇。他们告诉我们,程林祥的家,就在小镇外山上几里地的连山坡村。

　　和映秀镇比,地震给这个小镇带来的破坏不算太严重,两旁还有不少比较完整的房屋。前方的路已经不能通车,我和贺延光小心翼翼地穿过满是砖块和瓦砾的街道,沿途打听前往连山坡村的道路。

　　3. 下午3时许,在山下的一个救灾帐篷前,我们终于找到了程磊的母亲刘志珍。

　　刘志珍已经不太认得我们了。但当我们告诉她,那天在映秀镇的山路上,是我们帮她把担架抬上肩膀时,她原本陌生的眼神,一下子变得热切起来。

　　"对不起,对不起。"她开始不住地向我们道歉。因为她觉得,那天在山路上,她对我们很冷漠,"有些不够礼貌。"

　　这天下午,有部队把救灾的粮食运到镇上,她和程林祥下山去背米。老程已经先回山了,她听村子里的邻居们说,都江堰有很多孤儿,便聚在这个帐篷前,商量起收养孤儿的事情。

　　"这几天,我心里空荡荡的。"在带我们回家的山路上,这个刚失去爱子的母亲边走边说,"有人劝我再生一个,可我觉得,这也是浪费国家的资源。不如领养一个孤儿,然后像对程磊一样,好好对待他。"

　　我们都沉默了,实在不知道该说什么好,只能跟着她,沿着泥泞的山路往上走。

程林祥的家，在连山坡村的半山腰上，一座贴着白瓷砖简陋的三层小楼。这本是一个四世同堂的大家庭，程磊96岁的曾祖母还健在，爷爷奶奶还能下地干农活。这对只有初中文化的夫妇，原本在镇上的一个建筑公司打工，他们每个月收入的一半，都要用来供养两个孩子上学。

程林祥还认得我们。"我们家盖房子，没和别人借一分钱。"他颇有点骄傲地说。而更让他骄傲的是，两个儿子都很懂事，在学校的成绩也都不错，前一阵时间，他还在和妻子商量着外出打工，为兄弟俩筹措上大学的学费。

但现在，一场大地震之后，原本洋溢在这个家庭里的圆满的快乐，永远地消失了。

4. 地震发生的时候，程林祥夫妇都在镇上的工地里干活。一阵地动山摇之后，镇上的一些房子开始垮塌，夫妻俩冒着不断的余震，往家里跑。

家里的房子还算无恙，老人们也没受伤，没多久，在水磨中学上课的二儿子程勇也赶到家里。他告诉父母，教学楼只是晃了几下，碎了几块玻璃，同学们都没事。

夫妻俩松了一口气，他们并不清楚刚刚的地震意味着什么。程林祥甚至觉得，远在映秀读书的程磊"最多就是被砖头砸了一下，能有什么大事呢"。

但从外面回来的邻居们，陆续带回了并不乐观的消息。镇上的房屋垮了一大半，通往外界的公路被山上滚下的巨石堵住了。村子活了七八十岁的老人都说，他们一辈子没见过"这么大的动静"。

在持续不断的余震中，夫妻俩忐忑不安地过了一夜，13日早上7时，他们冒着大雨，前往映秀镇的漩口中学，寻找在那里读高一的大儿子程磊。

通往映秀镇的道路，已经被连夜的山体滑坡摧毁，许多救援部队正在徒步赶往这个和外界失去联系的小镇，夫妻俩跟着部队一路小跑，上午11点钟，他们赶到了映秀镇。

可呈现在这对满怀希望的夫妻面前的，却是一幅末日景象。

程磊就读的漩口中学，位于镇子的路口。此时，这座原本6层的教学楼，已经坍塌了一大半，程磊所处4层教室的那个位置，早已不存在了。

整个镇子变成一片瓦砾场。幸存下来的人们,满脸惊恐的表情,四处奔走呼喊,救人的声音此起彼伏。连夜徒步几十里山路,刚刚赶到的搜救部队,都来不及喝一口水,就投入到了救援中。

夫妻俩穿过人群,来到了漩口中学前。逃出来的孩子们,在老师的帮助下搭建了一些简陋的窝棚。他们找遍了窝棚,只遇到程磊班上的十几个同学,他们都没有看见程磊。其中一个同学告诉程林祥,地震前,他还看见程磊在教室里看书。

那一瞬间,夫妻俩觉得好像"天塌了"。

他们发疯一样地冲上了废墟,翻捡起砖块和碎水泥板,用双手挖着废墟上的土,十指鲜血淋漓,残存的楼体上坠落下的砖块,不时砸落在身边,他们却毫无感觉。

5. 夜幕降临,映秀镇依旧下着大雨,什么都看不见了。

夫妻俩无法继续搜寻,和程磊班上的孩子们挤在一个窝棚里。懂事的同学们都上来安慰他们,说程磊不会有事的,他可能藏在某个地方。还有同学宽慰说,如果程磊真的不在了,"我们都是你的孩子"。

但夫妻俩什么话都听不进去,一整天,他们粒米未进,一口水也没喝,只是望着棚外大雨中那片废墟发呆。

夜里的气温越来越冷,程林祥只穿了一件短袖衫,刘志珍穿了一件外套。她犹豫了一下,还是把外套递给了学生们。那天晚上,这件外套传遍了窝棚里的每一个孩子。

14日早上,天刚刚亮,彻夜未眠的夫妻俩突然升起一个希望的念头:程磊有可能已经回家,他们只是在路上彼此错过去了。想到此,夫妻俩一刻也呆不下去了,急匆匆步行4个多小时,回到了水磨镇的家中。

可儿子并没有回来。

这天晚上,刘志珍仍是难以入眠。凌晨三四点钟,以前从不沾酒的她,灌下一大口白酒,昏昏睡去。

天快亮的时候,昏睡中的刘志珍突然间听到一个隐约的女人声音:"你的儿子还在里面,明天去找,能找到的。"她一下子从梦中惊醒。

这一夜,程林祥也做了一个梦,他模模糊糊地看到,儿子正一个人坐在教室的角落里看着书,还抬头冲他笑了一下。

于是,天刚刚亮,夫妻俩又抱着一线希望,再往映秀镇。他们随身带了一套干净的校服,和一条布绳,想着要是儿子受伤了,就把他背回来。

但残酷的现实,瞬间打碎了夫妻俩的幻想。

6. 发现程磊的时候,他的尸体,被压在一块巨大的水泥板的缝隙里。

那是 15 日上午 10 点钟左右,程林祥夫妻又站在了漩口中学的废墟前。"像是冥冥之中有人在召唤",程林祥绕到了废墟的背面,走到了一块水泥板前,他把身子探进那条 20 公分左右的缝隙,便看到了儿子和另外两个同学的尸体。

夫妻俩顾不得哭,他们想把程磊的遗体从缝隙中拉出来,可是缝隙太小了。

夫妻俩跑下废墟,向跑来跑去的救援部队求援,刘志珍一次又一次地给经过的人们下跪,把膝盖跪得青紫,可并没有人理会他们。只有一个士兵过来看了看,无奈地说:"现在我们要先救活人,实在顾不上,抱歉。"

程林祥不知从什么地方捡来了一根铁镐,这个父亲用力地砸着那块巨大的水泥板。半个小时后,水泥板逐渐被敲成了碎块,他俯下身去,把找寻了两天的儿子,从废墟中拉了出来。

从程磊倒下的姿势,可以推测地震发生时的情形:他和两个同学从教室跑出,但楼体瞬间塌陷,顶上落下的水泥走廊,把他们压在了下面。

程磊的身上没有血迹,他的致命伤在头部和胸口。后脑上有一个拳头大的伤口,数吨重的水泥板,把他的胸骨全部压断。

母亲想给他换上带来的新衣服,但程磊的全身已经僵硬。夫妻俩跪在他的尸体前,抚摸着他的手脚,一遍遍地呼唤他的名字。

几分钟后,程磊的四肢竟慢慢地变软,母亲把他身上的脏衣服扯下,为他套上了干净的校服,然后在头上裹上了带来的薄毯。

程林祥把儿子背到了背上,他停住身,掂了掂儿子身体的重量,走上了回家的路。

7. 在采访中,我问了程林祥一个很无力的问题:"你想过吗? 回去的路上会有多危险?"

"我要带儿子回家,不能把他丢在废墟里。"这个原本貌不惊人的男子身上,突然间散发出一种平静的力量，"我只想，我每走一步，他就离家近一步。"

可那时走过映秀镇山路的人都知道，沿途的山上，会不时滚下碎石，余震不断，路滑，脚边就是湍急的江水，正常人走路都很艰难，而程林祥的背上，还背着近一百斤的儿子。

正在长身体的程磊，身高1.65米，已经比父亲高出了2厘米。趴在父亲的背上，他的双脚不时摩擦着地面，每走几步，程林祥就要停下来，把儿子往上掂一掂。刘志珍在丈夫身后，托着儿子的身体，帮助他分担一些重量。

程林祥把儿子的双手绕过脖子，轻放在自己的身前。一边走，程林祥一边和儿子说话："幺儿，爸爸带你回家了。你趴稳了，莫动弹啊。"

儿子的身体在背上起伏着，带出的一丝丝风响，像是一声声呼吸，掠在程林祥的脖颈上。有那么一瞬间，他甚至觉得儿子还活着，还像小时候那样，骑在爸爸的身上，搂着爸爸的脖子。

程林祥的力气原本不大，在工地上，别人一次能背二十块砖头，可他只能背十多块。可此时，他似乎觉得"身上有使不完的力气"，背着儿子一步步地往前走。

在路上，有好几次，他都险些被山上滚下的石头砸中。但那些石头只是擦身而过，落进下面的江水里，发出沉闷的声响。

"我知道，幺儿一定会在天上保佑着我，让我们安全到家。"程林祥心中默默想着。

那天早上，在遇见我们后，刘志珍制造了一副简陋的担架。在比较平缓的路段，她就和丈夫一起抬着儿子走，当担架无法通过时，程林祥依旧把儿子背在背上，一步步爬过那些巨大的石块。

一路上，程林祥常常滑倒，程磊的遗体摔到了地上。他一边和儿子道歉，一边把他重新背起。

许多迎面而来的救援者，在遇见这对带儿子回家的夫妻后，都向他们伸出了援手。有几个士兵帮助他们，把担架抬过了最危险的一个路段，还有人给了他们一瓶水，但程林祥并没有收下，他瘦弱的身躯，再也无法承受多一斤的重量。

此时，通往映秀镇的水路已经打通，人们可以坐着冲锋舟，在都江堰的紫坪铺水库和映秀镇外五公里的汶川铝厂码头来往。渡口上有很多等船的灾民，但当知道程林祥背上背的是死去的儿子时，人们默默地为他们让出了一条路。

冲锋舟溅起的水花，不断打在程磊的身上，细心的母亲连忙为他擦去水渍，船上的人们也默默地看着他们。

晚上8点，程林祥夫妻带着儿子，终于回到了水磨镇。闻讯赶来的邻居们从他们肩上接过了担架，那一刻，夫妻俩突然间觉得身上的力气消失得干干净净，他们一下瘫软在地上。

他们的肩膀，已经被树干上未除干净的分岔，扎出了一个个血洞，但那时，他们察觉不出一丝的疼痛。一路上，也自始至终没有掉过一滴眼泪。

8. 在采访中，程林祥和刘志珍都拉开衣襟，给我看了他们的肩膀，上面划着一道道深紫色的还未愈合的伤口。

但我能察觉到，更深的伤口，其实刻在这个家庭每个成员的心里。

程磊的奶奶这些天一直在后悔，程磊离开家的那天，去摘家里樱桃树上的樱桃，她怕树滑摔着，狠狠骂了程磊几句。

"我的好孙子啊，"这个老人仰天痛哭道，"你回来吧，奶奶让你摘个够啊！"

程林祥的爷爷，要把自己已经预备好的棺材让给程磊用，但程林祥阻止了他。他知道，如果用了老人的棺材，程磊走得会不安心的。

但程林祥也满心遗憾。因为突如其来的死亡，来不及向棺材铺的木匠定做，他只能买到一口顶上有一处烧焦痕迹的棺材。"不知道儿子会不会怪我。"他内疚地说。

15日那一整夜，程家所有人都静静地坐在家后面的小山坡上，十几位邻居也陪着他们，没有人说话。中间的担架上，躺着程磊穿着干净校服的遗体。那天晚上，月亮很圆很亮，程林祥可以很清楚地看到，在月光的抚摸下，儿子脸上的表情，如熟睡般平静。

16日早上，天色慢慢放亮，程林祥放了一挂鞭炮，然后和二儿子程勇一起，把程磊的尸体轻轻放进了那口有烧焦痕迹的棺材里。

程勇和哥哥的感情很好，兄弟俩从小到大都住在一个房间里，即便在盖了三层的小楼后,还是不愿意分开。

这时,程勇发现,哥哥本是伸直的手指,突然间握成了一个拳头。他呼唤着哥哥的名字,把他的手指一根根拉直。然后,他亲了亲哥哥的脸,把一个手电和两本书放在了哥哥的头边,慢慢合上了棺盖。

在回忆这些事时,刘志珍一直抱着一个土黄色的镜框,里面镶有许多儿子年幼时的照片。偶然间有泪水滴在上面,她赶紧用袖子擦去。

可长大后的程磊不爱照相。最新的一张照片,还是他一年前参加中考时的报名照。这些天,她一直把它放在口袋里,不时地拿出来看一看。

9. 在亲人们断断续续的回忆中,我逐渐拼凑出程磊完整的样子。

这是一个很清秀的大男孩,小时候,常有人笑话他长得像"女娃"。他的脸上有两个小小的酒窝,笑起来总是很羞涩,很内向,不大爱和陌生人说话。

程磊的成绩一直不算太好,但初三那年,他突然和父亲说,自己要好好读书,以后准备考大学。初三下学期,他的成绩开始突飞猛进。去年7月,他考上了当地最好的高中,上学期,他的成绩是班上第一名。

因为父亲总在镇上打工,程磊和母亲呆的时间更长,性格受母亲的影响也更多一些。他常帮母亲打扫房间,洗衣服,没事的时候,爱和母亲坐在堂屋的饭桌前,细声细气地说话。母亲一直喊他"幺儿"(注:小儿子),即便有了二儿子程勇后,也没改口。

程磊的理想曾让母亲感到吃惊。今年春节前的一个晚上,他突然告诉刘志珍,自己以后要当一个山村教师,"去帮助那些山里的穷孩子们"。

"当山村老师很苦的。"母亲说。

"苦也苦得值得,我不怕。"程磊回答。

他脾气很好,和班上的同学们一直处得很融洽,从来不像同龄的一些男孩一样喜欢打架。他体育不好,开家长会时,老师还劝过刘志珍:"程磊老是一个人在教室看书,你要劝他出去活动活动啊。"

程磊的手很巧。在他的书架上,还摆着几件他自己制作的手工作品。他很爱护书本,从来不在书上打折或者乱写字。那些纸制的台灯、笔筒,都是他用从废挂历上裁下的纸张做的。

春节时,母亲给他买了一件红黑相间的羽绒服,衣服大了,程磊有些不高兴,母亲还安慰他:"你一直在长身体,明年这个时候,衣服就能穿了。"

这几天,家里人收拾出程磊生前穿过的衣服,满满当当地放在他的床上。父亲和二弟程勇怕刘志珍睹物思人,想把这些衣服丢掉,可刘志珍坚决不同意,说是要留个念想儿。

刘志珍已经好几夜睡不着了。她只是躺在儿子的床上,摸着他的衣物,喝些白酒,才能隐约入睡。她总是希望自己能做梦,在梦里儿子能够出现。可每天早晨醒来,等待她的,都是失望。

"幺儿,"她轻拍着程磊的坟头,小声说道,"妈妈现在只有一个念想儿,妈妈晚上做梦的时候,你来陪妈妈说说话,好不好?"

她说这些话的时候,父亲程林祥一直在边上垂着头,用手拭去不断涌出的眼泪。

本来,在整个采访过程中,我一直抑制着不断涌上的悲伤。因为我知道,自己只不过是一个记者,一个旁观者,也许我永远也不可能真正理解这个家庭,这个母亲失去至亲、爱子后的悲恸和痛苦。

但就在这一刻,我突然想起千里之外的父母,在知道我来震区采访后,他们那彻夜难眠的焦虑的脸庞,再也控制不住夺眶而出的泪水。

10. 程磊的坟,就在家后面几十米的山坡上。

这是一块几十平方米比较平缓的空地,一面朝着山下,边上有条小河,风景很好。坟边的树林里,有鸟儿在枝间跳动,发出清脆的鸣叫。

程家在这里有几亩田地,离家的前一天,程磊还在这里帮着奶奶收割油菜。小时候,他很喜欢和小伙伴在这儿玩耍,吹吹风,钓钓鱼,偶尔抓住一只小鸟,他会把鸟儿喂饱,然后放走。

但现在,这里只有一座用石头垒起的小小的新坟。坟前没有墓碑,只插着几束已经熄灭的香。地震后,家中找不到完整的容器,父亲找到一个缺了大半个角的白瓷盘,上面放着两块芒果味的威化饼干,当作祭品。

程磊并不爱吃这些零食,但地震后,路断了,食品供应上不来,找不到他生前最爱吃的苹果和橘子。这让家人们觉得心里很不安。

"会慢慢给他补上的。"刘志珍说，"以后，我们一边种田，一边陪着他。一家人还是在一起。"

离坟不远，就是程家住的救灾帐篷。通讯中断后，他们只能通过一台小收音机，来了解外面的信息。5月19日的全国哀悼日，一家人觉得也应该做点什么。

村子里找不到旗杆，也没有国旗，他们便在帐篷边竖起一根竹竿，在竹竿的中部捆上一块红布，就算是下半旗了。每天下午的2时28分，这户农民就在旗杆下站上一会儿，用自己的方式，来表达对死难者的哀悼。

偶尔有微风吹来，这块微微抖动的红布，和天蓝色的帐篷布，构成了山坡上的一缕亮色。

这天傍晚6时半，在这根竹子制成的旗杆下，摄影记者贺延光为这个大家庭，拍下了灾后的第一张全家合影。除了被亲戚接去外地避难的二儿子程勇外，这个家庭的成员——曾祖母、祖父、祖母和程林祥夫妇，全部在场。

程磊也没有缺席，母亲一直捧着那个土黄色的镜框。在母亲的怀里，他面对着镜头，依旧露出发黄而羞涩的微笑。

5月11日的那个上午，这个懂事的大男孩洗掉了家里所有的脏衣服。吃过午饭后，他从父亲那儿接过100元钱生活费，叮嘱正在院子里学骑摩托车的弟弟注意安全，然后挥手微笑着和母亲作别，跳上了前往学校的汽车。

一天后，突如其来的大地震，把他淹没在倒塌的教学楼里。

诉说一场世间的悲伤

发生在2008年5月12日的那场大地震，已经成为很多人偶尔才会拾起的记忆。彼时，未能亲赴现场的人们，借助各种媒介上翻滚的海量信息，在自己的脑海中构造了一个灾难场景，由此生发悲伤。

时间渐远，如果不是那场大地震中的当事人，悲伤已经成为一种陌生的情绪。人们甚至已经忘记,彼时的他们到底接触过与地震有关的哪些具体新闻。

这并非媒体提供信息的失败,有些新闻信息只是在当时担当告知的功能,随后消失在人们的话题之中。即使有一天,它们被再度翻出来,也难以勾起人们的任何情绪。

但是,也有些与那场灾难有关的信息会让人们一直念念不忘,譬如来自《中国青年报》的冰点特稿《回家》。

再读一遍,彼时的悲伤汹涌而归。

特稿总是这样,能够帮助它的读者留存情感记忆。从一开始,特稿写作的目的就不仅仅是告知,而是传递情绪、观点、判断等这些被客观新闻写作视为天敌的主观内容。它带着彼时的情感永存,无论它在何时何地被再度翻出,永远能帮助人们找回最初的共鸣。

《回家》从第一个字开始,便在诉说一场世间的悲伤,来自采访对象的、来自写作者的、来自这场灾难本身的,还有来自我们的国家、民族以及社会的,如果读者的想象力足够宏大的话。

后来,写作者在与媒体的交流中说到这篇特稿的相关背景,"电视 24 小时滚动,网站也是 24 小时滚动,所有的信息海量地涌过来,你作为一个报纸该怎么立足呢?你发回稿子,你是完成任务了,可问题是你能为这场灾难留下什么呢?你为自己留下什么东西呢?你为中青报留下什么东西呢?"

的确,那场灾难发生在媒体技术先进、信息通达的现代社会,只要没有人为的阻止,媒体人能从现场发回即时又真切的信息,但是,灾难过后,这些信息却很难留下什么,甚至很难再被它们的受众想起。受众也随着对这些信息的淡忘而模糊了对那场灾难的记忆。但是,特稿作为深度写作的一种,弥补了这种缺憾,其中重要的原因便是它自身所带有的那种主观内容。

在后来的灾难报道中,《回家》的作者林天宏又写出了其他的特稿故事,譬如北京暴雨之后的那篇《不知死于何时》,同样蕴含着一种难以磨去的悲伤情绪。作者在他的稿件中,毫不吝啬地表达他的情绪,他的价值观和判断力。

某种意义上说,教科书上恪守的那些新闻写作规则,在特稿面前都是失效的。但是,打破那些规则的特稿,却被它的读者记住,在一场新闻事件之后,真正的留下了些什么。

《回家》获得了《南方周末》当年的年度传媒致敬之特稿写作奖。致敬理由这样写道：

8万多人的生死劫难中，有一篇讲述寻常百姓故事的《回家》，是幸运的；但只有这么一篇，却是令人遗憾的。

在大部分媒体耽于信息快报和面上悲壮的渲染时，以8 000字的篇幅聚焦一个寻常"草民"的悲欢，已足显情怀，回归最纯粹的寻找好故事的冲动，收获了好评。

客观而言，《回家》并没有精到的谋篇布局，亦没有文字的匠心考究，记者只是以第一人称出场，以类似手记的风格，娓娓道来，只见朴实的行文，真实的细节以及于无声处情绪的淡淡流露，却引起了读者最真切的共鸣。

在众多地震报道中，《回家》的与众不同，只是在提醒一个常识，普通人的情感悲欢，才最容易打动普通人；亦提示新闻从业者另外一种可能，在国内新闻专业主义日受推崇的当下，一些超越新闻固有形式，最朴实直观的记录也能带来深刻的感动。

对于报道的作者，还应持有另一份嘉许：在触目皆是新闻的震区，能够克制住求大求全的报道欲望，反躬常人，孤注一掷于一个看似普通故事的决心和一究到底的沉着。这亦是精准判断力和内心自信的体现。

第四篇　葬我于故乡

《中国青年报》冰点特稿　赵涵漠

葬我于高山之上兮,望我故乡;故乡不可见兮,永不能忘。葬我于高山之上兮,望我大陆;大陆不可见兮,只有痛哭。天苍苍,野茫茫,山之上,国有殇。

——于右任《望大陆》

高秉涵瘦削的手臂中抱着一个泛着青白色光的骨灰坛。他站在村子的西头,仔细地回忆骨灰主人生前的心愿。

临终前,那个在台湾孤零零大半辈子的老兵嘱咐高秉涵,一定要将自己的骨灰送回老家山东菏泽定陶县,撒在"村西头一华里处的一棵槐树下"。

"那块地就是我的。"老兵骄傲地说。

可是当高秉涵从台湾来到这个小小的村庄时,却发现根本找不到让老兵念叨了一辈子的老槐树。时间带走了老兵的生命,也带走了槐树。最终,他只得在一群围观者怀疑的眼神中,打开骨灰坛,将白色的骨灰撒向一片玉米地,"老哥,你落叶归根了,安息吧。"

44公斤的老人和57坛骨灰

在台湾生活长达61年的菏泽人高秉涵清楚地知道,对那些大半生住在海岛上的"外省人"来说,这条通往家乡的路意味着什么。

"没有不想家的。"这几乎是侯爱芝所能讲出的最长的句子。这位80多岁的菏泽老人住在台北,离家已有 60 多年了。从她脸上深深的皱纹和褐色的老年斑中,难以看出那段留在故乡的青春。

她偏瘫了,半边身体不能动弹,语言能力也丧失了大半。她只能终日坐在一把木椅上。"想家。"老人有时会努力地挤出这两个字,眼里渗出浑浊的泪水。

另一位菏泽同乡是一个 83 岁的老兵。他患上了老年痴呆症,无法出远门,但两岸通航后,却总是念叨着要回老家看看。儿子用轮椅推着他来到机场,当看见即将启程的老乡们时,他像个孩子一样兴奋地叫起来:"回家了,我要回家了。"儿子推着他在机场转了几圈,又把他抱上了返回台北的汽车。老人一直幸福地望着窗外,他真的以为自己就要踏上归途。

高秉涵说,对于这些在台湾生活了大半辈子的老人,回家,就是天大的事。正因为如此,他想尽一切办法帮助同乡们完成回家的梦想。而许多菏泽同乡,也安心地将自己人生最后的希望交到他的手上。

他甚至成为一些同乡户籍卡上的紧急联络人。有好几次,他被紧急叫到医院,弥留的同乡只有一个请求,让他把自己的骨灰送回菏泽老家。"我说好,你放心。他们就吧嗒吧嗒地落泪,然后就走了。"高秉涵低声回忆道。

去世的老乡越来越多,高秉涵背负的嘱托也越来越重。自从 1992 年他带着第一坛同乡的骨灰回到山东,至今,已有 57 坛。

对这个身高 175 厘米、体重却只有 44 公斤的老人来说,这绝不是一件轻松的事情。这些骨灰坛由青白色大理石制成,每一个都重达 10 公斤。为了不出差错,高秉涵一次最多只能往回带 4 坛。每次临近返乡,他都要跑到花莲、宜兰等地的军人公墓,将等待回乡的骨灰坛接走。

一年夏天,他从台北赶去花莲的军人公墓办理骨灰迁移手续。没料想,台风来得突然,倾盆大雨从天而降,下山的桥被洪水拦腰冲断,他抱着冰冷的骨灰坛躲在空无一人的墓地。雨下得大了,"浑身就像泡在水里"。他发现附近为死去的"有钱军人"修建的凉亭,便捧着骨灰坛在亭子里蹲了一整夜,直到第二天才被直升机救出。

家人并不同意老人的行动,"没有谁愿意家里摆着好几坛外人的骨灰"。为此,他不得不将骨灰摆进地下室,而自己就睡在一旁,借此安慰子女,"有我陪着这些老哥，他们的鬼魂就算回来，也不会去找你们的"。

把骨灰从台北带回山东是个极其艰难的过程。这些被密封起来的骨灰坛，常常被误认有"藏毒的嫌疑"，高秉涵必须通过繁琐复杂的安检程序。并且，因为害怕骨灰坛摔碎，他从来不敢托运。即便带上飞机，他也只能小心地抱着，生怕空乘人员和周围的乘客发现。

他曾经因为要照顾同行的另外一位老人，在海关遗失了一坛骨灰，也曾经因为没拿稳，把骨灰坛摔碎。但是最终，他还是把这些骨灰送回了那些逝者们生前无法回到的故乡。

只要还有一个人要回家，我就陪着他们

在台湾，200 多个从菏泽一路历经战火和逃难来到这里的人组成了"菏泽旅台同乡会"。高秉涵因为来台时年龄最小，在同乡会里也最年轻，被推选为会长。

对他来说，会里的每一个同乡都是他的父兄、母姐。他坚持每年清明或中秋陪着想要回家的同乡一道返乡，"我答应过他们，只要还有一个人要回家，我就陪着他们一起回来。"

说这话的时候，高秉涵似乎已经完全忘记，自己也是一位 75 岁的老人了。

其实，菏泽只是他生活了 13 年的地方，如今他在那里已没有"五服以内的亲人"。但因为这些同在异乡的乡亲，菏泽不仅意味着故乡，也意味着他身上背负的、关于回家的约定。

高秉涵成了菏泽同乡的中心人物。这些一辈子都未忘乡音的菏泽人频繁地聚会，只不过，他们的话题屈指可数：家乡的样子，逃难的经历。他们一遍又一遍地重复着自己的故事，以至于后来高秉涵的太太都不愿意参加这样的聚会，因为"每次都听同样的事情"。

即便在家里，高秉涵也总是在饭桌上兴高采烈地讲起小时候在乡间犁地，和父亲清晨跑到"黑豆棵"里捉鹌鹑，讲起老家的风俗"压床"。当然，还有许多逃难路上的故事。

以下就是那被上百次反复讲述的故事之一。

厦门海岸上的一个秋夜，中秋节刚刚过去，"月光很亮"。高秉涵和海滩上成千上万人一样，焦急地等待着前来带他们到海峡另一边的船。天还没亮，两艘登陆艇悄悄地靠岸，逃难的人们"像流水一样疯跑"，想要抓住最后一根离岸的稻草。

这个当时只有 14 岁的男孩，只能跟着人流向前挤，一开始是在地上跑，但很快就变成了"在被踩死的尸体上跑"。身后的士兵甚至用枪托打在他身上，想要踩着他登船。

天已大亮，当他在最后一刻挤上船时，一颗炮弹落在船上，硝烟和血雾弥漫在一起。那些未能登船的士兵绝望地哭喊着，有的拿起枪向船上扫射。舱门关闭，将正在那里的难民拦腰夹断。船上幸存者所能做的，只是将尸体和残肢不断地扔进海中。

当登陆艇离去时，海水变成了猩红色。高秉涵站在船舱盖子上，那里到处是人，甚至连蹲下的空间也没有，空气中飘荡着"火药和血的味道"。

他漂落到了大海的另一边，再也见不到自己的母亲。但是，当时的他甚至不知道那样一个充满诀别意味的清晨，究竟是哪一日。数十年后，他在图书馆翻查史料，才发现自己乘坐的是那一年由厦门驶往台湾的最后一班船。日期：1949 年 10 月 16 日。仅仅就在半个月之前，在遥远的北京，一个新的共和国成立了。

那个被他一刀一刀刻进心里的故乡

此岸，曾经像是一生也回不来的地方。

但高秉涵和那些一直坚称自己"旅居台湾"的老人一样，从未放弃寻找触摸故乡的机会。菏泽同乡卞永兰就是其中的一位。上世纪 60 年代，她取得了阿根廷护照。1982 年，她终于在从阿根廷到台湾的旅途中找机会回到菏泽。

她的记事簿上密密麻麻地记载着在台湾的菏泽同乡对她的请求，有的想要张"老房子的照片"，有的请她去找一找自己失散多年的老母亲，有的则请她带回点家乡的特产。高秉涵也对她说了个请求："带点家乡的土回来吧。"

卞永兰回到台北的第二天，菏泽同乡举行了一场大聚会。许多人脸上的神情显得紧张,大家像小学生一样规矩地坐在一起。

分特产时,人多物少,最终定下"每户烧饼一个、耿饼三只、山楂和红枣各五粒"。之后则要分配卞永兰从菏泽提回来的整整3公斤泥土。因为高秉涵是律师,他被指派执行"分土"。经过激烈的争论,同乡们约定必须凭籍贯栏中写有"菏泽"二字的身份证方可领取,并且"每人一汤匙,不可多得,分土者因责任重大,可分到两汤匙"。

直到今天,当高秉涵回忆起那时的情景,还记得四周静得"落下一颗尘土也听得见",没有人说话,甚至没有人大声喘气。他一手拿汤匙舀土,另一手用筷子小心地将汤匙里冒出的土尖拨平,再倒在一张白纸上。

分到土的人小心翼翼地捧着这一层灰黄色的泥土,仔细地包好。有一位老先生,因为双手颤抖,还没等包起纸包,就把土撒在了地上。他坐在地上,一边捡土,一边流泪。最后,高秉涵又给他分了一汤匙。

那些手握泥土的同乡们脸上"又得意又哀伤"的表情,让高秉涵终生难忘。

这个"分土人",将一汤匙泥土锁进了银行保险箱,同样在那个保险箱里的,还有他和太太多年来积攒的金条、金饰。而另一匙泥土,则被倒进了茶壶,加满开水,"每次只敢喝一小口,整整用了一个星期才喝完"。

这些带着"故乡味儿"的泥土,其实"没有什么味道",但高秉涵一边喝一边哭,"流出的眼泪比喝进去的泥水还要多许多"。

那时的他并不知道,何时能再踏上家乡的土地。

台湾的"外省人"一度寄希望于蒋介石"反攻大陆"。1951年,蒋介石颁布《反共抗俄战士授田条例》,凡当兵满两年者都获颁"战士授田凭证",等"反攻"成功后,就可以兑换授田证上的土地。那些年轻或年长的军人愿意相信这一切,甚至有人喜气洋洋地规划着:"到那时我就回去种地,种上麦子、玉米、高粱、黄豆和芝麻,剩个几分地再种点儿菜。"

很快,这个像泡沫一样的许诺破灭了。和数百万从各个港口逃离、并最终汇聚在这个岛上的人一样,高秉涵想念自己的母亲,想念家乡,尽管那里只有他短短13年的记忆。

当年,逃难路上连绵的战火夺走了他大部分的行李。但是,一些东西被幸运地保存下来,直到今天:一张绵纸制成的菏泽县南华第二小学毕业证书、一张小学"流星排球队"的合影,以及"南华第二小学二级一班"的合影。

这几乎就是他所能看到的关于故乡的一切,尽管褪色发黄,却仍旧珍贵无比。除此之外,故乡留给他的是大把大把的记忆。当他发现"反攻"无望,便开始拼命地要记住过去的每一个片断,并将家乡的每一点细节都写在日记本中:"我家住小高庄的路南,院子里有棵石榴树。对门是金鼎叔家,他们家的黑狗很凶……"

他的家乡,就建筑在这样无数条细枝末节的记录之上。如今看来,它们大部分都显得那样微不足道。他写下了田里的野草,"白马尿、节节草、牛舌头草",也记下了大豆、麦子、高粱、谷子是常见的庄稼。至于棉花,则"一黄一白两种颜色,快下霜的时候开花"。就连家里的小狗也被记录在册,"额头上有一道白线,名叫'花脸儿'"。当然,还有村里的一棵老槐树、一眼井和村西边的一座小庙。

"拼命地记,就好像给我家照相一样,日记本摞在一起足足有半米高。"老人比划着,"因为将来,我总要告诉我的儿女们,老家到底是个什么样子。"

这样的 7 本日记,被他周围的菏泽同乡视为珍宝,每当想家的时候,总会向他借来看看。日记被来回传阅,直到翻得卷边儿、掉页。

1991 年,一场突如其来的洪水淹没了高家储藏日记的地下室。日记毁了,但记忆还在。

也正是在那一年,他终于踏上回乡的路。

看上去,那里似乎仍是他熟悉的村庄。土地没有变,节节草没有变,金黄色的玉米还是被晾晒在那条熟悉的土路上。当高秉涵踏上那条路时,他感到"心脏都快跳出来了,我就蹲下来,就哭吧"。

当然,更多的东西发生了变化。那条在年幼的孩子看起来很宽的村路,"今天看来原来这样窄"。他家的祖屋,如今虽然还长着金瓜和海棠,但居住在其中的已经是一家远房亲戚。他找到了小时候和自己一起捉萤火虫的玩伴"粪叉子",可是粪叉子也老了,"弓着腰,拄着拐杖,走路很慢"。就连棉花的开花时令,也向后延迟了两个节气。更何况,这里再没有他的母亲和姐弟了。

这个被他一刀一刀刻进心里的故乡,终于还是变了。

这就是内战在我身上留下的痕迹,一辈子也去不掉

那是 1948 年,山东菏泽正处于国共两党的"拉锯区"。当地的一些老人回忆,那时候"不是共产党回来了,杀了国民党,就是国民党回来了,杀了共产党"。在这块被反复争夺的土地上,高秉涵的父亲高金锡被枪毙。母亲宋书玉告诉儿子,"你的父亲是国民党。"

当国民政府所属军队及地方各级政府开始陆续向长江以南撤退时,宋书玉为了不让曾经参加过"三青团"的儿子也死于非命,决定将他送到国民政府在南京设立的"流亡学校"。

这是一个太过艰难的决定。在高秉涵的印象里,这个一辈子都在小学教书的女人,几乎没有经历过团圆。先是两个女儿在抗战初期外出求学后没了音信,然后就死掉了丈夫。当地一个"圆月祭灶,家人齐到"的习俗,竟然从来也没有完成过。

但她还是决定让自己的儿子离开。因为担心当时只有 13 岁的儿子分不清方向,这个母亲反复叮嘱:"军帽上有个太阳的是国军,有个星星的是八路,跟着军帽上有太阳的走,国军不回来,你就别回来。"

时隔 62 年,高秉涵仍然能清晰地记得母亲讲这句话时的模样。他还记得自己离开家时,外婆从树上摘下一颗咧嘴的石榴塞进他的手里。他坐上马车,使劲地啃了一口,可是再回头望时,马车转了一个弯,母亲的身影消失了,只有飞扬的尘土。

那是有关母亲的最后记忆。

在"流亡学校"度过短暂的时光后,他开始逃难,如同一条小尾巴似地紧紧跟着国民党部队。鞋底磨破了,找块破布将鞋帮绑一绑继续走,脚底板上先长了水泡,又长了血泡,最后全部磨破,硌脚的沙石路上,全是血淋淋的脚印,仍然要拼命地追赶部队。有时,他甚至在夜里撑着眼睛,不敢睡觉,生怕自己一旦睡着,就会错过不远处队伍的开拔时间。

大部分时候,他都在挨饿。偶尔军队停下来吃饭,也给他一份。更多的时

候,他只有去捡上一拨慌张逃走的人们的剩饭。一群山猫大小的老鼠和他抢食,他便一只手挥舞着木棒让它们不敢近身,另一只手抓起剩饭狼吞虎咽。

他常常不知道自己走到了哪里,直到在一间废弃书局散落一地的图书中,捡出了一本《中国分省地图》。从此之后,每走到一个地方,他就在地图上画一个圈,而这些圆圈连在一起,就是一幅逃难的路线图。

现在再提起那条充满苦难的路,他整个人都沉浸在回忆之中,并重重地叹一口气,"逃难的故事,三天三夜也说不完啊!"

一天傍晚,连续走了两天的高秉涵终于跟上了正在安营开饭的国军,炊事员大声喊:"一人一茶缸粥,别挤,都有饭。"但他身上只背着一副瘪瘪的包袱,没有茶缸,也没有碗。他连忙跑到附近的野地摘了张芭蕉叶,打算用做盛粥的器皿。

可还没等他挤到粥锅旁边,前方有人大喊:"别吃了,共军追上来了!"那些士兵举起还没喝到嘴里的稀粥,又拼命地向前奔。高秉涵被挤在一群士兵之中,突然间他身后的士兵摔倒了,满茶缸滚烫的稀粥都泼在了他的腿上。

没有人理会这个在人群中疼得掉眼泪的小孩,就连他自己也顾不上"这点小伤",只有逃,拼命地逃。

他用"肿得像冬瓜一样的两条腿"坚持行走了5天,直到感觉到自己的小腿一阵阵痒。坐在河岸上,撩起裤脚,那些烫伤的地方竟然生满了蠕动的蛆虫。这时,突然有人拍了他一下,"小孩,你怎么了?"直到今天,他还记得那是一个"包上画着红十字"的人,长期逃亡的经验告诉他,"这是一个共产党"。

"我那时很害怕。"老人回忆当时的情景,他甚至想立刻逃跑,但那人却打开了自己并不充实的急救包,先是帮他把表面上的蛆虫清理干净,再敷了点药,用纱布将腿紧紧地包扎。

直到那人离开,高秉涵都不敢出声,"我当时心想,难道共军里也有好人?"

只不过,这次治疗不算成功,没过几天,他的双腿就不停地流脓,纱布和新长出来的肉生在了一起,白色的纱布变成了散发着臭味的黄色的硬梆梆一团。这些伤口最终愈合,整整用了3年。

在老人反复地讲述这些故事时,他总会卷起自己的裤脚,他的小腿上至今仍遍布着大块的黑色疤痕。因为这些疤痕，他一生都不敢穿短裤，也不敢进泳池。"这就是内战在我身上留下的痕迹，一辈子也去不掉。"

最终，这个少年用了6个月，穿越6个省份，足足走了2 000多里地，挤上了由厦门开往金门的最后一班船。

过了大海，再想回家可就不容易了

对于那些从各个不同港口逃到台湾的人来说，回家曾是他们最迫切的梦想。然而他们中的大部分人都没有等到踏上故土与亲人团聚的时刻。其中有一个，甚至直接被高秉涵宣判死刑。

1963年，高秉涵从台湾"国防管理学院"法律系毕业，被派往金门任审判员工作。"金门逃兵"成为他审理的第一个案子。

那个士兵的家就在对岸厦门，他本是渔民，与偏瘫的母亲相依为命，一次在给母亲抓药的路上被强拉入伍，跟来台湾。有时天气晴朗，隔着这样一条并不宽的海峡，他甚至一眼就能看到家乡。但看得到，却回不去。

士兵决定利用自己的渔夫本领偷渡回家。他偷偷地搞到一个汽车轮胎，趁人不注意时坐轮胎下海，游了整整一夜。天快亮时，他到岸了。海水冲涩了他的眼睛，还来不及看清就举起手大喊："我是从小金门逃过来的，没带武器！"

没想到，海水的流向就和历史一样，颠簸反复，终点总是难以预见。他游了一整夜，最终却游回了金门海岸。仅仅一个星期后，这个因"回家"而获罪的士兵就被处以极刑。

那种即使拼掉性命也想要回家的心情，高秉涵很明白。为此，他常常回想，在那条与死尸为邻、和山猫大小的老鼠抢食的逃难路上，他曾经也有许多次机会，可以往相反的方向走。

那时，他是多么地想念妈妈，想家里的小狗"花脸儿"，想常常一起玩耍的小学同学"粪叉子"，想菏泽的烧饼，想极了。

有一次，他眼看就要放弃了。在福建龙岩，他随国军部队一起住在白土镇，那时，他已经由一个小难民被收为学兵。收留高秉涵的主人家是一个平常不太讲话的福建女人，过了数日，她突然问这个流浪的孩子："我是个寡妇，没有小孩,你就做我的儿子吧。"

那时,高秉涵已经听说队伍将要去台湾,尽管当时没有人能预言未来,但就连这个孩子也模糊地感觉到,"过了大海,再想回家可就不容易了"。

在部队离开白土镇的夜晚,这个想当母亲的女人将他藏了起来。但没过几天,部队发现这个一路像影子一样跟着的小孩失踪了,断定是被寡妇"绑走了",于是派来4名士兵,将他押回。

一个小小的转折,却足以改变他的人生。

最终他过了大海,去了台湾,在那里度过大半个人生,求学成家,先后成为法官和律师,并且最终也没能再见自己的母亲一面。

他曾经想过各种办法联系母亲。1979年,大陆与台湾之间尚不能直接通信,他委托美国的同学帮忙寄出第一封家书。他不知道自己的村子是否仍在,也不知道该如何填写地址,便只好写下"山东菏泽市西北35里地处高庄",收信人则是母亲"宋书玉"。

在那封并不长的信中,他这样写道:"我之所以要艰苦奋斗地活下去,就是为了有朝一日能够再见到我娘一面,绝不会像大姐秉洁、三姐秉浩一样,在抗日战争爆发时,就生死不明……娘,我会活着回来。"

他不知道,在海峡这头,杳无音信的两个姐姐实际上是从国民党家庭出走后投奔延安,成了共产党的干部,直到他踏上逃难路的那年才第一次回家。

年迈的母亲找回了女儿们,却失去了儿子的音讯,等待耗尽了她全部的生命。就在这封信辗转寄达的一年前,宋书玉逝世于吉林辽源,她的晚年和小儿子住在一起。两个女儿,分别安家在广州和沈阳。

说起这些,60多岁的弟弟高秉涛哭得像个孩子,"就差13个月,我母亲就能知道她的大儿子去了台湾,没有死。"

弟弟告诉高秉涵,对一辈子盼着儿子回家的老母亲来说,儿子是年夜饭时桌上的一副碗筷,她总要为他夹一块肉、夹一口菜;儿子还是一件小时穿过的棉褂,一直被妈妈藏在枕头下面,从菏泽一路向北带到辽源,直到人生的最后一分钟。

这不是讲的故事,是生命写成的故事

曾有一段时间,高秉涵绝望地认为,"就算两岸开放,对我来说也没有意义,

55

我和妈妈一个地上、一个地下，永远也见不到了"。

但在他心中还有与母亲同等重要的念想。有时，他不知道该如何向儿女解释，菏泽，这个被切断和隔绝了几十年的地方，这个被叫做"故乡"的地方，对自己和同乡们来说究竟意味着什么。他反复地讲述着一些故事，关于童年和乡土。偶尔，年轻的孩子们会不耐烦地打断他，"爸爸，不用再讲了，那些故事我们简直都背得下来。"

他也不知道，自己还有多少年时间可以回到家为父母扫墓，看看田里生长的豆子和玉米。那些一路经历着无数生死诀别到达台湾的人，正在老去、死亡。往年，他组织的回乡团里总有几十个团友，而今年，却只剩3人。

"也许我们一走，这种感情就会断掉。"高秉涵有些悲观地说。他为孙女起名"佑菏"。"菏"，那是一个在儿媳看来"太不好念"、办理户籍的小姐甚至从来没见过的字。但老人坚持，这就是孙女不可替代的名字。

"保佑菏泽，保佑菏泽。"他喃喃地念道。

他已为自己安排好，"如果我死了，骨灰一半留在台湾陪太太，另一半，一定要回到菏泽。"想着想着，老人不由得微笑了一下，"等我回去的时候，一定有整排老乡在下面列队欢迎我呢。"

具象一个宏大的时代

北京《中国青年报》"冰点特稿"栏目，在当时由重要、显著等传统新闻选择标准所主导的新闻界，首次将普通百姓的生活作为中央媒介着力表现的对象，关注普通人的不普通的命运，在对普通人生活与生存状态近乎细枝末节的表现中，放大普通人的价值，深刻反映社会与时代的现实与变迁。一直以来，《冰点周刊》试图让读者相信：报纸远远可以超越一天的生命。

《冰点周刊》的掌门人李大同也说：特稿的主要特征并不是分析，而是生动、传神的表现。深度是冰点特稿的生命,没有什么能比高秉涵老人的一生更恰当地展现了人与社会、历史,与家庭、亲人,以及与自身的纠葛挣扎更适合这类深度的写作了。这也使我读到此文时觉察到强烈的特稿的能量,它用事实撰写出的一个人的故事,竟比虚构类文学更跌宕好看,它不再单纯肩负着信息提供者的角色,而是通过特殊的刻画、表现功能,集中反映了一个人甚至当前社会的矛盾、困惑、痛苦和缺项,是一个当代中国的社会实景。我们甚至可以感激这样的深度,在这个快餐化的社会里,它将我们短时间地慢下来、静静地欣赏一幅人物图景,思考他走过的一生,也许这对你眼前解决不了的烦心事毫无裨益,但它总带来一些力量。

时代,是一个大的不能再大的命题。无论是宏观的历史叙述,还是微观的个体故事,都试图讲述一个时代的脉络和特征。几千字的特稿写作,很难像历史巨著那样去展现一个时间点到另一个时间点的社会百态,但它却可以将一个宏大的时代具象于一个人或者一群人的命运之中,于细微之处落笔,写到时代深处。《葬我于故乡》便是如此一篇特稿,将两岸宏大的时代议题置于一群人的回家故事里,以小见大。

情深自溢

就本质而言,特稿仍然属于一种新闻体裁,因此在写作上也要遵循真实客观的原则。尽管它被允许使用形容词和副词,但这并不意味着它可以肆无忌惮地夸张和抒情。每一个特稿写作者都知道,他们要尽可能地获取丰富又详细的信息,但是在呈现它们时,手中的笔却要克制再克制。对一篇优秀的特稿而言,克制的文字并不妨碍它感动读者,其中必然还流淌着深厚的感情。

《葬我于故乡》便属于这样一篇文字克制、感情流淌的特稿。在描写那群老人对回家的渴望时,作者的笔触克制又不乏细腻。

"另一位菏泽同乡是一个83岁的老兵。他患上了老年痴呆症,无法出远门,但两岸通航后,却总是念叨着要回老家看看。儿子用轮椅推着他来到机场,当看见即将启程的老乡们时,他像个孩子一样兴奋地叫起来:'回家了,我要回家了。'儿子推着他在机场转了几圈,又把他抱上了返回台北的汽车。老人一直幸福地望着窗外,他真的以为自己就要踏上归途。"

　　这段描写仅有 150 多字,没有刻意的抒情,却足以让读者体味到一位老人渴望回家的强烈感情。有些思念并不是直接写出来的,而是通过一些细节表现出来的,譬如这段描写里,这位老人的身份是"83 岁的老兵",了解那段历史的人都知道,这样的年龄和职业意味着什么。"老年痴呆症"则说明老人已是非正常健康状态,而这种老年疾病又往往将一个人的记忆状态固定在人生的某一个阶段,它会让一位老人忘掉很多东西,又会让老人记住一些刻骨铭心的事情。从这段描写里可以看出,回到对岸的老家,是这位老人一生都念念不忘的事情。直到他年纪大了,再也没有了回到老家的能力,依然盼着要回家。坐在轮椅上的老人在机场转了一圈,明明是又上了返回台北的汽车,却以为自己真的要踏上归途,"一直幸福地望着窗外"。其实,老人连回家的路都已经忘记了,只是短暂地沉浸在一种要回家的虚拟幸福里。

　　"兴奋地"、"幸福地",仅仅两个副词,写出老人去机场转一圈,便可以让那颗漂泊的心找到暂时的安宁,而对旁观者而言,这两个词却包含了游子想家又不能回家的无奈和悲凉。

　　同样克制又情感自然流露的描写,还有"分土"的那段情节。一群老人"像小学生一样规矩地坐在一起",这种年龄和行为的反差对比,显现了那些上了年纪的游子对家乡之物的珍重,而之所以珍重,则是因为长久以来对家的思念。"每户烧饼一个、耿饼三只、山楂和红枣各五粒",这种在旁观者看来只是寻常之物的东西,却要具体到"一个"、"三只"、"五粒"这样的数量,其中流露的则是回家的不易,而与微小数量形成对比的,则是游子的群体形象。

　　"分到土的人小心翼翼地捧着这一层灰黄色的泥土,仔细地包好。有一位老先生,因为双手颤抖,还没等包起纸包,就把土撒在了地上。他坐在地上,一边捡土,一边流泪。最后,高秉涵又给他分了一汤匙。"

　　"小心翼翼地捧着"、"仔细地包好"、"一边捡土,一边流泪",这些细致入微的观察和描写,具体到了一个动作和神态,其中流露的是一位老人对家乡的强烈思念,以及对此生难以回到对岸老家这个事实的认知。

个体命运里的家国大事

作为一篇特稿,《葬我于故乡》显然有它的立意,旨在通过个体的命运,呈现时代留下来的两岸宏观政治议题。相比较于一般的新闻消息稿件,特稿很少直接地引用来自官方的政治话语,而是将它的表达藏在一个人或者一群人的故事里。

在这篇特稿里,在写数十年前那场从内地到台湾的迁移时,主要刻画了主人公高秉涵的逃难故事,细节到离家那天,外婆从树上摘下的石榴。"金门逃兵"的故事,则描写了这群人尚且年轻时希望回家的迫切。一去一回,只是重点写了两个人的故事,但是他们的背后却是一个群体,高秉涵的逃难也是那个群体的逃难,一个曾经是渔夫的士兵希望用一个轮胎漂回对岸,结果被处以极刑,那个群体中另外的人又何曾没有尝试过别样的办法,而当时的极刑是否也是一种打压和警示。

无论是高秉涵,还是那位"金门逃兵",他们的命运都是随时代而变,离家的那一刻他们何曾想过以后便与之相隔大半生甚至一辈子,即使是留在台湾的时候,还想着如何回到老家种地,甚至计划好了田地里的粮食和蔬菜。但是,因为时代关系,他们不想离家却必须离家,他们想要回家却不能回家。从这头到那头,从那头到这头,他们被时代裹挟着往前走。

在宏大的时代面前,个体是渺小的存在。但是,我们却不能因为这种渺小,便否定了它与时代的关联。如果,我们有耐心去阅读每一个人的故事,会发现那些个体的命运又何尝不是时代的命运。相比较于那些简练的新闻消息,特稿这种新闻体裁,给我们提供了一个阅读个体命运的窗口。

新闻由头选取得当,达到吸引人效果

新闻由头作为新闻事实中最敏感、最突出、最新鲜的部分,是决定新闻价值的重要因素。高秉涵老人最为突出、引人注目的特点不但包括了在台湾孤零零大半辈子从未忘掉故乡,还有送同乡大陆人骨灰回家,与母亲失散多年直到母亲去世最终也没能再见自己的母亲一面等等,无论单独拿出来哪一个由头都足

以令人动容。

　　比如这段,"对这个身高 175 厘米、体重却只有 44 公斤的老人来说,这绝不是一件轻松的事情。这些骨灰坛由青白色大理石制成,每一个都重达 10 公斤。为了不出差错,高秉涵一次最多只能往回带 4 坛。每次临近返乡,他都要跑到花莲、宜兰等地的军人公墓,将等待回乡的骨灰坛接走。"连阅读的人都能感受到骨灰沉甸甸的重量,这已不再是一个普通人坚持二十几年的善举,而是整个历史对他们生活的影响。

　　历史的过错总要落在无辜的个人身上,作为读者,你当然也不愿意看到这样一个悲剧的出现,但特稿的意义即在于,它把最突出最敏感的部分传神地展现给你,让你相信原来海峡对岸还有一个这样孤苦的老人在思念着你所生活的土地,在遥望着你们共同的家乡,这一刻你便替老人百感交集,替他惋惜。因为这些由头展示了一种命运、一种情怀,一种大家可以共同悲情、感动、共鸣的东西。

特色写作手法

　　高秉涵老人是一个符号,他代表了那一批从大陆漂洋过海再也无法回到家乡的老兵,他也代表了更多的思念着故乡或者思念着亲人的中华儿女,无论是哪一点,经历过或未经历过的我们都有着对这样特殊的历史事件贯通的感受。

　　高秉涵瘦削的手臂中抱着一个泛着青白色光的骨灰坛。他站在村子的西头,仔细地回忆骨灰主人生前的心愿。

　　临终前,那个在台湾孤零零大半辈子的老兵嘱咐高秉涵,一定要将自己的骨灰送回老家山东菏泽定陶县,撒在"村西头一华里处的一棵槐树下"。

　　"那块地就是我的。"老兵骄傲地说。

　　可是当高秉涵从台湾来到这个小小的村庄时,却发现根本找不到让老兵念叨了一辈子的老槐树。时间带走了老兵的生命,也带走了槐树。最终,他只得在一群围观者怀疑的眼神中,打开骨灰坛,将白色的骨灰撒向一片玉米地,"老哥,你落叶归根了,安息吧。"

　　作者清楚地知道这种共鸣的感受,于是一开始就将高秉涵老人悲切的形象展现在我们面前,他抱着骨灰坛伫立在村头,我们不由得停下脚步问问这位老人,那双悲怆的双眼流出的泪水都经历了什么,他所承载的历史他是否还背得动。我们跟随着作者的笔,跟着高秉涵走到其他失落的老人们身旁,他们念念不忘的内容都相同:回家。高秉涵老人一一满足他们的心愿,哪怕他自己也是其中一名 75 岁的老人。

"这个当时只有 14 岁的男孩,只能跟着人流向前挤,一开始是在地上跑,但很快就变成了'在被踩死的尸体上跑'。身后的士兵甚至用枪托打在他身上,想要踩着他登船。

天已大亮,当他在最后一刻挤上船时,一颗炮弹落在船上,硝烟和血雾弥漫在一起。那些未能登船的士兵绝望地哭喊着,有的拿起枪向船上扫射。舱门关闭,将正在那里的难民拦腰夹断。船上幸存者所能做的,只是将尸体和残肢不断地扔进海中。"

我们才发现在那份送同乡人回家的执着背后,隐藏着高秉涵老人更为深刻的感情,他也经历了同样甚至更难以承受的离别,直到母亲已不在,直到为孙女取名"佑菏",他依旧痛苦又欣慰地承载着将同乡人带回家的使命。

这中间填入了大量的细节描写,画面感更让读者有代入感。比如,"他写下了田里的野草","白马尿、节节草、牛舌头草",也记下了大豆、麦子、高粱、谷子是常见的庄稼。至于棉花,则"一黄一白两种颜色,快下霜的时候开花"。就连家里的小狗也被记录在册,"额头上有一道白线,名叫'花脸儿'"。当然,还有村里的一棵老槐树、一眼井和村西边的一座小庙。家乡的记忆依旧脉络清晰,不知高秉涵老人日日夜夜想念了多少次。

比如他们分乡土的场景:"直到今天,当高秉涵回忆起那时的情景,还记得四周静得'落下一颗尘土也听得见',没有人说话,甚至没有人大声喘气。他一手拿汤匙舀土,另一手用筷子小心地将汤匙里冒出的土尖拨平,再倒在一张白纸上。""分到土的人小心翼翼地捧着这一层灰黄色的泥土,仔细地包好。有一位老先生,因为双手颤抖,还没等包起纸包,就把土撒在了地上。他坐在地上,一边捡土,一边流泪。最后,高秉涵又给他分了一汤匙。"读到的人似乎都屏息凝视着他们手里的一抔黄土,审视自己的一生。

第五篇
郭敬明与他的成功强迫症：忙碌得像颗陀螺

《时尚先生·ESQUIRE》2013 年 06 月 27 日
采访/文：马李灵珊　编辑：吴默韬

一

28 岁那年，郭敬明立下了人生的第一份遗嘱。

其实并没发生什么大事，不过是坐飞机时遇到几次气流，他突然想：假如有一天我消失了，一切都会乱套。所以，要安排"一个完美的方案"，让家人、公司、朋友和签约的作家"都可以过得和现在一样"。

认识十几年的好友兼他的员工落落说："他的价值观就这样——有多少人非常依赖你、对多少人来说你非常重要，这就是对自己人生的一种肯定。"

那是 2011 年，他第三次成为中国作家富豪榜首富，在福布斯中国名人榜中排名第 52 位。当年 7 月，他创建的最世文化公司度过了五周岁生日，旗下员工作者人数逾百，于中国青春文学出版市场上占据约 75％ 的份额。两年后，他还是作家榜首富、畅销榜冠军。去年获得诺贝尔奖的莫言是亚军。

现在，除了作家、出版人、老板、歌手等令人眼花缭乱的身份，郭敬明又多了一个头衔：电影导演。他自编、自导，根据自己小说改编的电影《小时代》即将在暑假上映。这部以欲望和情感纠葛为主题的三卷本小说，原著总销量超 350 万册，电影预告片上线一天点击率就破了千万。在电影新闻发布会后台的休息室，一袭白衣的他和那些流言所形容的一样矮小，甚至有几分弱不禁风，就连瘦骨嶙峋的杨幂（微博）（微信号：miniyangmi）站在他身边都成了女巨人。但这不妨碍所有走进这间休息室的人,都得快步凑到他身边打个招呼,毕恭毕敬地叫一声:"导演。"

30 岁的郭敬明志得意满。在他位于上海静安区腹地的豪华洋房里,作为访客,很容易判断出传说中他为此花掉的九位数人民币物有所值。墙壁上镶嵌着浮雕,会客室四周都是名贵古董和明晃晃的巴洛克式吊灯,Kenzo 的沙发与 Hermes 的杯子相呼应。单单矿泉水就有四种,全部进口,按矿物质比例、水源地不同而区分。他窝在沙发里,跷起腿,整个人自信而惬意,"我很喜欢现在的状态,18 岁时我设想关于未来的一切,现在都超额满足了。"

他的人生以 18 岁为分水岭,一个平凡怯懦、家境平庸的小镇少年与后来精明世故、挥金如土的城市名流被蛮横地阻隔开来。过去十年,伴随着网络文化的发达和消费文化的崛起,"郭敬明"成了一个文化符号,只要印上他名字的出版物销量就能比同类多出十倍。可与此同时,他也得承受兴盛的言语暴力。天涯论坛嘲讽名人的金乌鸦奖为他而设,抄袭案让每个人都有了可以审判他的错觉,"菊花教"和"四娘"这样的称呼带有赤裸裸的人身攻击意味,各种嘲笑他身高的段子层出不穷——在一张被冠以"姚明和郭敬明合照"之名的照片上,姚明的身旁空无一物。

但这只是促成他强悍地、近乎是报复性地实践着自己的人生目标——"我要成功。"隔在小镇少年和城市名流间的那条鸿沟有多么遥远深邃,他就打算跑得多快、跳得多高,势必要将阻挡他的力量全部抛在身后。

18 岁那年,他从西南边陲的小镇出发,带着简单的行李去上海念大学,像每一个不名一文的少年一样充满对城市和未来的幻想。2013 年,他对 18 岁的自己说,"你的决定是对的,相信自己,你做得到的。"

和他一样年少成名的美国作家菲茨杰拉德曾说:"年少成名让人对'命运'而非'意志'产生某种近乎神秘的定义。年少得志的人相信,他的愿望之所以能实现是拜头上的幸运星所赐。年届三十才显山露水的人,对于意志和命运之间的比例,会有一套均衡的概念。"

真如菲茨杰拉德所言,在以一部《幻城》名动天下后,18 岁的郭敬明毫不怀疑命运的垂青与自己的独一无二。30 岁的他已经像大器晚成的人一般笃信不疑，命运掌握在自己手里——"一定要没有遗憾，一定要做到真的不能再做了"，永远向上爬。

那份遗嘱，他每半年修改一次。最近他决定，要重拟一份更周全的。

二

5月底，郭敬明来北京，为《小时代》宣传。但凡有点空闲，郭敬明手里一定牢牢攥着 iPhone 4 和充电宝，对着微信群开会。没换 iPhone5 的原因是怕麻烦，"一想到要花时间备份导记录，我头都大了。"他五分之一的时间都在赶路。在拥挤的四环上，他布置了预告片上线的时间、确认了悬挂海报的尺寸样式、邀请朋友参加首映式、为某个项目报价、询问了宣传视频的反馈效果、敲定了三个重要会面、为两个争执不下的同事斡旋，最后又预约了通告结束后去剪片。他成功地将当天工作时间延长到了 18 个小时。

偶尔，当工作暂告一段落，他就会抬头看看窗外，轻声地哼唱《小时代》主题曲——他自己作词的《时间煮雨》，再刷新一下微博最新的转发数字，感叹一句"我操，太牛逼了"。第一天的惊叹献给了韩寒——有好事者 PS 了张韩寒半裸香肩的《小时代》海报，郭敬明在微博上转发，"一定是我的打开方式不对。"——这可是《上海绝恋》问世 8 年后，他第一次公开谈论"韩郭恋"，轰动效果如他所料。

这让他挺兴奋，也缓解了他的焦虑。每一次重要作品面世前，他都会惴惴不安地到处撒娇。旗下刊物《文艺风赏》的主编笛安和编辑一起提前看了《小时代》样片。郭敬明先是反复问笛安"ok 吗？真的 ok 吗？你确定吗？"得到褒奖后，他又转向编辑，重复相同的问题。《小时代》编剧之一猫某人说，"他有'产前综合征'。"落落一言以蔽之："他就是作，要听我们说好话。"

"作"还不足以完全解释他的控制欲。事实上，他不能容忍自己竟然不掌控每一个细节，大到上映日期、片花剪辑，小到每条宣传微博的编辑和发出时间，他事事都得亲力亲为。有那么一小会儿，事情看来有点脱节，工作人员拿来的电脑空格键坏了，一条重要微博无法正常编辑，他的声音变得暴躁，抱怨了一句后紧咬住下唇，啪啪猛敲几下键盘。大伙儿都吓住了，四处找新电脑，转个身的工夫，他已经收敛了情绪，反过来安慰众人，语调和睦如微风："没关系别找了，我想别的办法就好了。"

《小时代》发布会举办的前一天,郭敬明排了五个通告,足迹遍及北京城东南西北各角,中间就扒拉了小半碗米饭。工作在晚上 11:38 结束,吃了一顿火锅后,半夜两点多才躺下。早上九点,化妆师又开始敲门了。

发布会可是件大事,呼啦啦上百家媒体到场,十几个演员一字排开,绝对是他导演之路上的重大一步。他站在最中间,笑得恰到好处,露出 14 颗牙齿,看上去分外镇定,下台前不忘向身边的监制柴智屏(微博)做出个"请"的手势。女主持一次次地把他请上台,要导演谈谈感想爆爆八卦,他接过话筒,滔滔不绝。台下的助理悄声说,"这都是现说的,他没准备。"

能说会道是种能力,郭敬明具备。指望从他那里听到深刻洞见并不现实,但他足够狡猾,懂得察言观色,总能琢磨出什么场合该说什么话。他不看采访提纲,不对问题设限,遇到陷阱也晓得怎样巧妙翻身。发布会结束后,他和女主角杨幂坐在视频网站的摄像机前对谈。记者问杨幂,"为什么会说郭敬明是名牌的奴隶?"没等杨幂回答,他先抢过了话头为杨幂开脱,再反过来宣传电影布景的精美绝伦,"都是因为我们的道具衣服太贵了,颠覆认知,她才会这么说的。"答得滴水不漏。

就算面对再多质疑,今天的郭敬明也绝不动怒。有场通告是录制《锵锵三人行》,开场前他枯坐在休息室等了大半个钟头。节目开场,主持人窦文涛和许子东对他的不解似乎刻满了脸上的每一道皱纹,问题暗露机锋,从涉嫌抄袭、文学价值到商业定位。郭敬明用自己的逻辑一一回答,录完节目,不忘起身说句:"谢谢。辛苦两位老师。"

现在他是个多么妥帖而周到的人,下午四点,结束对广电总局领导的拜访,他奔赴北京城西的央视录制一档电视节目,化妆师随行,助理的包里鼓鼓囊囊塞满了衣服,一水儿名牌,全是黑白两色,只在细节上有低调区别,保证每次出镜都有新鲜感。两个小时后,节目结束,他和在场的所有工作人员一一握手,嘴里不迭声说着谢谢,签了所有的照片和书后,又匆匆上车。

已经比预定时间晚了接近一个小时,他先是接了三个电话,又狂发了一通微信。逐渐地,他的头越来越低,原来是睡着了,小小的身子整个蜷缩在了车座上,呼吸均匀而粗重,显然已经极度疲倦了。

　　但车门打开的当口，他像是被按下开关一样弹起来，几乎是蹦蹦跳跳地闯入影棚大门。《小时代》的演员们早已齐聚，他趴在杨幂的膝盖上，半开玩笑地抱怨好累。杨幂和他开玩笑，"我爷爷可在呢。别让他觉得导演潜规则女演员。"他抬头看看，又趴下，"没事儿，你胸大，能挡着我。"杨幂推他，"那是因为你个儿太矮了，他才看不见。"

　　嘻嘻哈哈之后，他补妆、再换衣服，对着镜子端详了一会儿自己那张巴掌大的脸——上面因为憔悴而浮着一层薄粉，转身继续精神抖擞地沟通拍摄方案，在两个休息室里窜来窜去到处找人聊天。直到摄影师一声令下"开拍啦"，十几个演员将他簇拥在了影棚中央，更多人围成了一道扇形，将那块小小的场地挤得水泄不通。突然有人吼了句"扔导演"，下一秒钟，他就被抛向了高高的天花板。"呜！呜！"伴随着这样兴奋的尖叫声，影棚里的燥热上升到了一个新高度。人群里的他兴奋起来，两眼闪着亮光，脸颊泛起一阵红晕，尖叫起来，投入地扮演着领导者的角色——在那一时刻，这群人仿佛组成了一个独立的宇宙，就像一个个卫星，心甘情愿地被纳入行星的轨道，围着他运转。

　　这就是郭敬明想要的生活，忙碌得像一颗陀螺，被欲望鞭策，一刻也不停转。他最怕什么？"怕老、怕死，不是怕变丑，而是怕没有体力和精神强度来支撑我完成目标。"有几分钟他忽然非常忧伤，"人生价值就是要自我实现。"他把自己定位为悲观主义者，痛恨自己的可能性还不够宽广，"脑子里想的事和生命能支撑你做的，实在太不成比例了。我不能接受自己有碌碌无为的时间。"

　　用有限的时间追求无限的事业，真是个正能量的励志角色定位，他对此很满意，也并不打算遮掩自己的勃勃野心。某天中午，在两档通告间隙，他突然说，"我拍电影肯定让好多人好奇得够呛，这个小屁孩要干嘛啊，会拍出来什么东西。"他为自己的猜测大笑起来，继续说道，"这次我进影坛，一定会像当时我进文坛一样，震死他们。"

三

　　2002年10月，郭敬明的中篇小说《幻城》在《萌芽》上发表，很快引发热议。2003年，续写成长篇小说的《幻城》由春风文艺出版社出版，当年销量近百万册。2004年，凭借这部小说，郭敬明进入了福布斯中国名人榜，位居第94位。

时年19岁的郭敬明,刚从自贡来到上海大学念书,除了两届新概念作文大赛一等奖得主的身份外,毫无凭恃。在大学的前十个月里,他看上去和其他大一新生没什么区别,一头黄发,穿花里胡哨的衣服,戴蓝色或绿色的美瞳片,喜欢四叶草配饰,最爱吃校门外的麻辣烫。他常和朋友阿亮、痕痕、Hansey等人约好通宵打网游《仙境传说》,用"一半明媚、一半忧伤"来形容自己,梦想毕业后做一名广告人。直到《幻城》出版,他像被拎出来丢进了名利场,"一个周边嗡嗡作响的搅拌机",他隐约察觉到,一种全新的生活要开始了。

在当时,他就已展现出商业天赋。《幻城》责编时祥选在上大附近的宾馆第一次见到郭敬明时,小说还未写完,但郭已经自己找人画了插图、设计封面。《幻城》大卖后,出版社为他安排了密密麻麻的签售行程,周末两天都在全国各地飞来飞去,他从无怨言,也没有对吃住行提出过特殊要求。春风文艺出版社是国营单位,没有包装文学"偶像"的意识,"做严肃文学的,和那帮做娱乐圈的牛鬼蛇神斗,哪玩得过他们啊。"郭敬明取笑当年的自己,"他们今天告诉你,我们要去所学校,有一千个学生在下面等着听你演讲。我当时只想,我要穿件好看的衣服。你懂那个心情吗?我根本没意识到那是种商业营销。"

娱乐圈向风头正劲的他抛了橄榄枝,快乐大本营邀请他参加,条件是希望他骑着哈雷机车出场。"放到今天,我一定告诉你这不可能,可当时我完全不觉得有什么。快乐大本营啊,好酷哦,我从小看到大,还能见到演艺明星。"他答应了。接下来的活动更令人眼花缭乱,剪彩、座谈、在线聊天,他甚至被撺掇着出了张质量欠佳的专辑。最离谱的一次,他被拉去走秀,"我要在T型台上和那些一米八几、穿12厘米高跟鞋的女人一起走,换到现在,我能允许吗?"30岁的郭敬明越说越激动,手在空中乱比划,半晌反应过来,自嘲地笑了笑。

"我以前像只提线木偶,被一群已经走在前面的人拉着、拽着。"他用尽全力向他们奔跑,跑到一半才发现,原来这不是自己的方向。"没办法,你自己主动要跑那么快,甩开同龄人,你就必须更有主见。"

2004年6月6日,郭敬明满21岁。当天,他与春风文艺出版社达成协议,由出版社出资租下上海市闸北区一套三室两厅的房子,他和好友阿亮、痕痕、Hansey等人组成《岛》工作室,计划以杂志书的形式出版十期。

2005 年,郭敬明的第二部长篇小说《梦里花落知多少》被法院判决抄袭庄羽的小说《圈里圈外》成立,他的处理方式十足少年意气——赔钱,但不道歉。他一时处于千夫所指的境地,他的名字拼音缩写"GJM",一度甚至被用来指代"复制粘贴"。

作为《梦里花落知多少》的责编,时祥选模糊暗示:"文学作品有时候见仁见智,你说借鉴肯定有,但抄袭这码事……中间还有出版圈里其他人在这里边,也有人递话,让郭敬明给他们写个序签个约什么的,就能调停、息事宁人。反正,故事挺多。"

与此同时,春风文艺出版社还拖欠了《岛》工作室的稿费,致使郭敬明财务周转出现问题,无法支付作者稿酬。

不喜欢暴露脆弱的郭敬明,就连对阿亮和痕痕都没有倾诉过痛苦。她们俩只觉得,他的情绪很不稳定,随时可能因为一点小事发火。他在那时的散文里写:"我是来自乡下的小孩,只能自己小心翼翼地学着规则。妈妈说,你就是杂草的命。"

同年,他与春风文艺出版社的合约到期,业界知名的畅销书推手、长江文艺出版社"金黎组合"金丽红与黎波向他发出邀请。签约时,金丽红对他说,"以后那些乱事儿你就完全不用管了,你听听,内心能承受住就行,剩下的事我们替你干。"版税分成怎么样? 金丽红神秘地笑笑,"没一个作家和出版社能像我们分给小郭总这么大。"

在双方共同策划下,《岛》工作室转型成为柯艾文化传播公司,后又改名为最世文化,郭敬明出任最世文化发展有限公司董事长兼总裁。双方达成共识,"先做人、后做书"。新书出版时,金黎组合出面举办作品研讨会,请严肃作家品评推荐。为进入主流体系,他们专程请求王蒙和白烨作为郭敬明加入中国作协的介绍人,令他成为首个加入作协的 80 后作家。王蒙夫人去世时,金丽红致电郭敬明,要他专程前往北京看望王蒙,郭敬明即刻答应。王蒙见到他时非常感动,将他介绍给了在场的诸位文坛名宿。金丽红挺得意,"一个懂得尊重老人、知恩图报的人,这对他的形象特别有好处。"

2006 年 10 月,脱胎于《岛》的《最小说》月刊创刊,郭敬明出任主编。金黎组合希望他能在社会评价中进化为一个"正儿八经的杂志主编"。和《岛》相比,《最小说》拥有了正式杂志刊号,这对一本杂志非常重要。2010年,韩寒创办的《独唱团》就因"以书代刊"被叫停。《最小说》初期主要以郭敬明、落落等人的小说连载和散文为主要卖点,取得了巨大成功,单期销量曾高达七八十万册,并衍生出了《最INK》书系。《最漫画》、《文艺风象》、《文艺风赏》、《放课后》等四本杂志也相继创办。

17岁的郭敬明曾在散文里写过,"我有很大的功利情绪,我要用一个企业家的身份来经营艺术。"今天再打量他这十年的经历,其实,他一直是以小说家的身份在做生意。

四

"最好的朋友"Hansey的背叛,彻底击倒过郭敬明。

挂断电话,郭敬明发了会儿呆,头埋在臂弯里,整个背都在颤抖。虽然悄无声息,但阿亮知道,郭敬明哭了。过了一会儿,痕痕陪着刚擦干眼泪的他出门,去落落家,希望能说服落落留下。见到落落,郭敬明又哭了。

"我成名了这么多年,因为工作的事情(而哭),很罕见……我就是很委屈,我为你们做的那么多事情,原来都一文不值。"时隔多年,郭敬明仍然一脸黯然。

2004年6月6日,《岛》工作室成立,一群年轻人像乌托邦一般生活在了一起。他们一起审稿,看电影、唱歌、玩游戏,为工作室里的猫砂该由谁来清理,今晚轮到谁做饭这样的问题打打闹闹。出版社支付的稿费统一打到郭敬明的卡上,再由他按照事先约定的比例分给各人。痕痕是工作室的出纳,但她唯一懂得的财务知识就是在本子上记下每一笔支出,众人一起去超市采购东西回来,她还得拿着收银条一笔一笔算。

阿亮说:"当时我们就像《中国合伙人》,几个年轻人决定一起做件事,但大家什么都不会,只有本身最朴素的技能,只能一起摸索。"即使如此稚嫩,在市面上没有任何同类产品的情况下,《岛》还是成功了。

面对急速膨胀的市场份额,郭敬明开始展现出他的决断力。他先是休学,然后肄业,专心投入在职业出版人的角色上。面对好友,他的身份也开始从朋友转变为领导者,对工作质量与进度提出要求与考核,而这让习惯散漫的伙伴非常不适应。"那时候就觉得我们是朋友,你应该对我更宽容",落落说。矛盾开始逐渐累积,他们之间逐渐有了微妙的等级之分。《岛》创办时,大家吃饭都是 AA 制,但随着生意不断壮大,郭敬明特意告诉大家,如果桌上有领导在,其他人不能买单,这样对领导不尊重。领导指的就是他自己。

2007 年,因为对管理方式、薪资待遇不满,《岛》工作室核心成员、负责设计的 Hansey 另觅新枝,带着工作人员晴天和不二离职,创办了《岛》的同质化竞争刊物《爱丽丝》。落落则被郭敬明说服留下。

"由家庭式的小团队向公司转变,必然要经历由情感维系到制度制衡的过程。"如今的郭敬明看得挺清楚。"你只能和 10 个人成为生死之交,但如果公司有 1 000 个人,不可能和他们都亲如家人。好朋友突然有一天问我,为什么你要这样,难道我们的友谊如何,这种审问令我挣扎。但这就是人生,就是创业。不断会有人落下或者选择其他东西,但你不能停下。一旦出状况,大家就可能会一起死了。"他开始认真思考重新建构公司的管理制度。即使在涉嫌抄袭时被骂得"妈都不认得了",他还是坚持认为公司转型的那两年是至今为止"最痛苦的时间"。黎波将长江文艺出版社的一套制度介绍给他,他也开始学习商业管理,发现自己"没有公司章程、没有股份结构、没有收益","我们就像过家家,钱到我账上,我是爸爸,今天你要玩具,明天她要裙子,那就分给你们。"

《爱丽丝》没做多久就宣告失败,Hansey 不得不承认,久经世故的郭敬明远比他通晓外面世界的规则,他们逐渐开始相互谅解。汶川地震后,老家在四川的郭敬明接到的第一个关怀电话就是 Hansey 打来的。不久后,Hansey 回归了最世文化。阿亮和痕痕劝告过郭敬明,要他想清楚,"咬过你一口的人还要不要再相信。"郭敬明则说,"其实他像当年的我,心高气傲,一定要去外面闯一闯。回头找我,就是对我的认可。"

"过去的日子像乌托邦一样美好,但愈美丽愈脆弱,根本不可能抗住现实社会的颠簸。"他开始主动寻求建立现代商业管理制度。今天的最世文化,员工要按时打卡上下班,工作时间出外、用车、调休、加班,都需要填写相应申请单,绩效考核和奖惩制度也一早建立完善,这给了郭敬明安全感。

他将极大的热情倾注在公司上,阿亮和痕痕是最世文化的两位副总。痕痕负责管理签约作家,阿亮负责公司运营,除此以外他还有五名专职个人助理,但所有的重要事务均需要郭敬明点头同意。《最小说》所有的文章(微博)出刊前,郭敬明都会自己挑选一遍,淘汰比例大约为四分之三。有些稿子他看过后,还会自己加投稿者的QQ,商量修改。最世文化签约的所有作者,均由他一手选定。旗下每本杂志的标点符号、字体、颜色,甚至行间距都要经他审核。当他看重的作家出版新书时,就连广告他都会亲自推敲。筹备电影《小时代》,所有的外景地都由他亲自挑选,他甚至为此五年来第一次坐了地铁。所有的演员他都要亲自约谈,说服他们完全认同自己对角色的理解。

不仅是工作领域,他也希望杜绝生活中一切的未知。如果厕所里没纸,他会"发大飙",如果有人敢在生日当天给他个惊喜,这对他来说只是惊吓。"你要送我什么礼物一定要提前告诉我,最好颜色款式都能我自己挑选,要不然我一定不喜欢。"

《小时代》男主角宫洺有个怪癖,不能容忍电话响起三声后还没人接听,这其实就是郭敬明。猫某人说,"我们每个人都给他特设了一个来电铃声,从警报声到消防车都有,甚至有人是婴儿大哭。"他甚至会在凌晨三点突然打电话叫醒下属商谈公事,浑然不知时间已晚。公司设计总监胡小西说,"他表扬和批评都特别直接,QQ聊天时他很喜欢用感叹号,说你做的东西'跟屎一样',后面跟十个'!';'太美了',也是十个'!'一定要你把东西做到他想要的样子才行。"

创业九年,身家过亿,他从未休过一个完整的假期。仅有的几次出国游玩,他都要带上一批旗下作家,出版游记。

《最小说》成功后,他又先后打造了杂志《文艺风象》《文艺风赏》,分别由落落和笛安出任主编,目标受众为大学生、社会新鲜人和文艺青年。一直到现在,每期杂志出版前,他还要看过PDF才放心。

在挑选作者时,虽然他挺看重作者写作是否通俗易懂,预估市场反馈,但最终打动他的永远是"作者独特的个性"。最世文化强调,绝不强迫作者跟风写作可能流行的题材。落落是校园文学领域的领军人物,后来转型写作《剩女为王》。小读者很苦恼,郭敬明却非常支持。猫某人的文字风格略带黑色幽默,也不喜欢写缠绵悱恻的文艺爱情故事,有些年轻读者接受不了,郭敬明专程在微博上出声力挺她。

如今公司已经转型为产业化运营,最世文化与 60 多位签约文字作者的合同中从未规定过对方必须写什么、写多少。类型从奇幻、言情、校园、穿越、武侠、都市、玄幻到引进书系,领域宽广,开给作者们的印数、分红也均好于国内一般出版社,所有新书还都会在公司旗下杂志大力推广。现在,最世文化一年出版量接近五十本杂志、八十本书,出版圈内戏言:"长江文艺一半的书都是他们做的。"

身为作家,郭敬明对创作有着朴素的尊重。不止一个人说,如果他肯放弃自我写作,也许他的生意能做得更大。但他强调,作家永远是自己的梦想。他意识到了写作对自己产业的支撑作用,"抛弃这个身份去跟别人比,我没有优势。"也坦陈没有时间和精力创作真正意义上的严肃文学作品。但他还是保持着一年出版一部长篇小说的速度,写作一直都是他心中的伊甸园和永无岛。只有埋头写作时,他志得意满的现在才会和恋恋风尘的过去合二为一,提醒他的初心。

已经年满三十的郭敬明曾被很多人质疑,读者太年轻,等他们长大了,他何以为继。金丽红举了个例子:白岩松的儿子小学时喜欢郭敬明,上中学后崇拜韩寒。去年郭敬明要求《最小说》封面设计更偏向黑白色调,销量立刻下滑,学生们还是喜欢华美的风格。他更大的苦恼在于,旗下出版物虽多,盈利点却很单一。以青少年为目标读者的《最小说》《最漫画》根本拉不到广告,只能靠销售。《文艺风象》由此被寄予厚望,他在推广上下工夫,进入全家、罗森等便利店销售渠道。偶尔他还会亲自客串广告销售业务员,利用自己的人脉关系开拓市场。

他的版图并不止于出版物,拍摄《小时代》是他迈向自己商业帝国的第一步。他曾参与过陈天桥提出的"东方迪士尼"计划。现在,这成了他的梦想。影视和游戏开发,文具和周边制作,都在他的商业计划里,他豪言"要打通产业链,规划里还有很多板块,像打游戏一样一个个解锁"。

精明的郭敬明看到了马革裹尸还的前辈,知晓不能冒进。他拒绝了两家基金公司提出的投资入股方案,保持自己对最世文化的独立控制权。为了成功拍摄《小时代》,他集合了所有手上能掌握的资源,希冀通过这部电影来熟悉此前陌生的电影行业。一旦自己成功,下一步就是让落落和笛安复制自己的经验,上马新的题材。像以前一样,他做那个摸着石头过河的人,沿路惦记着为后人搭桥。

黎波说:"有些人是做事,郭敬明是做局。"一个人总迷恋自己在舞台上的身姿,就只能一直做个舞蹈演员,没法变成班主。郭敬明也意识到,最世文化必须"去郭敬明化"。2013年初,公司在乌镇开年会,他声色俱厉地批评了编辑们,用词之重让金丽红在台下听傻了。起因就是在他埋首拍电影的几个月里,《最小说》的表现不尽如人意。

五

郭敬明算了一笔账,新概念作文大赛从1998年办到现在,拿过一等奖的好几百人,到今天能被大家一口叫出名字的只有他和韩寒。他将自己的地位与财富归结于抓住了机会,"第一我聪明;第二我意志坚定;第三我运气好。"三者中,唯一能控制的就是自我意志,他有"一颗一定要成功的心"。

郭敬明有些偏执地希望,自己能够永远做时代的弄潮儿。2007年,他参加一档财经类节目,没听懂主持人提出的问题,那种面红耳赤的感觉让他从此患上了强迫症,不能容许自己有任何完全不知道的事情。猫某人在下班后接到过他的电话,那头的声音焦躁不安,"又出来了一个新电影、新趋势,你看了吗? 我们怎么办啊,是不是跟不上新趋势了?"她只能又回到办公室,和郭敬明开会。

每个月他要买几十本杂志和书,从财经、时尚、娱乐、家居装潢到文学,什么都看。上飞机前永远拿着一个大袋子,里面装满了各种杂志,看到有用的就撕下来。猫某人说,"不管是工作、逛街还是吃饭,只要见到他,手上永远拿着本书。"只有这样才能确保别人无论提到什么话题时,他都能及时发表见解,而这种感觉也让他特别享受。

经历过这么多后,他的棱角也被渐渐磨平。黎波还记得第一次见面,他整整迟到了一个小时。那会儿他年少气盛,心里总觉得"老子天下第一,你们懂个屁",从眼角里斜斜地打量人,透着股桀骜,对吃穿住行也挺讲究。出门吃饭时,服务员上菜慢了,他就会叫来领班论个一二。阿亮和痕痕都知道,那会儿千万不能和他辩论,他一定要说服所有反对他的人;和他约会,如果迟到五分钟,他都能生好半天气,孩子气地拒绝说话,必须要人哄。

现在他想起那会儿的自己,哑然失笑,"那会儿我真是个挺荒谬的人。但慢慢就发现了,世界远比想象的辽阔,你其实特别弱。"现在再和金黎组合开会,他成了提前到场的人,言谈中对两人的身体状况关怀备至。忙起来他也会抱着十块钱一份的盒饭埋头猛吃。每年身边人过生日,都会收到他精心准备的大礼,样样都动了心思。

下属都觉得,他比以前平和多了。"不可能再吹胡子瞪眼,"胡小西说,"可能是因为他经的事多了,觉得这些都不算什么了吧。"他自己则说,"现在我一定会先表扬别人两句,再轻描淡写地说,有个地方你可能要注意一下。"

更大的改变体现在看待世界的方式上,郭敬明已经懂了,圆滑与世故未必是贬义词。我们请来的摄影师刘香成为他拍照,他被要求坐在自家悬空且不承重的玻璃屋顶上,稍有不慎可能就会跌落受伤。助理试图阻止,他摆摆手:"别,就依着刘老师。"一天工作 18 小时后,他仍然要挤出时间参加某位娱乐圈人士的生日 Party。痕痕心疼他,劝他休息,他笑笑,"要搞关系,我能不去吗?"

黎波说:"他懂得分辨哪些人重要,哪些人不重要,又该怎么去对待人家。"《小时代》电影监制柴智屏说,拍片过程中,两人没少争执。但某次开会,郭敬明突然直视着她,半晌说:"柴姐,你真像我妈妈。"又把母亲的照片拿给她看。从此之后,每当再有分歧,他就改口叫她"母后","'母后母后,我希望可以怎么怎么样。'他这么一叫,我是不是就得他要什么我给什么了呢?监制变成妈妈了。"

郭敬明不愿意说自己是个势利的人,在他看来,他只是学会了圆融地与世界相处。他说自己"是个入世的人",面对社会地位高过他的企业家和前辈们,他给自己定位的形象是个"乖巧的学生、小朋友",而且再三强调"我不是装出来的"。2009 年,郭敬明曾与黄永玉一起做过一档电视节目,他事后专门写过一篇博客,里面这么写,"见着黄永玉老师一次,真的是我八辈子修来的福气……我是多么幸运啊……他脸上闪耀着人生岁月的光。"

18 岁时,他在散文里反复强调,"我希望所有人都喜欢我。"某种程度上,到今天这还是他的愿望,只是范围从"所有人"变成了"身边人"。

他害怕孤独。落落说,"他是没法接受有任何一顿饭自己吃的人。"和朋友一起出去,他总觉得自己有义务不冷场,饭局上他屡屡敬酒,KTV 里他传播最新的游戏,Party 中他就成了只蝴蝶,抱着酒瓶在人群中飞来飞去。他天生具有沙龙主人公的意识,想要照顾好现场每个人的情绪。如果有人局促不安,他远远地就会看到,立刻凑过去闲聊说笑,穿针引线,将他介绍给其余人认识。胡小西说:"他不能容忍身边有人不开心。"

买下位于静安寺的这座三层洋房后,他将第三层改建为了自己的房间,一二层则用来给公司办公。他自嘲:"我骨子里还是个农村小青年,喜欢一帮人一起,热热闹闹。每天一睁眼就有一大堆人。我想有一个大大的家。"

郭敬明不喜欢在公共媒体上生事,相比起曾在接受采访时用"我和郭敬明男女有别"之类言辞攻击他的韩寒,他一直显得很沉默:"我是个攻击性不强的人。"2012 年韩寒代笔门闹得沸沸扬扬,他一句话也没说,这让不少人对他改观。

不过,即使是面对最好的朋友阿亮和痕痕,他也不喜欢"传染负能量"。柴智屏说:"他把自己内心的感受藏在了很深的地方,害怕暴露出自己真实的一面。"

购物是他最喜欢的发泄方式。他善于理财,业余爱好看城市规划论坛的他,依循上海市政规划,买了九套房子,每一套都让他发了大财。坐拥巨额财富的他并不遮掩自己奢华的生活方式,他穿"CK 的内裤、LV 的鞋",在上海顶级豪宅"汤臣一品"露台上自拍,夸耀家具的价格。而这太容易激发仇恨了,批评他炫富的声音比比皆是,还有人说,"郭敬明除了钱什么都没有。"

可问题是,为什么一个人有了钱,却不能自由自在地花呢? 痕痕说,他从没有超出过自己的经济范围来花钱。《幻城》大卖后,他搬出了学校,和另外三人合租了一套毛胚房,两人一间。没有床,他睡在泡沫床垫上,自己做饭,生活简朴。他的生活标准一直和他的收入水准相匹配。他自己则颇有些恶狠狠地回应,"管得着吗? 我的底线就是,只要钱是我奉公守法靠自己双手赚来的,你就没有任何立场来管我怎么花。"

他宁可出格,也"讨厌平庸",拒绝成为一个符号,"我不想要表演一个模范,我可以在公众场合不穿名牌,不描写奢侈品,捐钱做慈善。可那不是我。说难听点，学校里的三好学生一定是朋友最少的那群人。"

众口一词的喧嚣与嘲讽激起了他的逆反心理，《小时代》中反复出现的奢侈品是他的武器。"我当年非常清楚，这一定会刺痛那些卫道士的神经，一定会变成争议性的话题。我就是刻意要血淋淋地挑起这些矛盾。"

像所有在短时间内积累起巨额财富的人一样，郭敬明急于捍卫自己财富的正当性。他将所有对他的质疑归纳为嫉妒、"仇富心理"和不理解，振振有词地为自己辩护。

数月前，他和落落一起去了趟法国，途经一座修道院遗迹，他赞叹古建筑的壮美，直呼能在这儿住一晚上就好了。落落大惊："住在遗迹里，你不怕鬼吗？"他说："不可能，有鬼也不会害我，都是来帮我的。我这个人很正，从来不做伤天害理的事。"

六

"为什么要让不爱上海的人出生在上海？上帝一定搞错了。"16 岁的郭敬明这样问。

那时他迷恋上海，他写，"燃亮整个上海的灯火，就是一艘华丽的邮轮。"而他的故乡自贡"多少有些令人啼笑皆非。一句话，它是一个像农村一样的城市，一个像城市一样的农村……所以我固执地认定我将来的生活应该在上海。"

热爱文学的他在脑海中建构起了一座梦幻的上海城，那里象征着纸醉金迷和夜夜笙歌，是货真价实的欲望都市。"那些作者描写晚上十一二点走在街上，累了直接进罗森买一杯热咖啡。罗森是什么？我根本不知道。这样的生活好酷！十二点，我们那边的医院都不一定开着。"

怀抱着对上海的憧憬，他参加了在上海的新概念作文大赛，"我并不会像其他的获奖者说的那样，自己随便写写，然后就拿了大奖。我是很认真地想要拿第一名，用尽全力地，朝向那个最虚荣的存在。我写了整整 7 篇五千字的文章。我买了七本杂志，剪下七张报名表。"

进入复赛后，他生平第一次离开自贡，前往上海。从人民广场地铁站出来后，他"吓傻了"，一圈摩天大楼，"最矮的那栋都比我住过最高的还高。"他立誓要考去上海。

可上海并不总是温情脉脉,大城市崇奉的是速度、力量和不顾一切的激情,对于一个要自己拎着箱子报到的少年人,他要学会的第一课就是:生活残酷,现实不是文学。"我下了飞机,自己拿着地图研究上海大学在哪儿,怎么坐地铁。我根本不敢打车,从机场去宝山校区要两三百块,我拿不出来。到了学校,周围都是本地生,开着私家车,身边爸妈保姆站了一群伺候着,他们就拿着可乐、戴着墨镜。我呢? 一个人跑来跑去交钱、领宿舍,担心我的箱子会不会被偷。那一刻,我觉得自己又孤独又渺小。"

不久,妈妈去上海看他,母子俩搭地铁出外。第一次坐地铁的母亲不会刷卡过旋杆,先进去了的他站在里面发急,一个工作人员走了过来,帮了他们。他刚想开口说"谢谢",却听见对方低声地说了句,"册那,戆色特了。"(笨死了!)留下目瞪口呆的他,还有听不懂上海话而一直对她点头感谢的妈妈。

"那一瞬间我握紧了拳头,可是却任何事情都不能做,因为不想让我妈妈体会到这种羞辱。如果不知道,其实就等于没有发生过。只剩下听懂了这句话的我,站在原地气得一直发抖。"

家境平凡的他也从那时起开始领悟到了金钱的重要性。在学校的食堂买午饭时,他有时想买一碗蒸蛋,可就连这个钱都拿不出来。他喜欢喝学校卖的珍珠奶茶,却不能每天都喝,否则就没钱买鞋子了。他只带了两双鞋子去上海,还都是夏天的,到了冬天,脚就冷得发痛。

学习影视编导的他一入校就被要求买一台照相机、一台DV和一台高配置的电脑。他犹豫了一星期,才拨通家里的电话,小声地告诉妈妈。过了足足一个月,他才收到家里寄来的钱。一直到今天,他都没有问过妈妈,那笔钱到底怎么来的。

大一未成名前,他和阿亮相约去世纪公园看过一次烟花,入园票价80块,他只有60块。他们只能站在门外,仰着脖子看到烟花在头顶炸开,他和其他那些不愿或不能买票的人一起欢呼起来,心里却暗暗发誓,总有一天,他也要进入公园。

所以,后来他说,"我疯狂地买各种奢侈品,带着一种快意的恨在买。"大概也就是从那时开始,他形成了后来的世界观——成王败寇,胜者为王。

今天的郭敬明还是会经常做梦,梦见第一次来上海参加新概念大赛的自己,梦见刚进大学的自己。他有不舍和怀念,但更多的则是庆幸自己做出了正确的选择,把握了机会。他甚至会责怪未成名前的自己浪费了十个月的时间来玩乐,没有为日后的成功学习储备。"不过,谁的青春没浪费过。"他薄薄的嘴唇抿起来,略带嘲讽地微笑了一下。

可他毕竟到上海了,"虽然那么乱、那么辛苦、那么害怕,可我在上海了。我知道我不会走了,属于我的新生活要开始了。"

2002 年,郭敬明刚进入上海大学时,班上除了他,全是上海本地人。老师总遗忘他的存在,一口上海话叽里咕噜。他钻进书店,斥"巨资"一百多块,买了一套上海话教学磁带,用自己的 CD 机换来了阿亮的复读机,一句一句跟着学。缠着身边的上海人和他对话,毫不怯场地说着夹生的上海话。

2013 年,他已经能说一口流利的上海话了,身份证上印着"上海市静安区",他的父母坐上了凯迪拉克和奔驰。

"你征服上海了吗?"

30 岁的郭敬明先是不假思索地点头,然后又迅速地摇头,"还没有",他笑起来,往后重重一靠,陷在那套 Kenzo 沙发里。他的声音轻快,甚至带有几分戏谑:"我看上了一套很厉害的房子,但我现在买不起。"

写一个被传言围绕的人

2013 年,由郭敬明自编自导的电影《小时代》上映。那个月,因为这部电影,郭敬明成为诸多杂志的封面人物。在那么多写郭敬明的文章里,马李灵珊的这篇《郭敬明与他的成功强迫症:忙碌得像颗陀螺》无疑是上乘之作。从一个小镇青年,到如今的城市名流,以一万多字的篇幅,展现了一个人的变化脉络。在《小时代》上映之前,郭敬明的舆论形象并不算好,他的身高和抄袭时常作为笑料出现在各种平台上。如何写好一个被传言围绕的人,这篇特稿作品可作范文。

一、丢掉偏见

《小时代》上映的那段时间,书店的杂志区域摆满了郭敬明。在这之前,诸多杂志争相做同一个人的封面故事,还是莫言获得诺贝尔文学奖的时候。

其实,与郭敬明和他的公司稍有接触的记者和编辑都知道,采访到郭敬明并不难。一般情况下,他们向来都是以积极的态度配合媒体的采访要求。从这次他成为那么多杂志的封面人物可以看出,这位年轻的作家、出版人和导演,他没有拒绝他们的采访,并提供给媒体想要的东西。

郭敬明在微博这个公共平台上,以宣传的姿态推荐的采访作品不多,其中便有刊发在《时尚先生·ESQUIRE》的这篇《郭敬明与他的成功强迫症:忙碌得像颗陀螺》,以及《人物》杂志的作品《明利场》。

《小时代》上映之前,很少有媒体想到会去做一个郭敬明的专题。尽管他的舆论形象一直是备受争议的,但是实在没有什么合适的契机让他出现在杂志的封面。因为那些话题都已经老得不能再老了,而这位已经成为城市名流的人物又实在没有什么新的动静可以成为一个新的话题。直到他的电影作品上映,这种跨界的大动作,是其再度掀起一阵舆论狂潮的好时机。于是,各路媒体纷纷出马,约采访,整资料,试图写一个跟之前舆论形象不一样的郭敬明。但是,因为带着各种各样的小偏见,最后的呈现效果并不能尽如人意。要么一头栽在采访对象的气场里,呈现的东西没有任何的新意可言,要么过度地坚持做个局外人,将精力放在了郭敬明养的几只狗身上。

同样是写郭敬明的成功学,《人物》杂志的那篇《名利场》像是抛出那些有关偏见的问题,让郭敬明自己去澄清或者证明,采写者与他们的采访对象虽然面对面,却貌似带着一种心理的优越感,而采访对象则有一种四两拨千斤的胜利感。这种观点的交锋,早已脱离了特稿作品以事实说话的轨道。

但是《时尚先生·ESQUIRE》的这篇《郭敬明与他的成功强迫症:忙碌得像颗陀螺》要真诚许多。从行文中可以看出,尽管郭敬明是一个被传言围绕的采访对象,但是作者不窥视,不好奇,大大方方地写她所看到和听到的郭敬明的工作和生活,譬如郭敬明的一天如何之忙碌,郭敬明的家里如何的奢华,郭敬明的抄袭和身高如何为网友制造谈资,郭敬明刚到上海时的忐忑和尴尬,以及初尝名利时的迫不及待。作者采访了郭敬明身边的好友和工作人员,采访他在出版方面和电影方面的合作伙伴,尽其所能地去梳理郭敬明如何从一个小镇青年成为城市名流的变化脉络。

从文章的流畅程度可以看出,郭敬明在接受采访时应该是处于一个相对放松的状态,与应对《人物》杂志时的那种战斗的戒备大不一样。让一个被传言围绕又希望证明自己的采访对象感到轻松,并不是一件容易的事,但是这篇特稿的作者达到了。从作品的呈现效果以及后期与采访对象的微博互动可以看得出,作者的采访和写作都很真诚,她没有避开传言,但也没有刻意地去写那些传言。毕竟,她写的是一个具有成功强迫症的人物,只不过恰好有些关于他的传言而已。

二、整合资料

《郭敬明与他的成功强迫症:忙碌得像颗陀螺》一万多字的篇幅,仅有现场采访的内容显然是不够的,其中很大一部分内容是作者从已有的资料中整合而来。

在这篇特稿作品中,资料的使用比比皆是,但又恰到好处。

比如作品中对美国作家菲茨杰拉德那段关于年少成名的话的引用,恰好契合郭敬明的人生成名轨迹,因此并没有一般名言引用的那般矫揉造作,反而因郭敬明和菲茨杰拉德的某种相像而十分具有说服力。

"2002 年 10 月,郭敬明的中篇小说《幻城》在《萌芽》上发表,很快引发热议。2003 年,续写成长篇小说的《幻城》由春风文艺出版社出版,当年销量近百万册。2004 年,凭借这部小说,郭敬明进入了福布斯中国名人榜,位居第 94 位。"

这段对郭敬明作品概况的描述,应该也是整合而来。资料整合,并不是有资料即用,因为本来不是自己一手采访获得的东西,所以放在自己的作品里时更需要小心。首先要确认核实资料的真实性,尤其是关于选题背景的东西,有据可查的官方权威资料最佳。这段资料的引用显然符合这个特点,无论是《幻城》的出版时间和发行数据,还是郭敬明的福布斯排位,都能在公开数据中查到。

无论是深度报道的写作,还是特稿的写作,整合背景资料都是必不可少的。整合资料并非照搬资料,而是取来为我所用。依照作品所需,将之重新归纳整理到新的逻辑链条中。

第六篇　占领华尔街

《中国青年报》冰点特稿　付雁南

10月4日,当穿着红色休闲夹克的经济学家斯蒂格利茨出现在美国纽约市的祖科蒂公园里时,几十名华尔街的"占领者"围在他的身边,对这位诺贝尔经济学奖得主报以热烈的掌声。

"金融系统正在让美国社会承受损失而使得私人获利。"站在人群中,斯蒂格利茨表示了自己对这场示威活动的支持,"这不是资本主义,不是市场经济,而是一个扭曲的经济。"

斯蒂格利茨是为数不多的、对"占领华尔街"运动公开表示支持的名人之一。在他的面前,示威者们像刚学会朗读课文的小学生一样,齐声复述了这位诺奖经济学家的每一句讲话。一位戴着头巾的男人尤其大声,虽然,趁着讲话的空当,他还会偷偷啃一口手里的蛋卷冰激凌。

与这一场景相隔不过半天,在万里之外的中国,另一些人也表达了对这场运动的支持。北京时间10月6日,河南郑州的几百名市民在文化宫门前打起横幅,希望声援地球另一侧那场"伟大的华尔街革命"。

参加活动的人们大多戴着写有标语的红袖箍。一位年轻人对前来采访的记者说,资本主义已经走上穷途末路,资本主义国家的人民开始觉醒。而一位从山东来这里打工的中年男人,语气则更加豪迈:"社会主义不但能救中国,还要救世界!"

在热闹的"占领华尔街"示威活动持续了几个星期之后,美国康奈尔大学的中国留学生张浩(化名)发现,对于这场运动,人们的观感似乎截然不同。在国内的父母显得忧心忡忡,不断地劝说他要注意安全,甚至一度关心地追问,"要不要回国避一避?"可在他自己看来,"占领华尔街"只是一件挺正常的事,几乎没怎么改变自己的生活。

事实上,在示威活动开始后的很长一段时间内,这个在纽约生活的年轻人,对于"占领华尔街"的大多数印象,都来自国内媒体的报道。

一道新风景线

几个星期前,张浩在上课的路上第一次看到了示威的人们。他是康奈尔大学金融工程学院的研究生,学院所在的纽约校区坐落在最繁华的曼哈顿地区,教室旁边,就是被称作"世界金融中心"的华尔街。

张浩还记得当时的情景:原本安静的人行道上突然多了很多人,他们排起了两条长队,举着大大小小的标语牌,喊着口号。还有一些人抱着鼓,一路按照节奏敲敲打打。

"真有意思,像狂欢节一样。"张浩说。

这个来自上海的男生还没有意识到,这幅看起来"特别欢乐"的场景,会在接下来的近一个月持续上演。过去的近4个星期,不断有人聚集到华尔街周围,抗议、指责美国的金融行业。最近,类似的活动已经扩散到了美国的其他城市,甚至世界其他国家。

示威者们在这里安营扎寨。供职于华尔街一家银行的一名技术人员说,自己每天到达办公室之前,都要先穿越一片"海洋":铺满睡袋的地面上,睡眼惺忪的示威者从蓝色的防水布下面爬出来,四处寻找香烟和咖啡。一些标语牌被竹竿支着,捆在塑料行李箱上。

不过,标语的内容倒是充满力量:"亿万富翁们,你们的好日子到头了!"

等到上班时间到来,示威者纷纷打起精神之后,场面才变得有所不同。一名中国留学生在博客上记下了自己看到的示威场景:两位女士在作为基地的祖科蒂公园旁边演情景剧;一对父母带着襁褓中的孩子前来,并且给宝宝穿上了带着标语的服装,又在他手里塞了一张标语牌;一群乐手一直载歌载舞、热闹非凡,旁边的一位示威者却捧着一本《民主原理》认真阅读。

"美国国家的统治阶级都有力量、有权力、也有责任管理国家的命运。"活动组织者在自己的宣言中写道,"大多数人觉察不到这一点,而我们将推动进步的实现。"

在运动开始好些天后,很多好奇的人才通过网络找到了这段名为"占领华尔街"的宣言。这段撰写于 2011 年 7 月 13 日的文字被贴在"占领华尔街"的官方网站上,随后又在社交网站 Facebook 上广为传播。

按照宣言的介绍,"占领华尔街"运动最初的目标,是在 2011 年 9 月 17 日当天,吸引两万人到纽约华尔街。同时,组织者也希望运动能持续两个月或者更长时间,让示威者成为"华尔街的一道风景线"。

不过,谁也没有想到,这段简短的文字真的成了一场运动的起点。从 9 月 17 日至今,"占领华尔街"已经持续了近 4 个星期,并且依然看不到结束的迹象。

在过去的一周,已经有数千名示威者加入了游行的队伍。他们熙熙攘攘地聚集在只有半个足球场大小的祖科蒂公园里,手举标语、高喊口号。

有人戴上盖伊·福克斯的面具,因为这个英国天主教阴谋组织的成员曾经企图在国会大厦炸死英国国王詹姆士一世。还有人干脆把自己化装成了咬着美元的僵尸,以此讽刺那些"吞噬金钱"的金融从业者。

甚至,游行的人们还仿照著名的《华尔街日报》,印出了几可乱真的宣传品《占领华尔街日报》。

这些场景的图片、视频在网络上不断传播,让远在万里之外的中国民众都感受到了运动的热度。媒体对此的报道连篇累牍,人们在网络上争论,"运动会给美国带来什么样的改变"。

可回到纽约,很多人却并没有同样的感受。韩阳就职于美国一家金融公司——这意味着,他是示威者们抗议、抨击的对象之一。在接受中国青年报记者采访时,他不断强调,自己"不觉得那(占领华尔街)是什么特别有意义的活动"。

"我和同事们完全没讨论过(示威活动)。"这个刚刚进入金融行业的年轻人说,"这真的不是什么了不起的事情。"

事实上,在示威活动的前两周,美国媒体对此的报道寥寥无几。这让很多中国人猜测，"大财团和华尔街大鳄的关系太好，屏蔽了新闻报道"。

活动的组织者倒是对此充满理解。"对于媒体而言，很难报道这个运动，因为这是一场没有领导的示威。"在9月的一次采访中，帕特里克·布鲁纳说。

布鲁纳是整个"占领华尔街"运动的媒体公关负责人，同时，也是一个刚毕业却找不到工作的大学生，并且在运动开始后才加入，当了志愿者。在大多数媒体的报道里，这个23岁的瘦瘦的年轻人，就是示威者们的"官方代表"。

在那次采访中，他刚刚给自己剃了一个显眼的朋克发型，因为他觉得，早先《纽约时报》的报道把他描绘成了无政府主义者、嬉皮士和流氓——尽管，另一些人在报道中没有读出同样的意思。

在记者面前，布鲁纳一边回答问题，一边发邮件、看微博，还要应对不同团体示威者们的交流电话。

"我需要一个助理！"他焦头烂额地喊。但如火如荼的示威运动似乎没法满足这样的要求。几天前，当中国青年报记者向他发邮件要求采访时，布鲁纳的自动回复邮件是："我每天要收到500封邮件，请你耐心等待，我会尽快回复。"

他们到底在要求什么？

从外表上看，从曼哈顿区南部延伸到百老汇路的华尔街，并不是一条吸引眼球的道路。它全长524米，宽11米——大约只能并排停下5台汽车。但因为聚集了美国的大垄断组织和金融机构，这里一度成为美国金融行业的象征，甚至被誉为"全球金融中心"。

不过，很多人并不知道，早在20年前，许多金融机构就已经离开地理意义上的华尔街，搬迁到几公里外交通方便、视野开阔的曼哈顿中城区。"9·11"恐怖袭击之后，许多金融机构更加快了步伐，撤出这个曾经的中心。

如今，纽交所、德意志银行和纽约梅隆银行的主要业务还留在"街"上，但那些标志性的投资银行大多已经离开。曾经是世界贸易中心最大租户的摩根士丹利，几年前就将总部搬到了中城，并将其他一些业务迁出纽约。

一些媒体评价说，现在的华尔街已经"从一个地理概念变成了心理概念"。

无怪乎福克斯电视台的评论员查尔斯·盖斯帕里若在节目中近乎刻薄地评论说，示威者几周没刷牙洗脸，浑身臭气，"可惜连纽约地图都不会看"，因为主要的大投行早就不在华尔街附近办公了。

事实上，尽管"占领华尔街"运动已经持续了近4个星期，抗议的声音也已经从曼哈顿的祖科蒂公园蔓延到了美国的其他城市，可很多受到抨击的华尔街人士，依然觉得"非常困惑"。

供职于华尔街某家银行技术部门的一名工作人员说，示威者们有权利呆在华尔街周围，"但他们缺少一个明确的目标"。

"他们到底在要求什么？"这位工作人员问，"难道要把华尔街的人投进监狱吗？"

一家金融服务公司的律师花了很长时间，用来研究上班路上聚集的那些示威者，希望能"努力搞清状况"："他们的标语上说，'我们要人，不要利润'，这到底是什么意思？"

示威者们的"运动纲领"提出了这个问题，虽然答案似乎并不明显。在那篇"宣言"的结尾，组织者写道："为什么要占领华尔街？因为那里属于我们，因为我们能。"

普遍的分析认为，示威者们对于美国经济现状和高达9％的失业率表示不满。示威者们也有人抗议国家缺乏就业机会，指责奥巴马总统和国会议员的表现，同时他们还抨击企业的游说者和雇主。

"我们救援银行、华尔街，但工薪阶层却还要拼命还账单、找工作。"另一些人则高喊："贪婪的企业不爱国！"

一些人从这些示威者那里找到了自己年轻时参加反越战游行的青春记忆，另一些人则认为，示威者们已经"跑偏了"。一位银行家说，他理解人们的愤怒，但把华尔街当做一个庞大的敌人进行抨击，显然是把问题过度简单化了。

英国《金融时报》10月8日刊发评论提醒道，抗议运动应当承认，华尔街以外的社会也必须承担一部分责任，包括那些在繁荣时期"为了加入1％的精英阶层，而贪婪地举债过度的99％的人"。

这些你来我往、刀光剑影的攻击并非全无好处。至少，当所有的指责都摆上台面时，交流似乎变得更加容易了。

一周前，摩根士丹利和瑞银集团的前任高级行政人员詹妮弗·伯格在前往曼哈顿的地铁上看到了两个示威者。他们分别举着标语，一个写着"美国的春天"，另一个写着"打倒华尔街"。

这位资深的"华尔街人"考虑了一下，走了过去。在一番自我介绍之后，她直截了当地询问这些"敌人"："我想问，你们到底在抗议什么？"

一个示威者告诉她，自己正在为次级贷款市场感到不安。作为为穷人提供的抵押贷款，在2008年美国房价下跌时，无法按期收到还款的次级贷款一度导致一些放贷机构的严重损失，甚至引发了全球经济的强烈震荡。

伯格用反问句回答了这个问题："相比于华尔街，那些明知自己无力偿还，却依旧贷款买大房子的人，是不是更应当分担这些责任呢？"

另一位示威者解释说，她希望政府能对经济进行更多的控制。伯格又很快告诉她，关闭华尔街不但不能解决这一问题，而且会造成全世界的货币流动被阻断。

伯格在事后表示，那是一场非常棒的对话。"那些人失业了，带着满腹怨气，示威活动让他们觉得自己的努力正在推动一场变化。"伯格说，"可我们的谈话给了他们一些新的思考。"

事实上，在那场聊天结束后，两名"占领华尔街"的示威者握住了这个华尔街人的手。他们说："这场谈话让我们非常高兴。"

我想站出来，让别人听到我的声音

如今，中国国内的很多声音认为，"占领华尔街"运动正在愈演愈烈，并且将引发一场变革。可对于在纽约生活的张浩，感受并非如此。

"这应该是个挺正常的事吧。"他说，"经济形势让民众失望，调控政策短期内又没有起效，游行示威倒是个挺好的宣泄不满的途径。"

一位在纽约的中国学生在博客中说，在祖科蒂公园看到了长期"驻守"的示威者时，自己"当时就震惊了"。经过几个星期的组织，示威者井然有序，甚至已经形成了一个相当成熟的生活社区。

他记录说，在示威区域的入口处，是一个招募志愿者的登记中心，供新人申请加入，并且提供咨询服务；旁边靠墙的地方陈列着各种书籍，供占领者无聊时阅读，两位"管理员"还细心地对图书进行了分类。走进去一些，就是示威者的用餐区域,有附近的食品店送来的比萨饼和意大利面,还有同样是捐赠给他们的饮料和甜点。

在示威区域的内侧,则是"后勤部"和"宣传部"。前者向示威者提供棉被和衣物等生活用品,后者则堆放着标语和讽刺漫画,供人们随时取用。警察在示威区域的周围严阵以待,不过,在晚上,他们也常常因为疲惫,东倒西歪地靠在路边的围栏上。

张浩记得,在示威活动开始之初,自己曾经注意到,示威者行动有序,警察还时不时地提醒他们注意安全。不过,一个星期后,随着示威活动的升级,警察开始采取更为严厉的安保措施。

9月24日,纽约警方宣布,在上周六的游行活动中逮捕了近百名示威者。警察署发言人保罗·布朗在一份声明中说:"大约有80人被拘留,主要由于阻拦车辆和行人交通的行为,还有人拒捕、妨碍政府管理。另外,有一位示威者作出了袭警的行为。"事实上,在之后的游行中,冲上布鲁克林大桥机动车道的示威者也同样被警方拘留,运动开展近4周以来,总拘留人数已经达到近700人。

不过,对于大多数示威者而言,他们的游行活动仍然在继续。10月7日,祖科蒂公园的示威现场挤满了缓慢移动的人群,举着密密麻麻的标语牌。一只大喇叭反复播放着口号:"我厌倦了这样的生活,把手放进口袋,却只摸到自己的腿!"不远处,示威者组成的"奶奶帮"乐团还现场拿出吉他唱起了歌。

与那些精力充沛的示威者相比,66岁的南希·皮桑亚站在角落里,抓着自己的标语,神情局促,看起来就像一个第一次站上讲台的老师。

这是这位退休教师第一次加入示威者的行列。"在社会活动领域,我实在太稚嫩了。"老人说,"反越战游行的时候,我是个乖学生,没有参加。而现在,我想站出来,让别人听到我的声音。"

和大多数人一样,来自新泽西州的皮桑亚从Facebook好友那里看到了运动的消息,并且突然意识到,自己应该加入进来。

"我决定离开沙发,喊出自己的声音。"她说。她手里的牌子写着:占领华尔街,为所有人追求经济公平。

58岁的波拉德声称自己"代表那些受压迫的人民"。他1996年从古巴的特立尼达来到美国,并且在今年6月拿到了绿卡。

"我之前从没感觉到自己是这个国家的正式公民。"波拉德说,"但这一回,我感觉到了。"

反思如何创造一个公正的社会

尽管已今非昔比,不过,作为"传说中的金融中心",华尔街的确是美国金融系统运转的一个象征。在"占领华尔街"运动发生后,很多人也承认,华尔街以及整个美国的金融产业的确需要反思。

示威者们主要关心华尔街的行为和经济上的不平等。最著名的口号"我们都是99%"强调,99%的美国人被金融危机剥夺了财产,剩下1%的人却依然拥有一切;99%的人不能再忍受1%的人的贪婪。

10月6日的白宫新闻发布会上,美国总统奥巴马第一次对"占领华尔街"运动做出了回应。"我理解公众对于国家金融系统工作的关心,示威者们表达的是自己沮丧的情绪。"他说,"美国人看到,作为金融行业的一个样本,华尔街并不总是能遵守规则。"

他同时承认,对经济的不确定感推动了持续3周的"占领华尔街"运动。

这位总统最为示威者诟病的决定是,2008年对银行展开7 870亿美元紧急救助。当时很多人以为,根据救市政策,自己会从这些流向华尔街的资金中获益。但随后,他们对此却没有明显的感受。

所以,尽管现在奥巴马一再强调,自己所倡导的金融监管法案已经确保了对金融行业的严格监控,但愤怒的示威者们并不领情。他们在华尔街旁的道路上高举着标语:"银行出卖了我们,却得到了救援!""我们的经济需要更加公平!"

10月5日,示威者们迎来了自己最高级别的支持者:哥伦比亚大学经济学教授、诺贝尔经济学奖得主约瑟夫·斯蒂格利茨。簇拥着教授的是形形色色的脸孔:有戴着棒球帽的年轻人,有大腹便便的中年男子,还有提着购物袋的亚裔面孔。

斯蒂格利茨的每一句话都被示威者们大声复述,其中一些句子更是引发了欢呼。

"我们都在谈论经济学,但很少有人谈论民主……"这位头发花白的老人说，"我们的金融行业承担着重要的角色，他们应该分配资本和管理风险，但现在，因为他们的分配不当造成了风险，而我们却要为此承担责任。"

"这不是资本主义，不是市场经济，而是一个扭曲的经济。"斯蒂格利茨说，"如果这种形势继续下去，我们就无法实现增长，也无法成功创造一个公正的社会。"

占领者何去何从

由于国内媒体的大量报道，"占领华尔街"在许多中国人的心目中显得声势浩大且别出心裁，但这并非华尔街上展开的第一次抗议活动。从19世纪末开始，陆续有人在这个"金钱的游戏场"上声讨权贵，有时甚至用上了爆炸、枪击等激进的抗议手段。

相比之下，如今的"占领华尔街"运动要平静得多。这场已经持续了近4周的示威活动还在继续，并且在不同群体心目中留下了截然不同的印象。

示威者们对于自己的行为充满信心与激情。与运动开始之初，一小群年轻人在纽约证券交易所门前支起小帐篷的场面不同，几个星期后，示威者已经成长为一个越来越庞大的群体。退休人员、工会会员、护士、图书管理员，不同年龄、不同身份、不同肤色、不同语言的人都出现在了游行的队伍中。

49岁的黛米·比克一年前被一家诊所解雇后一直失业在家，现在，她成为示威者中的一员。在祖科蒂公园，她站在一块大石头上，脖子上挂着一块标语牌。

"我们这代人将永远不可能退休。"标语牌上写道，"我们的退休基金已经被华尔街和他们的金融操作偷走了。"

整个示威过程中，这位失业一年的中年妇女始终带着平和的笑容。当路过的人们停下来，阅读她身上的标语牌时，她会努力试着与对方进行眼神交流。比克说，抗议活动给人们提供了一个交流思想的平台。

"有些人不拿我们当回事，觉得我们只是个小运动，并且马上会结束。"比克说，"而我们能做的只有一件事：用事实让他们睁开眼睛。"

在示威者聚集的公园外，大理石长椅上摆着企业赞助的比萨饼、意大利面和青豆沙拉。雪松大街上一家食品店承诺，每小时向示威者提供20个比萨饼。

示威活动的"代表"布鲁纳介绍说，不同的企业对待示威者有不同的态度。

比如,麦当劳对示威者们非常友好,可另一家快餐店汉堡王就完全相反,"他们一直禁止我们在那里购买食品"。

10 月 10 日,"占领华尔街"运动获得了第一家财团支持。著名冰激凌公司"本杰瑞"宣布,他们将成为示威者的坚强后盾,抨击美国不同阶层间的"不道德"和"不平等"。

这家位于美国福蒙特州的冰激凌公司在一份声明中说,他们的董事对抗议者表示"最深切的钦佩",因为国家正在面临失业危机,高等教育的成本也不断增加。

本杰瑞创立于 1978 年,是一家著名的"反资本主义"公司。2009 年,为了支持同性婚姻,该公司还专门研发了一款新口味冰激凌,命名为"老公老公"。

"我们知道,说话容易办事难,我们正在迅速采取行动以证明我们的支持。"本杰瑞公司在声明中说,"我们意识到,占领华尔街正在要求一项系统性的变革。我们支持这一要求,并且很荣幸能够成为其中的一分子。"

人们相信,有了财团支持,华尔街的"占领者"们会在驻扎地祖科蒂公园停留更长的时间。不过,公园的拥有者布鲁克菲尔德公司却抱怨说,示威者们在为这里带来名声的同时,也带来了"卫生问题"。

"这一问题已经越来越受到我们的关注。"在一份声明中,布鲁克菲尔德公司表示。

通常情况下,这座公园每周都要进行一次清洁、检查,但自从"占领华尔街"开始,因为示威者拒绝合作,公园从 9 月 16 日之后就再没进行过清扫,"卫生条件已经到了无法接受的水平"。

10 月 10 日,在世界各地,"占领华盛顿"、"占领伦敦"、"占领墨尔本",甚至"占领台北"等活动都开始露出了苗头,华尔街的"占领者"们也声称,将在 15 日进行一场更大范围的示威游行。

面对国内朋友好奇的追问,在美国继续读书的张浩总会不厌其烦地告诉他们,"占领华尔街"并不是多夸张的事件。可在地球另一侧中国的网络上,大多数人似乎并不这样认为。

10 月 9 日,中国的一家门户网站进行了一次关于"占领华尔街"运动的网络投票。截至 10 月 11 日中午,参加投票的 1 252 名网友中,超过 20% 的人认为，"占领华尔街"会扩大为一场社会运动，并且改变政府的决策。

超过42%的中国网友把票投给了另一个选项："占领华尔街"会发生质变，并且"引发骚乱"。

新闻事件"热闹"背后的"冷静"叙述

在现如今这个资讯、传媒十分发达的社会，信息无时无刻不在轰炸着我们的脑神经。受众在无数的信息中，不停搜寻自己需要的内容。这无疑造成了现在受众对信息的一种审美疲劳。于是，对许多媒体来说，如何把握社会热点事件、如何在众多报道中脱颖而出成为重中之重。也正是在这样的背景下，有些报道往往会沿着怎样吸引眼球怎样说、怎样夸张怎样说的路子走下去。新闻事实是怎样反而成了次要的事情。

2011年发生的"占领华尔街"事件，当时曾被国内媒体大量报道，而且多数以《"占领华尔街"开启新示威时代》、《占领华尔街示威者大反攻叫板当局》等这样的题目为主，让我们感到这真真是一场运动之浩大、规模之空前的抗议活动。当大家都在不断消费这个新闻事件的时候，《占领华尔街》一文却让我们在这"热闹"背后听到了一些趋于"冷静"的声音。

文章以经济学家斯蒂格利茨在运动中的一次演讲开篇。

10月4日，当穿着红色休闲夹克的经济学家斯蒂格利茨出现在美国纽约市的祖科蒂公园里时，几十名华尔街的"占领者"围在他的身边，对这位诺贝尔经济学奖得主报以热烈的掌声。

"金融系统正在让美国社会承受损失而使得私人获利。"站在人群中，斯蒂格利茨表示了自己对这场示威活动的支持，"这不是资本主义，不是市场经济，而是一个扭曲的经济。"

这样的一段叙述，就如同我们当时看到其他的关于这场示威活动的报道所感受到的一样。一位诺贝尔经济学奖获得者，在公开场合，表示对运动的支持，这自然会让我们想到，一个没有什么影响力的抗议活动，怎么可能会引起一位诺贝尔奖获得者的关注和支持呢？然而作者却没有顺着这样的思路行文，而是笔锋一转，把视线转向这位经济学家演讲时的周围情景上。

斯蒂格利茨是为数不多的对"占领华尔街"运动公开表示支持的名人之一。在他的面前，示威者们像刚学会朗读课文的小学生一样，齐声复述了这位诺奖经济学家的每一句讲话。一位戴着头巾的男人尤其大声，虽然趁着讲话的空当，他还会偷偷啃一口手里的蛋卷冰激凌。

与示威活动在我们心中的"威严"、"认真"印象相比，这样的描述显然有些不同。示威者们在抗议活动中随意、悠闲的神态在这个时候开始映入我们眼中。接着，作者又把中国国内对此次抗议活动的情形给我们描述了出来。

与这一场景相隔不过半天，在万里之外的中国，另一些人也表达了对这场运动的支持。北京时间 10 月 6 日，河南郑州的几百名市民在文化宫门前打起横幅，希望声援地球另一侧那场"伟大的华尔街革命"。

参加活动的人们大多戴着写有标语的红袖箍。一位年轻人对前来采访的记者说："资本主义已经走上穷途末路，资本主义国家的人民开始觉醒。"而一位从山东来这里打工的中年男人，语气则更加豪迈："社会主义不但能救中国，还要救世界！"

在这两段中，与美国参加抗议活动的人形成对比的是，国内的人似乎对这次抗议有着更加狂热的追逐。在接下来的叙述中，作者试图通过活动的当事人、活动的旁观者等多个角度，阐释美国人和美国社会是以一种怎样的态度对待这次"伟大的华尔街革命"的。

"真有意思，像狂欢节一样。"这句从张浩嘴里说出的话，其实就是在向我们说明了华尔街那些普通民众对待这场"革命"的态度。其实，美国作为一个政治上极端民主的典范，示威、游行、抗议活动可谓家常便饭。除非自己亲身参与到事件中去，普通的美国民众早已习惯了各种各样的抗议活动。也许这场"占领华尔街"运动发展的时间略有些意外，"接下来的近一个月持续上演"。但是绝大多数在华尔街上班的雇员都把它当做一场游戏，甚至连谈资都算不上。正如文中那位叫做韩阳的年轻人所说："我和同事们完全没讨论过(示威活动)。""这真的不是什么了不起的事情。"事实上,在示威活动的前两周,美国媒体对此的报道寥寥无几。这让很多中国人猜测,"大财团和华尔街大鳄的关系太好,屏蔽了新闻报道"。反观中国国内,也许是很少接触这样的群众性活动的原因,普通中国人尤其是网民,对待这件事情尤其关心。媒体对此的报道连篇累牍,人们在网络上争论,"运动会给美国带来什么样的改变"。甚至连国内的父母亲们,都担心自己身在美国的孩子会不会因此受到影响。

而在文章的最后,作者也终于把他所想要表达的问题明确地抛给了读者。"面对国内朋友好奇的追问,在美国继续读书的张浩总会不厌其烦地告诉他们,占领华尔街并不是多夸张的事件。可在地球另一侧中国的网络上,大多数人似乎并不这样认为。"

在《占领华尔街》一文中,作者更多的是从人的角度看待这一曾经轰动一时的抗议活动,而不是过分关注事件本身的政治或者经济意义在哪,也许这样才能让我们更好地理解类似这样的"抗议活动"在美国社会是怎样的一种状态。而这篇文章也在告诉我们,当面对这样的新闻热点,所有人都在不断考虑如何消费它时,尝试接近新闻事实,把新闻当事者的状态尽量客观地展现出来,可能会在"热闹"背后,给予读者更多"冷静"的思考。

第七篇　失落的阶级

《中国青年报》冰点特稿　赵涵漠

放映厅里只坐着 4 个人，空荡荡的。财经作家吴晓波看完了一部名叫《钢的琴》的电影。

7 月的一个晚上，吴晓波无意间在杭州一家电影院的海报上发现了这部以下岗工人为主角的电影。这部投资只有 500 多万元的小成本影片，夹在《建党伟业》和《变形金刚 3》之间短暂的空当儿上映，显得很不起眼。

《钢的琴》讲述了一个并不复杂的故事。男主角陈桂林是东北一家大型国有企业铸造分厂的工人，在国企转制的年代下了岗。妻子改嫁富裕商人，陈桂林独力抚养女儿。这个会拉手风琴的中年人和几个老工友一起组成了一支小乐队，专门做婚丧嫁娶的生意。

生活本来就要这样凑合着过下去，可正在读小学又极其喜爱弹钢琴的女儿提出要求，父母谁能送给她一架钢琴，她就和谁生活。穷困潦倒的陈桂林拿不出这笔"巨款"，便忽悠了曾经是工友，如今分别是女歌手、全职混混、退役小偷、落魄大哥、退休工程师和猪肉贩子的几个人，硬生生地在已经废弃的车间，用钢造出了一架"钢的琴"。

中国目前约有 8 000 块银幕，留给《钢的琴》的很少，它仅仅挤进了几十家影院。可编剧宁财神去看电影的前一天晚上，还是忍不住称心情"很紧张"，毕竟，这可是一部"迄今'零恶评'的电影"。几天后，这位著名的编剧发表了一篇简短的影评："祝愿未来能出现更多这样的作品，输了现在，赢了未来，10 年后，许多商业电影都从碟店消失，但《小武》和《钢的琴》这样的电影，还会继续卖下去。"

在吴晓波看来，《钢的琴》带给当今中国的意义或许并不仅仅停留在电影领域。"一地衰败的铁西区过去了，国有企业改革的难关过去了，2 000 万下岗工人的人生也都过去了。现在，只有很小很小的一点忧伤，留在一部叫做《钢的琴》的小成本电影里。"

但正是这部电影直面了几乎快要被这个社会遗忘的人群。"他们没有犯过任何错误，却承担了完全不可能承受的改革代价。"吴晓波写道。他这篇影评的标题，叫做《中国工人阶级的忧伤》。

这个丈夫放下碗筷，默默走向阳台，一跃而下

7 月 7 日，电影里那架用钢制成的钢琴被装进了一辆蓝色的大卡车中，离开拍摄地鞍山，来到北京。在导演张猛看来，比起那些能映出优美倒影、黑白相间的钢琴来，这架"钢的琴"显得"笨拙又束手无策"。

就在两个多月的拍摄工作完成后，这个庞然大物开始生锈，然而"琴虽锈了，记忆没锈"。与钢铁有关的岁月，是这个 36 岁的导演生命中难以回避的一部分。他出生在铁岭的一个工厂大院，家族里有 7 个人曾分别在辽钢和铁西铸造厂工作过。

张猛举家搬到沈阳后，钢铁仍一度在这个城市占据着举足轻重的位置。辽宁曾是"一五"规划的"重中之重"，苏联式的计划经济体制在沈阳发育得最为完备。一条铁路标识着沈阳普通生活区和工厂区的界限，铁路以西，便是著名的铁西区。苏联援建的"156 工程"，铁西占了 3 家。

张猛还记得，铁西区里工厂连成一排，烟囱林立。他甚至听说，无论人们从哪个方向进入沈阳，都会看到冶炼厂的 3 座大烟囱。这 3 座高达百米的烟囱是"回家"的标志，简直成了"沈阳的地标"。

电影中，也有两根突兀的烟囱不断在画面中出现。工人们生怕它被毁掉，恨不得将那里改建成"蹦极的场所"。可是这群人甚至连自己的生活都照料不好，烟囱最终还是被爆破了。现实中的沈阳，冶炼厂的 3 座大烟囱也于 2004 年被拆除。

苏联"老大哥"援建的不仅是大型工厂，还包括大片的苏式工人村。张猛记

得，在那些砖红色外墙的 3 层小楼周边，配套建设有学校、电影院、照相馆、副食品商店、浴池和街心花园，"那时的工人村，真是不得了！"

在张猛的记忆中，铁西区工人的好时光大概从 1985 年就开始走下坡路，那一年，沈阳市防爆器械厂宣告破产。人们普遍将上世纪 90 年代初期视作最早出现下岗职工问题的时间点，为了提高效率，国企开始着手将冗余人员从原有的岗位撤换掉。曾经一家几代人接班上岗的工人们，第一次发现自己手里的"铁饭碗"也有可能轻而易举地被人夺走。

2002 年，铁西区已经变为下岗问题的"重灾区"。当时还是新华社记者的吴晓波前往铁西对下岗工人进行调研，至今他还记得，一种平静得近乎麻木的情绪包裹着那里，人们很少控诉，更多的只是沉默。

他在工人村里遇到了一个每天去菜市场捡白菜帮子带回家的中年人，当被问及自己的单位时，那人用一种极其平和的语气替工厂开脱："厂子原来很辉煌，但是现在亏损很多年了。国家很困难，我们也理解。"

这个带着一兜白菜帮子悄悄离去的背影，并不是这个城市的孤本。

尽管那时大部分下岗职工的"吃饭"等基本需求可以得到满足，家庭收支也属平衡，但学者们更倾向于将这种平衡称为一种"脆弱的平衡"。子女上大学的学费、一场疾病、甚至食品价格的上涨都可能成为压垮这种"平衡"的最后一根稻草。

在一个普通的工人家庭里，夫妻几乎同时下岗，儿子正在读初中，仅仅维持基本的温饱也成了大难题，每一笔额外的开支都可能让这个家庭彻底陷入贫困。一天，儿子告诉父母，学校即将召开运动会，按照老师的要求，他得穿一双运动鞋。可这个家就连买一双新鞋的钱也凑不出来。吃饭时，妻子不断抱怨着丈夫没本事。丈夫埋头吃饭，沉默不语，可妻子仍旧埋怨着。这个丈夫放下碗筷，默默走向阳台，一跃而下。

这是吴晓波在调研时听说的一个真实故事。直到今天，他仍然记得给他讲故事的那张面孔，"无悲无伤，苦难被深深锁在细细的皱纹里"；他仍然有时会在梦中再次遭遇这些故事和面孔，"浑身颤栗不已"。

我们还是需要把那个时代拿回来，摊到人们面前

《钢的琴》背后就是这样一个时代。高耸但随时可能被炸掉的烟囱、被遗弃的工厂和萧条的生活区是那些曾经生活在其中的人难以抹去的集体回忆。

可张猛却发现，总会有观众来问他有关电影的细节，"那时的啤酒长那个样子？那个年代也有宝马吗？"坐在沈阳一家五星级酒店的咖啡厅里，这个电影人无奈地笑了，"其实那个时代距离今天真的没多远，只有10年而已。"

他明白，镜头里这些下岗工人曾经密布在自己的周围，可是如今，他们"早已不是生活的主流了"。这个"总喜欢把生活拿回来再想一想"的电影人一脸疲倦地解释着自己的使命感："我们还是需要把那个时代拿回来，摊到人们面前。下岗工人不应该就这样被遗忘掉，或是继续失落下去。"

2004年，清华大学社会学系的一些学者前往辽宁、吉林省就下岗职工的社保问题进行调研，郭于华教授是其中一员。今天再回想起当时的情景，她仍然记得笼罩在工厂区里那种"无望的气氛"。

那年，曾风光一时的长春拖拉机厂已经衰败。一位退休职工给市领导写了一封信，信中称，下岗职工能够就业解决生活问题的仅占其人数的20%，退养职工每月只能领到176元，退休职工虽有"保命钱"，却要兼顾下岗的儿女和上学的孙辈。甚至，"由于生活极为艰难，职工家庭纠纷增多，离婚率不断上升，严重的是自1998年以来因为生活困难而服毒、跳楼、卧轨、自缢、拒医而亡的不正常死亡事件时有发生"。

在这座人们曾经挤破头想要进来的工厂，一名当时44岁的工人与妻子每天的饭钱不到5元，"每顿两个馒头，吃点自己腌的咸菜"。

一位下岗的母亲将"家里所有的硬币和一毛一毛的"都收进塑料袋里，总共只有200多元。那就是这个家的全部家当，甚至还不够让读小学二年级的儿子参加补课班。而根据记录，那一年，全国猪肉平均零售价格为每公斤13.76元。

曾经的职工将一张公告贴到厂里：过去，"无论病有多大多重，你都用不着担心医疗费用问题"，可后来一切都变了，有了病就要动用生活费，工厂三年五载也不能给报销一次，"小病买几片药，大病就得硬挺着，听天由命！"

根据对辽、吉两地所进行的详细的田野调查，清华大学课题组最终于2010

年出版了名为《制度实践与目标群体》的学术著作。书中引用官方统计数据称，1998 年至 2003 年，国有企业累计下岗职工人数，高达 2 818 万。

他们一度被视为最可怕的"社会炸弹"。可在吴晓波看来，这绝对不公平，工人们或许并不知道国家该对他们负什么责任，但国家却没有理由对此袖手旁观。

在研究改革史的过程中，吴晓波了解到，1998 年前后，世界银行和国务院体改办课题组分别对社保欠账的数目进行过估算，"一个比较接近的数目是 2 万亿元"。吴敬琏、周小川、林毅夫等经济学家及出任过财政部长的刘仲藜等官员曾经提出，"这笔养老保险欠账问题不解决，新的养老保险体系就无法正常运作，建立社会安全网、保持社会稳定就会成为一句空话。"随后的几年中，他们也一再建言要解决国有企业老职工的社保欠账问题，建立公正完善的社会保障基金。

《钢的琴》还让吴晓波想起，新世纪初，国家体改办曾设计了一个计划，拟划拨近 2 万亿元国有资产存量"做实"老职工的社会保障个人账户。然而几经波折，这一计划最终宣告流产。反对者的理由是"把国有资产变成了职工的私人资产，明摆着是国有资产的流失"。吴敬琏后来在评论这一问题时，曾经用了 8 个字："非不能也，是不为也。"

《制度实践与目标群体》一书收录的官方数据显示，2003 年辽宁省城镇就业人员有 1 002.6 万，其中 240 多万未参保的就业人员以下岗职工为主。这一年年末，全省私营、个体参保人数仅为 33.4 万。

作为知名的财经作家，吴晓波坦言，中国经济学界没有谁在持续关注这个群体。

就在去年，吴晓波在参加一个论坛时遇到了一位当年反对 2 万亿元划拨社保计划的著名智囊、经济学家。

吴晓波问他，已经过去了 10 年，"对当时的决定有什么反思吗？"

智囊一边吃饭，一边淡淡地回答，"不是都过去了嘛。"

"这一代人就这样被遗弃了。"说到这里，吴晓波的语气变重了，"我们今天正在享受的成果，是以消灭了一代 40 到 60 岁间的产业工人为代价的，他们彻底牺牲了自己的职业生命。一个正在进行改革的国家,人本是第一位的,改革最关键不是保护既得利益者的权益,而是保护弱势群体的权益。"

有些遗憾现在已经无法弥补,那就更不应该被忽略和忘记

张猛想做的,是以电影的方式重现那个年代,"讲一个亲情外壳下,失落的阶级的故事"。

在夏夜沈阳的酒桌上,一个48岁的企业家拍着张猛的肩膀说:"开始我没想到我能爱看这片子,可是结果,我看了两遍,太现实了。"

与这座城市里的很多中年人一样,他曾经也是一名工人。然后,"咔嚓一下,下岗了"。就连《钢的琴》里那个像鼓号队一般的草台班子都能勾起他的回忆,那时,厂子里曾经的文艺骨干全出去"干小乐队"了,马路上走几步就能碰见一支。

"你问我那时的人什么感觉?"企业家突然放下酒杯,"突然感到没有组织了,不知道该干点什么。"

人们在这个酒桌上想起了十几年前的故事。同在一个厂子的一家成年人全都下岗,年幼的女儿吵着想吃块肉,健壮的父亲想不出一点办法,他磨蹭到猪肉档的前面,狠狠地拽下来一块肉,撒腿就跑。最终他被警察逮捕,入狱改造。

这只是一个极其普通的故事,那只是当时2 818万下岗工人中极其普通的一个父亲。并没有人愿意来记录这些事情,评论者发现,有人在写更为遥远的知青史,却很少有人愿意向10年前回头,看看曾经的下岗工人。

在郭于华和她的同事看来,下岗工人们有着"紊乱的生命历程"。最准确但揪心的定位是:"刚生下来就挨饿,该上学就停课,该毕业就下乡,该工作就下岗。"

郭于华察觉到,当时社会上甚至存在着"把这茬人耗过去就算了"的心理。"这些人为整个社会承担了代价,有些遗憾现在已经无法弥补,那就更不应该被忽略和忘记。"她一字一句地说道。

1998年,中央提出"3年搞活国有企业"。如今,吴晓波向中国青年报记者回忆起,从这一年开始直到2003年,在这场没有严格规范的产权制度改革中,富豪不断涌现。

可工人们却来不及去感受计划经济体制转轨带来的"新鲜感"。

1993 年的广东，"下岗"第一次出现在工人们的字典里，这些工厂曾经的主人公们再不能与工厂"共存亡"了。在很多城市中，工人与工厂之间的联系像是被一把刀子切开，按照张猛的说法，人们找不到究竟是在哪一个历史节点，成批的工人被工厂弃之门外。但很快，2 000 余万名失业者出现在城市的各个角落。

当时沈阳市中心的八一公园内，出现了一种最新的职业——"陪谈"。从事这个工作的大多是下岗女工，她们陪公园里的老人谈些"闲嗑"，再陪着流点泪，并收取一点费用。

有人以烧锅炉和捡破烂为生，一个月只花几十元钱。有人在街上卖芸豆，可一天下来，只挣到了可怜的一角钱。一个 49 岁的下岗职工扛着一把钳子到马路上等活，有时，几天下去，"一分钱都没有"。

《钢的琴》中陈桂林想要买一架钢琴，无疑是最最奢侈的行为了，实际上，他只能吹着"三套车"和"步步高"参加红白喜事，换取微薄的收入。

在曾经气派的工人村里，一楼住户的窗户都敞开着，里面陈列着用以出售的食品和小百货，甚至零下二十几摄氏度的冬天也是如此。而二楼的住户就硬是从楼上甩下一根电话线来，支起公用电话。

2002 年的调研中，吴晓波听当地人提起，妻子被迫去洗浴场做皮肉生意，傍晚时分，丈夫用破自行车驮她们至场外，妻子入内，十几个大老爷们儿就在外面吸闷烟，午夜下班，再用车默默驮回。当地人称之"忍者神龟"。

可他们并不是些天生的弱者。在郭于华看来，他们的弱，"与其说是由于自己的原因，倒不如说是由于社会的原因。这些人是在为整个社会承担代价"。

只有少数人以一种奇特的方式做回了老本行。上个世纪 90 年代，张猛在老家铁岭发现了一个钢材市场。在这个不大的市场中，各个工种的下岗工人分别开起了小摊子，车、钳、铣、铆、钉、焊，一个摊子就像一个车间，你所能想到的工厂里该有的一切，这里都有。

这就是《钢的琴》最初的灵感来源。这些"独立手工作坊"将下岗的工人们聚集起来，他们想要回到集体中去，就创造了这样一个"小小的、别样的链条式工厂"。

拍工人阶级,有病啊,谁看啊

就连常年居住在沈阳的张猛也说不清,究竟从什么时候开始,在这个曾经被戏称为"一座城市两层皮"的重工业城市,都市化进程几乎已经完成。在铁西区,房地产商将极具诱惑力的句子写在巨大的广告板上,希望为尊贵的客户"启幕一场格调生活"。

尽管这里宽阔的马路仍然有着"建设"、"保工"、"卫工"一类的名字,但当汽车驶入这个曾经在国家战略中占据显赫位置的重工业区时,烟囱大多已经不见了,厂区原有的景象包括运送煤炭的火车也在逐渐减少。

这里是铁西区,房地产商人的新宠。地铁站和大型家居商场"宜家"成为了这个老区的新主题。曾经的机床厂、制药厂、纺织厂、鼓风机厂已经变为"巴塞罗那晶座"等名字里满是欧洲风情的崭新楼盘。

张猛发现,"铁西现在和所有的城市都一样"。他在这里甚至找不到拍《钢的琴》所需要的一座工厂,最后不得不前往鞍山红旗拖拉机厂。

在一处已被废弃近 10 年的车间里,女主角秦海璐感觉自己就像穿越了时光隧道,"厚厚的灰,踩上去松松软软的,每个车间里都长出了树,老高老高的,有的树竟然还开了花"。

在这个城市里,还有不少在岗工人。摄制组在市区取景期间,有一次挡住了工人回家的路,双方起了肢体冲突。"这个傻×,拍工人阶级,有病啊,谁他妈看啊!"当时工人们这么骂道。

但还是有很多曾经在厂区里度过童年的人能从《钢的琴》中找到共鸣。电影中饰演专职混混"胖头"的刘谦,实际是个 1982 年出生的年轻人,他的母亲是一名工人,工厂的院子曾是他童年时最好的游乐场,"地上好多废铁,杂草丛生,我们爬到树上去摘果子,在衣服上蹭一蹭就吃"。

秦海璐在营口的国营氧气厂长大。母亲值夜班的时候,工友们会轮流哄着她睡觉,如果没人陪,她的哭声就会"震惊整个厂区宿舍"。直到今天,厂区留给秦海璐的记忆仍然鲜明,进入厂门的那条大道笔直宽阔。就在她家附近,氧气包堆成了小山,她和小伙伴们喜欢在空氧气瓶上踩来踩去。

一个工人的儿子看过电影后甚至想起,自己曾经多么的"迷恋机油味"。北京的一个记者,母亲曾是北京医用压缩机厂的工人,年幼的她常常在厂子里烧酒精炉,还在地里挖鬼子姜,带回家制成咸菜。

这样的生活大概在 1998 年前后就结束了。当《钢的琴》放映结束、灯光缓缓亮起时,那个年轻的记者忍不住哭了出来,"看到他们开始做钢琴那种专注的神情、熟练的动作,完全变成了一个有尊严的人。他们现在的生活中已经很少能获得这种尊严了。这样的劳动他们以前重复过千百次,但这是最后一次了,他们可以造出一架钢的琴,可却再也造不出那个辉煌的过去了。"

然而相比之下,那些曾经把青春、爱情、婚姻和事业通通交给工厂的中年人们,却显得平静许多。

老杨现在是沈阳铸造博物馆的一名保安。这个始建于 1939 年的大厂曾是亚洲最大的铸造企业,年产量达 38 500 吨。2007 年,铸造厂浇铸完最后一炉铁水,退出历史舞台。其中的第一车间被保留下来成为铸造博物馆。

30 多年前,老杨接父亲的班进入工厂,成为开车床的一把好手。2002 年,他下岗了。如今他的工作十分简单——看守着这个博物馆,并提醒路过的游客,2013 年以前这里并不接受参观。

"从来不知道什么叫失业,进厂不就是要大干一番事业嘛。"回忆当时的情景,老杨搓着手,表情显得很平静。他没什么怨言,"咱们对这个社会不懂啊"。

工厂向他提出,用每年 500 元的价格买断工龄。老杨不想轻易地取走这笔钱,工厂的人对他说,"你都给厂子贡献 20 多年了,要是不拿,白贡献了。"

听完这话,老杨拿走了用 20 多年工龄换回的 1 万多元钱,从此"流向了社会"。

当听说有一部电影以下岗工人为主角时,他嘿嘿笑了,表示自己并不会去看,"实在太忙了"。

工人们往往不再愿意提起这段长达十数年甚至数十年的工厂生活。刘谦的母亲曾经在军工厂工作,在看过《钢的琴》后,她并没有对这部电影做出什么评价。平时在家里,她常常和儿子说起短暂的下乡生活,可年头要近得多的工厂里曾经发生的事情,就像被她从记忆里轻轻抹去了。

我们走得太快,是时候该停下脚步等等我们的灵魂了

在沈阳林立的高楼中,飞驰而过的出租车很有可能错过低矮的工人村。铁西区赞工街的一栋住宅已经被改为"工人村生活馆",布置还原了从上世纪50年代开始工人家庭在这里的生活。一个下午,这个冷清的展馆只接待了3名游客。

马路对面是如今仍有居民的工人村。一些楼已经被重新粉刷,但仍有一栋楼墙体残破不堪,在顶楼又被砌上了第四层、第五层。

这里的几个住户不大愿意谈论过去,"还不就那样,生活总得向前看。"可一个20多年前从菏泽来到这里的三轮车师傅却记得,那时,"这里光跳楼就死了七八个。"他一边说着,一边将手指向不远处,"喏,那边的楼上跳下来过一个老太太,砰一声,我亲眼见的。"

在他手指的方向,那栋楼早就已经被拆迁了。

吴晓波提醒道,这几代曾经创造过"中国最著名的机械装备业基地"的工人,在2004年以后就很少被提及。那一年,国资委成立,产权改革问题基本上已经解决。而下岗工人的问题也在被慢慢稀释,没有解决的"该自己承受的也承受掉了"。

事实是,尽管下岗工人其后大多在社会上找到了新的位置,可从他们身上折射的问题却无法一同离去。在吴晓波看来,中国的改革还在继续推进,"如果这一问题不能得到正本清源,在法理和伦理角度进行反思,那么未来的改革仍将以牺牲一些人的利益为代价。"

而一直在感叹"时代发展太快"的导演张猛,只是想重现这段辉煌过后的没落生活,"毕竟,人不能没回忆,回忆不能没物件儿,工厂的故事不能最后光剩几张破照片镶进相框,摆在家里。"

但是,这部描摹昔日东北的电影,终究未能在沈阳引起太多关注。"这是一部挽歌一样的片子,现在的沈阳还在快速发展,快到他们甚至还来不及停下来看看自己。"张猛说。

然后他皱起了眉头:"我们今天走得太快了,眼下,是时候该停停自己的脚步,等等我们的灵魂。"

深度报道到底深在哪

很多初入行的记者总是抱怨,为什么自己的报道总是看起来肤浅苍白,绵软无力。其实,这是每一个初学者几乎必须要经历的过程。一篇有价值的深度报道,离不开各种因素的组合汇集:敏锐的洞察力,丰富的社会阅历和知识储备,扎实的文笔,恰当的时机等等。具备了这些要素还不够,如果要想让一篇报道能呈现出历史的厚重,在时间长河中留下自己的印记,那么就不妨读读赵涵漠的这篇《失落的阶级》。

作为《冰点周刊》最优秀的新生代记者,赵涵漠十分擅长时政、社会公共与文化领域报道,她的文章不但语言优美流畅,兼有思想深度。在 2011 年"7·23"甬温线特大动车事故中,她的作品《永不抵达的列车》,通过追忆两位在列车上殒命的中国传媒大学学生,记录这场天灾人祸,曾引起极大反响。

读过《冰点》周刊的人都知道,冰点新闻人一直致力于超越"新闻只有一天生命"的定律,追求新闻更长久的意义,努力用新闻影响今天。他们关注普通人不普通的命运,在对普通人生活与生存状态近乎细枝末节的表现中,放大普通人的价值,深刻反映社会与时代的现实与变迁。冰点新闻人是在报道新闻,也是在记录历史。而这篇《失落的阶级》就是一段记录下岗工人历史的新闻传记。

选材:在恰当的时机寻找被遗忘的主角

媒体得以安身立命的一大法宝,就是不惜一切代价抓捕新闻的时效性,第一时间、第一落点成为媒体竞争的集中交火点。但是,对于特刊报道或者深度报道而言,时效性未必是最重要的制胜法宝。

这篇文章的主角是曾经轰动一时,在中国发展进程中写下过浓墨重彩一笔的工人阶级,下岗的工人阶级。说起他们的时代,还要追溯到上世纪 90 年代初到本世纪初的十几年间,这段时间虽然离现在不过一二十年,说长不长,说短也不短。从新闻报道的角度来看,早就已经失去了新闻应有的时效性,从这个意义上说,这篇报道从时效性而言,已经成为了影响新闻价值的软肋。

抛却时效性,如果从回忆、重温的角度,回望那段岁月又如何呢? 说起"下岗"这个词汇,在中国大陆已经销声匿迹很多年了,现在的 90 后似乎已经没有任何的记忆。即便是作为社会中坚力量的 70、80 后,当年的下岗浪潮对他们的影响也更多的存在于上一辈。就像文章中智囊的一句话"不是都过去了嘛"。如今,十几年后的今天再来旧事重提,除了重温和回忆,对于当下的社会发展和改革又有何意义呢?

作为冰点新闻人,这两点赵涵漠不会考虑不到。但是有一点,具有敏锐社会洞察力的赵涵漠比一般新闻人看得更加透彻,就像电影《钢的琴》的导演张猛在文中所说的那样,"我们还是需要把那个时代拿回来,摊到人们面前。下岗工人不应该就这样被遗忘掉,或是继续失落下去。"而这个群体之所以不能被遗忘的理由就是,下岗工人们有着"紊乱的生命历程",他们最准确但揪心的定位是:"刚生下来就挨饿,该上学就停课,该毕业就下乡,该工作就下岗。"而这个定位就注定了这个群体即便离我们一百年,上千年仍然值得一遍又一遍地拿来回味、斟酌。更何况,他们中的许多人离我们并不遥远,或许是你的父母、亲戚,或者就是你本人。正如张猛所说,"其实那个时代距离今天真的没多远,只有 10 年而已。"

在赵涵漠的心里,这篇报道或许早就是板上钉钉的事,只不过她在等待能让报道变得更加厚重、产生更大影响力的最佳时机。直到 2011 年 7 月 15 日,电影《钢的琴》上映,这部好评如潮的记录下岗工人的电影唤起了千万人对那个年代、下岗工人的追忆和反思。正是在这个最佳的时间节点,2011 年 8 月 3 日,《失落的阶级》在中国青年报见诸报端,一唱一和,相互辉映,将历史变成新闻,又把新闻续写成新的历史,至少是带有历史色彩的反思。

叙事:精心构思 巧妙借力

这篇报道叙事架构可谓匠心独运,记者巧妙地将电影《钢的琴》中的影视情节和现实中的真实故事相互结合,交叉叙事,相互借力;同时,通过电影导演张猛和著名财经作家吴晓波的叙述、回忆和点评,将这些故事串联起来,夹叙夹议,既有历史的厚重,又有深刻的反思。

"放映厅里只坐着4个人,空荡荡的。财经作家吴晓波看完了一部名叫《钢的琴》的电影。"文章开篇就从电影院说起,而且通过著名畅销类财经作家吴晓波的视角讲述这部电影,立刻让人感受到了一股浓重的专业色彩。

单从电影本身而言,这部影片已经具有了非常深刻的时代意义,影片播出后竟然出现了无一差评的情况,被誉为2011年度口碑第一片。"张猛的《钢的琴》,不光是对生活无奈的戏谑和自嘲,更是对一个逝去的时代,一批旧人缅怀和追忆。"这是一位影评人对这部影片的评价。选择以这部电影作为选题视角,以电影上映时间作为最佳的报道时机,足可见记者深厚的社会洞察力。

说到记者叙事的另一个亮点,就不能不提文中的两个人物:张猛和吴晓波。一个是电影导演,一个是财经作家(之前也做过记者)。如果说,张猛提供给这篇文章的是血肉,吴晓波提供的就是筋骨。

生在铁岭,活在沈阳的张猛,不但是这部电影的导演,还是那个时代下岗工人生活的亲历者。

这个"总喜欢把生活拿回来再想一想"的电影人一脸疲倦地解释着自己的使命感:"我们还是需要把那个时代拿回来,摊到人们面前。下岗工人不应该就这样被遗忘掉,或是继续失落下去。"张猛的使命感,让很多下岗工人在影片中找到的当年的记忆,恍如时光穿梭,让一代下岗工人回到了"铁饭碗"的计划经济时代,于是在夏夜沈阳的酒桌上,一个48岁的企业家拍着张猛的肩膀说:"开始我没想到我能爱看这片子,可是结果,我看了两遍,太现实了。"记者借着对张猛经历见闻的描述,对张猛电影情节的解读,拉近了与观众和读者的距离,也找回了一代人难以磨灭的记忆,"我们今天走得太快了,眼下,是时候该停停自己的脚步,等等我们的灵魂。"

而吴晓波就像一位智者,让读者看到了这篇文章的深度和高度。

"他们没有犯过任何错误,却承担了完全不可能承受的改革代价。"记者在文章的开篇部分,就用吴晓波的话将这篇报道的时代意义挖掘了出来,这不是单纯的回忆重温，而是要用历史的眼光反思过去，警醒未来。

作为知名的财经作家，吴晓波坦言，中国经济学界没有谁在持续关注这个群体。

就在去年，吴晓波在参加一个论坛时遇到了一位当年反对 2 万亿元划拨社保计划的著名智囊、经济学家。

吴晓波问他，已经过去了 10 年，"对当时的决定有什么反思吗?"

智囊一边吃饭，一边淡淡地回答，"不是都过去了嘛。"

这段对白，更加明晰地表明了记者的观点，记者巧妙地借用吴晓波和智囊的对白，对这段历史进行了诙谐的讽刺。

文章的结尾部分，作者继续借用吴晓波的专业眼光画龙点睛，指出了本文最核心的观点，"如果这一问题不能得到正本清源，在法理和伦理角度进行反思，那么未来的改革仍将以牺牲一些人的利益为代价。"读完顿时让人毛骨悚然，入木三分。

第八篇　无声的世界杯

《中国青年报》冰点特稿　包丽敏　李润文

　　天下着大雨,6 名农民工卷着裤管,打着伞,深夜站在广州街头一个露天大屏幕下,仰着脖子凝神观看正在转播的世界杯。因为大屏幕只有画面而没有声音,为此,他们中的一人专门花 65 元钱买了部收音机,6 个人支着脖子,边听广播电台的直播,边看无声的大屏幕。

　　其实,农民工看不看世界杯,看不看上世界杯,原本没人关心。但 6 月中旬广州一家媒体的一则报道,却深深触动了我们。我们联系到写这则报道的记者,试图打听到这几个农民工的联系方式,对方告诉我们,她们也只是路过时看到了这一场景,就写了这篇报道,并未留下他们的联系地址。于是,我们决定前去广州,深夜等待他们的出现。

　　NO.1　这块大屏幕安装在广州至尊国际夜总会大门的上方。每当夜幕降临,夜总会里穿白制服的服务生和穿红色露背长裙的女招待便忙碌起来。很快,他们的客人坐着奔驰、宝马、尼桑等各种名牌轿车陆续光顾。

　　夜幕下,大屏幕上有时飞出一张张红唇,有时播送出一两副撩人的身段,或者像万花筒一样呈现着各种花样图案。每天,这块大屏幕就这样播放着夜总会"宣传片":"尊贵"、"激情"、"时尚"、"梦幻",几个口号一遍遍在大屏幕上翻飞。

　　直到今年 6 月中旬足球世界杯开幕后的某天,夜总会三四百米外的建筑工地上,一位开塔吊的农民工突然看到远处这块大屏幕上出现了德国的绿茵场。

"他妈的大屏幕上转播世界杯啦!"消息很快从塔吊工人那里传遍工地。

顷刻间,这个工地上就有 4 名农民工跑到了夜总会对面,坐在马路牙子上,一人买了一瓶啤酒,仰着脖子沉浸在大屏幕转播的无声世界杯之中。这几个人并未意识到,他们是在分享全人类一个共同的狂欢节日。

一个当时只是凑热闹的农民工还记得,两个漂亮入时的女孩从他们身边经过,其中一个用四川话嘲笑道:"看,四个傻×在看球呢。"

另一个农民工似乎没听懂,还对着她们高声调笑:"靓妹,来看球!"

那时,这个工地上 60 层的大楼正要封顶。水电工陶辉那几天连续加班,等到收工已是晚上 9 点半了。他顾不上冲洗,只是换上一双拖鞋,浑身汗水和着泥浆,就跑到大屏幕下,看下半场比赛。

事实上,陶辉在大楼 54 层加班时,就不时远远地瞅一眼这边的大屏幕。当镜头拉近时,他虽然看不清球员球衣上的号码,但能看到足球,"看到带球速度"。当镜头推远时,只能看到满屏的绿色。有一天,陶辉实在忍不住了,背着当班的监工偷偷跑到了大屏幕下。

6 月 13 日那天,陶辉终于不用加班,但广州却下起了大雨。"下那么大雨,今天别去看球了。"妻子说。但陶辉抓过一把伞就跑了出去。

世界杯小组赛的比赛每晚 9 点开始,但那天 8 点半时,陶辉已经撑着伞站到夜总会对面的马路上了。

他到那儿时,早有一个骑着自行车的人正打着伞抬头仰看大屏幕。接着,陶辉隔壁工地上一个叫老王的农民工也打着伞来了。他拎着一张小板凳,手里还拿着个小收音机。

老王的收音机里也在直播世界杯。他一边看无声的大屏幕,一边听收音机。据说,收音机是他为这届世界杯花了 65 元特意买的。

那天刮着风,雨把陶辉衬衫的后背打湿了。他打着伞站着,直到雨停,然后把伞垫在湿湿的地上,坐在伞上,继续观看无声的比赛。

陶辉举着伞仰看大屏幕的姿势,就是这时被摄影记者抓拍到的,并上了当地的报纸。

据说,夜总会的大屏幕最多时曾吸引来上百名农民工看球。他们占据了夜总会对面的一长溜马路牙子和人行道。一些人来自陶辉所在的工地——正建造的 60 层"富力中心"写字楼，一些人则在夜总会斜对面为铂林国际公寓建造 32 层的商品住宅楼，另一些人在附近修建地铁，还有一些人来自不远处的海关大楼工地。

他们有的铺着凉席，有的垫着报纸。大多数人趿着拖鞋。有人打着赤膊，露出黢黑的上身，有人像陶辉一样披着上衣敞开胸，也有人像要出门一样特意穿戴得整整齐齐。

一部分人拿着收音机，将耳机塞进耳朵里。所有的人都仰着脖子在看大屏幕。大屏幕右侧，"至尊国际"大招牌上，七彩的霓虹闪动着，像在跳舞。

下方的大门内，两名身穿白制服的服务生，各将一只手矜持地背在身后，一边将大门拉开，一边优雅地向来客鞠躬。

夜总会似乎没有想到"相当于广告牌"的大屏幕招来了这样一群看客。他们原本只是"转播给过路人看"的。

记者想向这家夜总会探问转播世界杯的详细情况，一位发福的中年男人显得狐疑而又不耐烦地回答："这跟你们有什么关系？"说完转身便走。

"对不起，你们不能在这里待了，我们管事的下了逐客令了。"一位工作人员客气地说。

此前，另一位工作人员则说："这是显示我们这家夜总会的实力。我们是广州惟一一家有大屏幕的夜总会。"

NO.2　不管怎样，夜总会的大屏幕让陶辉看上了世界杯。他总是趿着一双蓝色的廉价塑料拖鞋，卷着裤管，按时坐在对面的马路牙子上。他的妻子李向云趿着一双红色塑料拖鞋也看球来了，抱着他们 9 个月大的女儿陶安康。

李向云坐在马路牙子上给陶安康喂奶，或在中场休息时，给远在重庆老家两岁的大女儿打一件鲜黄色的毛衣。

两个女儿的父亲陶辉今年 24 岁，1.70 米出头的个子，憨憨的，上嘴唇还留着一层软软的黑胡须。

"他是我们的'钢杆'球迷。"他的一位工友介绍。不过,陶辉本人从来没有踢过足球。

陶辉就读的山村初中,只有一只足球,也只有一位物理老师和一位音乐老师会玩。学生们总是站在操场上,看他俩一个踢,一个扑。

2002年,中国队在世界杯预选赛中出线。在一位老乡的带引下,陶辉开始看起了足球。同一年,陶辉几乎一场不落地从老乡出租屋里一台17英寸电视里看完了在日韩举办的世界杯。

"足球赛我一看就喜欢。"陶辉说,"够刺激,看他们的带球速度啊、配合技术啊,多好啊!"

不过今年在德国举办的世界杯,陶辉落了好几场。两三百人的工地,食堂里有两台电视,但据说除了播过一次安全宣传片之外,从来没有打开过。一位包工头花200元买了一台14英寸电视,但因为没有安装有线,有时能收到的比赛转播信号很差,有好几叠重影。人们开玩笑说:"这里一下可以进5个球。"

工地外的小卖部也有一台电视,不过通常播放电视连续剧。而夜总会的大屏幕,每天凌晨一点半关闭,两三点开始的球赛,大屏幕下的人们看不上。

每天下午6点半收工后,陶辉就到工地外买一份报纸。先从体育版的足球版看起,再看邻近的国际版,再看国内版"有没有什么稀奇的事情"。他关于足球的各种知识大部分来自这些报纸。他喜欢葡萄牙的菲戈,德国队的克洛泽,不喜欢像罗纳尔多这样"耍大牌的"。"贝克汉姆就是帅,好多女孩就爱看靓仔。"陶辉说,"我喜欢技术好的球员。"

NO.3　陶辉今年2月来到广州,带着妻子李向云和当时4个多月的小女儿陶安康,加入这个建筑工地。他参与建造的是一座"超五星级豪华写字楼"。

他们一家三口与7个男工友同住一个工棚。

8张床里,陶家三人的那张床加宽了三四十厘米。李向云让这张床比单身男人们的床整洁得多。床头简陋的木架上,整齐地叠放着三个人的衣物,一只闹钟,一卷手纸,还有工友送给陶安康不多的几个小玩具:一个塑料的金发女娃娃,一只简易的塑料小汽车,一只捏一下会叫一声的橡皮小狗。

陶安康刚长出两颗牙,拿到玩具就用嘴啃:娃娃的脚、汽车的轮子和橡皮小狗的屁股。

陶安康在工地上的 5 个月里,已经大病一次。那次她得了肺炎,烧了 4 天后,夜里 10 点多送到广州一家医院,那时她的体温已经 40.3 度。医院让交 3 000 元押金,可她父母只凑了 800 元。

陶辉央求说:"能不能先治,我们再想办法?"医院先是松口说交 2 000 元,最后坚持最低也要交 1 500 元。陶辉急哭了。

夫妻俩抱着最后一线希望,决定连夜买火车票回老家给孩子看病。可是火车票卖完了。

"好怕啊!"李向云事后回忆说。凌晨两点多,两人哭着回了工棚。

幸好,哭声吵醒了同屋的一位带班师傅,他立刻找到一位老乡,曾经是乡卫生院的儿科医生,现在广州卖保险。陶安康被连夜送去,这位大姐收了他们 600 元药费,几天后将陶安康治愈了。

"医院真黑!"陶辉摇了摇头说。

事实上,陶辉在这 5 个月里已欠了工友们 2 000 多元债务。7 月 3 日这天晚上,陶辉说,虽然他一个月的工资是 1 500 元,但从他来工地到现在,"老板"就没有发过工资,总共只领到了 900 元生活费。一周前他又向同在广州打工的哥哥借了 100 元,也已花完了。

陶辉能从食堂里领到一份菜和足够多的米饭,夫妻俩分着吃这只有五六小块肥肉的一份菜。"一个人吃都不够,什么味都没有,只有盐味够。"陶辉笑道。

"哈,吃完饭碗都不用洗,用水冲一下就干净了。"李向云在一边帮腔。有时,她自己买菜偷偷做着吃。不过,自从手头没钱后,他俩又已经连着四五天分吃一份菜了。

NO.4　这个工地的工友们就是吃完这样一份饭菜,冲过澡,然后三五成群地坐到夜总会对面的马路牙子上,跟这个星球上所有正在观看世界杯比赛的人们一起,分享着这场盛大的狂欢。

这时,夜幕下的广州,暑热稍稍退去,数不清的外地人不知从城市的哪个角落钻出来,遍布这个城市,开始各种营生。夜总会两三百米外的天桥上,一个黑瘦男人卷着裤管蹲在水果筐后叫卖。一个胖女人懒洋洋地举着各种透明的纹胸带子。年轻的外地小伙凑上来招呼:"欧美打口 CD!"两个少女埋着头坐在地上,请求好心人资助她们读书……

这是 6 月 30 日晚 12 点开始的德国队与阿根廷队的比赛。马路牙子上坐着 40 多个农民工,许多人攥着收音机,戴着耳机。

"冷静点! 冷静点!"一个光头朝着大屏幕喊。

德国队进球了。一个光着上身的年轻人兴奋地大叫:"老子进球啦! 老子进球啦!"下半场,阿根廷队也进了一球,人群里阿根廷的球迷也大叫起来,鼓掌,大笑。不知谁大喊一声:"你要输啦!"

9 个月大的陶安康也在"看"球。她一边啃着手指,一边呜呜地出声,有时还兴奋得尖声大叫。妈妈逗她:"你是中国第一小球迷!"比赛间隙,工友们逗她:"小妹!""你这个小丫头!"他们抱着她像飞机一样,一会儿俯冲,一会儿上升,她高兴得皱起鼻子哧哧地喷气,把妈妈逗笑了,说:"怎么跟我们家乡的牛一样。"

当不远处海关大楼尖顶上的时钟指向一点半时,双方的比分还是 1∶1。眼看点球大战即将开始,大屏幕突然一片黑暗,绿茵场和明星球员顿时消失。

"啊——"人群中响起一片失望的嚎叫。"这些王八蛋!"有人高声叫骂。"回去睡觉吧——"有人快快地嚷。

很快,人群重又回到附近各自建筑工地的工棚中去,给午夜的广州街头留下一地坐烂了的报纸。

捡垃圾的来了。路灯下,晃动着一个大人一个孩子的身影,他们将烂报纸塞进塑料袋。

陶辉回到宿舍,在阳台上站着,等听收音机的工友报告比赛结果。当地粤语台报告了最后比分 5∶3。陶辉喜欢的阿根廷队输了。他懊丧地想:"今天晚上白看了!"然后去冲了个凉水澡,倒头就睡。

凌晨两点左右,情侣们还在路边的吃食店吃夜宵,一个中年男人推着垃圾

113

车经过,跟陶辉的那些工友一样,他也戴着耳机。耳机线穿进制服的领口,在路灯下闪着银灰色的光。

　　NO.5　这场四年一度的全球盛事笼罩了这个城市。一家餐馆进门处贴着标语:"我爱世界杯!"不少饭馆打着广告:"现场直播世界杯!"还有店家橱窗里贴出大幅的球星照。人们的话题离不开世界杯。各家报纸争着出版世界杯专刊。

　　珠江岸边的酒吧街,悬挂起一串串小足球,江风吹动着一长串各国的小国旗。对岸,海珠广场附近的一家酒吧打出广告:"性感撩人的足球宝贝,狂热的说唱文化,炫目的街舞足球。"

　　跟陶辉们不同,在这里,人们以另一种方式享受世界杯的狂欢。

　　这里,人头攒动,劲爆的音乐震耳欲聋,每一记低音都像在人的心脏上踩上一脚。7月1日晚,两台电视正直播英格兰对葡萄牙的四分之一决赛。电视下的小舞台上,身着迷你裙的足球宝贝风情万种。人们喝着三百多元一打的"英格兰队指定饮品"嘉士伯啤酒,以及两三百元一瓶的红酒,每张桌上点着红蜡烛。有人脸上画着英格兰或葡萄牙的国旗。人们塞满了通道,以至侍应们只能挤进挤出。

　　一个歌手留一撇小胡子模仿张学友演唱。他扭动着身躯,大喊:"来,让我们发泄一下感觉!"台下人群里口哨声和尖叫声刺透了音乐。

　　足球,美女,音乐,暧昧的灯光,还有酒精。一对年轻的情侣开始热烈地接吻。

　　凌晨一点半,这里的电视中,英格兰队与葡萄牙队的点球大战开始了。劲爆的音乐暂时停息下来,人们都盯住了电视屏幕。

　　"每次点球大战都那么残酷!"酒吧的DJ在麦克风里叫道。

　　但这种残酷,坐在至尊国际夜总会对面马路上的人们感受不到了,因为大屏幕又准时关闭了。

　　上半场比赛快要结束时,陶辉曾预言:"葡萄牙的小小罗肯定要进球,就他表现最出色。"但最终,他没有看到这样一幕:小小罗将足球捧到嘴边印了一吻,然后一脚将这粒点球送进了英格兰队的球门。

这一晚,陶辉奢侈了一把,他花3元钱买了一瓶啤酒,坐在马路牙子上边喝边看球,"给自己助助兴"。

NO.6　收音机带给大屏幕下的人们一个奇特的世界杯,一个图像与声音错位的世界杯。

大屏幕上转播的是广东一家电视台播出的球赛,"普通话广播台"的直播与大屏幕上的转播并不同步,相差一二十秒。有时,画面上还没有射门,广播里已经进球了。

但当地的粤语台与大屏幕同步。李晓峰是人群中不多几个能听懂当地粤语广播的人之一。这位来自湖南新宁县的33岁农民工,总是戴副耳机,双手抱膝,一个人垫着报纸坐在马路牙子上观看。

他在百米外新建的海关大楼内做墙面油漆。世界杯刚开始,就遇上工期吃紧,老板要求加班,小组赛的前四场他都没看上。这让他有些懊恼。

"你们没说你们要看世界杯吗?"记者问他。

"说了,但他们还催着要交工。""他们没问你们,为什么想看世界杯?""没问。"

如果没有世界杯,工地上的生活是单调的。"工地上最大的娱乐是玩扑克。"一位工友说。

李晓峰的闲暇时间靠看报纸杂志来打发。每天看报纸要花四五十分钟,除了广告,基本上所有版面都看。他一年买两三百份报纸,每月看六七本从旧书摊上买来的旧杂志,看完后再到旧书摊去换,两本换一本。

他从不读工地办公室里的报刊,因为"你进去他们好像看不起你一样"。

随着世界杯拉开战幕,只要有可能,李晓峰就会按时坐到大屏幕下看球,一场都不舍得落下。并且,他也为此专门买了一只带耳机的收音机。

但是李晓峰从大屏幕下回到他的工地后,却像水珠进了大海般"消失"了。记者到海关工地去找他,询问了10多位农民工,包括衣服沾满着油漆的油漆工人,却没人知道李晓峰是谁。

甚至有一种可能，工地上几乎没有人知道他的姓名，就像大屏幕下另一个球迷"眼镜"。

"眼镜"在大屏幕斜对面的铂林国际公寓工地上当铁工，陶辉雨中打伞看世界杯被记者拍下的那天，据"眼镜"的工友王福利说，"眼镜"也打着伞在现场。但没过几天，"眼镜"便离开了工地，回了老家。同一工棚宿舍里一同干了近半年的几位铁工工友，没有人知道他的联系方式和姓名。

他们只是叫他"眼镜"，只知道他是湖南人。

事实上，这些工友在这里也只有一个代号。一位来自新疆克拉玛依的铁工聂艮盆被叫做"新疆"，来自贵州的铁工王前钢被叫做"贵州"，王福利则被叫做"山东"。

"新疆，你看，这是法国队的亨利!"7月2日晚，王福利指着路过的一家小饭馆里正重播的比赛，招呼道。他似乎有些自得于自己能准确叫出球员的姓名。

他们三人常一起到大屏幕下看球，住同一间工棚，却从不询问彼此的姓名。

"我们从不相互打听对方的家庭、经历。""贵州"说，"也没人感兴趣。"他在这个城市不下 10 个工地做过工。"工地就像舞厅一下，如果曲子好，那我们就多跳一曲，曲子不好，我们就换家舞厅接着跳。"

黑瘦矮小的"贵州"就住在"眼镜"的下铺。他只知道，"眼镜"回老家前，有几次，一天干完两天的活，然后夜里看球直到凌晨 5 点才回工棚，白天再补觉。他并不清楚大屏幕关闭后，"眼镜"又在这个城市里哪个角落找到了看球的地方。

用王福利的话说，在这个工地上，对球的了解，"眼镜"第一，他第二，其他人算不上球迷，就是看看热闹。"喜欢足球，必须有自己喜欢的球星，必须有一支自己喜欢的球队。"对于足球，他喜欢用"研究"这个词。

那是 2002 年，中国队在世界杯预选赛出线后，王福利亲眼看到青岛五四广场上球迷的狂欢，敲锣打鼓，歌声震天，"整个广场、青岛市都像沸腾了一样"。几个男孩爬上了 10 多米高的铁塔振臂高呼，对面一个女孩高喊着"跳下来! 跳下来我就嫁给你!"

"究竟是什么东西使这些人疯狂?"王福利说，"从那个时候起，我就开始有意识地研究起了足球。"

除了当班,王福利也是一天不落地到大屏幕下看球。葡萄牙队将英格兰队淘汰出四强的比赛他就是在这里观看的,但等到四强开赛时,他却离开这个城市,去了广东顺德的一个工地。

他们总在流动,常常不知道下一个工地在哪里。下雨那天跟陶辉一同打伞看球的老王,以及一位与他同岁的小伙儿,已经有好几场比赛没有出现在夜总会的大屏幕下了。

　　NO.7　陶辉有一个奢侈的打算。他跟几个工友约好,等到决赛时,要到远一些的中华广场大屏幕看通宵转播的球赛。晚了可以花30多块钱打车回工地,还要买些酒助兴,费用大家分摊。他们甚至商量,也许可以找家酒吧的包间看球,一起承担费用。

"你知道酒吧消费多高吗?"记者问他。他愣了一下,说:"不知道。""如果人均花费 100 元,你能承受吗?"

他想了想,最后像是下了决心似的:"应该可以吧,看决赛可以。""难得奢侈一下,四年才一次。"他又补充道。

不过,这些计划要付诸实施,前提是 7 月 7 日,"老板"能把答应付清的拖欠工资发下来。即使工资发不下来,哪怕再发 300 元生活费也行。陶辉说,否则,"估计就看不上了,那就等下一届吧"。

他有一个梦想:"等我有了钱,一定要去现场看一场球。"他希望中国能申办世界杯,这样,"去现场看球的费用会低得多。"

陶辉没想到,世界杯决赛之前,他和工友们以这样一种方式争取到了被拖欠的工资。

7 月 7 日中午,"富力中心"工地上几十名工人在四川工人曾强的带领下,上街堵住了工地门口的马路。随后,这位皮肤黝黑、赤裸着上身、穿着大裤衩的矮个胖子,拨打了"110"报警电话。

"是我报的警,我是让你们来帮我们解决工钱问题的。"曾强亮开嗓子,挥动着胳膊向警察呐喊,"我们干了活拿不到钱,没人管,温总理都说了,农民工的工资绝对不能拖欠。有困难,找巡警,巡警就是'110'!"

这位领头者把记者也叫到了现场,"你们来了就好。"他说。

工人们这一招很快使建筑商坐上了谈判桌。曾强不停地给劳动部门打电话,当地劳动局答复是:当天休息,没人上班。"周五你们不上班,你们到底来不来人,我要告你们行政不作为!"曾强对着电话大吼。

NO.8　曾强也是球迷。陶辉打着伞看球那天,曾强正在加班,只能在大楼里听着收音机里的球赛直播。他心中的偶像是罗纳尔多。2001 年罗纳尔多伤愈复出,第一场便进了两个球,从此他喜欢上了罗纳尔多。"现在别人都叫他'肥罗',可对我来说,他就像情人一样,有缺点也好看。"

只要有可能,他也跟陶辉一起,坐在大屏幕下,听着收音机观看比赛。他有200 度近视,看大屏幕有些模糊,便花了 8 元钱在地摊上买了一副近视镜。最近,这个剃着光头的粗黑汉子时常歪歪地架着这副方框眼镜。

但曾强不是普通工人。在这个工地 200 多名工人中,有 38 名是"我带来的人"。

这位小包工头这样解释他带头"拦马路"的行为:"我要得罪了老板,大不了换个工作,可要得罪了工人,以后自己想带人单干,也没人愿意帮我干了。"

"不想当元帅的兵不是好兵。"他补充道。这位没有读完高中便从四川乐山来到广东打工的 27 岁年轻人,从工地上一名普通的铁工干起,攒下了七八万元钱,现在,他正准备着将这笔钱作为垫路资金,带着他的人到一个新工地去独立承包那里的铁工活,开始他的"老板"生涯。

大约两个月前,他买了一瓶 32 元钱的红酒,给自己怀着身孕的妻子在珠江边过生日。"来,给你讲点浪漫的。"他说。他给她分析了这项"事业"的前景,"今年干完,我们就有十多万元存款啦。"妻子提议拿这笔钱回老家县城买套房子,开个小店卖花卖水果。

"去你妈妈的水果篮子。"野心勃勃的曾强说。除了罗纳尔多,他的另一个偶像是房地产商人赖军,"他就是从带几个人干起,越带越多。"

NO.9　7 月 7 日,工人与建筑商谈判结束,拿到了共 70 余万元工资。一部分工人拿到全部被拖欠的工资,另一部分人拿到了部分工资。曾强说,陶辉属于另一个老板手下,原本 5 000 多元的工钱,他只领到了 1 000 多元。

"以后再想要回来,估计难了。"他皱了皱眉说。

曾强、陶辉和其他两个球迷工友本来约好了,大家一起打车去中华广场的露天大屏幕看半决赛和决赛,车费和酒费大家均摊。

但是,拿到工资的工人们迅速离开了这个工地,急着到下一个工地去挣钱。7 月 8 日下午,在德国队和葡萄牙队争夺第三名的比赛开始之前,陶辉也带着妻女匆匆搬到了下一个工地。

陶辉搬走时没跟曾强打招呼。工棚里,满地狼藉,陶辉那张加宽的床只剩下光光的床板,还有床头上一个装辣椒酱的空罐。

"这就是工地,"胖子曾强摊了摊手说,"这就是我们的生活。"

陶辉的新工地依旧在这个城市里。"城市不太好,太吵。也就是交通好。你要有 50 万,在城里算不了什么,可你在老家要有 20 万,人家都愿意听你的。城市的竞争太激烈了。"7 月 3 日,陶辉坐在大屏幕下的马路牙子上接受采访时这样说。

"可是我喜欢城市。"他的妻子插嘴说,"我不喜欢山区,这里看着舒服一点,连走路也舒服。"

"可是你看别人舒服,别人看你不一定舒服。"陶辉笑着反驳。

"这里能看到的人也多。"李向云接着说。

"可是看的人多是多,真正接触的人并不多,能沟通的又有几个呢?"陶辉接着反驳。

"那也不错啦!"李向云有些不高兴了,"总比山区好。"

NO.10 曾强突然发现,7 月 9 日凌晨,只剩他一个人看半决赛了。陶辉搬走了,另外两个球迷工友,一个回了老家,一个也搬去了新工地。这两场球赛,他们不知道会在哪里看。

而他自己,也被老板派到另一个住宅工地,连夜加班赶工期。他心里惦记着半决赛,偷偷跑了出来。他进了一家洗脚房,本想奢侈一回,花 25 元钱边洗脚边看世界杯,可是,这里的一位女顾客正霸着电视看连续剧。

不过,这天曾强获得了意外的惊喜。他在新工地附近发现了一个酒店的露天大排档,将电视投映到一块幕布上,并且接上了音响。虽然幕布比至尊国际夜总会的大屏幕要小得多,但却是曾强今年看的第一场有声的世界杯。

他没有坐进排档里喝啤酒,只是坐在路边的树下,远远地看比赛。因为在洗脚房花了 25 元之后,他的钱包里当时只剩下 15 元钱了。

但是 7 月 10 日凌晨,法国队与意大利队决赛时,他请记者坐进了排档,要了 5 瓶啤酒。他周到地招呼:"要不要吃点什么,点吧。"接着摇了摇钱包,说:"100 块钱我还是消费得起的。"

"两支球队都是防守进攻型,好看!"这个胖子光着黑黑的膀子,兴奋地说。

点球大战中,法国队败北。他快乐得大吼起来。这是曾强希望的结果,因为此前法国队曾淘汰了他喜欢的巴西队。胖子说:"这下我可以睡个安稳觉了。"

他将剩下的啤酒一饮而尽,然后伸出手来跟记者握了一握,总结似地说:"感谢你们陪我看了一场精彩的足球。"

此时,天已微亮。四年一次的全球足球盛宴,随着电视画面中绚丽的焰火熄灭也已曲终人散。曾强着急着要赶回工地去。这一天,他要把在工棚里同住了许久的怀孕的妻子送回老家待产。工地上还要继续加班,有很多活等着他干。

"马路新闻"也可以"高大上"

"农民工的城市生活,是一种灰暗而隐性的存在,一般来说,只有在他们和城市发生激烈冲突时,才闪入城市人的眼睛,但这一次他们因为世界杯,和这个世界联系起来。"包丽敏和李润文的这篇《无声的世界杯》曾被评为 2006 年《南方周末》年末致敬之最佳特稿。

近年来,有关农民工的报道,似乎可以用"铺天盖地"四个字来形容,可是能谈得上具有时代意义的文章绝对是凤毛麟角。在这些屈指可数的能让农民工刻上时代印记的报道中,《无声的世界杯》绝对算一个。

带着"狗鼻子"一样的嗅觉

当我们提到"农民工"这个字眼,不论是对传媒人还是普通大众,在 21 世纪的中国,在改革开放的前哨广州,早就不是陌生的字眼,更不是陌生的新闻线索。按照《冰点周刊》一贯的风格,如果这一群体没有足够曲折动人的情节和故事,没有独特的视角和深刻的主题几乎不可能纳入特稿的行列,作为中国青年报《冰点周刊》的资深记者包丽敏不会不知道。

对于 2006 年的广州和中国而言,农民工在城市的生存状态,农民工与现代城市的矛盾和冲突等,已经成为了全社会普遍关注的焦点,也是当政者亟待破解的一道社会难题。因此,从媒介生态环境的角度来看,农民工这一话题绝对是新闻报道的富矿。

当然,这座富矿究竟能给我们的媒体带来多少财富,很重要的一点是要寻找到最佳的突破口。对于新闻报道而言,就是寻找到最佳的切口和时机,特刊报道尤其重视。

"其实,农民工看不看世界杯,看不看上世界杯,原本没人关心。但 6 月中旬广州一家媒体的一则报道,却深深触动了我们。"正如作者在这篇文章的开头所言,于是,在 2006 年这个四年一届的世界杯年,嗅觉敏锐的包丽敏找到了这座新闻富矿的突破口。

在以往的农民工题材的报道中,大多展现的是农民工城市生活的辛酸,或是与城市生活的格格不入,甚至矛盾丛生。对于这一群体精神世界的感悟始终隔着一层朦胧的窗户纸。而这篇《无声的世界杯》,恰恰捅破了这层薄薄的纸,通过世界杯这一独特视角,用足球的语言,来描述城市农民工的精神世界,让我们有机会走进农民工这一群体不一样的精神家园。

正如南方周末的致敬理由:《无声的世界杯》记录了中国最无声的一群人,他们撑着雨伞,通过街边大屏幕观看比赛。他们忘我、陶醉,和整个世界融为一体,所有的贫贱、卑微全部羽化成透明、简单、疯狂,和全球任何角落的球迷并无二致。但当比赛进入到最激烈的点球决胜时,大屏幕停止了播放,生活又一一残酷地重现。作者用显而易见的新闻报道技巧将一个老旧的题材赋予了闪亮的光泽。

而这所谓的"闪亮的光泽"就是这篇报道所呈现出的时代印记:躁动的城市,流动的农民工,因为世界杯这个没有国界和地域的纽带,它们暂时成为了一个整体,一旦纽带解开,城市留给他们的只是不断地寻梦和奔波。

用包丽敏的话说,"特稿最大的功能就是展现,背后其实是记者对于时代的感知,对于时代变化脉搏的把握,记者所能做的只不过是,抓住能够凝聚了时代意向的故事,然后展开来写。"

蒙太奇式的影像化叙事

在电影中,蒙太奇早就不是新鲜词汇了。可是对于一篇文字报道而言,如何写出蒙太奇的效果足以看出作者的写作功底。

文章通篇分成了十个小章节,每一个小章节通过一段简短的文字,描述一段场景,讲述一个主题,通过世界杯和农民工代表陶辉的生活将整篇文章贯穿一体。如同电影场景一样,画面在不断切换,故事的场景在变化的画面中递进发展,逻辑严密,节奏感非常强;同时,情节十分丰满,既有6个农民工观看世界杯的执着热闹,也有陶辉一家打工生活的辛酸无奈,还有城市日新月异与农民工美梦难圆的巨大反差,各种口味的菜肴轮番上阵,极易调动读者的胃口。

读完这篇《无声的世界杯》,感觉满脑子都是有声的世界:绿茵场上的激情、陶辉和曾强的呐喊、夜总会的喧嚣,让读者好像是在观看一场电影。每一段话,都像是一组镜头,每一段对白都像是一段谈话。

"他妈的大屏幕上转播世界杯啦!"消息很快从塔吊工人那里传遍工地。

两个漂亮入时的女孩从他们身边经过,其中一个用四川话嘲笑道:"看,四个傻×在看球呢。"

另一个农民工似乎没听懂,还对着她们高声调笑:"靓妹,来看球!"

类似的语言在通篇文章中随处可见,作者似乎在拍一部纪录片,手中的笔头似乎成了摄像机的镜头,写下的是文字,记录的确是影像。让每一个读者,仿佛正置身在大屏幕下的马路牙子边,陪着陶辉一起看球助威,陪着曾强一起呐喊讨薪,陪着农民工兄弟一起体验生活,追逐梦想,嬉笑怒骂,五味杂陈。

作为新闻体裁里的一种特例,特稿成败的关键就是能否让读者获得主题设定的体验。这篇文章在叙事中的最大亮点就是,作者在用笔带着读者去感知农民工的体温和血脉,而不是冷冰冰的告知报道。是在用一些细节、故事、情节、人物、对白等等营造画面,营造一种身临其境的感觉,让读者仿佛置身 3D 影院,抬手就能触摸到文章的灵魂。

"特稿记者写这一类稿件特别需要把笔想象成摄像机还原。我在采访的时候特别注重这一点,请亲历者给我们描述场景,直到我脑海里仿佛看到那个场景我才会停止追问,否则的话一直问下去。"包丽敏在同网友交流她的另一部代表作品《火车惊魂记(乘客篇)》的时候,曾有过这样一段自白。

看过这篇《火车惊魂记(乘客篇)》的读者,同样也会有这样一种体会,在几乎完全没有亲临现场的情况下,作者竟然能写出让读者如此身临其境的《火车惊魂记》,可见包丽敏驾驭这类文章的深厚功底。

灵敏的嗅觉加独特的叙事,总结起来还是那句话:作者用显而易见的新闻报道技巧,将一个老旧的题材赋予了闪亮的光泽。

第九篇　小丑与大都市

《中国青年报》冰点特稿　秦珍子

　　阿康在人群中举起手来。他顶着一头火红色爆炸卷发,穿着金色的上衣,在涂满白色脂粉的脸上,用眼线笔画出夸张的上扬嘴角,挂着两片蓝色气球做成的"嘴唇"。

　　两周前,在杭州市余杭区临平镇举办的一场房产"置业节"上,阿康只是被主办方请来"攒人气"的小丑。表演结束后他并没有离开,而是站在人群中安静地聆听一位房地产专家的报告。到了观众提问环节,他马上把手举得高高的。

　　当主持人把话筒递给他时,阿康的声音有些颤抖。

　　"地铁修好后,那里会不会涨价?"那里指的是临平镇上一处他看了很久的地段,地铁很快通车,而临平镇也将开始建设余杭区最大的商业中心。在杭州生活了6年,阿康一直想拥有一套自己的房子。然而这座城市的房价近年来从未退出全国前10位,最近更是跃升至全国第4,每平方米均价近2万元。在杭州买房,对这个以扮演小丑为业的年轻人来说,是件"有落差"的事。

　　许多参加活动的人转过头来,好奇地盯着他的脸。在此之前,人们看到的都是他怪异的扮相和表演的把戏。他的工作就是娱乐别人,奔波于这座城市的商场、婚礼和各种活动现场。他和大部分在大都市打拼的普通青年一样,也怀揣着买房和结婚的梦想。

　　如果有可能,阿康宁愿每天从早到晚都披着这套小丑的装扮。这意味着,每天都能挣到钱,每天都离自己的买房梦更近一步。

　　在活动结束时,有销售人员向这个小丑走来,推销一套每平方米8 000元的房子。阿康觉得,这和表演时观众的掌声一样,是对自己的尊重。

赚够钱,在杭州城住下来

早上9点,阿康已经穿越大半个杭州城,到达临平镇人民广场。此前,一家广告公司联系了这位"专业小丑",请他在置业节上制作气球玩具和表演魔术,报酬是1 000元。

活动准备邀请的那位专家,阿康听说过,是一名经常出现在本地媒体上的房产评论员。他心里还有些激动——自己早就开始关注临平镇的房子了,这是个难得的好机会。

对于已经登台"估计1 000次"的阿康来说,变装只用了不到10分钟。他躲在广场的舞台后,套上红色假发和金色衣裤,对着镜子描黑自己的眼眶,很快走出来工作。

广场上已经布满了十几家地产公司的宣传展板和展台,阿康要做的是在广场上即兴表演,吸引路过的人们,为活动增加人气,一刻也不能停歇,预计的工作时间是8个小时。

事实上,除了完成工作,这个1983年出生的年轻人还怀揣着一个很私人的目的,寻找一套适合自己的房子。为此,他已经等待了好多年。

阿康的真名叫王康,出生在浙江金华一个普通的农家。初中毕业时,因为无法负担学费,父亲决定让他辍学,把继续读书的机会留给他的两个姐姐。

"也没什么的呀,反正我念书念得不好。"阿康说起往事,并没有表现出丝毫遗憾。他跟着铁匠父亲进入一家生产打气筒的工厂,每天要做的,就是把气筒中的某个零部件放在冲床上加工,使其成型。

由于工厂发放的是计件工资,16岁的阿康每天要求自己工作十几个小时,完成四五千个零件。当被问及他是否觉得辛苦时,他只是说起了自己的父亲和家庭。

"我爸经常干到晚上2点,睡到4点又起来干。"那时的他并不懂什么"勤劳致富",只觉得父亲太辛苦,自己也不能闲着。

支撑父子俩的力量是为家里盖一套体面的房子。此前,一家人一直住在三间平房内,泥土做墙,混进秸秆。江南雨季来临时,房顶几乎天天都在漏水。阿康从小就和姐姐们挤在一间屋子里,这间屋子的隔壁就是猪圈,"总听到猪在叫"。

在阿康的观念中,有房子才有家,而居住的环境则决定了一家人的生活质量。"我干活利索,追求速度",为攒钱盖房而卖力工作的少年常常干着干着就睡着了。而一次疏忽,则让冲床切掉了他右手的一截中指。

2003年,他和父亲终于攒够了盖房的钱,二姐也考上大学。一切看起来再美好不过了,然而,20岁的阿康忽然被检查出得了肾炎。他到姐姐读书所在的杭州看病,此前,他去过最远的地方就是镇上。

"大都市确实不一样。"20岁的他一下子就被杭州的繁华吸引住了。他喜欢一眼望不到尽头的林荫道,也喜欢西湖美丽的风景。而当这个小伙子抬头仰望那些高楼大厦时,他心里认定,呆在这里一定能赚到钱。

当身体好起来时,阿康并没有让自己多休息一阵子。他很快找了一份往返于杭州和金华之间的工作,为一家血液检测中心递送血样和化验报告。

在杭州的见闻还给了他更多的启发。他做起了一桩"倒卖"的小生意,大量批发当时在农村还很罕见的万能充电器,拿到家乡低价贩卖。

最初,他一口气卖出去上万个。然而,这桩生意的门槛太低,很快就有人开始效仿。万能充的价钱越压越低,渐渐卖不动了。

"我想卖一点我独有的东西,不会被别人模仿。"那时的阿康苦恼地琢磨着。他认定自己是个"很有商业头脑的人",一定能赚够钱,"在杭州城住下来"。

房子那时是我最大的噩梦

阿康如今认为自己已经找到了所谓"独有的东西",那就是"表演"。当他出现在置业节活动的广场上时,很快便吸引了一群孩子的目光,而孩子们的父母,则正如活动主办方期待的那样,停留在房产公司的展台前。

他充满一只长条状的气球,双手飞快地弯折、打结,只用了几秒钟,一柄圆滚滚的"宝剑"便出现了。

一位个头还没到阿康腰部的小男孩尖叫着扑向他,拉扯着他彩色的衣裳。"给我吧!"小男孩央求道。

"排队排队!"他不慌不忙地组织着孩子们,让他们站成一列,并讲起了自编的"宝剑传说"。诱人的故事让队伍一下子又散了，孩子们吵闹着把他围在中间，索要礼物。他拿出更多的气球，很快扎出一只背包，给一个小男孩背上，又扎出一只王冠，戴在一个小女孩头上。

这是阿康最有成就感的时刻，他喜欢被孩子们簇拥着，听他们大笑和尖叫。他自认为和许多"小丑"同行不同，因为自己的表演"更有亲和力"。表演魔术时，他常常从台上走到台下，拉人配合，让观众成为参与者，"这样才能调动气氛"。

每当听到热烈的掌声，阿康都觉得他正在被这座城市的人们所接受。然而，他心里其实也很明白，这城市所接纳的他，目前还只是那个会扎气球、变魔术的小丑。

"穿上这身衣服，我们就很讨人喜欢。"跟随阿康学习小丑表演的李新龙颇为得意地说，孩子们会主动亲吻他的面具，年轻的姑娘们则会嘻嘻哈哈地搂着他的肩膀合影。一旁的阿康听罢，马上反问了一句："脱了那身衣服，小孩还会让你抱吗？"

这份悲观源于他辞去两地奔波的工作，刚到杭州发展时的经历。2006年，始终怀揣"商人梦"的阿康和朋友合租了一间农民房，开始了全新的"事业"——在杭州摆地摊。

"冬天卖手套，夏天卖首饰"，他认为自己"总能跟着市场走"。如今，他仍然对摆摊的"生意经"津津乐道，但说到被城管追着满街跑的画面时，他摆摆手，拉低帽檐，很快说起了别的话题。

也就是在这段时间，阿康和家乡相恋三年的女友分手了，理由是女友的家人嫌他没房子，坚决不同意。

"房子那时是我最大的噩梦。"阿康回忆。从未敢幻想在杭州买房的他，开始对拥有一套房子和一纸杭州户口空前渴望，带着些许赌气的情绪。但那时这座城市的房价已经高居全国前几位，他偶尔忍不住会上网查一查，"每次都被吓坏"。

说起来，阿康至今都感谢那位在2009年春晚上红遍中国的魔术师刘谦。"要不是他把魔术搞火了，我可能还在摆地摊。"

春节刚过，这个"跟着市场走"的摊主很快就进了一批魔术道具。为了尽可能地吸引顾客，他开始学着自己表演。

最初他还很羞涩,变魔术时不敢看观众的眼睛,特别是女孩的。他的动作也还稚嫩笨拙,但正如他后来所总结的那样,"最好的练习就是演出的时候"。慢慢地,他越来越娴熟了。在他摆摊的地方,一些街坊和经常路过的人开始称呼他"魔术师",偶尔会专门来看他表演。

在当时阿康全部的人生经历中,还从未得到过这样多的关注和肯定,他一下子就迷上了表演,甚至还专门给自己取了"阿康"这个艺名。

一次偶然的机会,他受到邀请,为附近一家电器行的周年庆祝活动变魔术。

直到现在,阿康都能清楚记得那天的场景。他第一次登上铺着红色地毯的舞台,向下望去,周围的人们慢慢静下来,每张脸都朝着他,每双眼睛都望着他。刚开始他有些紧张,用来表演的硬币浸泡在手心的汗水里,平时招揽顾客时做了成百上千遍的动作明显变得迟缓。但当第一次掌声响起的时候,他已经"完全放开了"。

"我找到了属于我的地方,是舞台。"阿康说,"不过更开心的,是到手400块。"

表演时,把所有楼盘信息都瞄一遍

如果有可能,这个年轻人希望自己能早一点接触表演这一行。要是小时候就能够获得登台的机会,他说,肯定会为了追求演出的完美而努力学习。

在周围的人看来,阿康已经足够努力了。只要双手闲下来,他便几乎一刻不停地练习扑克牌魔术的手法,3年多下来,足足练坏了上千副纸牌。

在和人初次见面时,阿康总要炫耀一下自己的技艺。他常常连招呼也不打,就从兜里摸出一沓纸牌,用手抹成扇形,"检查一下有没有问题?"然后自顾自地表演起来。

刚当了几天的魔术师,阿康就接到客户的电话,问他会不会演小丑,因为观众喜欢看。这次,他又"跟上了市场",请二姐做了几套服装,购置了面具,对着网上的视频,很快就"练出来了"。如今,小丑魔术已经成了阿康的招牌节目。

"我是一个演员。"在介绍自己的身份时,他总会一本正经地强调。虽然,这位"演员"衣着寒酸,讲不好普通话,目前还只能在城市里为了生计东奔西跑。他最大的舞台,不过是一场结婚庆典或是一次促销活动;最短的演出只有几分钟,夹杂在更吸引人的泳装表演和更能调动气氛的流行歌曲演唱中间,穿着滑稽的小丑服,戴着面具,像电影里无数的龙套角色,没人能记住他的脸,也许压根儿就没人注意到。

然而在阿康看来,哪怕只能打动观众一秒钟,表演也是有意义的。香港演员周星驰是他的偶像,他反复观看周的电影,背诵对白,模仿表情和语气。有时他对着阳台上的镜子练习,有时他也会给朋友和观众表演,并问他们"周星驰好笑还是我好笑?"

阿康最喜欢的电影是周星驰的《喜剧之王》,他觉得那拍的就是偶像的真实经历。他也清楚地意识到电影中表现出的卑微身份与远大理想之间的矛盾,并不无宿命感地把电影和自己的经历往一块儿拉扯着。有时他会背着音响、带着道具,像电影里的男主角一样,在街坊里弄、公园广场上免费表演,"有的人演戏是为了赚钱,而我是为了热爱。"正如他常常来不及擦去小丑的化妆,就向人介绍自己那样,用的就是《喜剧之王》的经典台词:"其实,我是一个演员。"

这个小丑继续着他在置业节上的演出。他迈着滑稽的"鸭子步",摇晃着火红的头发,一会儿"误吞"一整副扑克牌,一会儿又不小心把整支香烟"塞"进了眼睛里。

不断围拢又散去的观众们并没有注意到,当那位小丑一边表演一边走过整个广场的时候,他也顺便把所有的楼盘信息都瞄了一遍。有时,他会为做宣传的售楼女孩做一朵气球花,在送花的时候看一眼她身后展板上的"地段"和"均价"。有时,他会顺手抓几份身边展台上的资料纸作为表演道具,在把它们撕碎之前,他已经大致了解了上面的信息。

近4个月以来,阿康一直在找房子。他和父亲现在与人合租一套两室没厅的老房子,每月租金几百元。柜门缺玻璃,架子床和阳台上堆满表演用的服装道具,墙壁斑驳,腐朽的地板散发出潮湿的霉味。而他年近60的父亲每天都需要上下6层楼。

尽管阿康非常希望父亲能住得好一点,但"毕竟不是自己的家",他不想打理这间房子,也不想换租。几年工作下来,他手头已经积攒了一笔不大不小的积蓄。这些钱,"显然买不起西湖边的别墅",但在距离杭州市中心半小时车程的近郊，比如临平镇，差不多能支付一套两居室的贷款首付。他的要求并不高，"不算太远，便于工作，让父亲有电梯坐，让小丑服有地方搁"。

事实上，他还有更进一步的想法，就是把户口落在杭州。一方面他不必再让广告公司替他缴纳社会保险，另一方面，他想得很远，让自己的孩子未来可以得到良好的教育，考上电影学院，当一个科班出身的优秀演员——只不过，"现在连孩子他妈都没找到呢！"阿康自嘲道。

买房就是为了讨老婆

一直忙到午后1点多，阿康和他的同伴阿升才坐下来吃午饭。广告公司提供的盒饭里，"两荤一素"早就凉透了。阿康和阿升一边快速地往嘴里扒饭，一边应付着依然围拢过来索要礼物的小孩子。

对阿康来说，冷饭就是"家常便饭"，至少比吃不上饭要好。有时他为婚宴表演，大方的雇主会为他在酒席上留一个位置，但大多数时候，即使他表演得再好，即使饭桌上剩下大半饭菜，也没有人对他说谢谢，更没有人会邀请他坐下。

"苦一点不怕，比较难过的是得不到尊重。"阿康努力哈哈大笑了几声，为这样的状况解释道，"可能人家要求太高，我达不到吧。"

事实上，当阿康还是个"新人"时，他"玩火"烧破过酒店的地毯，"变脸"拉断过机关的线绳，给人赔过钱，也被拖欠过工资。入行不久的李新龙正在经历这样的阶段，今年7月，他为奔驰车的展览表演，因为拉进展会的人不够多，气氛不够热烈，他被策展方勒令站在烈日下暴晒。最终还被克扣了三成工资。

阿康给徒弟补上了这几百元，因为"深有体会"。如今他几乎不会在表演时出差错了，但还是会有人起哄，不屑地冲他喊，"低俗！下去！"

"他们没能真正理解小丑这个职业。"阿康表示，"这是在为观众生产快乐。"但他也明白，人们的性格和修养是不一样的。刚刚过去的"万圣节"，阿康为一家酒吧表演小丑魔术。一位女观众抓住他的手，高声向周围的客人"拆穿"他的戏法。人们哄笑起来，阿康努力想抽回手，他向后退着，嘴里不断嘟囔着含混不清的请求。而一位男观众应邀上台时，则数次直接挡开了阿康为表演而伸向他的手。

大多数演出桥段结束后，并没有掌声响起。"在酒吧里，大家的注意力不够集中，遮挡舞台的东西太多了！"阿康为自己辩解着。然而他也愿意承认，"这些老套路表演太多了,早该换换了"。

当晚在离开那间酒吧前,这个因为画着上扬嘴角而"永远微笑"的小丑专门走到一张桌子前,把表演用的一枚闪亮发卡送给一个漂亮的姑娘。他刚刚在台上注意到了,这个姑娘曾为他鼓过掌,脸上也始终挂着友善的笑容。

阿康珍惜地对待人们对他的每一点善意,但这个"大龄男青年"依然感到非常孤独。6年前失恋后,他把自己丢进工作,没有再正经谈过恋爱——不是不渴望,而是觉得"一切的基础都是事业和房子,没有这些,就给不了爱人幸福"。

他曾在非常奢华的婚礼上表演,层层叠叠的花束和气球布满整个宴会大厅。看着美丽的新娘,他心里又嫉妒又悲伤。他也曾为豪宅做过宣传性质的演出,"没进去过真是想象不出,墙上镶着大鱼缸,真皮沙发和水晶吊灯闪闪发亮",他漫步在小区精心修剪的玫瑰园里,幻想"生活在这儿的人有多么幸福"。

但很快他就把自己拉回现实,这样的生活"和我没什么关系",接下来就得结账、走人。他也会安慰自己,如果一个人住,皇宫也没意思;如果有爱人陪着,住狗窝也是幸福的。他认为世界上最美好的事就是下雨天和老婆钻在被窝里,一起嗑瓜子、喝奶茶、看一部喜剧电影。而买房,"就是为了讨老婆"。

杭州物价高、节奏快、工作压力大,阿康常常怀念家乡恬静安稳的生活。但他仍然坚持选择留在这座大都市,离家不远,但远比家乡更有助于发展他的"演艺事业"。

她把我当成一位有购买力的顾客,而不是小丑

下午2点左右,那位杭州知名的房产评论员到达置业节会场。阿康一边忙着做出更多的气球,一边尽量靠近舞台位置,期待听到这位专家的意见。

"地铁、升值空间、被低估的价格",这些听来的关键词让阿康感到一阵阵紧张。特别是当讲到阿康之前反复看过的一处临平的房产时,他罕见地停下了表演。对于专家谈到的案例,他深信不疑,生怕自己现在不买房,以后更买不起了。

"自己的房子才有家的感觉,租房永远是漂泊,没有归宿。"对于购置房产的必要性,阿康固执极了。他不知道房价还会不会涨,不知道自己的"漂泊"何时是个尽头。

在专家开始接受观众提问时,阿康的工作已经结束了。他在人群中找了个

位置坐下,先是耐心听了几轮问答,暗自揣摩了一下,觉得"很有道理"。

这个小丑犹豫着把手举起来。主持人看到他有些惊讶,但还是把话筒递了过去。站起来的时候,阿康吸引了不少目光。自诩舞台经验丰富的他发现,自己的声音竟然有点颤抖。

"老师,我想买个经济实惠的房子。"阿康慢慢地介绍着自己的情况。他当然没忘记那个最重要的问题:地铁修好后,这里的房价会不会涨?涨价,就意味着那些他拉活、赶场、省吃俭用攒下的辛苦钱,不再能够支付他对幸福的构想。

此前,无论参加任何房产销售活动,阿康从来没有当众展示过自己的这份构想。对于几万元一平方米的住宅,他压根儿不会去关注。只有看到价格万元以下的楼盘,他才会小心地向工作人员询问。然而,他穿着小丑的服装,涂着夸张的油彩,手里还抓着一只未完工的气球——很少有人会搭理这个滑稽的家伙,总是敷衍几句就奔向其他主顾。他只能默默地看,带走一些宣传彩页。

然而这一次,阿康得到了那位专家认真的对待,他发表了长达5分钟的回答。"绕来绕去,没有直接给我最重要的答案!"阿康心里并不满意,但他已经暗自拿定主意。他太想得到自己梦中的那个家了,至少窗明几净,至少让他不必在过节时嗅着楼下飘来的饭菜香独自掉泪。在他忙于取悦陌生人之后,至少有一个人,能够"成为我的专属观众"。

活动快接近尾声的时候,一名笑容可掬的售楼员向阿康走来,热情地介绍着一处基本符合阿康要求的房产。此时,阿康还没有摘下假发,也没有换掉衣裳。透过大大的彩色眼镜,他盯着这位售楼员的眼睛。"她把我当成一位有购买力的顾客,而不是小丑。"阿康觉得,这一刻他得到了真正的尊重。

我确实是一个好演员

夜幕降临时,阿康已经开着他拉道具的小面包车,行驶在归途上。卸妆后的他显出帅气的轮廓,高鼻大眼,棱角分明。

"我师傅是很酷的!"徒弟阿升在一旁忙不迭地赞叹。近一年来,因为表演卖力,受到观众认可,阿康在杭州的演艺行业渐渐有了些名气。他的电话几乎每隔半小时就会响起,约他表演的单子已经排到了一个月后。经过朋友介绍,他还收了5个徒弟,教他们踩高跷、变魔术、折气球等表演,还经常帮他们介绍演出。

20 岁的刘贵升是阿康最小的徒弟。他学着师傅把名字简化为"阿升",因为这样"又洋气又好记"。出生在山东菏泽的阿升说话带着"港台腔",总穿着魔术师的白色衣裤,连下雨天也舍不得换。他的梦想也和师傅一样——在杭州买房子,定居下来。尽管这个小伙子如今的存款只有不到 200 元,每月的收入仅够吃饱。

阿康希望徒弟们能够明白,只有肯吃苦,不断学习和训练才能改进表演水平。他带着阿升为一家珠宝店表演"行为艺术",化妆成铜雕像,站在那里保持静止。"我自己得坚持住,徒弟看着呢。"他说。

这位师傅觉得自己要学的还有很多。普通话、演唱和戏剧表演他都想学。他希望自己能开展婚庆主持业务,于是便从网上抄下"名主持"的台词,反复背诵。每当去婚礼扮演小丑的时候,他总会在路上深情地朗诵起来:"你是否愿意,与你眼前的这位男士结为夫妻,不论贫穷还是疾病,不离不弃?"他说话带着明显的地方口音,语气又特别夸张,显得有些滑稽。但这丝毫不影响他的情绪。有时他说着说着就会掉下眼泪,然后指着脸颊上的泪水对车上的同伴说:"怎么样?我确实是一个好演员。"

回到租屋所在的小区内,"累得不想动"的阿康没有马上上楼。他把面包车的座椅放平,直直躺了下去。拉开车窗,对着夜色,夹着口音,他开起了"一个人的演唱会",幻想着属于自己的房子和家庭。他疲惫不堪时总会这么做,没人挑剔他的普通话,没人嫌弃他的大嗓门,有时唱着唱着就闭上眼睛,慢慢睡去。

"在一个落叶飘零的秋天,遇到我一生中最爱的人……"阿康唱起一首曲调悲伤的情歌,歌词里却充满期待。杭州城的这个秋天,即将过去。

特刊报道：小人物要写出大情怀

如果,想在一篇报道中读出小人物的生活百态,那么选择《冰点》周刊应该不会让您失望;如果,读过这些小人物的百态人生后,还能感觉到一股温暖人心的力量,那么,秦珍子的《小丑与大都市》绝对是一个不错的选择。通过一个小人物记录城市化大潮中的一代人,记录他们追逐梦想的坎坷与艰辛,让这篇特稿有了超脱一般新闻报道的大情怀、大视野,值得读者认真体味。

选材:普通人物的大众视野

在城市化的大潮中,农民、学生、技工、小偷、流浪汉……各种各样的群体,像洪水猛兽一样涌进一个个大都市。他们每一个人的进城史几乎都是一部城市化的历史,不管他们的故事是苦涩悲情,还是励志喜悦。

作为小丑,阿康代表的不仅仅是王康,还有他的徒弟阿升,以及千万个像他一样的民间艺术表演者。因为学习不好,家境贫困,阿康被迫放弃了学业,为了谋生,他摆过地摊,做过生意,最后选择走上表演的道路。从金华的小村子到杭州这个大都市,阿康的人生轨迹,正是一个人的城市化,虽然他并没有意识到,只是梦想着在杭州买一套房,安家乐业。

但是作为记者,1986 年出生的秦珍子,敏锐地捕捉到了阿康的城市化轨迹。同为 80 后,秦川妹子秦珍子,有着和 1983 年出生的阿康完全不一样的人生道路,初学于川大,学成于清华。虽然同样从小地方来到大都市,秦珍子的学识和阅历让她可以超脱阿康个人,洞察到阿康们的精神世界。

于是,秦珍子选择了阿康,选择了小丑这个职业,选择了杭州这座素有"人间天堂"的美丽大都市,讲述小丑阿康与大都市杭州纠缠不休的奋斗故事,将这一切通过传媒的渠道呈现在大众视野中,结果就有了这篇《小丑与大都市》。

叙事:小说式的情境架构

"阿康在人群中举起手来。他顶着一头火红色爆炸卷发,穿着金色的上衣,在涂满白色脂粉的脸上,用眼线笔画出夸张的上扬嘴角,挂着两片蓝色气球做成的'嘴唇'。"文章一开篇就开门见山的交代出了文章的主人公阿康,一段干净贴切的人物刻画,让小丑的形象顿时跃然纸上。这样的开头俨然就是小说式的叙事技巧。让观众一下子进入到作者设定的情境中,欲罢不能。

反观结尾:"'在一个落叶凋零的秋天,遇到我一生中最爱的人……'阿康唱起一首曲调悲伤的情歌,歌词里却充满期待。杭州城的这个秋天,即将过去。"一个开放式的结局,没有确切的答案,伤感中带着一丝阳光和温暖。首尾呼应,猜中了开头,却猜不中结尾,同样是小说的典型叙事技巧。

纵观全篇,作者构思了两条明线:一条是,阿康参加一次"置业会"表演的经过;一条是,讲述阿康的成长经历和人生梦想。两条线交替并进,互为补充,最终在结尾交汇。通篇下来,思路清晰,逻辑顺畅,全面展现了阿康的人生经历和精神境界。

"对于几万元一平方米的住宅,他压根儿不会去关注。只有看到价格万元以下的楼盘,他才会小心地向工作人员询问。"细心的读者还会发现,记者在记录阿康的同时,始终不忘讲述阿康的"买房梦",换个词也是"城市梦"。虽然在城市拥有一套房子,并不意味着一个人就蜕变成了城市人,完成了城市化,但是,至少在阿康们看来,在杭州这样的大都市拥有一套住房,已经是极其奢侈的梦想。当梦想碰到现实,房价与收入的巨大反差,让读者看到了阿康的无奈与忧伤,也看到了他的奋斗与不舍,整篇报道如同小说情节一样,矛盾重重,跌宕起伏,扣人心弦。

除了两条明线之外,记者还精心构思了一条暗线:阿康心理的变迁史。这也显示了作者独到细腻的感情功底。

"她把我当成一位有购买力的顾客,而不是小丑。"阿康觉得,这一刻他得到了真正的尊重。这段话,写出了很多城市追梦者的心声。其实,相比住房和金钱,最让这些追梦人难以接受的不是物质上的差异,而是所谓的城里人对他们的冷漠和歧视。比起物质生活的落魄,这些冷眼恶语就像匕首一样直接刺向了他们的灵魂。从对大都市的向往,到都市繁华和冷漠带给他的创伤,再到对城市梦的无限向往和不懈追求,阿康的心理变迁史,也是一部城市化的变迁史。而这才是这篇报道能够触及到读者内心深处的灵魂,给沉默的大多数以温暖、勇气和力量。

语言:情感细腻的白描技法

"爱写人,爱纠缠细节,爱用视听触味嗅觉全面采访。"这是《冰点》周刊对记者秦珍子的评价。而这篇报道,恰如其分地展现了作者在描写人物细节方面的深厚功力。

新闻报道,第一位的要求就是真实,反映在文字上就是要客观描述。秦珍子在这篇报道中大量使用的白描手法,既客观真实,又不失清新自然,而且夺人眼球、入骨三分。

"如今,他仍然对摆摊的'生意经'津津乐道,但说到被城管追着满街跑的画面时,他摆摆手,拉低帽檐,很快说起了别的话题。"摆摆手,拉低帽檐,两个简单质朴的动作描写,就刻画出了阿康摆摊生活的辛酸和无奈。

"一位女观众抓住他的手,高声向周围的客人'拆穿'他的戏法。人们哄笑起来,阿康努力想抽回手,他向后退着,嘴里不断嘟囔着含混不清的请求。而一位男观众应邀上台时,则数次直接挡开了阿康为表演而伸向他的手。"抓手、哄笑、抽手、嘟囔……几个动作描写,仿佛将读者带到了阿康的演出现场,观众恶意的哄笑仿佛就在耳边回荡。

除了这种情感细腻的白描手法外,秦珍子对采访对象的语言运用拿捏的也是十分到位,在恰当的时候,引用采访对象的直接引语,既真实可信,又画龙点睛。

阿康从小就和姐姐们挤在一间屋子里,这间屋子的隔壁就是猪圈,"总听到猪在叫"。

"总听到猪在叫"短短六个字,让读者对阿康家境的贫寒顿时入木三分。

"他想得很远,让自己的孩子未来可以得到良好的教育,考上电影学院,当一个科班出身的优秀演员——只不过,'现在连孩子他妈都没找到呢!'阿康自嘲道。"读到这里,阿康的自嘲给大家的第一反应或许是嘴角一扬,会心一笑,但很快就能感受到自嘲背后的无奈和忧伤。

第二部分　深度报道

纸媒的最后一道防线

纸媒在衰落,不争的事实。

纸媒尤其是报纸,一直困在某个冬天里没有出来,订阅量的下降,广告投放量的减少,以及一个又一个的停刊消息。

这是时代发展和市场竞争的必然结果,落后产能必然要被淘汰,就像古时的竹简和羊皮,从人们的阅读生活中消失不见。

谁来承担碎片化的信息? 纸媒已经不是最合适的载体。随着移动智能终端的普及,门户网站从 PC 转移到手机。人们在阅读那些简短的碎片化信息时,更喜欢使用手机,而不是捧着一份报纸。

有人说,深度报道拯救纸媒。拯救这个动词,有点大,毕竟移动终端的设计已经在一点点地提高用户的阅读体验。但是,深度报道或许真的可以让纸媒的颓势来得稍慢一些,成为纸媒在信息传播媒介大战中的最后一道防线。就目前的阅读习惯而言,人们还是没有习惯在手机应用客户端上阅读深度内容。

深度报道在中国

不管纸媒的过往和前景如何,深度报道从它在中国出发的那刻起,就一直处于上升阶段,远没有到达它的顶峰,方兴未艾。

有研究者称,中国的深度报道出现于 20 世纪 80 年代《人民日报》和《工人日报》披露"渤海二号"翻沉事故。这是当时"批评性新闻"的一次重大突破,"开新时期舆论监督之先河"。在业内人士看来,1987 年是中国的"深度报道年"。这一年里,有后来被写入新闻教科书的《中国青年报》"三色"报道,即《红色的警告》《绿色的悲哀》《黑色的咏叹》,报道大兴安岭特大火灾。除此之外,这一年还有诸多长篇报道刊发问世。但是,这个时候的深度报道,还是有些"端着"的。或许因为刊发媒体的关系,它们更多地是站在一个高度去俯视观察问题,还是有些距离感,远没有现在的深度报道那般精致。

如今,我们对中国的深度报道印象,可能更多地停留在了《南方周末》《经济观察报》《财经》《新世纪周刊》这样的媒体以及它们所刊发的调查报道。因为印象的固化,很容易将深度报道与调查报道之间画上等号,混淆了它的内涵和外延。

如《南方周末》《财经》杂志这样的媒体,之所以声名鹊起并在市场立足,它们的调查性报道功不可没,后来崛起的《新世纪周刊》同样以扎实的调查性报道在市场竞争中争得一席之地。邓玉娇案、银广夏陷阱、甬温线动车事故等调查性报道,挖掘动态新闻背后的深层次原因,推动政府和社会进步。与之同时,《新京报》《南方都市报》《经济观察报》等报纸的深度调查报道等,也致力于深入揭露新闻事件,直指社会弊端,以抗衡的方式推动社会制度的完善。

定义深度报道

通过梳理不难发现,在中国,深度报道的发展之路几乎等同于调查性报道,为人所熟知、在社会上产生广泛影响的甚至屡屡被致敬的,多是调查性报道。甚至有些读者,将深度报道和调查性报道的概念混为一谈。实际上,它们有着各自不同的内涵和外延。

新闻学泰斗甘惜分在他主编的《新闻学大辞典》中给出一个"深度报道"的定义:"运用解释、分析、预测等方法,从历史渊源、因果关系、矛盾演变、影响作用、发展趋势等方面报道新闻的形式。"从这个带有中国特色的概念中可以看出,我们的深度报道并非只有陈述多层次的新闻事实一项功能,它还肩负着分析和预测的责任。由此可知,深度报道在调查性报道之外,还有其他样式,譬如解释性报道。曾有人这样总结,"同为深度报道,'解释性报道'与'调查性报道'方法论不同:调查性报道多以现场说揭示未知,解释性报道则多以背景剖解已知。"

解释性报道虽然不如调查性报道那样,能够以揭露社会弊端的内容,给人们强烈的阅读冲击感,但它却以柔性的内容和姿态,展现了这个社会的另一面。它不是去揭露一场黑幕,颠覆读者的认知,而是去解释一项政策,或预测一起重大事件的趋势,甚至介绍一项科技成果,耐心地给人们的社会生活提供指导,亦或者对新闻事实作出在调查报道中难以见到的深层解读。在那些以调查性报道而著名的媒体上,也不乏这样的解释性报道,例如在全国两会期间,这些媒体不仅向读者解释两会的议题,也试图在更深层次上向读者阐释那些在电视镜头前看不到的两会与国家的关系。

但是,也有观点认为,解释性报道与调查性报道的关系不是并列,而是递进。曾有教科书提出报道的三个层次,第一层为事实性的直截了当的报道,第二层为挖掘事实表象背后实质的调查性报道,第三层则为在事实性和调查性报道基础上所作的解释性和分析性报道。第一层所指为简单的消息型报道,后两层则是更为立体的深度报道。其中,解释性报道要比调查性报道更进一个层次,除了提供同样深度的事实以及事实背后的本质,它还超出事实的层面作出了相应的分析和解读。

书中所收录的《看不见的水荒》便是一篇优秀的解释性报道,在调查报道的基础上又往深处走了一步。它将关注的问题直接指向国家首都的水荒问题,在这之前,水荒问题一直存在但却被讳莫如深。作者在采访相关人员的基础上,运用了大量的资料,学者、相关管理人员、官方文件、数据、论文、历史档案等论据被整合在一起,通过分析发现能有力说明问题的佐证。作品并没有像一般的调查报道那样仅仅是停留在揭露问题的层面,而是落脚于问题对当下的警示,并试图产生推动这一问题解决的效果。

再如作品《爸爸去哪儿找原创》,它通过解析一档在荧屏热播的综艺节目,探讨轻娱乐背后中国文化创新的难以承受之重。这篇作品讲述的不是如何成功复制一档电视节目,而是试图理清中国获得高收视率的综艺节目为何总是复制而来,中国的文化创新土壤到底缺失了何种元素。这就是解释性报道的魅力所在,对复制的反思和对创新的思考显然比细致地描述一个复制过程更为深刻。

调查报道突起

在中国的深度报道中,调查性报道占据如此之大的分量,跟调查性报道天然带有的正义感不无相关。很多新闻从业人员对调查性报道的认知始于发生在 19 世纪美国的"扒粪运动"。当时,美国的经济发展进入到垄断阶段,经济命脉被巨头把持,公众利益受到侵犯,引发社会不满。一段时间内,揭露业界丑闻的报道屡屡出现,从事这类新闻写作的记者则被称为"扒粪者",即"黑幕揭发者"。那场"扒粪运动"推动了美国一系列的经济改革,对后世影响深远。可以说,调查性报道已经不仅仅是简单的新闻,而是参与改良社会的一股重要力量。中国当下正处于社会转型期,很多领域都存在一定的乱象,为调查性报道提供了相当大的素材空间。因为调查性报道多是揭露黑幕,涉及公众利益,而且相比较于其他类型的报道,调查记者要突破更大的阻力,承受更高的职业风险,所以,优秀的调查报道被称之为新闻业务实践中的"金字塔",刊发后也很容易引发受众的共鸣和致敬。

如文中收录的《新疆暴涨万倍的疯狂石头》,便是一篇优秀的调查性报道。在北京、上海,新富阶层将玉石当做新的财富象征。来自繁华大都市的追捧,导致玉石的原产地新疆诞生了一批怀着暴富之梦的人。为了获取财富,和田一个月的玉石开采量远远超过人类几个世纪开采量的总和,整个和田之地几乎被翻了个遍。除了生态环境的破坏,更让人感到悲哀的是那些疯狂的采石人。"疯狂石头"的背后是"疯狂的人",作者远赴新疆,描写采石产业链上个体的希望和绝望,暴富和悲惨。新疆的疯狂石头并非孤例,在转型期中国的其他地方,同样有如此的疯狂现象。这篇调查报道戳破了市场经济环境下,一些人的荒诞的暴富梦。

因《北京出租车垄断黑幕》《山西疫苗乱象调查》等作品而被业界敬重的调查记者王克勤曾经总结,调查性报道有三个核心特征,即捍卫公众利益或公民权利、揭露黑幕、记者独立调查。他强调,"缺少其中的任何一条都不能称之为调查性报道"。这样的总结,虽然是从自身经验出发,但是基本概括了中国当下调查性报道的特征。尽管报道的内容涉及政治、经济、社会、法治、文化、环保等各个领域,但是所有的正当调查报道,无不以揭露真相、推动社会进步为任。因为调查性报道的风险,它比任何一种新闻报道都要求记者的新闻专业主义,它的任何一个字以及任何一句话都要求具有精准可靠的出处。

防线难筑

如今,纸媒将最后一道防线设在了它们引以为傲的深度报道上面。但是,对纸媒来说,这道防线并不牢固,它的背后是纸媒尤其是报纸日益难以承担的报道高成本。当曾经作为传统经济支柱的广告收入不足的时候,它又是否有另外的渠道资本和耐心,去支付一篇深度报道背后的人力、物力和时间成本呢?

纸媒试图靠深度报道尤其是调查性报道挽救颓势的同时,调查记者的生存状况引发关注。在张志安、沈菲的《中国调查记者行业生态报告》中,通过对供职于《南方周末》《新京报》《南都周刊》《21世纪经济报道》等240多位调查记者进行全样本调查发现,就职业满意度而言,最不满意的是"报酬收入"、"福利待遇"、"提拔或升职机会"。相对于他们所付出的艰辛和压力,大部分记者表示收入过低。报告还显示,对于未来的职业规划,40%的调查记者不准备继续从事调查性报道,愿意继续从事调查性报道1~5年的记者比例只有13%。媒体人罗昌平曾说,"青春饭,本是媒体创造的、带有贬义的、依靠脸蛋与身体生存的特种行业从业者,如今成了自己行业中本应是最顶尖群体的标签……"

一方面,纸媒试图凭借自己擅长的深度报道在全媒体市场环境下奋力一搏;另一方面,纸媒又难以为之旗下的深度报道记者尤其是调查记者提供一个满意的生存条件。更让纸媒"颤抖"的是,大量优秀的深度报道记者正在流向网络媒体。甚至可以说,当下一些门户网站的原创深度报道,背后的操盘手正是原来纸媒里的佼佼者,作品质量自然不会差。

面对网络新媒体的冲击,深度报道可能并没有给大多数纸媒尤其是都市生活类报纸争取到一个理想的生存空间。如今被看好的少量以深度报道为主的优质杂志,已经以更为开放的姿态迎接市场,大胆引入资金,严格保护版权,针对网络和杂志出品不同版本的深度报道。

但是,无论纸媒前途如何,深度报道在中国依然会继续走下去,不过是换个载体而已。毕竟,人们虽然还没有习惯在手机应用客户端上浏览深度内容,但是早已经适应在PC终端上阅读。

第一篇　爸爸去哪儿找原创

《中国周刊》记者　彭波

由春至秋,中国的电视屏幕始终沉浸在歌声的海洋中。而在第四季度,它突然被《爸爸去哪儿》等儿童真人秀节目搅了个火热,清新的"亲子风"瞬间吹醒了昏昏欲睡的观众审美。

可是,细细追究起来,和曾经火热荧屏的《超级女声》《我是歌手》一样,《爸爸去哪儿》仍然是一档版权引进的电视节目。在电视领域,"舶来品"战胜"本地造"的魔咒仍然无法打破。

儿童遇上"真人秀"

8个月前,当湖南卫视金牌制作人谢涤葵第一次看到韩版《爸爸,我们去哪儿》时,据说就已经知道了它的精髓。那是一眼望过去就能想象出很多场景的感觉,就是"隔着一层窗户纸,不去引进就无法捅破"。

湖南卫视的版权中心捅破了窗户纸,才有了《爸爸去哪儿》在中国的落地。虽然有了几档节目,但儿童真人秀类节目,在中国仍然算新生事物。

"事实上,湖南卫视最开始并没有对这档节目抱有很大信心",知名娱评人舞美师曾透露,《爸爸去哪儿》的引进,是迫于广电总局"限唱令"调控下的产物,但新的尝试显然代表了新的风险,以至于某知名家电品牌在播出前"临阵脱逃",放弃冠名权。

这一切,并未阻止《爸爸去哪儿》在之后红透大江南北,它所掀起的热潮足以令及时补位的冠名商暗自得意。而且,随着《爸爸去哪儿》的热播,类似的亲

143

子真人秀节目《人生第一次》《老爸老妈看我的》《好爸爸坏爸爸》《我猜我宝贝》也开始引发人们的关注,各自都有拥趸。

在这些节目中,《爸爸去哪儿》和《老爸老妈看我的》是纯粹的舶来品,分别引进自韩国 MBC 电视台的《爸爸,我们去哪儿》和日本电视网公司的《第一次任务》,而《人生第一次》也承认节目虽然是原创,却在很多方面借鉴了日韩的亲子类节目。

引进版权,基本上成为成功的保证。从 2008 年开始,中国每年引进电视节目模式约 20 种,2013 年达到创纪录的 30 多种,能够在中国荧屏上走红的电视综艺节目 90％是海外版权引进。

这已然是一个"舶来品"制胜的时代。但如许多业内专家所言,"如果一个国家 90％的成功电视节目都源于海外。只能说明一个事实,就是我们的'原创'已经病了,而且,病得很重"。

轻松制胜

在湖南卫视,谢涤葵还是另一档儿童纪实节目《变形记》的制片人,与《爸爸去哪儿》一样,但两个节目播出后所引起的反响却差别巨大。

两档节目在谢涤葵看来都是强调"反差"的产物,一个是明星父母带着孩子乡村游,另一个是城市孩子与农村孩子的身份互换。只是,《变形记》的矛盾冲突更激烈,所激发的情感更动人。而《爸爸去哪儿》却偏重综艺,是一个大体量的综艺节目,使命就是在黄金时间去抢占收视率的制高点,"它们是大手笔与小作坊的区别"。

尽管拥有同一个"掌舵人",但《爸爸去哪儿》靠着明星效应与"轻松欢快"的基调,却成功"打败"《变形记》,"在投入上,与《爸爸去哪儿》获得的巨大投资相比,《变形记》得到的的确很少","但我们都得承认,与《爸爸去哪儿》相比,《变形记》的贴近现实与并不轻松的基调,注定了观众面的狭窄",这直接决定了它也许是湖南卫视获得影响力的"轻骑兵",却不是争夺收视率的"主力军"。

在同一电视台之外,"本地造"们经历得似乎更多。7 月 17 日,《人生第一次》在浙江卫视首播。但播出后不久,青海卫视就发出异声,称这档节目与自己

10月推出的节目《老爸老妈看我的》完全一致,节目原型均来自日本原版节目《第一次任务》。对于此,浙江卫视表示:"我们只是借鉴,从未说自己是原版,不作过多的回应。"《人生第一次》的制作公司元纯传媒觉得很是"冤枉",其执行总裁黎明告诉《中国周刊》的记者,《人生第一次》策划于2011年,是创意团队经过市场调查和对现有节目形态进行分析基础上的想法,"的确借鉴了很多的国外儿童真人秀节目,但元纯是在形成完整而成熟的制作手册后才与浙江卫视联系播出的。"

孰是孰非,难以捉摸,清华大学教授尹鸿的一番话倒是较理性的注脚:"你很难去界定究竟哪部分、哪些元素能够算得上是抄袭,国家在这方面也没有明确的规定。而且,归根结底,这都是从国外学来的模式,不是你原创的,在你模仿的同时,很难避免被别人再度模仿。"

"舶来品"的魅力

"拿来主义"盛行的时代,国内电视业付出更多的是版权费,从占节目投入的十分之一,到五分之一,SMG星尚传媒总经理鲍晓群曾直呼"太高了!"

但中国的卫视似乎从未在意过费用问题,对于他们来说,"舶来品"的魅力远大于资金投入,至少在制作环节上,海外电视节目制作的严谨与专业有着超高的"性价比",这是在中国买不到的。

在国外,一个电视节目的创意或原始概念通常都源自专门的"模式写手"。他们大多是自由职业者,或组成一个公司或只是简单地聚在一起,在观察电视市场受众需要后,通过头脑风暴提出创意和概念。点子随后会被推介给"模式制作公司"或电视台,一个初步获得认可的点子将在电视台进行再次验证,得到认可,模式写手就与制作公司或电视台达成交易;反之,创意被扔进了垃圾堆。

而在节目正式制作之前,国外的制作公司还会进行详细的市场调查,通过邀请观众观看"样片"等方式对节目进行充分的评价,继而约谈专家对节目的播出时间、播出平台、播出风险等进行分析。只有被验证为收视率高、观众反馈良好的节目,才会从筹备期进入正式制作。

《人生第一次》的外拍导演海晏说,国外热播电视节目的整个制作流程相当科学,每个成熟的节目模式,都是在大量论证和实践的基础上成型的。引进方擅自动一个环节,可能就导致收视率的下降。

但在中国,从机制上就缺乏大量创意的来源。泽传媒高级副总裁杜泽壮告诉《中国周刊》的记者,尽管制播分离对于中国电视人并不是新鲜词汇,但在具体落实上,却是千姿百态:在制作之前,国内电视节目虽然也有一套测试机制,如各省卫视台会首先把地方台作为新节目的测试平台,但对整体观众市场却常常缺乏充足的市场调查,一个节目的播出与否,更多地来自领导意见;进入制作过程后,概念与执行更多地停留在导演一个人的脑海里,所谓分工协作只是分出工种,很少有专业、细致、成体系、可操作的"制作宝典"。

因此,当"精打细磨"遭遇"仓促而就",高下可见一斑。不仅如此,一旦引入版权,电视台还会得到版权方"飞行制片人"的指导。谢涤葵介绍说,在《爸爸去哪儿》的拍摄过程中,就得到韩方导演在音乐、视觉设计、电脑特效等方面的诸多指点。尽得精髓之后才进行了适当本土化的改造,令节目的气质更偏向纪录写实。

扼杀原创

不过,虽然《爸爸去哪儿》大热,但谢涤葵更偏爱《变形记》——普通孩子的生活与激烈冲突下的情感碰撞,常常令他自己也"热泪盈眶"。事实上,《变形记》有极高的口碑,不少观众惋惜这档节目未能持续。

可谢涤葵明白,《变形记》不可能创造收视奇迹,它的落寞是多因素的。"现在,卫视之间的竞争已经不允许失败。拿着一个原创的节目,要求在黄金时段播出,要求台里出钱,根本不能说服台长。这是很无奈的现实,在一个原创构想和一个已经成功了的模式之间,任何人都不会轻易冒风险。"

同时,"在市场化运营上,国内电视市场相对封闭,外部精英力量很难进入,点子来源就有问题;电视台内部又缺乏创新动力,其内部评价体系和考核体系一直鼓励速成,电视人的疲于奔命与被掏空的状态尽人皆知,哪里还有创新?"杜泽壮的一番话道出了"电视人"的辛苦。

《人生第一次》的制作公司元纯传媒执行总裁黎明似乎更切中要害。在他看来,外国的电视节目之所以成功,源于其核心对人的关注,没有"高大全"的阴影。但在中国,哪怕是以娱乐为主的电视节目,多少都会沾染"宣传"的因子。"在建国后,媒体一直被定位为宣传工具,现在提的虽然少了,但电视台和宣传之间的联系其实从未切断,加上多年流行的官方话语体系,使得我们的电视节目习惯于从上俯视观众。习惯了俯视,自然就不会研究观众的口味,即便弄出一点原创,也不会接地气。"

在更宏观的层面,清华大学教授尹鸿曾把原创力匮乏的原因指向了现有的电视体制,"电视台数量过多、竞争激烈造成跟风者多、创新者少的困局。同时,在一个习惯模仿的国度,创新和版权始终未能得到相应的保护,这对于甘于寂寞进行原创的人而言,是致命的。"此前,广电总局向各大卫视下文,规定每家卫视每年新引进版权模式节目不得超过一个,卫视歌唱类节目黄金档最多保留 4档。"加强版限娱令"的出现似乎是鼓励原创的推手,但在目前的情况下,"一旦执行,很多原创匮乏的电视台将只能山寨到底。"杜泽壮并不看好行政命令对原创的拯救。

如何拯救原创,出身央视的黎明和湖南卫视的谢涤葵给出了同样的答案。在谢涤葵看来,"文化产品是释放心灵的过程,它需要宽松的尺度,过多的条条框框只能是压抑。"黎明的说法更直接,"管制与约束,只能束缚电视业的创新。要原创,自由才是土壤。"

轻娱乐背后的难以承受之重

《中国周刊》的报道,总是带着一种厚重感,它耐心地分析中国当下具有普遍性的社会现象,并试图探寻其中的根源所在。即使是一档在荧屏热播的综艺节目,在《中国周刊》的解析里,也能发现轻娱乐背后中国文化创新的难以承受之重。

结构：对比之中见差距

将版权来源和渠道公开，并将其作为综艺节目播出的造势噱头，应该是发端于由灿星制作、以浙江卫视为播出平台的《中国好声音》。在这之前，各大电视台播出的一些综艺节目，尤其是歌唱选秀类节目和相亲节目，也有一些是从海外引进，但大多是模仿，或者国内制作者根据所谓的"本土化"大刀阔斧地对其进行一番改革后成为"四不像"，并未如《中国好声音》这般正式严谨，取得巨大的成功。

在本文之前，《人物》杂志曾对浙江卫视平台播出的《中国好声音》和湖南卫视平台播出的《中国最强音》做过详细又全面的分析，包括节目版权如何引进并最终落地，以及制作方如何选择嘉宾并说服他们出现在最后呈现给观众的节目镜头中。可以说，单就分析海外综艺节目在中国如何生存，以及一档复制成功的综艺节目需要具备哪些因素方面，《中国周刊》的这篇文章并非最佳。

此文之所以入选，是因为它分析的不是如何复制一档节目成功，而是中国获得高收视率的综艺节目为何总是复制而来，中国的文化创新土壤缺失了何种元素。它比前者更细致地描述一个复制过程，对复制的反思以及对创新的思考显然也更为深刻。

《爸爸去哪儿找原创》一文在反思复制和创新时，运用了各种各样的对比。国内同类版权引进节目的对比，引进版权节目与未引进版权节目的对比，不同播出平台的对比，同一播出平台的对比，国外原创节目竞争与国内模仿节目成风的对比等。在这些比较之中，严格按照版权方要求细致落地的综艺节目，在中国总是电视节目的收视率之战中大获全胜，掀起一轮又一轮的收视狂欢，另一方面，热闹背后却是中国综艺电视节目缺乏原创力的窘境以及模仿成风甚至撞车的尴尬。

这篇文章中，反差最为强烈的一处对比来自第二个小标题"轻松制胜"引领下的部分内容。同一制片人经手的两档儿童节目的收视率和影响力，一个极冷，一个极热；一个更为真实和深刻，一个倾向轻松和娱乐。

"尽管拥有同一个'掌舵人'，但《爸爸去哪儿》靠着明星效应与'轻松欢快'

的基调,却成功'打败'《变形记》,'在投入上,与《爸爸去哪儿》获得的巨大投资相比,《变形记》得到的的确很少','但我们都得承认,与《爸爸去哪儿》相比,《变形记》的贴近现实与并不轻松的基调,注定了观众面的狭窄',这直接决定了它也许是湖南卫视获得影响力的'轻骑兵',却不是争夺收视率的'主力军'。"

但是,中国电视节目唯收视率是瞻的情况下,无论是制作方还是播出方,都更愿意用一种快速有效的方式,在收视大战中夺取胜利。中国的电视观众,在沉重的社会生存压力下,似乎也愿意迎合这种娱乐的狂欢。

这或许就是对比的意义所在,中国的文化创新土壤究竟缺失了什么,一系列对比之后,作者在文末点题,来自体制的管制与约束,使得原创丢失了自由的土壤。更深层次思考一下,在沉重的社会压力下,中国的电视制作人和电视观众,哪里又有创新的精力,他们应付眼前的生存还力有不逮。

这篇文章之后,《财经天下》则从经济的角度刊发了一篇《"爸爸"去了普者黑之后》。"普者黑"是《爸爸去哪儿》节目的其中一站,节目播出之后,大量游客涌来。这里的村民开始利用明星效应做起观光和农家乐的生意。在《财经周刊》的这篇文章中,有相邻两个村发展农家乐的相互复制,也有游客和村民对明星效应的追逐,我们的文化里充斥着这种复制和追随,唯独缺少创新。这两篇文章角度各有不同,但是却都在反思我们文化原创的问题,一档综艺节目的背后,是娱乐难以承受的文化创新之重。

在赏析这篇作品的时候,《中国周刊》传出采编团队解散的消息。其中原因,不得而知。但是,一个优秀采编团队的解散,何尝不是现代社会快节奏竞争中一种原创文化难以立足的表现呢?

语言:轻快如行云流水

或许是因为由头是一档亲子娱乐综艺节目,这篇文章的语言风格也如这档电视节目一般轻快流畅。纵观全文,叙述节奏较快,尽管探讨的是中国文化缺乏原创这样的沉重现实。

之所以能够呈现这样的行文效果,首先,这与本文快速频繁切换信源,并大量使用直接引语有关。譬如在全文最后一个小标题"扼杀原创"所引领的内容中，基本信源有《爸爸去哪儿》制片人谢涤葵、泽传媒高级副总裁杜泽壮、《人生第一次》制作公司元纯传媒执行总裁黎明、清华大学教授尹鸿，根据内容需要，这些信源被迅速切换，每一位信源所呈现的信息并不冗长，正是因为信源丰富，写作者在使用时操作的灵活度才够大，同一内容，多方描述，可信度强。另一方面，读者在阅读时，可以避免信源单一引发的阅读疲劳。

其次，每个小标题引领的内容字数控制在千字以下，有的甚至不足七百字，比起千字以上的呈现，这样的节奏短平快。譬如，第一个小标题引领的内容不足七百字，介绍中国电视播出平台上的版权引进节目的大概现状。在当下的深度报道中，这种篇幅的引领内容确实不多，字数虽少，可谓短小精悍，但该交代的内容一一不漏，为后边的论述做好铺垫。比之详细的娓娓道来，这种简要其实是一种过滤式呈现。只有采写者非常熟悉他要写什么，写作目标明确，并掌握大量的材料信息，才能做好其中的筛选工作。

第二篇　看不见的水荒

财新《新世纪》记者　宫靖

在中国,一个城市正式提出"水资源储备"这个概念,可谓未雨绸缪。

这个城市,正是首都北京。

2011年末,《北京市"十二五"时期重大基础设施发展规划》发布。在这份规划中,供水系统作为最重大基础设施之一,居于重要位置,而"水保障""水储备"这两个概念屡屡被强调。

北京勾画了宏伟的供水蓝图——建成10亿立方米"南水北调"水、10亿立方米再生水两大稳定水源,以缓减北京水资源紧缺形势。

在水资源保障之外,规划还重申"水资源储备"——北京正式提出这个词是在2011年初的《北京"十二五"规划》中——与粮食储备、石油储备等公众熟悉的词语不同,水储备几乎是北京创造出的一个新概念。

由这两份规划清晰可见,北京并不满足于"南水北调"进京,还将开展海水淡化进京、岩溶水开发,未来还将实施北引黄河工程。原本缺水的北京,在规划中却将成为一个丰水的北京。

北京缺水由来已久。世界上大国的首都,无不有大江大河作为水源依托,但北京是个例外;中国历史上其他古都也拥有大江大河,北京又是个例外。

这种例外,让北京付出了沉重的代价。1949年之后,北京已出现多次用水危机。为北京找水,是每届北京市政府的头等大事,甚至也是国务院大事之一。在一定程度上,一部现代北京史,就是一部找水史。

北京市水务局副局长潘安君认为,北京是全世界水源供给最复杂、最艰难

151

的大城市。自2011年5月以来,北京市人均水资源量已降至100立方米以下,不足国际公认的缺水警戒线人均1 000立方米的十分之一,成为中国最"渴"的城市。

近十年间,北京城以规划者难以想像的速度"长大",常住人口由2000年的1 360余万人飙升至2 000万人,且增势不减。一场水源与城市规模的博弈还在继续。

多位受访的资深水利、环境学家认为,这是一场没有尽头的竞赛。真正的问题是,这种竞赛从一开始就不是正常的:一边是北京利用其首都的政治地位低成本发掘新水源;另一边是北京脱离水源承载力超常规发展。

北京的水问题为何成为大国之都的头等大事?北京找水格局是如何一步步演进至今?北京未来能否走出一边找水一边扩城的怪圈?厘清这些问题,关乎北京未来走向。

全新北京水格局

"十二五"期间,北京供水将出现两大新"主力军":"南水北调"工程供水10亿立方米、再生水供应10亿立方米。这两大"主力军"将为北京供应至少一半的水。理论上,北京地下水可以休养生息了。

至迟到2015年,北京的供水格局将发生巨大变化。《北京市"十二五"时期重大基础设施发展规划》,为公众勾勒出一幅全新的北京水格局。

在水保障方面,规划提出:到2014年形成"南水北调"、密云水库、官厅水库以及地下水、再生水联合调度的多元化水资源保障体系,缓解水资源紧缺形势。

北京市最近五年的年用水总量约为35亿立方米。密云水库只能供给不足6亿立方米,再生水供4亿至6亿立方米,其余25亿立方米左右主要来自地下水。

一位接近北京水务局高层的水务人士向财新《新世纪》形象地解释说,北京"十二五"(2011年至2015年)期间,供水将出现两大新"主力军":第一支是外援——"南水北调"工程供水10亿立方米;第二支是内援——再生水供应10亿立方米。这两大"主力军"将为北京供应至少一半的水。

两大"主力军"将极大缓减北京"常规军"——地表水、地下水的压力。两大水库——官厅水库和密云水库——未来每年可供 5 亿立方米的水,那么地下水只需供 10 亿立方米,每年可以少采 10 亿至 15 亿立方米。北京地下水可以休养生息了。

这一新格局有着格外重要的意义。60 余年来,北京城看不见的水战争一直在进行。对地表水竭泽而用,对地下水大规模超采,欠下大笔环境债,时刻面临缺水的尴尬局面。

再生水是指污水经处理后的达标水,一般可用于厕所中水系统、城市绿化以及河流生态用水等。受缺水现实逼迫,北京于 2003 年开始建设再生水厂,至 2011 年再生水利用量已达 6.8 亿立方米。未来四年内,北京计划将再生水年利用量扩至 10 亿立方米。

上述水务人士还透露,"十二五"期间除了两大"主力军"、两支"常规军",北京还将打造至少三支"预备军",即海水淡化、岩溶水开发以及北引黄河工程。

本次规划中的水保障,与上述人士的说法大体一致。规划具体表述为:"结合南水北调通水,比照粮食安全储备模式,研究建立北京水资源安全储备制度。完善海水淡化前期工作和岩溶水资源勘查评价,做好工程建设的前期储备。"

虽然未提到北引黄河水,但北京水务局高层近年已多次向外界吹风,称近两年将上马北引黄河的相关工程,预计每年引水 3 亿立方米。

在北京供水将迎来新格局的背后,是城市规模与水资源竞赛升级。时间进入 2012 年,北京常住人口已突破 2 000 万大关。尽管北京通过外调水和再生水两条途径,新增供水近 20 亿立方米,但新增水量也恐将被新增人口所吞噬。北京仍将是一个极端贫水城市。

没有迹象表明北京在未来数年会停止人口大幅增长。近十几年来,北京一直试图控制人口规模,但目标屡设屡破。2003 年,国务院批复《北京城市总体规划(2004~2020)》,其中明确提出北京 2020 年人口控制在 1 800 万。北京市政协的一份调研报告认为,2006 年起的四年内,北京人口年均增长 54.3 万人,70% 是流动人口。调研组预测,按这种态势增长,2020 年北京常住人口预计将达 2 500 万人。

北京水真相

北京并不高的水价能维系至今,在一定程度上是北京靠其政治地位,低成本甚至零成本四处调水的结果。

北京是一个缺水的城市。不过,这只是一个概念。现实生活中的北京居民,很少有缺水的切身感受。

数十年间,北京市民拧开水龙头,很少有不出水的事。从水价看,北京每立方米水 4.6 元已为全国最高,但在长三角二线城市宁波、无锡、常州等丰水城市也突破 3 元的背景下,北京水价并不算高。几十年来,北京的多数企业也少有被限制用水的经历。

外地人来京,不仅感觉不到北京缺水,还会有北京丰水的错觉。近两年,干涸多年的东郊潮白河以及西郊永定河,也恢复了荡漾碧波和众多与水相关的景观。以前、中、后海为代表的数十个城市湖泊,总是水美景秀。

然而,"水北京"仅是一个美丽的假象。很少被官方提及的事实是,北京市内的自有河流、湖泊,早在上世纪 70 年代就基本断流、干涸。之所以现在还成为景观,全系外引水及再生水之功。

比如,以长安街为界,北部的圆明园、颐和园、前中后海等,用的主要是经京密引水渠调来的密云水库的水,而这个水库的水主要来自河北省;长安街以南的河流、湖泊,则都是再生水注入造景。如果细算这些景观成本,其造价高得惊人。

北京的母亲河永定河,近几十年来也被吃光榨尽。

上世纪 50 年代,官厅水库将北京母亲河永定河截断,致使北京石景山区三家店坝址以下河段长年断流,河道干涸。如今的永定河盛景,是用 170 余亿元人民币堆起的再生水人工大型湖泊景观。

北京人对密云水库感情深厚,都知道京城饮三杯水,其中有一杯来自密云水库。但密云水库之下的潮白河段,数十年间已基本干涸。目前的潮白河水面,是用温榆河调来的水,在几道橡胶坝间蓄起的景观湖泊。

如今的京城供水,三分之二依赖地下水。一个可悲的事实是,超采地下水数十年后,北京已处于一个 2 000 多平方公里的地下水大漏斗上,地面沉陷等生态问题随时威胁着安全。

随着数十年来的不断膨胀,如今的北京已成为一只吸水巨兽。除了依赖官厅水库、密云水库及超采地下水,北京历年来多次从河北、山西调水;当下正在实施的"南水北调"工程,也让湖北、河南两省付出沉重的经济和生态代价。

未来,北京还要实施引黄工程。而黄河早已不堪重负,若不是人工调节,早已成为断流之河。

此外,北京还打算开展海水淡化项目。这在巨大工程代价之外,还会引发渤海海水咸化等生态问题。

由此可见,北京并不高的水价能维系至今,在一定程度上是北京靠其政治地位,低成本甚至零成本四处调水的结果。

水荒初成

在历史上,北京城自有水源每年水量仅数千万立方米,对于古代不足百万的京城人口来说,勉强够用。1949 年之后,随着人口的膨胀,缺水与新都建立如影随形。

放眼全球,大城市都依托大型河流而发展。如巴黎有塞纳河,伦敦有泰晤士河,首尔有汉江。中国历史上的其他五大古都,也有自己的大型河流,如西安有渭河;南京有长江;杭州有钱塘江;洛阳、开封也分别有洛水和黄河。

1949 年,新中国将北京确定为首都。当时的北京区域,只有长河、莲花河、清河、坝河等小型河流,全年地表水总量仅为 5 000 万立方米左右。1975 年左右,随着北京地下水的开采,北京的地表径流基本断流。

当初没有想到,就是这样一个地方,却要在几十年之后向它的居民每年供水近 40 亿立方米。

事实上,北京虽有 3 000 余年的建城史,但直至最近 1 000 年内的公元

1153 年,才第一次有了像样的发展。是年,中国北方游牧民族在这里建立金朝,号为中都。水利学者和历史地理学者研究发现,相比西安、南京等古都,历史上北京城市发展缓慢的根本原因,是水源短缺。

中国著名历史地理学家侯仁之指出,北京其实也是逐水而建的城市。金中都建于今日北京南城莲花池以东,依傍永定河支流莲花河。1260 年,元朝在北京建大都,是依托北部的高粱河。明清两朝,均建于高粱河区域。

莲花河是永定河支流,由于永定河改道北京西郊,至元朝时水流已较弱。高粱河是潮白河支流,后经人工开挖,北京西北海淀台地上的玉泉诸水也汇入该流。因此,在历史上,高粱河是北京城最重要的自有水源,但其每年水量仅有数千万立方米。虽然细小,对于古代不足百万的京城人口来说,勉强够用。

千年历史过眼烟云,河流湖泊亘古不变。1949 年后的都城,就在这样一个缺水地带铺展开来。对于新中国来说,流淌了数千年的这点北京地表水,只够维持城市景观和少量饮用水。

历史学者研究发现,清朝末年,北京仅有人口 72.8 万人左右;1949 年新中国成立时,北京人口发展至 156 万人左右。建都之后,短短数年之内,北京人口便骤然增至数百万。至 1958 年,北京人口已达 660 万人。缺水与新都建立如影随形。

随着新中国首都建设展开,至上世纪 70 年代,北京人口更达八九百万之众,比清末人口增了 10 多倍。上世纪 60 年代和 70 年代,北京多次发生大旱,其中 1972 年大旱后开始大采地下水作饮用水源。

1975 年前后,北京原先的地表径流基本断流,众多湖泊日渐干涸。为北京增水迫在眉睫。

京城东西"二龙"——西郊的永定河、东郊的潮白河,刚一建国就被确定为北京新水源。这是顺理成章的选择。历史上,多个朝代在解决北京水患(主要指漕运、农业灌溉)时,都会在"二龙"上做文章。

史料显示,新中国在 1950 年至 1958 年间,曾五次扩界,市域由 700 多平方公里扩至 16 000 平方公里。一位熟悉北京水务的专家回忆称,扩界的一个重要原因就是要将永定河和潮白河划入北京市境内。

永定河是北京的母亲河,也是海河五大河中最大的一条河流。这条上世纪五六十年代依然有年径流量20余亿立方米的季节性河流,在久远的历史长河中一再改道。其故道曾流经现今北京中心城区多个地方。北京小平原的形成也赖其功。

潮白河也是海河五河之一,历史上年径流量达10多亿立方米。

1951年,永定河上,位于河北怀来境内的官厅水库开建。这是新中国第一座水库,设计总库容达41.6亿立方米。1954年前后,官厅水库建成。

1960年,密云水库在潮白河上建成,库容高达43.6亿立方米。至此,北京用两座水库锁住"二龙"。

随后数十年,"二龙"之水通过永定河引水渠、京密引水渠,汩汩流向北京。当时多数水利界人士都以为,"二龙"进京后,京城再无缺水之忧。

但事实上,北京水危机远未结束,甚至才刚刚开始。

竭泽官厅、密云

随着北京成为政治、经济中心,两库之水很快跟不上需要,而永定河和潮白河则付出了断流的代价。

然而,就在两座水库兴建的同时,北京城开始向工业化的方向发展。上世纪50年代末,在前苏联援助下,北京工业快速发展,朝外棉纺区、东南郊机械化工区、酒仙桥电子工业区等先后兴起。之后数十年,北京得首都之利,众多工业央企和相对优质的工业企业纷纷落户。北京不仅成为中国的政治、文化中心,也成了全国经济中心。时至今日,北京依然是北方惟一的经济中心。

以今日的眼光看,在北京这样的缺水之地建都,应当预见到北京不能上马耗水工业,并应该考虑如何应对大量涌入的人口。在后来的发展中,这两者都被现实所验证。不仅如此,上世纪70年代,在"抓革命促生产"风潮之下,北京还在郊区推行农业大发展,甚至一度种植耗水作物水稻。

如此铺张之下,"二龙"之水很快就供不上北京城的需要。1980年、1981年,北京连续干旱,地表水衰减严重,官厅、密云两水库来水量也大为下降。

　　一位北京水务专家回忆说,1981 年,国务院曾召开京津用水紧急会议,相邻省份和相关部委参加会议。会议决定,密云水库此后将不再为天津、河北供水,专供北京。

　　而北京自身,在之后的 20 年中,用水策略被迫改为"保生活、压工业、弃农业"。上述措施,此后十几年间起到至关重要作用。两大水库蓄水有所增加,1994 年密云水库一度蓄水至 30 多亿立方米。

　　进入上个世纪 80 年代后,随着改革开放深入,中国北方各省工业、农业耗水日渐增加,加之北方地下水过度采掘,永定河、潮白河的年入库水量逐年递减。官厅水库上世纪五六十年代还有十几亿立方米的年来水量,至世纪之交已不足 1 亿立方米。水少又叠加污染,该水库于 1997 年退出北京水源行列。而密云水库至 2000 年左右,年入库水量由 10 多亿立方米降为三四亿立方米。

　　北京用水告急,国务院被再次惊动。2001 年 2 月 7 日,时任国务院总理朱镕基主持召开总理办公会,原则同意水利部和北京市政府提出的《21 世纪初期(2001～2005 年)首都水资源可持续利用规划》。朱镕基指出:"解决首都水资源问题非常迫切,应将规划期由原来的十年缩短为五年。"

　　在北京水务界,此规划的核心内容被形象地称为"保密云,救官厅"。规划对两库危机提出的解决办法是,五年内投资 221.47 亿元,在官厅水库、密云水库上游的河北、山西等地推行工业、农业节水措施,增加水源林涵养,降低水污染;在北京市也推行类似措施。

　　据知情业内人士称,上述投资后来基本完成,但收效不彰。

　　例如,规划计划在 2005 年,实现官厅水库正常年份入库 3 亿立方米水,特枯年份入库 0.6 亿立方米以上。但是,财新《新世纪》记者获得的数据显示,从 2006 年到 2009 年,连续四年,官厅水库入库水量均在 1 亿立方米以下,分别为 0.96 亿、0.67 亿、0.80 亿和 0.22 亿立方米。而密云水库,规划计划在 2005 年实现年来水 6 亿立方米,但近年仅为 3 亿立方米上下。

　　时至今日,两水库再也无法负担北京用水大任。两水库救京之举,却让"二龙"走向逐渐断流的命运。

　　国际上通常认为,对一条河流水量的利用,不能超过 30%,超过则影响其生态功能。但北京对"二龙"几乎是"吃干榨尽"。由于潮白河、永定河的断流，加上天津引滦工程对滦河水的榨取，今日的海河流域的生态基本陷入绝境。污染异常严重，年入海水量比建国以前少100多亿立方米，在一定程度上使渤海变咸，诱发了渤海生态问题。

超采地下水

北京全市十多年来超采的地下水超过56亿立方米，相当于抽干了2 800个颐和园昆明湖。北京地下水水位已由1999年的平均12米左右，下降到2010年的平均24米左右，至当时已形成了2 650平方公里的沉降区，而现在北京建成区面积才1 040平方公里。

北京小规模开采地下水始于民国时期。1949年后，官厅、密云两水库一度缓解用水紧张局面，所以直到1972年遭遇大旱，北京才开始大规模开采地下水。

此后，城区地下水开采与两库地表水利用呈此涨彼消态势。至2000年前后，北京市共打生活井1万多眼，工业用井近5 000眼。知情水务人士回忆说，至上世纪90年代，地下水已超过地表水，成为北京主要水源。

据2008年北京地勘局《南水北调进京后地下水蓄养战略研究》报告，至当年，地下水约占北京市用水量的65％。自上个世纪70年代以后，北京市每年地下水开采量维持在25亿立方米以上，高峰时达到40亿立方米。

《人民日报》2010年12月下旬的一篇报道显示，至当时北京已经连续12年干旱，水资源紧缺问题更加突出。北京市水务局局长程静说，全市十多年来超采的地下水超过56亿立方米，相当于抽干了2 800个颐和园昆明湖。

受多年连续超采影响，北京地下水水位已由1999年的平均12米左右，下降到2010年的平均24米左右，至当时已形成了2 650平方公里的沉降区。而现在北京建成区面积才1 040平方公里。

除常规的地下采水，自2003年以来，北京还先后在郊区建成至少五个地下应急水源地。据称，应急水源地的初衷，是保证在2010年"南水北调"工程完成之前,避免超采地下水、挤占农业和环境用水,缓解北京水资源紧缺。

原本,这些地下应急水源地的水源具有易采难补特性,应遵循"采二停三"原则。但北京水务局副局长张寿全的一篇论文显示,怀柔应急水源工程于2003年8月30日建成以来,因为北京持续缺水,在开采两年后并未停采,而是连续供水五年,累计供水5.4亿立方米才停采。该论文称:"连续供水五年后,该应急水源已接近极限,浅层地下水位大幅度下降,一些浅层农业井暂时报废。"

另一个不为人知的事实是,尽管北京市最新规划称,在"十二五"期间才进行岩溶地下水开发的前期工作,但事实上,2003年北京已借应急供水名义,开采数处岩溶水。

北京水务局潮白河管理处周嵘等人发表于2009年的一篇论文透露:"据不完全统计,目前全市(岩溶水)的年均开采量已超过2.5亿立方米。"

如果此数据属实,则意味着北京在未完成岩溶水资源勘查评价、未做好工程建设前期准备时,就开采了理论上年可开采量5亿立方米的一半。

岩溶水是指赋存于可溶性岩层的溶蚀裂隙和洞穴中的地下水,又称喀斯特水。其最明显特点是分布极不均匀。北京地质勘探部门上世纪末作出结论认为,北京每年有5亿立方米的岩溶水可开采量。

国内不少水利、环境专家对开发岩溶水持有异见,认为岩溶水并非额外的地下水库。这些水就像地下河流一样,与地表水、普通地下水是相通的,存在一个自然的水平衡。

他们认为,普通地下水已超采,地表水日益减少,再采岩溶水,易引发"天坑"等地面塌陷现象。而这些地方均为生态脆弱区,还易导致岩溶水被大面积污染,最终可能得不偿失。

调水保京

由于长江水一时不能进京,为保京城水源无虞,北京从2008年以来已至少四次从河北、山西调水。这些水源地基本得不到北京的水资源补贴,也没有生态补偿金,却必须承担起保护京城水源供应的重任。

种种迹象表明,2000 年前后是北京水危机的一道大坎儿。

那一年,从地表水看,官厅水库无水可供,密云水库也不乐观;地下水方面,超采已出现环境恶果。而北京常住人口更是达到空前 1 300 余万人,且显示超速增长态势。

更加现实的考虑是,北京 2008 年将举办奥运会。而保证奥运会的安全供水,是当时压倒一切的政治任务。

2001 年初,国务院批准《21 世纪初期(2001～2005 年)首都水资源可持续利用规划》后,北京水格局转向对外调水。

几个步骤同时展开:在要求永定河、潮白河上游更少用水支持首都,以及开建应急水源地之外,2003 年年底,"南水北调"中线工程全面开工。

与本地挖潜根本不同,"南水北调"中线的开工,意味着北京水源开始进入对外调水的阶段。

"南水北调"中线工程一度十分激进,计划 2008 年奥运会之前即向北京供水。但由于该项工程涉及 30 多万水源地居民移民工作,格外复杂和困难,最终决策层不得不将中线水进京时间推后至 2014 年。

目前,中线工程 30 多万移民的迁移工作基本结束。这是一场数量仅次于三峡工程的大移民。在中国移民研究中心主任、河海大学公共管理学院院长施国庆看来,这些移民在未来数年甚至数十年都将遭受迁移之痛,社会适应或社会融合均较难完成。浅层次是适应新的气候、新的邻里关系,重构社会网络;深层次则是适应新的土地耕作方式,新的文化和经济系统。新中国成立后,大中小型水利工程次第展开,共造成 1 600 万上以人口迁移。而约 1 000 万以上移民生活水平下降,甚至陷于贫困。

中线调水可能造成的生态影响,近十年也一直被环境、水利专家所热议。学者认为,作为中线源头的汉江在中线调水后,襄樊段水位下降严重,水污染将加重,水生鱼类可能大幅减少。也有不少学者指出,"南水北调"后或可能导致长江入海口遭受更大程度的咸潮倒灌,从而影响上海的饮用水质,造成水源危机。

由于"南水北调"水一时不能到达,北京从 2008 年以来,已至少四次接收了外调水。

为保京城用水，2008 年，"南水北调"京石段率先竣工。当年 9 月，河北省所辖的岗南、黄壁庄、王快、安格庄四座水库，开始输水进京。四年来，已向北京应急调水近 10 亿立方米。

2010 年 10 月，山西、河北两省数个水库，也在上游放水 4 000 万立方米进入官厅水库。

一位水利专家对财新《新世纪》记者表示，事实上，上世纪 80 年代官厅、密云两水库专供北京，就可视为河北向北京调水。这些水源地基本得不到北京的水资源补贴，也没有生态补偿金，却必须承担起保护京城水源供应的重任，只能自身承受经济和生态上的代价。

2005 年 8 月 17 日，亚洲开发银行与河北省政府公布《河北省经济发展战略研究》，使环京津贫困带曝光于世。研究指出，河北省与京津接壤的 6 个设区市的 32 个贫困县、3 798 个贫困村等地区形成了环京津贫困带，贫困人口达到 272.6 万。

该研究将贫困带的出现指向京津二市的用水。北京 81% 的用水、天津 93% 的用水都来自河北。作为水源地的河北为保护水资源，只能对工农业生产进行限制，经济发展由此受到极大制约。

八方找水

北京三大水源"储备军"——海水淡化、岩溶水、北引黄河，如今均已箭在弦上。此外，北京还在规划第四支未来部队——雨洪水的利用。

在计划中，2014 年后"南水北调"水会进京担当供水主力。但北京并不放心。北京三大水源"储备军"——海水淡化、岩溶水、北引黄河，如今均已箭在弦上。

2011 年 10 月 10 日，位于河北省曹妃甸的海水淡化工程——曹妃甸北控阿科凌 5 万吨/日海水淡化项目竣工投产。出席仪式的有国家发改委副主任解振华、河北省副省长张杰辉，还有北京市委常委、常务副市长吉林。

次日《北京日报》报道称,吉林对项目竣工表示热烈祝贺。他说,北京市将与河北省密切合作,积极推动淡化海水进京,为北京水资源持续利用提供保障。这是迄今北京对海水进京最为明确的表态。在此之前2010年北京水务局相关文件中,曾提及将海水淡化作为战略水源。

前述接近北京市水务局高层的人士分析称,北京肯定会上马海水淡化项目,而且未来海水淡化会成为主力水源之一。原因是"南水北调"调水距离太远,付出的水代价远高于100多公里外的海水淡化项目。

据介绍,海水进京之所以迟迟未实施,全因目前条件远未成熟。一则北京居民对渤海污染状况有所担忧;二则海水淡化技术在国际上虽成熟,但引入国内还需检验;三则除需要铺设近200公里海水输京管道,目前的北京自来水供水管网对淡化海水也可能"水土不服"。

第二支"储备军"岩溶水方面,北京已开发可采水量的一半2.5亿立方米,目前开始盯着另一半。据了解,该方面工作正在"紧锣密鼓"进行。

第三支"储备军"则是北引黄河水。北京市水务局近年多次对外表示,正在筹划实施引黄工程,即从黄河的山西万家寨枢纽调水进桑干河,最终到达官厅水库。设计调水规模可能达每年3亿立方米。

在三支"储备军"之外,北京还在规划第四支未来部队——雨洪水。在《北京市"十二五"时期重大基础设施发展规划》中,特意提到雨洪利用:"把雨洪综合利用纳入城市建设的各个领域。'十二五'时期要规划建设地下蓄水池,推广透水铺装,建设低洼草坪绿地,建设下沉式绿地及雨洪滞蓄区,利用砂石坑建设雨洪滞蓄区,把水留在地下,留在绿地,留在坑塘……大幅提高雨水的集蓄利用水平。"

当然,北京还对"南水北调"二期工程寄予厚望,其市内配套水库、水厂等设施,将在2020年前,具备每年接纳14亿立方米汉江水的能力(即二期新增4亿立方米水)。

多位水务专家用"上天(雨洪)、入地、南调、北引、出海,外加自产",来打趣北京的未来水战略。

僵局待解

2011 年 11 月,"逐步建立以水控制居住人口规模的制度"的表述,正式进入《北京市"十二五"时期重大基础设施发展规划》,即以包括水、交通在内的环境资源承载力,确定城市规模。

北京之所以不遗余力、付出巨大代价八方找水,根本原因是自身严重缺水。"自己没水,虽然长途调来的水可能够了,但总觉得不安全,不保险,担心万一出现各种事。最终挟着首都政治优势,上各种各样的找水项目。"前述接近北京市水务局高层的人士说。

环保部南京环境科学研究所所长、中国环科院生态研究所前所长高吉喜,在接受财新《新世纪》记者采访时认为,北京虽然独创了地表水、地下水、再生水、过境水、雨洪水和外调水六水联调模式,充分挖掘了各种供水潜力,但从长远角度讲,"南水北调"、北引黄河和海水淡化等外源性输水工程存在不确定因素。北京供水还是得尽量"自力更生"。

高吉喜认为,北京自身首先要节水。虽然北京万元 GDP 耗水量由 2001 年的 104.9 立方米下降到 2010 年的 29.4 立方米,用水效率国内领先,但最缺水的北京就应该匹配最严格的用水制度。

中国水利水电科学研究院副总工程师程晓陶认为,北京有作为首都的政治地位,为保证其供水而从外地调水,很多地方不愿意也得服从。这导致北京虽然缺水,北京人却没尝到过一些中小城市每天限时供水的苦处,没有水荒的感受,用起水来大手大脚。北京各种调水工程用的多是公共财政的钱,用水者没有分摊,就不会特别珍惜。

除建议使用经济手段,如提高水价,程晓陶认为还应通过教育、立法等手段来规范用水者的行为。"在澳大利亚,大旱的时候如果洗车不是在绿地上洗,邻居看见了就可以去告你,因为这样是违法的。"

高吉喜还建议,北京应该建立首都大水源涵养区,通过生态的方法让永定河、潮白河以及北京地下水恢复水量,增强北京自身供水能力。

他的理论依据是,北京近年通过对周边郊区造林绿化,使市辖区内每平方公里的水源涵养量达到了 22.49 万立方米,为辖区外的 2.1 倍。如果北京对上游河北、山西、内蒙古等地也进行同样的水源涵养,整个上游流域的水源涵养能力就可增加到 143.32 亿立方米。即使保守一些,这些地区能达到北京效果的三分之二,也可把水源涵养能力提高到 95.55 亿立方米。果真如此,这些新增水尽管不会完全流至北京,但会在河流水量和地下水补充方面显示出巨大效果。

高吉喜认为,北京在过去十几年间,已为"稻改旱"等项目对河北部分地区进行少量补偿。如果真的正式搞大水源涵养区,北京未来就要科学测算,更大力度进行补偿。

而多位人口学家为北京开出的药方,是"削城"和"调人"。

时至今日,北京当初利用政治优势发展而成的经济中心地位已基本固化。与长三角、珠三角有连片的较发达城市群不同,北京在中国北方一城独大,而邻近的从地缘上更适合作北方经济中心的天津,经济总量远被北京甩下。河北石家庄等城市,经济则更为落后。此外,北京的央企总部、金融企业总部的地位也仍然稳固。在北方,少有城市能分担北京的人口。

因此,有人口学家呼吁,北京应剥离相当数量经济职能给周边城市。这样,就可以通过"削城"以"调人",北京也可由此跳出调水怪圈。

2011 年 7 月 14 日上午,在北京市水务改革发展工作大会上,北京市委书记刘淇首次提出"以水控人"。2011 年 11 月,"逐步建立以水控制居住人口规模的制度"的表述,正式进入《北京市"十二五"时期重大基础设施发展规划》。

北京市政协委员、北京"十二五"规划人口问题顾问陆杰华曾向媒体解释称,"以水控人"意在让水资源示警,让人口数量和水资源、人均用水量"对话"。

北京市人普办常务副主任顾兖州在做客"首都之窗"时指出,将来北京要发展科技和技术密集型的产业,降低劳动密集型产业的比重。

以包括水、交通在内的环境资源承载力确定城市规模,正是不少发达国家城市所奉行的。然而,复杂性也许在于,北京的发展从来就不是单纯的经济问题,而是牵涉众多复杂的政治考虑。在理念与实际操作之间,路途遥远。

论据虽好，但需慎用

胡舒立财新团队的调查报道,向来以严肃、专业、大胆著称。《看不见的水荒》是一篇典型的财新产品。它直指一个国家首都的水荒问题,在这之前,这个问题一直存在但却被讳莫如深。处理这样的敏感题材,只有论据充分有力,无可挑剔,才能规避报道问世之后引发争议的风险。《看不见的水荒》达到了这样的效果,数据、学者、管理人员、论文、文件、历史档案等要素构成的论据,让这篇涉及敏感话题的报道安全着陆。

数据精准有力

数据的大量引用是这篇调查报道的一大特色。北京水资源的紧缺与城市规模的扩张,正是在简洁直观的数据对比中一一呈现。

"自 2011 年 5 月以来,北京市人均水资源量已降至 100 立方米以下,不足国际公认的缺水警戒线人均 1 000 立方米的十分之一,成为中国最'渴'的城市。"

"近十年间,北京城以规划者难以想象的速度'长大',常住人口由 2000 年的 1 360 余万人飙升至 2 000 万人,且增势不减。"

这是文章开头的一组数据对比,将北京之渴与北京之大呈现给读者。

"北京市最近五年的年用水总量约为 35 亿立方米。密云水库只能供给不足 6 亿立方米,再生水供 4 亿至 6 亿立方米,其余 25 亿立方米左右主要来自地下水。"

"北京'十二五'(2011 年至 2015 年)期间,供水将出现两大新'主力军':第一支是外援——'南水北调'工程供水 10 亿立方米;第二支是内援——再生水供应 10 亿立方米。"

这两组数据说明的是北京市的用水量和供水结构,水库供水和地下水,以及即将(以文章采写时间为准)出现的外援水源。在文中,这样的数据论据比比皆是,贯穿全篇。

数据通常被认为是枯燥无趣的,但这通常是站在阅读第一吸引力的角度而言。但是,没有人能够否认精确数据所带有的简明扼要的说服力。所以,很多调查报道鉴于阅读人群差异,都不会大量使用数据作为论述观点的主要论据,而是更多地以事例为证,通过故事化的写作手法,吸引读者。数据的使用大多出现在专业的调查报道中,因为教育程度和职业背景的关系,这类调查报道的阅读人群不会排斥数据,反而认为相关数据能增强报道的专业性。

作为一篇涉及首都水荒这一专业又敏感题材的调查报道,简明扼要的数据,无疑是最好的论据。一方面,财新调查报道阅读人群的受教育程度和职业背景相对较高、较深,他们大多是某一专业领域的研究者、社会管理者,或者是能从更深层次理解社会问题的人,适合数据阅读。另一方面,论据的精确无虞,可以确保这篇报道的安全性,因为任何一点儿争议,都会给这篇报道背后的采编人员、刊发媒体带来生存的风险。

信源交叉融合

当下的深度报道写作,一般采用"故事故事"的写作手法。即将一个选题,落实到一位或者几位亲历者的身上,将个体的故事作为切口,剖析背后的社会和时代深层次原因,将故事故事化,也就是用讲故事的方法写故事。

但是,这篇报道却没有采用这种故事化的写作,在大量使用数据之外,还援引了诸多的专业资料,足见采写者的搜索突破能力和资料整合能力。此外,或许是因为题材的敏感性,这篇调查报道中具名的信源并不多,而且他们所提供的信息也十分有限。采写者的上述两种能力,也恰恰弥合了这一点。

"2003 年,国务院批复《北京城市总体规划(2004~2020)》,其中明确提出北京 2020 年人口控制在 1 800 万。北京市政协的一份调研报告认为,2006 年起的四年内,北京人口年均增长 54.3 万人,70%是流动人口。调研组预测,按

167

这种态势增长,2020 年北京常住人口预计将达 2 500 万人。"

在论述北京一直试图控制人口规模,却屡屡失控时,作者使用了两份分别来自国务院和北京市政协的文件资料,通过两者 2020 年北京人口的控制和预测,论述"近十几年来,北京一直试图控制人口规模,但目标屡设屡破"。

在这种题材的采写中,引用官方文件的内容,比之相关管理人员的直接引语,可能会更有说服力。前者所带有的官方色彩十足,权威性更强,后者虽然也代表官方,但是在无法确定采访情境的前提下,会因为采访对象个体的因素增加报道的风险。作者使用两份文件的内容佐证同一论点,其严谨可见一斑。在这篇调查报道中被引用的权威官方文件还有《北京市"十二五"时期重大基础设施发展规划》、北京地勘局《南水北调进京后地下水蓄养战略研究》等。

安全引用公开文献

在梳理北京水源的历史问题时,本文引用了相关的历史研究文献和公开发表的论文。这样的信息来源,因为经过相关的研究,并在公开的期刊发表,带有与官方文件不同的学术权威性,但也正是因为它们不是官方文件,缺乏更有效的力量。因为其仍有可继续探讨的空间,引用时需谨慎。

"北京水务局潮白河管理处周嵘等人发表于 2009 年的一篇论文透露:'据不完全统计,目前全市(岩溶水)的年均开采量已超过 2.5 亿立方米。'

如果此数据属实,则意味着北京在未完成岩溶水资源勘查评价、未做好工程建设前期准备时,就开采了理论上年可开采量 5 亿立方米的一半。"

这篇报道在引用论文数据时,为了更加严谨,特意强调,"如果此数据属实",后缀的推论便是在这样的假设上进行。报道采写者没有通过另外的途径交叉核实数据,只是引自一篇论文,不能确保其百分之百的准确性。

"《人民日报》2010 年 12 月下旬的一篇报道显示,至当时北京已经连续 12 年干旱,水资源紧缺问题更加突出。"

在信源方面,这篇报道还引用了当年的党报报道。近些年来的深度调查报道中,把报纸资料当做信息来源的并不多。其实,这是一个信源富矿。很多时候,报纸新闻本身的严谨和准确,以及它记录时代的功能,反而被记者遗漏了。

第三篇　尊严死

《南都周刊》记者　郭丽萍

　　62 岁的罗点点留着过耳短发，一副老花镜用根线挂在脖子上，她继承了父亲罗瑞卿高挑挺拔的身形。不过这些年，罗点点这个名字不再只是跟"开国大将的女儿"联系在一起。与她名字并列的，越来越多的是"不插管""尊严死""生前预嘱"等字眼。她正在尝试为中国大陆的居民搭起一座桥，桥的彼岸叫"尊严死"，那里的人们可以在意识清醒时填好一份"生前预嘱"，在生命的终末期，选择不使用延缓死亡过程的生命支持系统，使自己自然地、有尊严地离世。然而，要真正推广"生前预嘱"和"尊严死"的理念并不容易，其中最困难的部分，是大陆忌讳谈论死亡的文化。亦有反对者担心，"尊严死"是否可以让患者得到真正的尊重：院方、家属都可能出于利益考虑而作出违背患者意愿的决定，甚至伪造生前预嘱；即便患者本人曾立过预嘱，患者的意愿也可能随时间和情况的改变而改变。解决这一问题的唯一方法，是落实患者的选择权。正如清华大学北京清华医院副院长王仲所说，人们只有理性看待死亡，然后才能谈有尊严地生、有尊严地死。

工业化地死去

　　点点是罗峪平的小名和笔名，因为她出生的时候是个小不点。如今投身媒体公司和写作的她，学医出身，当过 12 年的医生。

　　几年前，罗点点与几位医生朋友聚会。聊天中不经意地说到死亡，他们都认为，"不希望在 ICU 病房，身边没有一个亲人，赤条条的，插满管子，像台吞币

169

机器一样,每天吞下几千元,'工业化'地死去","死得要漂亮点儿,不那么难堪"。

于是,"临终不插管俱乐部"在玩笑中成立。当时的他们并没有想到,这会发展为一项继"安乐死"之后,再一次将死亡摆在对之讳莫如深的国人面前讨论的"正经"事业。

2006年2月,罗点点再往前迈了一步。她与一些人士在北京召开了"掌握生命归途"的讨论会,第一次讨论了如何通过"生前预嘱"(Living Will),在生命尽头保持尊严的议题。会后他们有了自己的名字:选择与尊严(Choices & Dignity),并创建了中国首个倡导"尊严死"的公益网站。

他们倡议,成年人在生命终末期,选择不使用徒然延长死亡过程的生命支持系统,如人工呼吸器、心肺复苏术等,自然、有尊严地死亡。

这看起来似乎与罗点点早先倡导的医生职责相矛盾。在一个叫《永不放弃》的剧本里,罗点点曾阐述医生救死扶伤、只要一分希望就要为病人争取的职责。因此,有不少人问她,从主张"不放弃"到主张"放弃",是什么促使她的这种转变。

罗点点并不认为是个转变。她看过太多病人痛苦、毫无尊严的死亡。"我们在所谓的'人道主义'耗费大量的社会资源。"

现在的医疗技术,已经发展到依靠人工心率、人工呼吸、人工血压等,把一个人留住很长的时间,这个费用相当高,但是已经完全没有生命质量可言。卫生部曾统计,一个人一生中在健康方面的投入,60%～80%都花在了临死前一个月的治疗上。

如今,医疗的局限性被越来越多的人认识和承认。当生命机体由于疾病或严重伤害的时候,有的时候医疗是无力回天的。当一个人走到生命尽头,医疗从业者应该如何帮助病人,以更人道、自然、安适的方式离开这个世界,在世界范围内,越来越多的人围绕这个议题展开了研究,并且有了相当多的成果。

在推广"尊严死"的过程中,罗点点还碰到一个很大的问题,很多人把"尊严死"和"安乐死"混为一谈。她得一遍遍地强调,安乐死不是尊严死,尊严死不是安乐死。

安乐死(又叫主动安乐死 Active Euthanasia)是主动地通过注射药物等措施,帮助患者提前结束生命,而"尊严死"(被动安乐死 Passive Euthanasia)只是建议在生命终末期,停止治疗,自然地死亡。"选择与尊严"提倡的是后者。

我的死亡谁做主

"选择与尊严"公益网站的创办者,除了罗点点外,还包括陈毅的儿子陈小鲁。他加入这个团队的原因,很大一部分是自己当年没能替父亲做出一个解脱痛苦的选择。

1972 年,父亲陈毅在临终时,全身插满了管子,医生不停地给他进行各种治疗,吸痰、清洗、不停地翻身,十分痛苦。

陈小鲁很自然地问:"能不能不进行抢救?"在他看来,对临终病人不进行各种无谓的抢救,无论对减轻病人的痛苦,还是减少社会资源的浪费,都有利。让垂危的病人尽量无痛苦地死去是也是一件人道的事情,是符合自然规律的。

但医生说了两句话,他至今记得:"你说了算吗? 我们敢吗?"那是一个特殊的年代,什么东西都可能被政治化,陈小鲁理解医生的苦衷。

同样,罗点点在经历婆婆离世后也一直在寻思,有没有什么办法让死亡的选择变得不那么折磨人,不再让死者生者两不安。

2004 年,婆婆病情加重生命垂危。罗点点与家人达到医院的时候,医生在第一时间已经给她用上了生命支持系统。医生告诉他们,想恢复原来的生命质量几乎不可能,但是使用生命支持系统还能拖很多时日。

罗点点深知婆婆已经陷入她最不想要的状态。虽然她心脏还在跳动,但没有自主呼吸,已经完全丧失了神志。婆婆在意识清醒时不只一次说过:要是病重,不希望被切开喉咙、插上管子,又浪费,又痛苦。

学医的罗点点向丈夫和其他家人提议,撤去生命支持系统。婆婆的几个儿子都是教育或者科学工作者,没说几句话大家就都明白是怎么回事。

婆婆的病情继续恶化,但在拉着婆婆的手的时候,罗点点原本已经下定的决心在瞬间崩溃。她感受到了从婆婆体内传来的温暖,轻轻呼唤的时候,她的眼球还在半合的眼睑下转动。

当晚，罗点点给所有的人打电话。几位哥哥比她理智，坚持了原先的决定。第二天，维持血压的药物停用，两三个小时之后，婆婆的心脏平静地停止了跳动。

但在那之后，罗点点一直"心惊肉跳"，"替别人决定生死"这件事情太大了。她还是不能确定，她做的是否真的符合婆婆的意愿，生命和死亡是那么深不可测，怎么知道选择是正确的。

直到家人在整理婆婆遗物的时候，发现了婆婆夹在日记本里的一个字条。上面清楚地写着她对自己生命尽头时不过度抢救的要求。她还说，把这些问题的决定权托付给学医的点点。罗点点瞬间感到释然，但她依然有后怕，假如没发现纸条，或发现纸条上写着另外的意思。

这时候，又传来了巴金去世的消息。

从1999年病重入院，长达六年的时间里，巴金先是切开气管，后来只能靠喂食管和呼吸机维持生命。罗点点在《我的死亡谁做主》里提过，每一个爱他的人都希望他活，巴金不得不强打精神，表示再痛苦也要配合治疗。但是巨大病痛使巴金多次提到安乐死，还不只一次无奈地说："我是为你们而活。"

2005年10月17日下午，101岁的巴金心跳变慢，医生判定已经进入弥留。这次，巴金的家属坚决要求放弃抢救，并最终得到了中央部门的同意。医生们没做电击、除颤，也没有心内注射。

罗点点依然心存疑问，有没有办法把事情做得从容一点、郑重一点、像样一点呢？

"我的五个愿望"

直到从网上看到一份名为"五个愿望"（Five Wishes）的文件。自从婆婆和巴金的去世，让罗点点自认窥见生死大义以来，她所有的疑问也因为这份叫做"五个愿望"的生前预嘱有了答案。

1976年，美国加州通过了《自然死亡法案》（Natural Death Act），允许患者依照自己的意愿，不使用生命支持系统延长临终过程，自然死亡。各州也相继制定同类法律，以保障患者的医疗自主权。"生前预嘱"（Living Will）作为这项法律的配套文件。

因为通俗易懂，"五个愿望"成为在美国使用最广的生前预嘱文本。它用一种非常好的问答方式为填写人提供 5 大方向的选择：我要或不要什么医疗服务；我希望使用或不使用生命支持治疗；我希望别人怎样对待我；我想让我的家人和朋友知道什么；我希望谁帮助我。不必懂得多艰深的法律词汇和医疗词汇，只要在每个问题上打勾或打叉就可以。

它还为填写人提供体贴入微的选择。如是否希望捐赠器官，是否希望"尽可能有人陪伴""在所有时间里身体保持洁净无气味""床保持干爽洁净""有喜欢的图片挂在接近床的地方""有喜欢音乐陪伴"等。

"五个愿望"改变了很多美国人原有谈论死亡的内容和方式。实现对自己履行最后的责任，不仅让他们对死亡不再那么恐惧，让最后的日子不再那么沉重，甚至能改变他们对生命的看法。

2009 年，"选择与尊严"网站推出了第一个中国大陆居民可以使用的生前预嘱文本"我的五个愿望"。网站成立后，罗点点不仅从各个国家和地区取经，她还专门咨询过医疗、法律、心理、伦理界的专业人士，坚信在中国大陆使用一份生前预嘱，不仅不违反现有法律，某种程度上还能够使尊严死的理念落地。

"我的五个愿望"正是脱胎于美国的"五个愿望"，为了更符合中国的文化心理和法律环境，罗点点在很多专家的指导下做了一些修改。

比如第五个愿望"我希望谁来帮助我"，美国的建议是朋友、神职人员、志愿者或律师，而不建议可能有利益关系的亲人等。而中国人看重家庭人伦，医院在做救治决策时，只认可家人亲属的签字，所以中国版建议的是配偶或直系亲属。

"选择与尊严"团队也确立了 3 个工作方向：让更多人知道什么是"生前预嘱"，建立"生前预嘱"如何能在生命尽头帮助实现个人意愿；使更多人知道在生命尽头选择不使用生命支持系统以保持尊严是一种权利，需要被认识和维护；促使建立"生前预嘱"在中国的社会环境下变成事实。

不过也有人问罗点点，临终放弃过度抢救是尊严，那不放弃就不是尊严了吗？

罗点点并不贬低任何选择,只要做出了选择,并得到尊重,这就是尊严,这也是为什么他们的网站叫"选择与尊严"。罗点点说:"如果您不想放弃,非常好。如果你想要放弃,你也非常棒。所有的选择都是对的。没有人能够在道德和伦理的高度来责备任何一种选择。只要你真的想清楚了,表达了自己的愿望,你的医生、朋友、甚至整个社会都助你实现这些愿望,这就是无上的尊严。不要过度抢救,放弃生命支撑系统,针对的是现有的不容分说治疗到底的医疗模式。"

罗点点也明白,无论是"生前预嘱""尊严死",还是极端的安乐死,都不会解决人生来对于死亡的恐惧、对失去亲人的悲痛。人类永恒的伦理困境也不会因为这个小小的办法而得到解决。

有一位曾多年在"两会"上呼吁通过安乐死立法的医学前辈,也是"选择与尊严"网站的发起人之一,非常支持"尊严死"的主张。但是,在她丈夫重病陷入不可逆转的昏迷时,她不愿意放弃治疗,宁愿天天去 ICU 病房照顾他,和他说说话,不管他是否听见看见。

罗点点很能理解这位前辈。这位前辈的丈夫并没有留下自己的"生前预嘱",所以她也不能擅自替他做选择。

"'生前预嘱'只是为人们提供了寻求尊严愿望的一种表达方式,仅此而已。"罗点点说,"至于到底什么是尊严,什么是生的尊严,什么是死的尊严,我想这个世界上和历史中对这个问题的解释就像'什么是幸福','什么是爱情'的问题一样,各人有各人的解释。"

最大的困难是生死观

最能理解罗点点"尊严死"这个理念的,还是临床一线的医生。虽然他们也提出质疑,认为推广"尊严死"在临床上会有非常巨大的困难,但他们第一时间就能理解"尊严死"是什么,如果做好了,能够带来什么。

北京协和医院老年示范病房的朱鸣雷就是其中的一员,他认为,病人进医院后一般都没法为自己做决定,而只能由家属决定。但因为国人忌讳谈论死亡,家属很少能够知道病人的想法。他们即使明白抢救没意义,但往往出于感情、孝心或迫于舆论压力，而选择不计代价的抢救，最后可能人财两空。如果病人生前填写了生前预嘱，医生和家属明白病人的想法，做决策就会少很多纠结。

但是，现实中知道生前预嘱的人并不多，会填写的人就更少。为了宣传生前预嘱，包括朱鸣雷在内，老年示范病房的8个医生和16名护士在2011年都亲自在"选择与尊严"网站上填写了"我的五个愿望"。不过，他们不好主动跟病人提生前预嘱，因为病人很可能会误解医生是在暗示他的病情不乐观。

而北京清华医院副院长王仲，多年来在临床中秉持着"减轻痛苦、适当地延长生命、提高生活质量"三原则，对"尊严死"也很赞同。在他看来，推广"尊严死"最大的困难是中国人生死观的问题。中国人对死亡的传统心态是恐惧，因此连谈论死亡话题都要尽力回避。

"选择与尊严"网站曾就城市居民对"生前预嘱"及有关理念的认知情况进行过问卷调查。他们发现，愿意谈论死亡的人不到一半，有10.7%的人无论如何都不愿意谈论死亡。但是医务人员和信仰佛教的人，表现得比其他人更积极，愿意谈论死亡的人都超过了一半。

王仲相信，人们只有理性看待死亡，然后才能谈有尊严地生、有尊严地死。

北京老年医院肿瘤科曾在2010～2012年间，专门做了个生死教育的课题，为期两年。肿瘤科主任吴殷告诉《南都周刊》记者，起初，一听上课的内容是关于死亡，好多病人都不愿意听，或者听完一节课就不来了。有一位得乳腺癌的病人说，老听死死死死，觉得很忌讳，自己就不参加了。还有一小部分病人认为听课会导致不吉利的事落到他们身上。肿瘤科的病房里曾发生过病人自杀的事，因为肿瘤病人60%～70%都会抑郁、焦虑、悲观，有的是因为疼得太难受。

吴殷只好调整讲课内容，在沉重的话题里穿插一些有趣的内容，讲讲养生之道。吴殷也有意识地鼓励病人有点信仰，以更坦然地面对死亡。上课的地方也挂了些彩色的拉花，布置得像是在过节。

结题后，吴殷发现，生死教育对病人的死亡观、生活质量、情绪变化有明显的影响。上完课后，有自杀想法的人数明显下降。有些病人认为死亡不那么可怕了，感想写得特别好：人的一生就像坐火车，有的人会先下，有的人会后下，不可能不下车，这是一个自然的规律。

在肿瘤科里,最常见的就是死亡。去年平均每6天就有一个病人去世,今年8月底的最后两个星期,去世了7个病人。曾经那些参加死亡教育的病人也大多已经不在人世。

吴殷对其中一些病人印象特别深刻。有一位得乳腺癌的病人,上完生死教育的课后,很坦然地把心愿都跟家属交代了,要求临终的时候不要实施抢救,还签了捐献角膜的文件。

还有一位肺癌的病人,起起伏伏治疗了大概有7年的时间,去世的时候50多岁。入院的时候,癌细胞已经双肺转移、脑转移、骨转移,做了无数个化疗、放疗。那时候他只有一个心愿,就是想看着女儿上大学。女儿上大学之后,他又一点点地撑到女儿大学毕业。病情时好时坏,最后他唯一的心愿是看着女儿结婚。

但是他女儿和男朋友分分合合,婚期遥遥。这位病人说算了,这一路来的心愿都一样样地达到了,他活一天赚一天。去年,这位病人肺转移控制不住了,他的女儿、爱人都全来了,最后也没抢救,走得很安详、平静。

吴殷的同事,刘向国医生同时也是"选择与尊严"网站的志愿者,他正在执行一个关于更加适用于临床患者的"医疗预嘱"的科研项目。但他表示,虽然有些病人很开明,乐意交流想法,但对于大多数病人,人家还没开始治疗就跟他谈死,很不现实。所以这个"医疗预嘱"要向患者推广,还得以生死教育为前提。

吴殷有个愿景,就是能改变这个生死观念,希望大家讨论起死亡这个话题,能像就跟大家一起讨论出生、婴儿这些常规话题一样。吴殷今后计划继续开展生死教育,除了面向病人,还要针对家属、长期跟病人打交道的医护人员做情绪等方面的教育。

同样的目的,为了能让人们重新认识身体和心灵、痛苦和疾病,以及生命和死亡,"选择与尊严"网站也做了一系列的努力。它的LOGO是一根本来长着7片彩色叶子的树枝,但其中一片随风飘落,寓意"生如夏花般灿烂,死如秋叶般静美"。

走得更远

正因为推广"尊严死"在中国有重重困难,罗点点团队当初只是想把它从国外介绍国内让中国人了解,所以根本不知道它会不会落地。尽管同一时期"尊严死"在国外已经很成熟,不同的国家和地区有各种不同的方式,甚至在华语地区的新加坡等,也都已经被广泛地接受,变成一种生活方式。

当初,罗点点给自己的定位是只做介绍。"像一滴水滴在一张宣纸上,慢慢地晕开,当这滴水差不多开始干的时候,就再滴一滴,也许被滋润的地方会慢慢越来越大。

所以,从2006年上线到现在,网站上的生前预嘱能有1.1万多人填写,相当于每天新增约8个人,北京生前预嘱推广协会能在今年6月25日被北京市民政局批准成立,这些都是罗点点没想到的。她笑着说,这甚至让她觉得有一点成就感。

尽管他们现在已经比他们预想的,走得更远,但罗点点团队还是一直在学习,一直努力。罗点点除了在网上搜集文献、调研,还去实地考察,其中台湾给了她很大的震动。

进台湾的"安宁缓和"病房的时候,罗点点感受到极大的鼓舞。他们的末期病人,根据生前预嘱在放弃治疗之后,会转入"安宁缓和"病房。在这里,疗护的目的已经不是治愈疾病,而是尽量使病人在生命末期不疼痛、安适。它关心人、尊重人,不管病人曾经是什么身份,都能受到非常好的照顾,一切都显得非常崇高。甚至不管这个人信佛还是不信佛,缓和病房里所有的志愿者、医生、护士,他们互相称菩萨。"给我们冲一杯咖啡、冲一杯茶,他们互相之间也说谢谢菩萨。"

尽管台湾不是"安宁缓和"医疗的发源地,但台湾经过"缓和医疗"照顾的末期病人所占的比例,在世界上都是最高的。

说到台湾的"安宁缓和"病房,罗点点像个单纯的小女孩憧憬漂亮衣服一样,憧憬自己将来临终,也能得到那样的照顾。另一方面,国内关注"尊严死"理念的人越来越多,他们已经不满足仅仅知道这个概念。

所以,协会成立后,罗点点就着手做更多的规划。她一直计划着升级生前预嘱的注册平台,让它发挥更多的作用。罗点点曾被告知,开国上将张爱萍的夫人李又兰生前曾写下生前预嘱,并在2012年,在家人和医院的帮助下,实现了"尊严死"。她被认为是"生前预嘱"帮助到的第一人。

"这是非常宝贵的一个财富,我们替一万多个人守护着五万多个愿望。我们觉得很沉甸甸的。我们既要保护好这些信息,还要让它能够被使用,把这个事做好。"

协会正积极地跟医院、政府部门打交道,罗点点希望,网站生前预嘱的注册平台将来有一天能够像美国的"生前预嘱"注册中心一样,一个人进医院后,一输入社会医疗保险号码,他的"生前预嘱"能跟病历一起调出来,能在第一时间被医生查到。

罗点点说:"中国社会转型的过程中千头万绪,'尊严死'真的是小之又小的一件事情,但它也很重大,因为关乎到每一个人、每一个生命的质量和尊严。我们不知道在我们的有生之年,这件事情在中国能够落地到什么程度,能够帮助多少人。虽然现在是只问耕耘,不问收获,但我们其实也憧憬着非常好的收成。"

尊严死在各地

美国

1976 年美国《加州自然死法》(Natural Death Act)制定,成为世界最早有关"尊严死"的法律。截至 2012 年,美国大部分的州皆已制定自然死法或相当于此法之尊严死法。

韩国

2009 年 6 月 10 日,在韩国最高法院 5 月首次判定可以为该国一名老妇患者实施"尊严死"后,患者所在医院召开会议,正式决定为患者摘除呼吸机,实施"尊严死",这是韩国首次实施"尊严死"。

新加坡

新加坡建国总理李光耀在总统府发布新书《李光耀观天下》中说,其较早前做了预先医疗指示,表示如果必须通过吸管进食,并且没有复原或恢复行动能力的可能性,那医生就应该替其去除吸管,让其能迅速地辞世。

关于死亡

《南都周刊》的定位,是新闻性城市杂志。一般意义上的"城市杂志",是指以反映、传播并塑造地域性城市社会文化与物质消费为主题的刊物,强调消费文化,体现出比较强烈的区域色彩。南都的优势,是内容以当地物质、文化生活为主,话题与资讯比较有贴近性,为当地人所熟知,是当地市民生活一个比较高端的公共平台。而且把新闻周刊的深度调查报道、名家评论与城市杂志"潮流发现者与定义者"的生活细节及社会趋势报道相结合,把整个当代中国城市化过程中产生的中间阶层作为核心目标读者,报道他们关注的对社会进步有推动效应的社会热点,关心他们的利益诉求与身心健康、生活品位,突出现代城市生活的共性和精神内核。

在选题上,南都经常选用鲜活有烟火气,突出杂志的城市味、都市感。对读者来说,要有贴近性、借鉴价值和实用意义、消闲作用,同时满足客户多样性的推广需求预留比较有创意和针对性的灵活合作空间。题材要轻松灵动柔软,同时也要顾及时效性,做到软中有硬,以情动人,以质取胜,与竞争性版面相呼应,呈现整体的都市气质和新锐风格。

特色写作手法

从整篇文章的写法来看,是从"选择与尊严"网站的创办人罗点点出发,从她的生活经历、心理变化过程渐渐勾画出这个网站的建立推行。从玩笑临终不插管俱乐部到"掌握生命归途"的讨论会,再到创建了中国首个倡导"尊严死"的公益网站。他们倡议,成年人在生命终末期,选择不使用徒然延长死亡过程的生命支持系统,如人工呼吸器、心肺复苏术等,自然、有尊严地死亡。

这样一来思路相对很清晰。从罗点点感受到父亲临终之前所受的痛苦而得到的思考,到产生"生前预嘱"的想法,再到具体实践,跟一些有着同样想法的朋友一起将这些发展。

在写作中插入陈小鲁的父亲陈毅的故事。

陈小鲁很自然地问:"能不能不进行抢救?"在他看来,对临终病人不进行各种无谓的抢救,无论对减轻病人的痛苦,还是减少社会资源的浪费,都有利。让垂危的病人尽量无痛苦地死去是也是一件人道的事情,是符合自然规律的。

但医生说了两句话,他至今记得:"你说了算吗? 我们敢吗?"那是一个特殊的年代,什么东西都可能被政治化,陈小鲁理解医生的苦衷。

以及巴金在临终前说的话。但是巨大病痛使巴金多次提到安乐死,还不只一次无奈地说:"我是为你们而活。"

这些都让文章更加的生动,更有震撼力,而且有很多条线,不只在罗点点这条线索。可读性增强。

从语言风格上来看,更多的是一种陈述性的笔法,更加客观理性,但是也不乏温情,对死亡的探讨,对人性的容忍。至于到底什么是尊严,什么是生的尊严,什么是死的尊严,努力实现对自己履行最后的责任,不仅让他们对死亡不再那么恐惧,让最后的日子不再那么沉重,甚至能改变他们对生命的看法。

作者的另一篇报道《悄悄地来悄悄地走》(见《南都周刊》2013 年第 34 期)则运用一种现在使用较多的讲述故事的手法写作,与《尊严死》相比较,更多地突显出对死亡这一报道主题的思考,体现出作者在设计报道方式时的独到用心,也使这两篇报道呈现出异曲同工之妙。

首先,这篇报道的特点之一就是注重从细节出发。文章的题目"悄悄地来悄悄地去"是取自徐志摩的《再别康桥》,不仅很有文艺范,非常适合深度报道的阅读习惯,而且这一标题用在这里也是切题的,突显了这一报道题材的特殊性和作者所体现的人文情怀。

开头:在首都医科大学宣武医院神经外科主任的办公室里,凌锋在白纸上画了一条黑线,利落得像她多年的短发和身上的白大褂。在黑线的末端,她添了一个句号。尤其是"凌锋在白纸上画了一条黑线"给我们勾画出人物的性格和奠定了文章的基本氛围。

黑线是生命,句号代表死亡。对于做了四十年临床医生的凌锋来说,死亡确实就像文章里的句号一样平常,只是采用何种方式的问题。通过被访者的语句来说出对死亡的思考。

其次,这篇文章还大量的使用了史铁生对死亡的思考,使得报道主题进一步深化,并提醒读者在阅读的同时不断进行思考。史铁生因为特殊的身体原因是我国作家中对生命的体验、死亡的考虑最多,至少是公开发表过的文章最多的。

"死神已然站了起来",这种写法使用一种虚幻的手法。

所谓命运,就是说,这一出"人间戏剧"需要各种各样的角色,你只能是其中之一,不可以随意调换。

呵,节日已经来临/请费心把我抬稳/躲开哀悼/挽联、黑纱和花蓝/最后的路程/要随心所愿

呵,节日已经来临/请费心把这囚笼烧净/让我从火中飞入/烟缕、尘埃和无形/最后的归宿/是无果之行

呵,节日已经来临/听远处那热烈的寂静/我已跳出喧嚣/谣言、谜语和幻影/最后的祈祷/是爱的重逢

这种大量使用史铁生的文章的特殊表现手法,并不意味这作者只是机械地照搬作家的观点,而是有机地同作者所采访到的大量事实和案例相结合,互为映证,相得益彰,大大提升了报道的内涵。其实有时候,深度报道中并不需要记者挖空心思地琢磨如何用自己的言语费力地去表现主题,一次恰切的引证就能说明一切。

专题加强深度

在一个信息过剩乃至于信息爆炸的年代,受众最迫切需要的,已经不再是信息量的庞大和传播的快捷,而是一种信息的安全感。何谓信息的安全感? 每天当你打开几大门户网站,海量的信息扑面而来,承受之而起的便是一种焦虑感,如此众多的信息中,何者为真,何者为伪,何者为巧,何者为拙,何者为必需,何者为累赘? 你会发现寻找和选择的时间远远高过获取。网络的传播实在是

太庞杂也太轻易了,也就不可避免充满着谎言、垃圾和重复的内容,受众需要权威,需要有信得过的传播者替他作出解释、判断和选择。因此,当《南都周刊》将郭丽萍的《尊严死》和《悄悄地来悄悄地走》策划为一个专题呈现在读者面前的同时,也将信息的权威性一并呈现给了读者,大大削减了读者获取信息时的焦虑和恐慌。

多篇文章一起做专题会加强话题的深度,而这也是传统媒体的优势,在说服力上有一种权威性。也就是说传统媒体是这个权威角色的最好扮演者,一方面有编辑记者的专业素养和职业规范作为公信力的保证,另一方面传统媒体可以对一个新闻事件投入高昂的人力物力进行长期深入调查,这是普通网友难以比拟的。因此,好的报道不仅需要采访者的努力,更需要媒体策划的智力。

第四篇　砸车者蔡洋生存碎片

《南方周末》记者　陈鸣　实习生　习宜豪

　　砸穿西安日系车主李建利颅骨的嫌犯已被警方抓获,他是 21 岁的泥瓦工蔡洋。

　　蔡洋从老家南阳来到西安,吊在空中刷了两年墙,刚刚为涨到 200 块一天的工资而感动振奋。他喜欢看抗日剧、上网玩枪战游戏、有一个上大学的梦、在 QQ 空间里孤独地诉说对爱情的渴望。

　　蔡洋在项目经理的奥迪车上撒过一泡尿,为此"感觉很爽"。他想要得到更多,想证明"我很重要",但属于他的精神与物质世界同样贫瘠。而喧嚣的游行队伍给他提供了宣泄的"机会"。

　　生产队长领着便衣警察找到蔡洋家里,是在 2012 年 10 月 2 日中午 11 点。他的母亲、57 岁的杨水兰从麦地里奔跑回家的时候,蔡洋已经被警方带走。匆忙间,蔡洋只带走了一只红色西凤酒的袋子,里面塞了一件毛衣、一条裤子和一条内裤。

　　过去的十多天里,杨水兰已经知道儿子犯事儿了。蔡洋的照片在央视节目里出现,视频上那个身材粗壮,奋力砸车,并跳起来用 U 形锁砸西安市民李建利的人,正是杨水兰 90 后的儿子。

　　在逃回南阳郊区村庄老家的 5 天里,蔡洋就藏身在那个 1987 年盖起的平房里最北边的一间小屋。1991 年出生后,蔡洋在这间屋子度过了童年和少年。

　　十多平米的房间里,只有一张桌子、一张没有床垫的双人床和角落里堆放的一些谷物。即使是白天,一盏无力的白炽灯下,来人也需要辨认很久才能看清屋里的东西。

"这个屋子是相对好的,做过他哥哥的婚房。每次蔡洋回家就住这,他走了以后我再搬过来住。"57岁的杨水兰说。

2004年秋天,在蒲山镇第四中心小学上完五年级后,蔡洋就和同村的伙伴们一起辍学回家。那以后蔡就开始逐渐远离这间屋子和这个家庭。

他先是跟着大哥蔡德伟在南阳周边地区的建筑队上当小工。2009年,又跟表姑父王超来到西安,学习外墙刷涂料的技术,这是这个乡村少年第一次和大城市发生交集。

除了和二姐蔡玉凤不时地通电话和聊QQ,平时他和家人很少联系。只有在逢年过节、麦种麦收时,他才偶尔回家。2012年9月28日晚上的这一次回家却有点突然。

"我的侧面照片已经被发到网上了。"他告诉杨水兰。

"我害怕。"

杨水兰听得云里雾里,她只知道儿子在西安的反日游行中"和人打了一架",并不知道具体发生了什么事情。蔡洋用手机上网看消息,不时喃喃自语——

"我是爱国,抵制日货。"

他不断地跟杨水兰说:"网上对我一半支持一半反对。"

直到有一天,在邻居家看电视时,杨水兰才知道,蔡洋把一位名叫李建利的西安人脑袋砸开了,对方伤情严重。电视里面,白岩松在劝她儿子去投案自首。

杨水兰当时全身瘫软。

这次事情闹大了,"闹到北京去了"。

"三亿鼠标的枪战梦想"

蔡洋在西安粉刷外墙,吊在建筑物外作业,摔下来过两次。

2009年,辍学五年的18岁乡村少年蔡洋来到西安。

当时在南阳的工地上当泥瓦工一天才 120 元钱,而同样的工作在西安可以多赚 60 元。杨水兰于是同意让蔡洋跟着表姑父王超到西安打工。

"人傻傻的,脑子缺一根筋的感觉。之前他在南阳的工地上干了两三年,也是啥都学不成。"表姑父王超说。

外墙粉刷并不轻松,通常没有更安全的施工吊篮,他们就用简易的绳子做防护,吊在建筑物外作业。"就像蜘蛛侠一样,很危险。"蔡玉凤说。

即使在室内,这份工作也需要审慎和运气。有一次在 QQ 上聊天,蔡洋告诉南阳的朋友张迥,他从脚手架上摔下来过两次,"差点摔出脑震荡",但是当时张迥不知道蔡洋是不是在开玩笑。

王超也能看出那一段时间蔡洋干得并不开心。他不跟工友交往,也很少说话,只喜欢下班后出门上网。王超训斥他,他一句话都不听。

在网吧里,蔡洋不停地玩一个叫"穿越火线"的网游。这是一款激烈的枪战游戏,口号是"三亿鼠标的枪战梦想",界面上大大的字迹跳动"兄弟们! 战起来!"

游戏里蔡洋的"军衔"是一名下士,总共杀敌 4 824 次,自己也被击毙了7 997次。

没有亲人或者朋友对这时候的蔡洋有更清楚的了解。他离南阳村庄里那个家距离遥远,身边只有闹僵的表姑父一人。他只在 QQ 空间上零零散散地写下自己的想法。

"……想上学"(原文如此)。有一次他用一个奇怪的格式写道。

将近半年后,他又在 QQ 空间里开玩笑地提到相近的话题:"我想出家做和尚,可是可是连和尚也要大学生。"

即使在长达三四年的 QQ 说说和微博记录上,也极少有人回复他的内容。看起来大部分时间他像是在自说自话,他的 QQ 名字也改成了"自舆自乐"(原字如此),恋爱状态上写着"单身"。

到西安不到一年,蔡洋离开了表姑父,自己找了个建筑队跟着干。

"在我最缺人的时候他去跟别人做了,我说过他,他生气就不跟我联系。"王超说。

即使两个人一个在西安，一个在咸阳，只有 27 公里远，但这对姑父和侄子也只有逢年过节回到老家才会碰面。

"为了今天的两百块继续奋斗"

在项目经理的奥迪车上撒了一泡尿后，他在 QQ 空间写道："感觉很爽"。

但是在 2011 年之后，蔡洋的打工"事业"开始渐入佳境。他告诉朋友，等到那一年的 8 月底，"我就能挣够一万块钱了。"张迥十分美慕蔡洋有每天 200 块钱的工钱，这个收入高出老家许多。

蔡洋在 QQ 上罕见地挂上了一个状态昂扬的签名："为了今天的二百块继续奋斗！"

蔡洋和做汽车维修的张迥成为朋友，当时蔡洋短暂地回到南阳做粉刷工程，在张迥的印象中，蔡洋在同龄人里极为开朗，两人经常一起吃饭、KTV。"他豪爽，花钱大手大脚"。

西安的朋友许顺国至今难以相信蔡洋后来成了"打砸抢"中的一员。在他看来，蔡洋还是个小孩，"每回都是乐呵呵的，从来也没跟任何人吵过架"。

除了去西安莲湖区潘家村附近的网吧，蔡洋也经常到许顺国家里蹭网。"他爱说笑，打不还手骂不还口，经常是别人的出气筒"。

但是只要在家里，蔡洋和父亲蔡作林的争吵就不断爆发。村子里六十多岁的老人蔡世刚时常看到两人吵得不可开交。

蔡作林至今极为气愤的是，有一次，蔡洋偷偷把家里的电动车卖掉，拿钱自己出去花了。

到了 2012 年夏天麦收的时候，蔡洋回家和父亲一起帮邻村一家人家盖房子，回西安前，蔡洋又瞒着家里领走了蔡作林两千多元的工钱。

蔡洋外出打工几乎没有向家里寄过钱。蔡家最值钱的家当是几年前买的一台电视，现在也坏了，一家人不得不经常到邻居家去看电视。为了能挣到更多的钱，62 岁的蔡作林依然在南阳市区的一家工地上砌砖。

蔡洋一直让杨水兰感到头疼。最让她感到失望的是蔡洋和蔡作林的激烈冲突。蔡洋经常突然对父亲蔡作林发起攻击，"一把就把他爸爸撂倒"。

在村邻眼里，蔡洋也表现出令人疑惑的两面。有时候他彬彬有礼地打招呼，有时候他也会突然粗暴地撂倒客人，"一阵阵的"。

连他最亲密的二姐蔡玉凤也并不清楚他在西安住哪，工友是谁，好朋友是谁，有没有女友。像是在家人的失望中渐渐隐退，他只在互联网上留下一些痕迹。

爱情似乎是他最大的烦恼，占据了微博和说说上最多的篇幅。

"现在什么东西都对我不重要！只有爱情对我才是最重要的！"2011 年 1 月他在 QQ 空间上说。

"快烦死我了！该怎么办啊？谁帮帮我？"

"烦烦烦烦里我都快要崩溃了。"

"唉……纠结！！！！！"

"在过半个月我就二十了…唉…明年的我还是和现在这样吗？真想找个老婆过日子。不想在放荡下去了！主阿，赐我个老婆吧！阿门…"（原文如此）

但渴望爱情的蔡洋又听张远喆的歌，把一首《我不配做你男朋友》设为 QQ 空间背景音乐。

有时候他充满了愤怒。为了下载一个游戏，他新买的智能手机花完了一百块钱的流量，他为此在空间上大骂。

有一次他在项目经理的奥迪车上撒了一泡尿，他写道"感觉很爽"。

他在个人空间里先后四次留下手机号，让朋友们联系他。这些号码有的已经成空号，有的换了机主。

在被抓捕前，他发出的最后一条微博是在 9 月 30 日，用新买几个月的智能手机，这可能是他用过的最好手机，安卓系统，触屏的：

"悲摧的 90 后，90 后的我们感觉到幸福了吗？"

"这是爱国行为，我鄙视你"

蔡洋会突然从身后推邻居，"他可能脑子里完全没有意识到危险"。

　　2004 年夏天,张瑞太嫁入蔡家,成为蔡洋的嫂子。那时候她经常看到十几岁的蔡洋和村里几个孩子在玩游戏,拿个小木棍站在村里不断地高喊"打倒小日本"。

　　他至今痴迷于战争片,打开前年上映的抗日电视剧《雪豹》一遍遍地看。"他还特别爱看那个'731 部队',日本人整毒的那个。"杨水兰说。

　　在村子里,关于蔡家的"秘密"已流传多年。蔡洋的爷爷蔡近德年老后经常头扎红绳,光着屁股,在大街上拾瓶子。蔡洋的大伯到了三十多岁的时候突然说话含混不清,整夜整夜在村里唱歌。而大伯的女儿二十多岁开始常常光着身子在村里乱跑,最后在自家的院子里上吊身亡。

　　像是一场难逃的命运,等到蔡洋稍稍长大的时候,让杨水兰和村人担心的一些征兆表现了出来。

　　"当时只有两三岁的蔡洋经常跟着来村子里卖肉的肉贩,抓着一块一块的生肉吃。"六十多岁的邻居蔡世刚说。他告诉南方周末记者,种种怪异的行为随着蔡洋年龄的增长而越来越突出。

　　在蔡洋十三四岁的时候,村里来了一个收羊的,蔡洋硬缠着收羊的,让其到家将家里的老羊收走,蔡洋口中的老羊却是他的妈妈杨水兰,因为她姓杨。

　　另一位名叫赵蒲的村邻告诉南方周末记者,在 2010 年她怀孕期间,蔡洋曾经前后一共三次从背后推她。"他可能脑子里完全没有意识到危险"。

　　"今天参加游行了,头被砸出血了。"

　　15 日晚上游行完,同样的话他跟许顺国和 QQ 上的张迥都说了一遍。他并没有提及他的致命反击和那把 U 形锁。在许顺国的记忆里,蔡洋当天就是在他家上的网。

　　这一天的游行让他意犹未尽,他兴奋地对 QQ 那头的张迥说:"明天还有游行!"尽管曾经在村子里不断地高喊打倒小日本,但那里只有电视剧和想象的仇恨。但是这一次,情况完全不同,身边驶过的车很多就是日本的。

　　这一天晚上,在山东打工的二姐蔡玉凤也接到了蔡洋的电话。蔡玉凤对他砸车感到极度气愤:"你去砸车正常人都觉得你要赔偿。我们负担不起!"

　　不过这天晚上,蔡玉凤的一番训斥换来的是蔡洋的反击:"这是爱国行为!我鄙视你!"

千方百计讲好故事

当你还在遵循教科书上的新闻写作规则时,报纸和杂志上刊登的一则则报道实例却在告诉你,其实它们还可以这么写,这么写,这么写。讲故事的人,从来不需要带着框架行走,它们只需要事实,然后用尽千方百计,只为讲好一个故事。《砸车者蔡洋生存碎片》便是这样一个不太容易找到规则,却能看到其中千方百计的好故事。

交杂的叙述顺序

这篇报道的开始,从一个最近的时间里发生的场景切入,蔡洋被捕。"生产队长领着便衣警察找到蔡洋家里,是在 2012 年 10 月 2 日中午 11 点。他的母亲、57 岁的杨水兰从麦地里奔跑回家的时候,蔡洋已经被警方带走。匆忙间,蔡洋只带走了一只红色西凤酒的袋子,里面塞了一件毛衣、一条裤子和一条内裤。"

按照我们常规的报道写作手法,这样的开头似乎啰嗦又不着重点了些。蔡洋的母亲回不回来以及从哪里回来有什么关系,蔡洋临走前带走了些什么又有什么关系? 但是作者就是写了,蔡洋的母亲不仅赶回家了,而且是从麦地里回家的,她错过了儿子临走前的那一面。蔡洋拿了简单的衣服,而且是用一只包装袋。

显然,这样的开头,更有吸引力。读者会想知道,到底发生了什么,蔡洋为何被带走,母亲为何扔下手里的农活往回赶,蔡洋用包装袋做行李袋又说明了什么。

此后,行文便从蔡洋母亲的角度顺承下去,向读者交代事件的缘起,在一场由钓鱼岛争端引发的国内反日游行中,故事的主人公蔡洋曾经暴力伤人。而下面的内容,则从蔡洋的成长和工作经历,以及家庭环境,分析蔡洋做出伤人行为的性格原因。母亲的着急和包装袋及简单衣物透露出的寒酸和直接,都与那些即将在下文中一一出现的原因有所关联。一个宠溺儿子但是家境又困难的家庭,成为蔡洋以后骄纵暴虐性格的一个重要原因。

初看该文的前几个自然段,会以为它的叙述顺序是倒叙,但是继续往后看,却发现后面小章节中的插叙。以母亲的角度交代完事件大概之后,文章转入2009年,蔡洋辍学打工的时期。此后又转入2004年,蔡洋的童年、少年时期生活,就在我们以为它会一直这样倒叙下去的时候,它又转入2012年的那场游行,与文章开头呼应。

这并没有扰乱读者的阅读思路,跟着字句行走,从蔡洋的亲戚、朋友以及社交网络平台多个角度,了解蔡洋小时候的怪异行为,辍学打工时期与亲人的冲突,以及一个人对孤独生活的抗拒等。作者通过这种看似杂乱的叙述结构,将蔡洋的童年、少年以及青年时代的诸多生活细节一一展开,丰富对其性格分析与事件结果之间的铺垫。

当然,能用一种内在的逻辑控制这种杂乱的逻辑顺序,带着读者从一个时间点跳到另一个时间点,转了一圈最后与起点契合,让读者恍然大悟,原来是这样。足见此文作者和编辑的功力。

用一切可用的信源

除了看似杂乱但实际缜密的叙述顺序,这篇文章还有一个特点便是,网络社交平台成为其中的重要信源。譬如:

"他只在QQ空间上零零散散地写下自己的想法。

'……想上学'(原文如此)。有一次他用一个奇怪的格式写道。

将近半年后,他又在QQ空间里开玩笑地提到相近的话题:'我想出家做和尚,可是可是连和尚也要大学生。'

即使在长达三四年的QQ说说和微博记录上,也极少有人回复他的内容。看起来大部分时间他像是在自说自话,他的QQ名字也改成了'自娱自乐'(原字如此),恋爱状态上写着'单身'。"

"在项目经理的奥迪车上撒了一泡尿后,他在 QQ 空间写道:'感觉很爽'。"

"蔡洋在 QQ 上罕见地挂上了一个状态昂扬的签名:'为了今天的二百块继续奋斗!'"

文中,有数处内容的信息来源是 QQ 签名和 QQ 状态。通过蔡洋一条条的零碎签名,加以外围采访,引出一个事件,展现从乡村进城务工的年轻人被孤立又极度自我的精神状态。当社交网络已经几近普及,成为各个年龄段人群的一种重要交往方式时,在新闻写作中采用这种信息来源,并不会显得突兀和生涩,反而有种亲近感。在实际操作方面,几乎没有人会质疑它们不是出自那个在现实中不如意、喜欢在网络上发泄的乡村年轻人。在我们的经验认知里,这几乎是一种带有普遍性的群体行为。

但是,因为网络有它的虚拟性弊端,从理论上来讲,文中所采用的那些网络签名和状态,是否由蔡洋本人书写有待商榷。而且,这篇文章通篇围绕蔡洋,包括他的亲戚、他的朋友以及他的 QQ 状态。作为一篇新闻作品,信息来源似乎还应该包括事件中的另一位主人公李建利,蔡洋之所以被捕正是因为伤害了他,当然还应该有警方内容,因为这也是与蔡洋有关联的关键信源。采用如此之多外围采访和网络信源,其中可能也有采写者面对信息封锁的无奈。该作品的作者陈鸣曾坦言,信息严密封锁是此稿的一个困难。

《砸车者蔡洋生存碎片》曾获得 2012 年度南方周末新闻奖二等奖。这是一篇非常具有《南方周末》特色的新闻作品,它具有交杂却有内在逻辑控制的叙述结构,以及丰富的信息来源。前者是吸引读者阅读的一条线,后者是让故事更加详细生动的元素。极度类似的作品还有刊发在 2013 年 6 月的《南京饿死女童的最后一百天》。

第五篇 "最世"团队——郭敬明制造

《齐鲁晚报》记者 郑雷

已突破 5 亿元,《小时代》的票房还在节节攀升。

这部郭敬明首次导演的电影备受争议,但巨大的成功似乎能豁免所有的质疑,就像一路走来的他本人。

十多年前,依靠青春华丽的文学作品,乍一出道,郭敬明就在讨巧的青春市场占得先机,他比谁都知道这个时代需要什么。

相比习惯单打独斗的韩寒,郭敬明身边出现了一个又一个专业团队,他们更注重他的市场表现力,郭敬明也深知自己的优势在于能精准地衔接起作品与市场。

顺应市场不断调整,让郭敬明走得更远。他不想让市场上的失败出现在自己身上,甚至不想出现在别的作家身上。他在谋划更大的局,去打造一个平台,吸纳作家,让专业的团队包装打理,推动他们生产受欢迎的作品,从而"配得上更好的生活"。

当然,他才是这个平台的凝聚力所在。只要他稍做推荐,任何一个默默无闻的年轻作者都可能人气暴涨。

和韩寒的区别是有团队

他的角色是作家、老板、导演,他拥有最世文化发展有限公司(以下简称"最世"),旗下签约作家七十多人,每年为图书市场创造两亿多产值,利润几千万。

最世旗下有五本杂志,中国现有传统文学期刊的全部发行量加在一起,才能抵上这五本面向青少年群体的杂志。郭敬明及最世的图书杂志,占到了长江文艺出版社60%以上的份额。

高中时的郭敬明,因两次新概念作文大赛一等奖头衔脱颖而出。2003年,长篇小说《幻城》出版,当年销量近百万册。通过作品,公众认识了这位小身材大能量的作家,少男少女为他疯狂。

但随后,郭敬明的第二部长篇小说《梦里花落知多少》被判抄袭庄羽的小说《圈里圈外》,顿时让他落入舆论漩涡。

那时的郭敬明,站在偌大的上海,没人帮他化妆、去应对媒体、拦掉不好的问题,连出席活动的衣服都要自己去搭配。

这种尴尬的处境并未维持多久,因为有更厉害的人去帮他。2006年10月,业界知名的畅销书推手、长江文艺出版社"金黎组合"金丽红与黎波决定去扭转这个涉世未深的年轻作家的形象。

签约时,金丽红告诉郭敬明,"以后那些乱事儿你就完全不用管了,你听听,内心能承受住就行,剩下的事我们替你干。"

于是《最小说》创刊时,借助熟络的媒体关系,长江文艺将这本杂志涉嫌剽窃、抄袭的议论压了下来。

郭敬明的新书出版,他的团队又举办作品研讨会,请严肃作家品评推荐。在长江文艺的请求下,作家王蒙和文学评论家陈晓明介绍郭敬明2007年加入中国作协,形式上获得官方认可。而此时,韩寒依然在跟这个中国文坛的主流组织对峙。

2012年,王蒙夫人去世,金丽红打电话给郭敬明,要他前往北京看望王蒙,郭敬明即刻答应。见到郭,王蒙非常感动,将他介绍给在场的多位文坛名宿。

长江文艺也很支持郭敬明登上中国作家富豪榜。2007年、2008年和2011年,郭就分别以1 100万元、1 300万元和2 450万元的版税,位列榜首。

在专业团队的帮助下,郭敬明被造就为一个成功者形象:成功的作家、成功的经营者,而且成了长江文艺北京图书中心的副主编。

"韩寒和郭敬明的区别就是一个单打独斗,一个有团队、能够团结一批人在干。郭敬明背后有一批人在干,而韩寒就是他自己,不过是有很多人在问他要稿子,所以就显示出很多人在追他,其实不是。所以我说长江团队和最世团队结合在一起,能够帮很大的忙。如果韩寒也有一个团队帮助他的话,他也不至于会有那么多的流言蜚语,所以团队很重要。"金丽红说。

不过,这仅仅是一个开始。

不仅当作家还要做平台

如今在镜头前总是面容精致的郭敬明,有五名专职个人助理。一助负责打理房产和各种采买;二助负责打理版权事务、商业合作;三助负责电影事务;四助和五助,贴身打理他的生活琐事。

他还有一位毛衣都能拆了重织的专属裁缝。

"一个三流偶像歌手、五音不全的人,唱歌出去都一大票人,前呼后拥地伺候,像王爷一样,一个很伟大的作家感染很多人,他出去一个助理都没有,自己可怜兮兮地去坐火车,我不认为这理所应当。作家比偶像、花瓶要厉害很多,更值得人家尊敬,他配得上更好的生活,配得上专业的人、专业的团队帮他打理。"郭敬明对采访他的媒体说。

公众经常拿"一个人在战斗"的韩寒与团队雄厚的郭敬明比较,而如今韩寒也开始有自己的团队。2009 年后,因为《独唱团》,一个以商业产品为中心的团队,开始以韩寒为中心聚拢。

韩寒的公司成员人数目前有十几个人,最重要的一款产品是 one,这是一款基于移动互联网的免费阅读应用程序,目前已经实现了 300 万次的下载量。在市场规则面前,此前一直没有经纪公司、团队,奉行单打独斗的韩寒,开始被团队推着走,只是这个团队不大负责处理韩寒的个人形象。

一位曾与郭敬明合作过的出版界人士告诉齐鲁晚报记者,郭在圈里打拼十几年,已经不需要团队把他包装成什么样,团队起到的是推进和辅助作用。就像一个成熟的明星,多数事情都是他自己的判断和决策。

与被推着走的韩寒相反,郭敬明则是主动出击。除了作为合作出版社的长江文艺团队,郭敬明还有最世文化团队、《小时代》片方团队等。对于郭敬明来说,专业团队已经成为自己公司与合作方的一部分。

在专业团队的推动下成功，郭敬明也开始用团队推动最世的签约作家们，一盘更大的棋局浮出水面。黎波说，有些人是做事，郭敬明是做局。

郭敬明和黎波初次见面时，他告诉这位前辈，自己不仅要做个签约作家，还要做一个杂志平台和一家公司，他要打造自己的团队和出版帝国，随后有了《最小说》和最世的前身——柯艾文化。在此之前，郭敬明已经成立了《岛》工作室，并且签下了"校园女王"落落。

出任最世董事长兼总裁后，郭敬明开始主动建立现代商业管理制度。今天的最世，员工要按时打卡上下班，工作时间出外、用车、调休、加班，都需要填写相应申请单，绩效考核和奖惩制度也建立完善。

让作家潜心写作并顺利出版

一位不愿透露姓名的业内人士告诉齐鲁晚报记者，郭敬明掌控的最世，类似于一个作家经纪人公司。作家经纪人以及作家经纪人公司，在国内还几近空白。

"大部分作家是一心写作，对于出版这方面没什么概念，所以有可能他们辛辛苦苦完成的作品得不到应有的报酬，或者本身质量很好的作品却得不到相应的推广，等等。作家经纪人的存在就是为了帮助他们解决类似的问题，让他们能潜心写作，同时又可以顺利出版。"

郭敬明觉得，作家经纪人在国外很普遍，绝大多数作家、编剧都拥有自己的经纪人，而这一领域是中国急需开拓的，这是对国内作家利益的一种有效保障方式。

刚刚入围布克国际文学奖的作家阎连科，成为国内走向世界不多的一线作家。在中国文学作品进出口贸易比例为10∶1、对欧美仅为100∶1的现状下，有一位在法国的作家经纪人开始专门负责向西方推荐和翻译他的作品。

"中国应该规范法律，让作家经纪人这个制度尽快完善，只有出现一大批专业的懂语言、懂出版、懂作品、懂市场的经纪人，中国作家那些重要的作品才能够为世界所了解与接受。"在阎连科看来，国外作家经纪人的推广非常专业，这是国内很多出版社做不到的。

一个贾平凹文学馆、两个助手，却只能在国内推广贾平凹，在国际上无能为力。贾平凹很多卖给国外的版权，是通过出版社版权交易的形式走出去的，但其中有很多问题。贾平凹说，其实有很多海外的出版机构对他的版权感兴趣，双方之间却不知道该如何联系。

与莫言、阎连科签约的精典博维公司董事长陈黎明向齐鲁晚报记者表示，中国现有的作家没有经纪人，有的只是代理人或者工作室，代理人替作家跟合作方谈判，同时还是作家生活和工作的助理。

"中国公众对作家经纪人还没有一个很清楚的了解，而在国外已经有很成熟的模式，例如美国的好莱坞模式，以及德国贝塔斯曼的整体产业开发模式，其实是由传媒公司细化到文化经纪、演艺经纪、赛车经纪等等，让有执照的经纪人来为名人服务，名人里包括作家、演艺明星、艺术家、体育明星。"陈黎明说。

在莫言看来，西方文学的经纪人实际上是作家，西方并不是出版社的编辑要求作家修改作品，而是经纪人要求他修改作品，因为经纪人盯着市场研究读者，他会给作家提出这样那样的建议，所以经纪人某种意义上可以干预作家创作，当然并不是所有的经纪人都是这样。

公司比作家更了解市场

郭敬明写的《小时代》三卷本原著总销量超过 350 万册，他用 80 天拍出了《小时代》第一部，这部拍摄成本为 4 500 万元的青春主题电影票房已突破 5 亿元。电影的口碑两极分化，受到了青少年群体狂热欢迎的同时，也面对过度追求物质、快餐化、过于迎合市场的口诛笔伐。

《小时代》电影的成功，也标志着郭敬明开始打通传统出版与影视的链条。如今，图书和杂志出版几乎占到最世利润的 70%～80%，郭敬明开始为自己公司开展更多业务，继《小时代》电影之后，最世已经承接了一些电影和电视剧的剧本。最近一年，最世还进军国际版权交易。

在郭敬明看来，最世的签约者有能力写出中国最好的文字，而他签下了作者的综合版权，可以将最基础的文本，变为图书、数字出版物、影视、动漫等等。拥有了最根本的文本，便掌握了最大的财富。

早在 2010 年左右,郭敬明便提出要做版权的运营商。几乎所有签约最世的作家都是五至十年的长约,从出席活动、商务合作到接受媒体采访,郭像打造明星一般管理旗下作家。

高辨识度,是郭敬明对签约作家最看重的,而最世的平台,会对作者有个明确定位。

最世文化与众多签约文字作者的合同中,从未规定过对方必须写什么、写多少,题材也涵盖了奇幻、言情、校园、穿越、武侠、都市、玄幻到引进书系,并不强迫作者跟风写作可能流行的题材。然而对于签约的作家、插画师、漫画师,最世会给他们做出规划,把他们一步步推向市场:公司比作家更了解市场。

郭敬明经常会想到一些点子,比如当下什么话题是值得写的,有了这个点子之后,会给最世的签约作者,看谁适合写,就会去跟他聊,问他要不要写,要写的话先写三章出来看看。如果对方写不了,再放弃或者换人。

拥有风靡全国的《最小说》《最漫画》《文艺风象》《文艺风赏》《放课后》平台,最世会建议一些签约作家在《最小说》上有持续的曝光率。杂志上的一些小栏目,签约作家也可以积极参与。郭敬明还会在拥有两千万粉丝的个人微博上,对他看好的新书进行推广。

金丽红说,一些年轻作家离开最世后,销量都不如在最世。这些作家的每一个长篇在郭敬明的杂志上连载至少达到 30 次,图书销量很多来源于杂志的读者群,离开,会减少一半读者。

在中国出版业市场化程度还远远不够,以及同一文本变为小说、影视、动漫等的途径并未畅通的现状下,作家经纪人公司以及综合版权合作,代表了未来国内文学市场的发展方向,却也伴随着巨大的争议,例如过度市场化下作家能否写出好作品、经纪人干预作家的界限在哪里,以及商业包装下的作家作品是否会作品因人而红。

无论如何,这是一条金光闪闪的产业链条。

黎波曾将郭敬明比喻为一个金炉,在里头沾点金就能赚钱。郭敬明端坐在金字塔顶端,通过郭主办的文学比赛、杂志发表和身边数名编辑的选拔,作家脱颖而出。塔底的作家每本书销量在 5 万册上下,塔身中段的销售量为 10 万~

20万,笛安、落落是王牌作家,每本销量至少50万。

最世的签约作家能受邀参加公司年会是一种荣誉,邀请函只发给当年码洋排行榜前15位的作家。

重视外围采访重要性

在山东众多媒体当中,《齐鲁晚报》的深度工作室经过多年发展,已经悄然打造成省内首屈一指的品牌栏目。《齐鲁晚报》出品的深度报道注重题材的时新性和可读性,但不拘泥于题材事件本身,更多的是寻求某一事件背后的东西,借这一事件观察摄入其中的社会关系。

齐鲁晚报记者郑雷的《"最世"团队——郭敬明制造》,题材时效性、可读性强,但角度独辟蹊径,又不失深度剖析,另外懂得利用外围采访丰富内容。这种写法更容易引发读者的强烈思考和共鸣。

选题上的独辟蹊径

郭敬明身上的标签很多:青年作家、艺人、商人,自2013年7月首次执导的《小时代》上映后,郭敬明又多了一重导演的身份。无论人们对于郭敬明的头衔有着怎样的争议,但没人会否定他是个成功的商人。在去年电影《小时代》成为热议的话题后,尽管电影本身贬大于褒,但郭敬明的这次跨界还是引起了人们极大的关注。《齐鲁晚报》虽然紧跟电影《小时代》上映的热点,从时效性来讲恰到好处,但对于郭敬明的话题,《齐鲁晚报》入手比较晚。6月7日《财经天下》曾推出《郭敬明:我是偏执的控制狂》,7月6日《中国新闻周刊》曾推出《商人郭敬明》等几篇专题报道。如何另选角度写好这一题材,成为最为关键的要点。

记者郑雷没有围绕当时郭敬明的"导演"身份和电影的热点话题,而是重新回归他最初也最著名的"作家"的标签上,这样就避免了选题落入重复的俗套。

在对"作家"这一标签的解读上,郑雷选择绕开郭敬明本人,而是选择揭秘他背后的商业团队和公司,从郭敬明入手利用"最世团队"来解读作家和市场、文学和商业的关系,并借此阐释文学在现代社会下的发展变迁,这样既保证了文章的新鲜可读性,又能在题材挖掘上显得另类和深度。

文章开篇就用《小时代》票房节节攀升的例子,引出了本文要论述的论点——"最世"团队的成功。而在具体展开论述中,本文结构严谨而又不拘泥,四个小标题中都有对比的成分,或直接或间接让读者在比较中明白"最世"团队的优势。在对比中,作者也不忘利用韩寒这一最能引起对比话题性的人物,拿韩寒和郭敬明的不同选择,一针见血地写出郭敬明比韩寒更懂得发挥团队的作用,用韩寒团队维护韩寒形象上的不足来反说"最世"团队在郭敬明个人形象的巨大贡献。作者还用他人视角解读韩寒和郭敬明的不同之处。"韩寒和郭敬明的区别就是一个单打独斗","郭敬明背后有一批人在干,而韩寒就是他自己"。在作者看来,既有对郭敬明的成功运用团队作用的赞赏,同时也暗含着对韩寒未能意识到团队作用的遗憾之情。而文章第三部分,看似是赞赏"最世"团队经济推广方面的巨大作用,实则是写国内外在作家经纪人不同发展情况下,担忧国内作家缺少发展的平台。第四部分围绕"最世"团队的运作模式展开,特意提到"最世"团队已经形成了独特的"最世"文化,三大部分逻辑缜密、层层相扣,让读者对"最世"团队有了全面系统的认识和了解,而且结尾部分更是揭示"最世"所带来的产业链条。

当然,本文主要还是围绕郭敬明和他的"最世"团队开展。平心而论,"最世"团队创造了一条新的产业链条,但是并不意味着这种模式适合全面推广。作者结尾的话外之音已经写出了对中国出版业市场化程度的担忧。这也正是未来中国出版行业需要改进的地方。也许中国不仅仅需要一个郭敬明和需要一个"最世"团队,而是需要更多的作家敢于迈出一大步,改变传统的运作模式,才能真正推动整个中国出版业的繁荣。

扎实的外围采访技巧

虽然围绕郭敬明展开写作极具话题性和可读性,但不是每个可读性强的题材都能顺利完成采写工作。在记者未能取得一手资料和采访遇阻情况下,深度报道如何操作？在齐鲁晚报深度工作室石念军的一篇文章《深度：一种思维方式》中，提到了外围采访的重要性。而在获取资料的技巧上，人脉的积累、合格的线人、择一切手段，成为采写能否成功的关键。

其实本篇报道是由两部分组成：《文学遭遇市场，作家成为生意》《郭敬明制造》两部分组成。本组报道细细读来，其实作者并未跟郭敬明本人有过太多接触。在第一部分中，文章只有"郭敬明向齐鲁晚报记者表示，在信息传播速度上，传统出版比不过新信息平台，正因如此，传统出版业也许可以逐渐摆脱对快餐文化的追逐……"这短短几十字的直接采访内容，第二部分重点报道则未有跟郭敬明直接对话的只言片语。作者在确定这一题材写作后，是否真正采访到郭敬明我们不得而知，毕竟约访郭敬明并非易事。在采访遇阻的情况下，外围采访的重要性便凸现出来。细细读来，整篇报道采用直接信源无非是北京精典博维文化传媒有限公司董事长陈黎明、阎连科、一位曾与郭敬明合作过的出版界人士、一位不愿透露姓名的业内人士等寥寥几人。从这一点看，平日人脉的积累、合格的线人这些要素便起到了决定性作用，大量使用直接引语，保证了整篇文章整体采访的真实性和力度。

在语言表达上，整篇文章轻快流畅而又不失节奏，之所以能够呈现这样的行文效果，首先，这与本文快速频繁切换信源有关，信源切换虽然很快，但是每一位信源所呈现的信息却都关键。正是由于信源丰富而且又不重复，让作者在使用时操作上有足够的灵活度空间。同一内容的描写，多方面多角度描述，而且可信度强。另一方面，读者在阅读时，并没有因为信源单一而引发的读者阅读疲劳，让读者有浓厚的阅读兴趣而且有空间进行二次联想和想象。其次，每个小标题引领的内容字数控制得非常合理，基本上在千字左右，有些甚至控制在七八百字。比起千字以上大篇幅的呈现，这样的节奏短平快。在当下的深度报道中，这种篇幅引领内容不多而且字数又少的报道却具有短小精悍的天然优势。正所谓麻雀虽小五脏俱全。虽然文章篇幅有限，但是该交代的内容一一不漏，同时为后边的论述做好铺垫。这种简要而又明确的写作方式，值得我们虚心借鉴和吸收。要想写好深度报道，选择独特角度、重视外围采访十分重要，材料筛选工作中则会体现作者的写作智慧。

第六篇
蔡荣生背后的高校腐败：自主招生漏洞重重

《齐鲁晚报》记者　赵兵　见习记者　张红光

48 岁的蔡荣生持假护照从深圳闯关欲往加拿大时被截获。自 2003 年起，担任过学生处处长、招生就业处处长等职务，并在人民大学担任人大本科"招委会"副主任，蔡荣生长期把持着该校的自主招生，此番被调查，迅速将自主招生推向风口浪尖。

消息称，蔡荣生已交代其利用自主招生涉贪达数亿元的事实。一项原本为了惠及高校的选拔人才政策，缘何成为个人谋取私利的工具？这再次牵出对高校招生制度的反思。

有专家直言，自主招生仅是一种加分政策，只有加快推进教育去行政化，才有望从根本上遏制高校腐败问题。

很高调，开豪车四处招摇

11 月 27 日，蔡荣生因招生问题被调查，涉案金额达数亿元的消息迅速传开。

人大宣传部近日向本报记者确认："蔡荣生正在接受组织调查；但具体情况尚不清楚，不排除在招生环节出问题。"在此之前，人大已经要求副处级以上干部统一上交护照，由校方进行集中管理。

很快，蔡荣生的过往被一一拼凑。中国政法大学教授方流芳最早在微博上指出，蔡荣生至少在以下 7 家公司有过兼职独立董事的经历：大唐高鸿数据网络技术股份有限公司、黑龙江交通发展股份有限公司、北京东华合创数码科技股份有限公司、武汉农村商业银行股份有限公司、成都农村商业银行股份有限公司、万家基金管理有限公司和中融汇信期货有限公司。

在蔡担任独董的这七家公司中,大唐高鸿股份、黑龙江交通和东华软件为上市公司,本报记者多方确认,这些公司每年付给蔡荣生3~9万元不等。

北京市才良律师事务所律师栗红告诉记者,蔡作为高校一中层干部,"没有那么大的精力去担任至少7家公司独董,确为不适,而且是违反相关规定的。"

北京泽文律师事务所律师沈昌永对此表示,"国家对于独董并没有太严格的规定,社会上一些名流身兼数职的也不在少数,这在某种意义上是赤裸裸的权钱交易。"

资料还显示,蔡荣生去年曾获评"全国就业先进工作者",但从更早的2010年开始,网上就有大量指向蔡荣生招生腐败的举报材料。

中国人民大学区域与城市经济研究所教授张可云在博文中称,"两年多前我就认定,中国人民大学的自主招生肯定会出问题。"

蔡荣生事发,源于今年6月中央第十巡视组进驻人大发现的线索。9月26日,中央第十巡视组组长陈际瓦指出,人大在党风廉政建设和反腐败方面,惩防体系建设特别是财务管理、领导干部薪酬管理、自主招生等方面存在薄弱环节。

蔡荣生也是中央第十巡视组离开人大后,第一个被确认协助调查的干部。

知情人士称,蔡荣生是人大前校长纪宝成的学生,平日开着人大最高级的轿车到处"招摇",非常高调。

而在有关部门启动调查时,内部就有人向蔡"通风报信"。有消息称,蔡出逃前留书讲述人大前校长纪宝成的"违法事实"。

在蔡被带走调查后,同为纪宝成"亲信"的胡娟亦被带走协助调查。此前,胡娟曾担任纪宝成秘书、教育学院执行院长,她的"火箭提拔"曾备受质疑。

中国人民大学历史系副教授米辰峰今年稍早前就发表博文,向中央第十巡视组实名举报纪宝成,列了六条纪宝成与秘书胡娟的"罪证"。多名人大工作人员也向本报记者证实,胡娟在校亦很"高调",上班提的包价值8万,与其收入严重不符,或与纪宝成有关。

10 年自主招生质疑声不断

11 月 28 日，在教育部举行的例行新闻发布会上，人大党委副书记兼副校长王利明出席了发布会，受到多家媒体关注。但没有等到记者提问环节，王利明就中途离场，这在教育部例行新闻发布会上是很少见的情形。

针对蔡出事后牵出的自主招生腐败，教育部新闻发言人续梅表示，教育部一直明确规定，高校要进行阳光招生，做到公开公示，如果有哪个高校违纪违规，务必要严肃查处，教育部明确要求中国人民大学配合调查。

教育部的表态引起公众自主招生的反思。2003 年在全国启动，自主招生至今已经十年，其中首批试点的 22 家中，就包括人大。

这项招生政策的初衷是，通过高校自主考试，选拔具有超长创新和实践能力，或者有特殊才能、综合素质名列前茅的应届高中毕业生，通过考试并签订协议的考生，高考后，可以通过低于高校指定分数线以下若干分数进行录取。

但令人遗憾的是，自主招生 10 年来一直伴随着各种质疑的声音，人大亦不例外。

已从人大毕业的刘涛向齐鲁晚报记者透露，自己当年的高考成绩非常好，就选报了法律类专业，自己的成绩也确实能达到该专业的分数线，但结果却被调剂到了另外一个专业。"这其中，肯定存在种种人为操作、领导干预的情况，幕后的不公平、不公正，到现在我都没有搞清楚。"

记者注意到，随着蔡荣生被调查，网络上有关人大招生问题的爆料也在增多，尽管很多都难以证实，但其中不乏隐情。在自主招生中，高校一直有自主权，特别是 2005 年《教育部办公厅关于进一步做好高等学校自主选拔录取改革试点工作的通知》出台后，在统招时，省级招办可将高校自主招生录取的学生档案提前批次投档，这极大增加了高校的选择权。

自主权越大，就给"人为干预"留下了空间。据媒体报道，人大艺术特长类的招生过程中，评委考生间并不拉帘，尤其在面试环节，考官的判断对考生成绩影响较大，这都给腐败提供了空间。多位人大的老师和学生在接受媒体采访时表示，对于蔡荣生和人大在招生上的"黑幕"早有耳闻，所以看到他因招生问题被调查并不惊讶。

21世纪教育研究院副院长熊丙奇向记者解释了自主招生导致自主腐败的症结，因为目前的高校自主招生过程中，学校处于强势地位，一方面把自主招生变为抢生源的手段，另一方面则制造权力寻租空间，只要有行政人员的参与，权力的寻租就是难免的。

研究生招生同样"黑幕"重重

根据人大历年的自主招生简章，人大的自主招生选拔由本科招生委员会领导，在选拔过程中，学校纪委、监察处全程参与，本科招生工作在学校纪委监察处的全程监督下进行。监督机制看似严丝合缝，但仍不妨碍蔡从中牟利。

知情人士向齐鲁晚报记者透露，蔡荣生是前校长纪宝成最得力的部下，本科招生委员会主任虽为该校副校长担任，但作为纪校长"红人"的蔡荣生实则无人能管，自主招生的监督机制貌似很严格，实际上对蔡并未形成有效监督，形同虚设。

权力缺乏约束，这同样是大学存在的问题。熊丙奇分析道，现行的学校治理体系中，行政权力极大，行政权可以主导教育和学术资源得的配置，直接介入教育事务和学术事务，而且缺乏监督和制约，很难规避招生过程中出现权力寻租。

而招生腐败，不仅存在于人大，也不只存在于自主招生。"硕士研究生、博士研究生录取中的问题更大。"某地方高校系主任王宏伟告诉记者，每年都有亲戚、朋友、老乡来找他，希望能通过"特殊途径"读研，均被他一一拒绝，"但从整个学校的招生效果来看，每年都有这样的事情发生，同等情况下优先录取更是大量存在"。

王宏伟说，研究生招生一般有几个环节容易出问题，"考前透露考试题目，在命题前，尽管各高校各学院要求出题的导师签订保密协议，但是泄题现象却屡有发生，阅卷最容易出问题，有的学生在试卷上做标记，有的导师很明确地告诉关系好点儿的学生，可以把最后一道主观题的答案告诉我，我给你的卷子打分"。调剂过程同样容易出问题通过各种各样的关系，花点钱找找人，打打招呼，"地方性高校非常讲关系、看人情，有规无章，大家都在这么做"，王宏伟说。

"有花2万元，调剂成功的；也有人给某领导送贵重物品，运作成功的；有人通过购物卡操作进去的……"一位不愿具名的高校学生向记者透露身边同学的实情。

中国政法大学教授方流芳指出,在研究生招生中,教育部给一所学校分配多少指标,并不透明,而学校如何对招生指标进行再分配,也不透明。除"统考录取"之外,还有统考之前的"推免保研"和统考之后的"补录"、"破格"。"补录、破格指标究竟来自教育部对招生指标二次分配,还是学校截留了招生指标进行二次分配,这不太清楚。"

正在广西某高校就读的硕士研究生赵宇说,2011年的4月,正值高校硕士研究生招录工作进行,他的两位同学就通过"特殊调剂渠道"进入到各自理想的大学,"要不是我亲眼目睹,我真的不敢相信关系和金钱原来这么'好使'"。

赵宇告诉记者,其中一个同学通过家里找关系,和对方学校的一位行政领导也打好招呼,确保自己的研究生调剂"万无一失",为此专门请人吃饭,也送过东西,"确实花了不少钱"。

2011年本科毕业的陈星来自江西,目前在北京一家化妆品公司上班,他告诉记者,身边的一位同学刚刚进入江西某高校读研究生,"熟悉的人都知道,他学习成绩一塌糊涂,不可能考上研究生。"不过其父亲是当地一位很有影响力的官员,这位同学私下里也告诉陈星,"要不是靠关系,我哪能啊。"

自主招生制度没问题,需要堵漏

当所有人把矛头直指自主招生时,熊丙奇说,这值得警惕,这显然是找错了方向。

"试点高校自主招生,这一改革的方向无疑是正确的,但原有的高校治理结构并没有打破,依旧实行行政治理,这种半吊子改革,进一步为贪腐制造了空间。"熊丙奇告诉记者。

中山大学传播与设计学院院长助理张志安,曾经作为面试官参加过中山大学的自主招生考试。在他看来,从改革的角度来讲,自主招生对高校是有好处的,因为它加强了高校的招生自主权,避免按高考成绩搞"一刀切",让有特长的学生得以进入更好的学校。"如果把自主招生的制度更加规范化、透明化,将极大地减少暗箱操作的可能。好的制度还需要一些设计来堵住漏洞。"

熊丙奇认为,这次人大曝出的自主招生腐败丑闻,从本质上说,就是高考作弊。只有严肃问责,才能起到警惕作用。一方面,司法机关要进一步调查这背后是否还有其他人员卷入其中。另一方面,要对以权钱交易进入人大的学生进行清退处理,并追究所有当事人的责任。

而要彻底遏止高校的教育腐败和学术腐败,熊丙奇指出,不能指望行政领导自觉"把关",必须建立现代学校制度,有效制约学校行政的权力。

他说,目前的贪腐根源在于教育行政化,学校行政权力不受监督。因此必须深入推进改革,推进教育去行政化,这包括学校外部的去行政化——落实学校的办学自主权,政府部门不得干涉学校办学;以及学校内部的去行政化——行政领导不得越权干预教育和学术事务等方面。如不推进教育去行政化,维持行政治校的格局,贪腐不可能得到根治。

这将是一个系统的改革,每一个环节都必须到位。熊丙奇说,没有高等教育的市场竞争机制,没有受教育者的选择权,很难改变学校的办学态度。

(应采访对象要求,文中部分为化名)

客观才能公正　有广度才能有深度

高校自主招生饱受质疑,由来已久。自中国人民大学本科"招委会"副主任蔡荣生涉贪事发后,自主招生的种种内幕与问题被舆论推向了风口浪尖。

在许多网络媒体纷纷"起底"蔡荣生、批判自主招生制度的时候,传统媒体应该怎样做?《齐鲁晚报》的这篇报道给了我们一个答案:保持客观公正,追寻事件的深度,才能探求事件的本源。

视角客观信源广泛

蔡荣生涉贪事件究竟错在何方？在事实调查清楚前，媒体并不能妄下断言给出一个明确的答案。记者应该做各种繁杂信息的把关者，判断信息的真实性与客观性。

在舆论大潮的面前，媒体应该明确自己的定位，跳出圈外看事件。因此一些媒体一味"起底"蔡荣生本人，对揭示问题本质并无意义。《齐鲁晚报》的这篇文章以一个客观的视角为我们做了一个很好的范例，对事不对人，让本文极少出现作者的主观论断。

"蔡荣生去年曾获评'全国就业先进工作者'，但从更早的 2010 年开始，网上就有大量指向蔡荣生招生腐败的举报材料。"

早前的腐败举报材料，和其后的"全国就业先进工作者"，两者对比无不是一种讽刺。作者并没有点明其中的问题，但是制度的缺陷和管理的缺失已是昭然若揭。将事实材料进行巧妙拼合，主观思想隐于其后，不影响文章整体的客观。

报道客观公正，信源必须广泛。作者在这里进行了大量的信息采集，不仅利用了微博、博客、网络评论等新媒体搜集信息，还采访了事件涉及的各个行业层面的代表人群。

法律方面，采访了北京市才良律师事务所律师栗红和北京泽文律师事务所律师沈昌永；高校领域，采访了中国政法大学教授方流芳、中国人民大学区域与城市经济研究所教授张可云、中国人民大学历史系副教授米辰峰、21 世纪教育研究院副院长熊丙奇、某地方高校系主任王宏伟、中山大学传播与设计学院院长助理张志安；其他利益相关者人群中，还采访了已从人大毕业的刘涛、正在广西某高校就读的硕士研究生赵宇和 2011 年本科毕业的陈星。此外，文中还出现了很多不具名的知情人士。

如此广泛的信息来源，足见作者为这篇报道所下工夫之足，覆盖层面之广。此外，让文中的主观信息都出自相关信源，记者只做记录者、转述者、新闻呈现者，而不是策划者、意见引导者，也保证了新闻报道的专业性。

因广度而达到的深度

蔡荣生涉贪被调查,是一个高校处长违反纪律谋私利的个案,但是由此引发的对自主招生制度的层层质疑却牵涉了社会中许多人的利益。然而,问题并不止于此,事件的发生不能只怪个人,也不应该单纯质疑制度,从根本上说,这是一个管理机制缺陷造成的恶果。

在深度报道中,内容牵涉的利益相关者越多,新闻覆盖的社会层面就越广,而随着新闻覆盖广度的增加,报道的深度也随之加深。

在《齐鲁晚报》的这篇文章中,作者分四个版块对事件进行了挖掘:

"很高调,开豪车四处招摇"主要求证了蔡荣生利用招生职位之便贪腐的事实,说明此次东窗事发有蔡荣生的个人原因。

"10年自主招生质疑声不断"摆出了针对自主招生制度的种种质疑,说明自主招生制度的落实情况牵涉着许多人的切身利益。

"研究生招生同样'黑幕'重重"进一步揭露高校招生工作中的重重问题,说明蔡荣生事件关涉范围的广度和严重性。

"自主招生制度没问题,需要堵漏"最终指出了高校腐败事件的根本原因,管理机制存在缺陷终将导致问题的发生。

四个部分层层深入,逐步将蔡荣生涉贪事件的背景和原因进行了详尽的分析,整篇文章因其覆盖的广度而达到了一定的深度。

相比之下,《法治周末》针对该事件撰写的文章《高校腐败根源或在过度行政化》,从"根源在行政主导招生"、"根源在于监督缺失"、"解决之道去行政化"三方面分析了蔡荣生事件的制度缺失原因。《法制日报》的深度文章《"跑路"处长蔡荣生》,以故事性的语言,从"持假护照闯关失败"和"或陷自主招生腐败泥潭"两方面描绘了蔡荣生的贪腐经过。这两篇文章的视角比较单一,深度不及《齐鲁晚报》的报道。

然而,从另一方面来看,这类视角简单的文章,结构相对清晰。《齐鲁晚报》的文章与之相比,内容覆盖面过广,反而容易驳杂不清。

在文章的第一部分中,作者想在一个小篇章中说明蔡荣生的个人问题和事件背景。可是，内容过于庞杂，在简要概括时结构并不明晰。

"很快，蔡荣生的过往被一一拼凑。"在接下来的文章中，作者只是说明了蔡荣生身为高校中层干部，还身兼 7 家公司独董。但是，他的过往显然不只是这些，许多与最终造成贪腐相关的事件背景并没有完全说明。

"知情人士称，蔡荣生是人大前校长纪宝成的学生，平日开着人大最高级的轿车到处'招摇'，非常高调。而在有关部门启动调查时，内部就有人向蔡'通风报信'。有消息称，蔡出逃前留书讲述人大前校长纪宝成的'违法事实'。"这里的三句话有三个转折点，却没有完全交代清楚。蔡荣生凭借什么到处招摇，内部为什么有人通风报信，蔡荣生为什么对纪宝成的态度一改从前，每一个问题都应该稍加解释，让读者看得明白。

相比于第一部分，后文的条理则更加清晰，行文更加流畅。

在深度报道中，媒体保持客观中立，报道才能更公正公平，调查覆盖一定广度，文章才能达到一定深度。但是如果文章的内容过于驳杂，也容易造成阅读困难，注意材料的把控和结构的清晰，才能避免类似的问题。

第七篇 "等你毕业了进监狱吧"
——中央美院学生的美术治疗

《南方周末》记者 陈一鸣

叶子对监狱的第一印象是很干净,很整洁,像个大花园。

等真正见到服刑人员,叶子才发现监狱确实就是监狱:"我的回头率从来没那么高。在惩教分监区,服刑人员微笑欢迎我,但那种眼神让我由衷地恐怖。"从监狱出来,叶子和宋早贝买来了超大的裤子和 T 恤,只要去监狱就穿得像水桶一样。

2012 年夏天,中央美术学院雕塑系研究生叶子和她的小伙伴贾坤、宋早贝"入狱"四个多月,在北京市监狱管理局清河分局某监狱尝试了一次"美术治疗"。2013 年 10 月 19 日,"美术治疗"项目催生的四百多幅绘画,在中央美术学院研究所教学汇报展上展出。这些画的作者不能出席展览,他们的照片也都用马赛克挡住了脸。"我们和监狱签了保密协议,不能泄露服刑人员的姓名、年龄、罪名等隐私。"叶子告诉南方周末记者。

用儿童的方式看一束花

除了保密,在狱中还有很多"不能":课堂上不能出现尖锐物品,课外不能与学员接触交流,不能私下传递物品,不能对外讲述监狱细节,不经批准不得对非相关人员展示学员作品……

接受"美术治疗"的服刑人员由监狱管理方挑选,从二十出头到老爷爷都有。有大学毕业的,有字都不太认识的,罪名不同,刑期不同,惟一共同点是这些人都没有美术基础。他们来自两个监区,一个班是患有传染病的服刑人员,8个人。一个班来自"惩教分监区",5个人。患有传染病的服刑人员,其实就是艾滋病患者;"惩教分监区"的服刑人员,是在监狱里继续犯错误的人。

第一堂课用来打消学员对纸笔的陌生。第二周,叶子抱去一束花:画吧,不需要专业技巧,能把你看到的花画下来就行。

2009年,叶子从法国学习美术回来之后,曾在艺途社工事务所担任美术课程教师,给酒仙桥社区的精神及智力障碍学员教课。闲暇时参加禅修班,认识了首师大心理学系研究生贾坤。贾坤曾在两所监狱做过4期"正念减压"项目,每期6个星期。减压对象包括短刑犯、长刑犯,还有狱警。

"正念减压"通过打坐、冥想、站立式瑜伽等方式调节身心状态,"正念"就是"活在当下"——铲土就安心铲土,除草就安心除草,不要纠结于过去和未来。该疗法1970~1980年代创立于美国,最早应用在慢性疼痛患者身上。

叶子和贾坤谈及国外针对精神病患者、智力障碍患者、囚犯等特殊人群的美术治疗,一拍即合,又拉上做社工的宋早贝,一起琢磨针对服刑人员的"美术治疗"方案。

监狱管理工作中有一句经典言论,前半句是"犯人再坏也是人"。监狱教育改造处处长刘卫丹知道美术治疗,早想尝试但找不到合适的人。他对美术治疗的诉求非常简单——你们真能让他们快乐起来吗?"我说没问题,我们教过的精神病人和智力障碍人员都很高兴。"叶子说,为了这个"高兴",监狱大门向三个年轻人敞开了。

北京市监狱管理局教育改造处的杨畅全程陪同叶子的狱中美术治疗。杨畅学的是应用心理学。他告诉南方周末记者,引进"美术治疗"的大背景是司法部门正在尝试服刑人员教育改造的"社会化"——敞开大门,把各界专家学者引进监狱,把包括心理矫治在内的各种先进方式引进监狱。"监狱系统的竞争一定是改造质量上的竞争。"

中国传统的监狱改造俗称"三大手段":狱政管理(监狱生活规范,奖惩措施等等);教育改造;劳动改造。1990年代以来,"心理矫治"逐渐成为第四大改造手段。司法部对"心理矫治"的重视也前所未有,曾专门发文要求监狱建立"服刑人员心理健康指导中心"。杨畅到过江苏、山东等地的监狱,"和北京监狱管理局一样,这些监狱里的'心理矫治'都设有专人专岗"。

美国学者认为,犯罪人群是"社会精神卫生的洼地"。"我们曾联合北大做过调查,服刑人员很多有人格障碍,与童年的病态人格有很大关系,不能理智地正确地面对挫折,不能很好地与人相处,不正常的诉求……"杨畅说,监狱管理方不可能对每个服刑人员都实施一对一的心理咨询,监狱不能"包治百病"。

叶子用美国艺术家、心理学家贝蒂·艾德华的著作《像艺术家一样思考》为蓝本初步拟定了教学方案。这本书教人在5天之内学会画素描,它教的不是技巧,而是一种思维模式——"用右脑绘画"。

方案分几个步骤,第一个阶段是消除学员对纸和笔的恐惧,能够自由使用绘画材料;第二个阶段是学会观察前人画作和现实生活;第三阶段,开始尝试表达;最后是自由创作。

课堂上,服刑人员的名字不再是数字,可以用本名,也可以给自己取个外号。叶子不教技法,只教如何观察,比如用儿童的眼光仔细观察一束花;可以随性创作,如果临摹,不能照搬,必须有自己的创造。"我们不设立审美标准,分享作品时鼓励大家相互欣赏而不是相互指责,每幅画得到的都是鼓励。"贾坤告诉南方周末记者。

叶子设定的目标是提升他们的自尊。

一束花和自尊有什么关系?"脾气暴躁,缺乏耐心,是不可能画好一束花的。当他把花画下来,在作品上签名,这就是一种自我肯定。"叶子说,当你用儿童的方式看一束花,你会仔细看每个花瓣上的纹路。陪同上课的狱警也不由得感慨,原来自己好久没仔细看一朵花了。

一堂课下来,两个多小时没人乱动,下课都不愿意走。

"爸爸你真壮,我怕,我怕呀"

第一堂课后,叶子有了信心,一周四天泡在监狱里,每天上午一个班下午一个班,每堂课两小时。指导教师周思旻着急了,叶子,你打算什么时候回学校?

叶子进监狱,周思旻原本大力支持。周思旻的弟弟在日本教画画,"那个画室来的都是白领、主妇,绘画的目的就是缓解压力,熏陶气质。当时我就想,多少年以后我们才会有这种画室?"

就在三五年前,周思旻还觉得中国离那一天遥不可及。央美的不少学生为了挣钱,休学办考前班,上课时有一半人不知道去干嘛了。

但叶子一头扎进监狱。追问她在干什么,她说自己签了保密协议,暂时不能把作品拿出来。"这个时候我只能靠信任继续支持她,其实我心里也打鼓。"周思旻说。

四个月后,叶子带着四百多张作品"出狱"。这些作品有写实的,有抽象的,有速写有漫画,乍一浏览完全看不出一点监狱色彩。有吃面条的人,叶子说那是服刑人员画的同伴的吃相;有双喜字,有花草树木夕阳,还有临摹的广告画——"猫咪的营养点滴"、"纯天然葡萄酒"。值得注意的是,相当一部分画作像是儿童生活漫画,画作边上的文字标注是冷酷的——"爸爸你真壮,我怕,我怕呀"、"这样对待孩子太残酷,警告那些家长,虐待儿童是非法的"……

一个老师认为最好的一幅画是"童年的家",绿窑洞,红砖墙,黄土地,一个孩子和母亲背对背站着,一条小路,路边芳草萋萋。作者说那是他老家的路,他在北京好多年了,他特别哀怨地说好多东西都记不清了。"这是他最努力画的一幅画,他说没画好,我们表扬他也不信。他说画得他胃疼,晚上睡不着觉。"叶子说。

有位学员刚开始进入课堂就干坐着,可以和你说话,可以和你笑,就是坚决不画。他第一次认真画画,画面绝大部分是光芒,而右下角黑漆漆一团,签着他的名字。他说千山万水、光芒万丈都和我没关系,我就在那个地方猫着。"他把美好的东西画得那么美好,越美好越拒绝,好像很有主见、不被忽悠的样子。"叶子说,他也是第一个敞开心扉的人。

叶子根据德国著名艺术家约瑟夫·博伊斯的理念:人人都是艺术家,放了一些幻灯片,告诉学员生活中处处可以创造艺术。其中有幅摄影作品,路灯照射下来,影子像钉子一样立在街道上。这个学员忽然站起来,两眼放光:"老师,这个东西我刻骨铭心。"接着他讲起他童年时遭遇家庭暴力,经常离家出走,夜里在路灯下徘徊,不知去向何方。

他后来画了好多各种各样的钉子。美术治疗项目结束之前,他就出狱了,他很宝贝自己画的钉子,带走了很多。

也有人越画越怕。有位学员一开始画得很好,两天之后说,老师我坚持不下去了。"他是惟一直接告诉我不想继续画画的人。"叶子说,画画时有音乐听,又不用干体力活或者窝在铁窗里,他却不想来。

狱警告诉叶子,这个人干活不惜力,但总是在自己将要得到减刑时就忍不住打架,等他出了"惩教分监区"继续努力,然后再把自己将要得到的东西亲手毁掉。一位很了解这个人的老狱警听说他在画画很诧异:他怎么能画画?他种地很努力,但你让他缝皮球他会暴躁不已。

贾坤建议他把自己最不痛快的一天画出来。叶子鼓励他说,好看不好看无所谓,重要的是画出来。结果他真的画了,画面是一个漩涡,漩涡中间是一个红彤彤的血滴。

宣泄出来

那条监狱管理工作经典言论的后半句是,"犯人再好也是犯人"。叶子上课时,辅助上课的有6个人,两个狱警加4个定点哨。

周思旻说,如果留神看,还是能看出叶子带回的四百多张绘画作品中隐藏着一种"心里发紧的感觉,不那么自由舒展"。

有几张画画得特别仔细,叶片上的纹路和褶皱细密如工笔,仿佛在实施某种精密的计划。"这个人是高学历,一眼就能看出来。"叶子说。是不是高智商犯罪?叶子笑而不答。她在监狱的管理系统中看过每个学员的档案,但不能对外泄露。

一张画上写了一首诗:"悔恨几时休,强忍泪不流;待到自由时,举杯庆自由。"画的是一只张牙舞爪的蝎子。"这个人文字功底非常好,他的画背后都有大段大段的心得,只是当这些话和画面配起来,总是让人感到语言是多么苍白。"叶子说,从心理学角度来讲,语言往往是一种掩盖。在学员自由创作的画作里,还有写着"厚德,包容,创新,爱国"、"远离毒品,预防艾滋"的,这是不是学员真实的心声?"我确实不知道。"叶子说。

叶子把一些面具素坯带到课堂让学员随意上色。"面具是人的第二张脸，用面具作画更能直接地释放内心，修补人格。"展览时不同的老师都被一个通体墨绿的面具吸引，说这个好冷酷；面具的作者跟叶子说，这个面具是铁头功，我也是铁头功。后来知道，他是用脑袋撞玻璃之后才进了"惩教分监区"。他还画了一个脸上全是鳞片的人，像是蛇皮，那张蛇皮脸还在笑。

有一幅画，画的是葡萄架，每串葡萄都对准一朵盛开的黄花。美院一个老师猜测，这个作者可能有性方面的焦虑。"他不会用语言说出来，但绘画时潜意识就会宣泄出来，达到减压效果。"叶子说，正视宣泄，就不能回避监狱的性压抑问题。一位学员在画本封面写了两行字：闲暇书笔墨，本开性趣来。"愿意直面就是一种勇气，越藏着就越是事儿。"叶子说。

监狱故事，大家都希望听到一个戏剧化的结尾，比如某个人变成了另一个人。"我们做的事情不是把 A 变成 B，只是疏导，让人舒畅。画画就是一种宣泄，效果和摔酒瓶子一样。给服刑人员以存在感和安慰，才是美术治疗的重点。"贾坤说。

杨畅的看法是，只要服刑人员坚持 4 个月一直沉浸在审美氛围之中，本身就是一个"修补人格"的过程。"我们对美术治疗不会抱有过高的期望。应该这么想，它至少不会把服刑人员变得更坏。"

传染病班有位外籍学员，本来只是给另外一个想画画的学员做翻译，他喜欢音乐，尤其喜欢打非洲鼓。上课时他看到音箱，画画的兴趣上来了，他画的音箱完全不符合透视原理，两侧都冲着前面。后来他画了七十多张画，是作品最多的学员。

有一天，叶子展示了一幅画，沙漠黄昏，两个人看夕阳。这位外籍学员对叶子说，我想家了，课程结束之前我希望能把这幅画画出来。接下来他就反复地画，每张画都不一样。最初是两个红色的人坐在红色的沙漠上看红色的夕阳，越画，人的色彩越淡，最后一张画里没有人，就剩一个鱼状的太阳。

这位外籍学员过生日时，问叶子能否把自己的照片给他一张，这在保密协议里是不允许的。"后来他把自己的《圣经》给我，让我在《圣经》上画了幅自画像，这已经是狱警对我最大程度的让步了。"叶子说。

215

当叶子带着四百多幅画回到学校,周思旻放心了:"对我来说'美术治疗'不是监狱学员的成长故事,而是叶子的成长故事。"

项目做完后狱警和服刑人员都很满意。狱警朋友们跟叶子开玩笑:等你毕业了进监狱吧!

关注每个角落

"在这里,读懂中国",是《南方周末》改版之后的定位语,表达了这样一种诉求:在纷繁复杂的转型期,读者可以通过这个窗口了解到更真实更全面更清晰的中国。监狱美术治疗的选题正是符合这样的一种诉求,在世界飞速发展的同时,还有那么一群人被大家忽视,被主流媒体忽视,但是他们也是属于中国的一部分,从他们那里可以从不同的视角看到一个不同的但是依旧真实的中国。

选题细腻,关注人性

美术治疗应该是普通受众并不特别熟悉的领域,这是一种国外针对精神病患者、智力障碍患者、囚犯等特殊人群的一种通过艺术(如美术、音乐、文学)等方式进行的治疗。《南方周末》选题一般偏向于重大、有着一定关注面的事件,不过也有一些看似比较小众,但是很有深度的话题,这篇文章选题就属于后者。这样的选题体现出这位记者和《南方周末》对法制运行、人文关怀的理性追求。而且在选题呈现的处理上,本文作者陈一鸣也是用一种更加专业的手法,通过中央美院研究生叶子以及她的同伴为切入点,这样能更加贴近读者,可读性更强。如果只是单调的介绍目前在监狱里面在实行的美术治疗这样一个信息,就会显得很晦涩,也没有吸引力。

另一个值得关注的问题是,这个选题本身边缘化的属性更会因为读者猎奇的心态吸引阅读。就我国新闻媒体报道选题而言,长期以来主流媒体相对很少有关于监狱的报道,监狱对读者来说相对还是属于一个神秘的地方,读者想要去了解更多,想去了解监狱里的人们的生活。

也许我们会思考,为什么这个作者会选择这样一个小众的、看似边缘的话题?本文作者陈一鸣在选题上好像是更加偏向文化类的内容,如他发表在《南方周末》上的《中医·瘟疫·大明劫电影〈大明劫〉有话说》《"莫言这个,我也能写"姜淑梅的〈乱时候,穷时候〉》《赵宝刚:原创就是个从无到有的过程》等文章,以及一系列关于春晚的报道,都可以看出。这篇文章的主人公是美院的研究生,也是属于文化类范围内的,这可能是他选择这个话题或者说注意到这个话题的原因。

这个选题让我想到一句话:"请记得有些人正经受绝望。"

用讲故事的叙述方式

《南方周末》的很多文章都有"华尔街日报体"的风格和特点,也就是用一种讲故事的方法去讲述新闻。首先以一个具体的事例(小故事、小人物、小场景、小细节)开头,然后再自然过渡,进入新闻主体部分,接下来将所要传递的新闻大主题、大背景和盘托出,集中力量深化主题,结尾再呼应开头,回归到开头的人物身上,进行主题升华,意味深长。这种写法从小处落笔、向大处扩展,感性、生动,符合读者认识事物从具体到抽象的过程,很受读者喜爱。譬如这篇文章的写作手法。

首先,文章的标题《等你毕业了就进监狱吧》设下一个悬念,为什么毕业了要进监狱,到底发生了什么,讲述的是一个怎样的故事,正常的人毕业之后都是去工作,但是为什么这篇文章里面要进监狱呢?灵活的标题设置吸引读者。

其次,文章第一句:"叶子对监狱的第一印象是很干净,很整洁,像个大花园。",就把读者带入了一种小说的语境,很简单的第一段,却很能抓住读者。然后开始讲述与新闻主题有关的人物的故事。"2012 年夏天,中央美术学院雕塑系研究生叶子和她的小伙伴贾坤、宋早贝'入狱'四个多月,在北京市监狱管理局清河分局某监狱尝试了一次'美术治疗'。"这一句是事件的概述,在这里也提出了"美术治疗"的主题。会让读者思考什么是"美术治疗",吸引读者继续读下去。之后一段不可缺少的部分:"这些都是签订保密协定的",说明是符合法律程序的,并不是一些人的心血来潮,是严肃的。通过人物的口吻来说出有关法律的相对比较"硬"的部分让文章的表述看起来柔和了很多,但是又没有漏掉这一重要的信息,这种处理方式很灵活,也是值得学习的。

最后,要讲好一个故事,必然需要细节的描写,这样才有可能"击中"读者。很多细节的描述使得文章更加充实,增强真实性和可信力,而且在字里行间透露出对人性浓浓的关怀。如小标题"用儿童的方式看一束花"、"爸爸你真壮,我怕,我怕呀"。同时在这一部分将真正的新闻内容推到读者的眼前。

譬如作者在第二部分描述的关于学员画画的细节。"他第一次认真画画,画面绝大部分是光芒,而右下角黑漆漆一团,签着他的名字。他说千山万水、光芒万丈都和我没关系,我就在那个地方猫着。'他把美好的东西画得那么美好,越美好越拒绝,好像很有主见、不被忽悠的样子。'叶子说,他也是第一个敞开心扉的人。"并没有直接表达出自己的观点,但是通过主人公的话语和对那幅画及作画者心理的细致描写能让读者感觉出一种对人性的关怀。

在描述展览时的作品时,对那个通体墨绿的面具以及背后的作者的表述:"这个面具是铁头功,我也是铁头功"……"他还画了一个脸上全是鳞片的人,像是蛇皮,那张蛇皮脸还在笑。"语言很有冲击力,学员的痛苦经历浮现在眼前。

"引进'美术治疗'的大背景是司法部门正在尝试服刑人员教育改造的'社会化'——敞开大门,把各界专家学者引进监狱,把包括心理矫治在内的各种先进方式引进监狱。'监狱系统的竞争一定是改造质量上的竞争。'"

"中国传统的监狱改造俗称'三大手段':狱政管理(监狱生活规范,奖惩措施等等);教育改造;劳动改造……和北京监狱管理局一样,这些监狱里的'心理矫治'都设有专人专岗。"

这两段就说明"美术治疗"的背景以及这项活动在中国的实施情况。

最后一段,"项目做完后狱警和服刑人员都很满意。狱警朋友们跟叶子开玩笑:等你毕业了进监狱吧!"迎合题目,首尾呼应。不过我个人觉得最后一句有点画蛇添足的感觉,去掉可能会更好,留给读者去回味。

第八篇　晋商丁书苗的人生过山车

《新京报》记者　陈宁一　刘刚

　　1月7日,鉴于涉嫌违法违纪,丁书苗的省政协委员资格被撤销。这名山西富商因卷入刘志军案,于去年1月接受调查。

　　独自走出农村,丁书苗靠借钱运煤起家;后又与郑州铁路局官员建立关系,贩卖车皮计划,牟取暴利;到北京结识铁道部官员,参与高铁的轮对生产。

　　丁书苗还是扶贫界知名人士,慈善投入累计近5亿。最终,因刘志军案发,丁书苗接受调查。有熟悉丁书苗的人说,通过依附垄断权力来获取利益,终究走不远。

　　1月7日,鉴于丁书苗涉嫌违法违纪,山西政协常委会议决定,撤销她的省政协委员资格。

　　丁书苗是山西博宥投资管理集团有限公司(下称博宥集团)董事长,中国扶贫开发协会副会长,身家40多亿的她,作为扶贫名人,形象还被刻成雕塑,全国巡展。

　　去年1月,丁书苗因卷入铁道部原部长刘志军案被调查。

　　57岁的丁书苗出身于山西晋城,当地一位和她熟识的官员感叹说,"我曾通过其身边人,几次提醒她,别与权力走得太近。中国多少商人走上这条不归路。"

　　这名官员说,丁书苗从一个农妇发展到身家几十亿,真是不容易。但她通过依附垄断权力来获取利益,终究没能走多远。

"她韧性十足"

与丁书苗同村的村民说,丁书苗会做人,借给她 10 块,她会拿出 8 块搞关系。

丁书苗有着中原女人的鲜明特点,"身高超过 1 米 7,长相憨厚,性格豪爽。"她家境贫寒,早年丧母,由父亲一手带大。

上世纪 70 年代,丁书苗经人介绍,嫁给王必村的侯晚虎。侯退伍回家,在乡政府工作。

堂妹丁陆苗对丁书苗唯一的印象是"与常人不一样"。计划经济时代,村民们每天下地干活挣工分,她却不愿意下地。

20 岁出头的丁书苗"胆子大"。在割资本主义尾巴的年代,她敢"投机倒把"。所谓投机倒把,就是丁到各家去收鸡蛋,送到县城卖。丁书苗带上干粮,提着鸡蛋,一走就是一整天。

"丁大字不识一个,一斤鸡蛋 2 元,一斤半就算不出多少钱,还得问别人。"说起这件往事,王必村的村民忍不住笑了。

在村民们的印象中,"丁书苗有本事,韧性十足。比如她找人帮忙,被拒绝不生气,会一次又一次找。而且胆子大,你给她出个主意,她什么都敢做。"

村民们说,"丁书苗很会做人,比如去贷款,你贷给她 10 块,她能拿出 8 块搞关系。有些人愿意跟她打交道。"

丁不甘于农村的日子,改革开放后,便去了晋城,开了家饸饹馆——晋城最为常见的饭店。关于丁的出走有两种说法,娘家人称是她凑了近 3 万元,买车跑运输,钱被人骗了,导致离开。

但有村民称,当年一个施工队到村里来,丁认识了队里一个卡车司机,后来在这个人的引导下去了晋城。

这次出走,让丁书苗跨出事业的第一步。了解她的人认为,丁从农村走出去,没有任何特长,亦谈不上美色。但她深得中国农村人情社会的处世之道。这也是其日后发展的关键。

运煤发家

丁书苗到"煤都"借来 2 000 元运煤，生意逐渐做大，后投资了 40 多节自备车车皮。

饸饹，是一种像面条一样的食物。知情人说，丁书苗开的饸饹店，来吃饭的煤车司机很多。丁做生意大方、实在，与这些司机打成一片。

晋城被誉为生长在煤堆上的城市。

上世纪八九十年代，公路运输是主要的手段。"丁很可能就是与司机的日常交流中，得知这一行当的利润可观。"上述知情人称。

丁买了一辆车，在卡车司机的带领下跑起煤炭运输。

当时，卖煤成本极低，不到 10 块钱可以买一车煤，约五六吨。晋城市政府一名官员回忆，整个晋城市宾馆一般只住两种人。买煤的和买铁的，买煤的占 60％以上。

由于运力不足，很多煤被堆在晋城路边或填满了水沟，一座座小"煤山"上长出了杂草。甚至在多年后，煤价上涨，人们又把这些废弃的煤挖出来卖。

吉春河，曾在晋城从事煤炭生意，并在当地拥有煤矿。他说，当时谁能把煤运出去谁就能赚钱。

据他介绍，晋城的煤一般通过河南省转运出去。太行山路段经常出现如此情形，绵延数公里的运煤车堵得水泄不通。"堵个两天两夜也不罕见。"

于是，大量贩煤者将目光转向铁路。丁书苗也是在上世纪 90 年代开始找关系，用火车运煤。

丁书苗在晋城的运煤事业得到两个人相助，一个是吉春河，另一个是王刚（化名）。王当时是晋城市政府管理煤炭产业的官员。

王刚还记得第一次见丁书苗的情形。"当时，丁来办公室，说想发煤。让我找人帮她。她布衣，布鞋。她需要的是起家的本钱。我没法帮她，拒绝了。"

一次、两次、三次……不管刮风下雨，丁书苗都骑着自行车，去找王刚。进不了办公室，她就在大门口等。

王刚被打动了,便将煤商吉春河介绍给丁书苗。"我亲自为丁书苗担保,吉春河借了她 2 000 块钱起家。"

丁书苗起先与一些乡镇和市属煤炭公司合作发煤,随后生意越做越大,并投资买下了 40 多节自备车车皮。

丁书苗开始找吉春河以及其他一些煤商,合作发煤。

"我和丁书苗合作了一个多月。她到我这买煤,然后发往南方。她的资金积累开始丰厚起来。"吉春河说。

"车皮"财富,聚散如烟

丁书苗善钻营,和郑州铁路局领导建立关系,获取车皮计划,再将其贩卖牟取暴利。

丁书苗在煤炭运输业里面,有一项广为人知的本事:能拿到车皮计划。

车皮计划,是计划经济时代的产物。一般是由当地的煤炭产销大户或矿务局,向上级铁路局提出申请,需要多少车皮,铁路局再统一上报铁道部。最后铁道部批下来指标,铁路局再层层划拨到各个单位。

这一用车指标即被称为"车皮计划"。要向外运货,必须要有"车皮计划"。在铁路运力的紧张时代,"车皮计划"亦成为一项紧俏资源。

一位铁路系统的人士分析说,地方上的铁路局拥有着分配车皮资源的极大权力,它可以根据铁路运力,自由裁量用车指标的分配,"也就是说,他想不给你车皮计划,你也没办法。"

晋城沁水县一位煤炭运输业内的人士告诉记者,圈里人都知道,丁书苗在晋城生意做大后,又去了郑州铁路局找关系,以获取车皮计划。

据这位知情人介绍,丁书苗当时靠借款和贷款,凑了 10 多万元,在郑州住了一两年,每天去郑州铁路局找相关领导。她接触不到领导,就去接近领导家属,陪她们说话、购物,熟了之后再接近铁路局相关领导。

就此,丁书苗做起了贩卖"车皮计划"的生意。她充当中间人,获得"车皮计划"后,再转让给需要用车皮的客户。

煤商吉春河说,中间人会从中收取劳务费,一般一个车皮为两三百元,运力紧张时,会炒到近万元。

吉春河认为,贩卖车皮比发煤更划得来,属于包赚不赔的无本买卖。丁拿到车皮也无非是能吃苦,善走人际关系。

晋城一位与丁书苗相熟的官员告诉记者,由于丁不善于经营,她在自备车上亏了不少。丁书苗投资自备车有几千万,靠借款和贷款。"后来还有人跟她打官司追要欠款。"

吉春河记得,丁书苗是在 2000 年左右离开晋城。在吉的印象中,丁书苗离开晋城时没赚到多少钱,她在发煤时还曾被人骗过。"煤发过去后,对方不给钱。她损失得不小。"

北上 10 年,财富剧增

丁书苗到北京结识刘志军,参与动车轮对生产,2 年内,公司资产从 4 亿多升至 45 亿。

晋城官员王刚再次见到丁书苗,是在 2008 年的北京。

当时他与晋城市领导在北京办事,领导提出,顺道去拜访一位山西企业家丁羽心。王刚在保利大厦 22 层,见到丁羽心时,吃了一惊,"这不是丁书苗吗?"

那时,丁书苗已是博宥集团董事长。"我还纳闷,是不是因为做老总,名字也改得更洋气了。"王刚说。

到北京后的丁书苗,变的不仅仅是名字。

公开资料显示,2003 年 10 月 9 日,丁在北京注册成立中企煤电工业有限公司(下称中企煤电),年经销电煤 400 万吨,铁路运力 500 大列以上。

2006 年 1 月,丁书苗成立了北京博宥投资有限公司(下称博宥投资),注册资金 3 000 万元。

2007 年 12 月,丁书苗的博宥集团,注册资金增加到 1.2 亿元。旗下企业包括北京博宥投资等,公司业务开始陆续向高铁设备、影视投资、广告传媒及铁路建设等诸多领域延伸。丁书苗的山西金汉德环保设备有限公司(下称金汉德),顺利中标京津铁路声屏障工程,并被铁道部评为样板工程。

媒体曾报道,有铁道部人士表示,金汉德引以为豪的75万平方米铁路隔音墙生产线建设项目,连环评都无法通过。

记者向博宥集团发函求证,未得到回复。

在一年的时间,武广高铁、郑西高铁、广深港高铁等相关项目,均由金汉德独揽标权。

随后,丁书苗又涉足高铁的动车轮对生产。所谓轮对,就是火车车轮加上一个车轴,将其连接起来,是高速火车的重要部件。

中国铁道科学研究院一位不愿具名的专家表示,在2008年底,国家发改委曾组织专家组,评审企业申报的高速轮对项目。

该专家参与评审。当时申报的企业有马鞍山钢铁公司、太原重工和唐山、山东等几家民企。这名专家说,有些企业的申报更具可行性。

但最后项目由智奇公司中标。而丁书苗所属公司在智奇公司中占有股份。

王刚告诉记者,"我们也是后来知道,丁书苗与铁路部门一些领导人攀上关系。没有这些,她拿不下工程。"

2010年2月,有媒体披露,丁书苗通过时任北京铁路局临汾分局副局长罗金保,结识铁道部官员。

据媒体报道,博宥集团于2008年初,资产总额为4.74亿元;2010年9月,资产总额已达45亿元,其中26.5亿元经审计来源不明。

成扶贫开发典型

丁书苗暴富后成为扶贫名人,慈善投入累计近5亿;她的老乡则说家乡没得过她的好处。

晋城煤商吉春河与丁书苗保持着联系。当丁的财富急速增长后,他曾劝过丁书苗,"你现在做大了,应该为家乡和人民做点实事,做些慈善活动。"

"丁还是挺听我的。"吉春河说。

丁书苗从事慈善大约始于2006年。那年,丁书苗出资50万元,帮助湖北罗田县平湖乡胡家河村修建乡村公路。

2008年汶川地震,博宥集团先后捐资1.14亿元;2009年5月,在人民大会堂举行1.5亿元的中国妇女发展基金会"博宥基金"成立仪式;2010年5月,在福布斯中国慈善榜上,她以9 000万元捐款名列第六。

2009年的一天,晋城广场热闹非凡。一字排开的20辆爱心医疗流动车,引发众人围观。晋城当地媒体人士仍记得当时盛况。那是丁书苗通过中国妇女发展基金会无偿捐赠1 000万元,用于晋城市偏远山区实施健康医疗项目和产业发展项目。

这一年,丁获评"中国扶贫开发典型人物",她的形象被刻成雕塑,全国巡展。丁在公开场合说,"我的想法是穷人要过上好日子,也要有尊严,我们帮助他们是应该的,也是公平的,人人都要过上幸福的日子,这是国家的大事,也是我们的大事。"

据不完全统计,丁书苗最近几年的慈善投入,累计近5亿。

在采访中,丁书苗的一些老乡则说,"我们这些家乡人没得过她的好处。"

因为建水库,王必村有部分村民后来迁到了张峰村。他们希望丁书苗能捐款建一所学校。

"我们去找丁,没有回应。"学校的一名老师还说,迁到县里移民村的侯姓村民也曾联系丁书苗,希望她能帮大家开通管道煤气,也被丁拒绝了。

晋城市扶贫协会的相关人士也称,"丁书苗与本地慈善机构合作并不多。"

王刚认为,丁书苗这样热衷慈善,或许还有换取政治资本的因素在里面。她这种做法非常不明智,因为她没有实体,这样大量的捐款虽然换来了好的名声,实际上也引起相关部门的注意。

"这么多钱,怎么赚来的? 一查她账就查出问题了。"王刚说。

成败人际网

丁书苗开办会所,布莱尔等多国政要被邀请出任理事。

在采访中,不断有人说,丁书苗是个很有能量的人,无论是企业家还是政府官员,都能被丁书苗编织进她的人际网络。

在 2008 年左右,丁书苗加入了中国扶贫开发协会,成为副会长。该协会现有团体、企业和个人会员 700 多个,会员拥有资产总量超过 5 000 亿元人民币。

丁书苗的人际网络还开始向国际发展。

2008 年 4 月,博宥集团与当代英才(北京)国际广告有限公司合资成立英才会所股份有限公司,丁书苗任法人代表。

迄今已有包括英国前首相托尼·布莱尔,法国、匈牙利等多国政要和前政要应邀,担任会所高级别咨询理事。

晋城市一位媒体人士回忆,上世纪 90 年代,一位省领导到晋城视察,当时车队到沁水县,停在公路边。一个农村妇女不知何事,想挤上工作人员车辆,但是被推了下去。

"我当时作为记者随队采访,看到这情景,觉得这农妇胆子真大。"该媒体人士说,后来他才知道,这名妇女就是丁书苗,想借此结识官员。

晋城官员王刚回想丁书苗的人生轨迹,替她惋惜。王说,她被冲昏了头脑,沉迷于不义之财,当初的勤奋、执着已经不见了。或者说,她迷失了自己。

有媒体曾报道,铁道部有官员接受丁书苗请托,内定多家企业中标铁路建设项目。丁书苗等人向中标企业收取中介费。

聊起丁书苗,吉春河有些为自己的选择庆幸。

从事煤炭发运生意的吉春河于 1999 年关停了自己的公司,把两条铁路专用线捐献给了政府,孤身一人回到老家,承包了芦苇河畔几千亩荒山和荒滩,搞起了生态农业开发。

吉春河认为,"农民终究还是离不开土地。"

吉春河仍记得,以往逢年过节,丁都会给他发短信,或电话交流。他曾多次劝丁书苗回晋城发展。

"我一直想让她做农业,回报生养她的农村。但每次电话里她答应得好好的,就是不做。"吉春河说。

简洁的魅力

《新京报》有两面旗帜,评论和深度报道。这份报纸是由光明日报和南方日报两大报业集团联合主办的,近两年来,《新京报》的影响也越来越大,报纸的社论、深度报道也有一种自己的风格,颇受好评。

同时,《南方都市报》是《新京报》强大的内容后盾,《新京报》在中国新闻、国际新闻、娱乐新闻、体育新闻、深度报道、时评等各方面与之资源共享,精华内容同步移植。

《新京报》的核心报道以独立的立场和客观的报道为基本准则,追求新闻的真实性和可读性,追求言论的稳健性和建设性,力图在新闻深度发掘中发出自己的声音。核心报道记者罗昌平,也就是去年微博实名举报刘铁男的记者,在谈论他们做深度报道时的理念,就是"大胆的假设,小心的求证",建立在一种客观理性的角度。

选题重大,信源丰富

《新京报》的定位是做北京地区最国际化的严肃报纸,成为北京政治界、经济界、文化界和主流社会的首选和必读的报纸。

如此说来,原中国铁道部部长刘志军落马事件,以及背后的利益团体揭底必然是值得一做的深度。

《南方周末》、凤凰网、中新网等许多影响重大的媒体也进行了该选题的报道和深度调查。

这篇文章写于1月9日,距离丁书苗省政协资格被撤只有两天的时间,文章中出现的被采访者有吉春河、王刚(化名)、某铁道研究院专家、某官员、丁亲戚、铁路系统知情人等等,信源很丰富。譬如:

当地一位和她熟识的官员感叹说,"我曾通过其身边人,几次提醒她,别与权力走得太近。中国多少商人走上这条不归路。"

"丁大字不识一个,一斤鸡蛋 2 元,一斤半就算不出多少钱,还得问别人。"

村民们说,"丁书苗很会做人,比如去贷款,你贷给她 10 块,她能拿出 8 块搞关系。有些人愿意跟她打交道。"

王刚还记得第一次见丁书苗的情形。"当时,丁来办公室,说想发煤。让我找人帮她。她布衣,布鞋。她需要的是起家的本钱。我没法帮她,拒绝了。"

"煤发过去后,对方不给钱。她损失得不小。"

"我还纳闷,是不是因为做老总,名字也改得更洋气了。"王刚说。

吉春河认为,"农民终究还是离不开土地。"

我们不知道这篇文章是否之前就有准备,从丁被调查开始记者就开始事件调查,但是这篇文章从多个人的角度给我们呈现出了丁书苗从发家致富到一步步走上与权力的捆绑,继而走上不归路的人生。

相比于其他的几篇报道,这篇文章因为采访了丁书苗身边的人以及相关事件的有关人员,从说服力上来说要更强。

读完这篇文章,能感受到的记者的情绪很少,更多的是了解了丁书苗的人生历程。尽量抛弃记者的主观观点,通过别人的视角突显丁书苗的人物性格特点,从这一点上来说,在客观公正理性方面做得很好。

语言简洁,短句多段

简洁多段的写作手法是这篇文章最大的亮点。

一个重大的政治事件,一个走遍商场官场的复杂女人的一生,怎样才会让读者更好地了解,该文的记者采取了一种"化繁为简"的手法。免去了大段的枯燥人生背景的介绍,而是加入了别人的语句,而且引用的语句一般都很短,一针见血,基本是一个段落讲清楚一件事。

"独自走出农村,丁书苗靠借钱运煤起家;后又与郑州铁路局官员建立关系,贩卖车皮计划,牟取暴利;到北京结识铁道部官员,参与高铁的轮对生产。

丁书苗还是扶贫界知名人士,慈善投入累计近 5 亿。最终,因刘志军案发,丁书苗接受调查。有熟悉丁书苗的人说,通过依附垄断权力来获取利益,终究走不远。

1月7日,鉴于丁书苗涉嫌违法违纪,山西政协常委会议决定,撤销她的省政协委员资格。

丁书苗是山西博宥投资管理集团有限公司(下称博宥集团)董事长,中国扶贫开发协会副会长,身家40多亿的她,作为扶贫名人,形象还被刻成雕塑,全国巡展。

去年1月,丁书苗因卷入铁道部原部长刘志军案被调查。"

开头简单的几段,就交代出事件的来源,简洁有力:出生农村、与铁道部联系、扶贫,卷入刘志军案。

这样的写法是符合现代看报读者的特点的。现代读者看报的特点是"时间短,随手翻",这样的写法可读性强,有利于吸引读者,集中读者的注意力,即使阅读受到干扰,停顿一会,读者也不需要花费太多精力找"接读点"。

另外,长篇大论容易使读者阅读疲劳,每个段落成为一个兴奋点,多个段落形成多个兴奋点,这样既可以给读者喘息和休息的时间,又可以以下一个兴奋点刺激读者使他们有兴趣,保持足够的阅读耐力在快速阅读中将整篇报道读完。

而且,在报纸编辑来看,这种文章编排起来黑白相间,疏密有致,容易使读者一见钟情。

刚才我们分析了从丁书苗被撤销政协资格到出报道中间只有两天的时间。这种写法便于记者快速写作形成明快的新闻文风。写作时不必为文章的"启承转合"费心,只需要将最有新闻价值的事实材料选出,再一段段的写出,没有新闻价值的可以省略,不必考虑过渡与连接。文似看山不喜平。以这样的行文结构写出的文章,段落间实现跳跃式推进,文章自然波澜起伏,而且有一种动感,体现出新闻报道作品明快的文风。

简洁的笔法和多层次的叙述加大了文章的信息量,使每一个段落都提供一个角度或一个侧面的事实,这样多个分角度的变换组合,便形成了立体感强的信息总汇,并使多侧面传递信息具有辐射感。

第九篇　摔婴者韩磊命运只在一念之间

《南都周刊》2013 年第 33 期　主笔　季天琴

2013 年 7 月 23 日晚,在大兴旧宫镇 524 路公交车科技路站前,39 岁的韩磊乘坐的白色现代索纳塔轿车遇上一辆婴儿车。因为让路问题,韩和推着婴儿车的 42 岁的母亲发生了冲突,将车中 2 岁多的女孩摔死。摔婴的恶行,让韩磊迅速成为舆论风暴的中心。是什么样的人生,造成了他如此的暴戾? 我们决定追访其朋友家人,我们不想为其背书,只是试图更为立体地还原一个众人唾骂的摔婴者,挖掘人性的复杂。

2010 年 11 月 23 日,网友"昔我往矣"在 QQ 上主动加大一中文系女生李易(化名)为好友。李问:你是学生么,哪个大学? 对方说毕业好几年了,北师大的。

"昔我往矣"自称韩磊,年长李易八岁,1984 年出生,中文系毕业后在航天部工作。在聊天中,韩磊劝李易:你还小,文化底蕴不够,多看些诗词,带注的。他还督促李去看马尔克斯的《百年孤独》。

韩拿自己举例:我二十岁时都写了本四十万的书,几百首诗歌。你们二十岁在追求什么? 等到二十年后再回首你就知道了。

李易初三时父母离异,她始终走不出这个阴影。当她向韩磊倾诉对父亲的感受时,他会告诉她,要学会宽容,学会感受亲人的爱。正是在这段时间里,李易改善了与父亲的关系。

在网上,虽然每次都要等好几个月才能得到韩磊的些许回应,但李易还是很期待。一年后,他们确立了恋爱关系。

他们线下第一次见面,是在 2012 年 10 月 25 日,韩磊坐火车去李易就读的城市看她。李对韩磊的第一印象是"简直恐怖",他极瘦,脸都凹了,老得不像 1984 年生人。

李带韩磊去自己自习的图书馆,看到陀思妥耶夫斯基的《罪与罚》,韩磊不假思索说了书中大概。李易消了疑心。

李易第一次跟韩去超市,看他往自己的住处搬了一桶五公斤的二锅头、六七瓶红酒,还有若干罐装啤酒。她吓坏了:要这么多酒干吗?韩说,每一天喝一点,好睡觉。

她获知他的真实经历,是从 9 个月后的新闻里。2013 年 7 月 23 日晚,在北京大兴旧宫镇 524 路公交车科技路站前,韩磊乘坐的白色现代索纳塔轿车遇上一辆婴儿车。因为让路问题,韩和推着婴儿车的 42 岁的母亲发生了冲突,将车中 2 岁多的女婴摔死。

监控显示,当晚 20:54,推着婴儿车的母亲出现在公交车站前,20 秒后,白色现代车出现在现场,坐在副驾位置上的韩磊下车交涉,双方用手比画,20:55,双方扭打倒地,10 秒后,韩磊一个箭步冲向婴儿车,将孩子一举、一掼。从韩磊下车到摔孩子,时长不到一分钟;从孩子母亲推着婴儿车出现,到韩磊上车离开,时长不足 3 分钟。

韩出事后,李易通过其亲友获得了他写的自传体监狱小说。这个名为《昔我往矣》的小说,目前才写到第一部《1996 年》,已有数十万字。1996 年,22 岁的韩磊因盗车获无期徒刑,在狱中,韩磊通过自考获得了五个大专文凭,并因此减刑数次,于 2012 年 10 月 5 日释放。

小说的主人公叫方冰。韩磊在文章开头写到:假如那天没有在十字路口前徘徊,假如那天不是为了那顿该死的早点耽误了时间,假如那天没有遇到蔡伸,方冰坚信自己的人生一定会是另外一番模样。

韩磊用一连串的假如,来表达过去和现在的落差,以及内心的悔悟。李易认为,小说中能看到韩磊模仿马尔克斯的痕迹。

方冰"狂热地幻想着如果一切能够重新回到起点,他坚信自己再也不会做出错误的选择"。重获自由不到一年,韩磊再次站到了他曾经告别过的十字路口。

在接受警方讯问时,韩磊称,由于喝酒、生气冲动和近视眼,摔的时候他并不知道是孩子,"但凡我知道是个孩子,我不会那么做,这件事是我做的,对我千刀万剐我也认了。"

8月14日,韩磊已经被移送北京市人民检察院第一分院审查起诉。当天的白色现代车司机李明,也因窝藏罪被起诉。

在会见时,韩磊告诉律师:死刑并不可怕,可怕的是再来个无期。

严 打

1996年,韩磊已经经历过一次生死煎熬。

韩磊的母亲记得,当时韩磊在"七处"时天天提心吊胆,担心自己一条性命。一审宣判他获刑无期时,韩磊在走道里哈哈大笑:特知足,不上诉了!

"七处"是北京市公安局看守所,专门关押涉嫌重大案件的犯罪嫌疑人,凡案子上要判死刑、死缓和无期徒刑,俗称三大刑的,都在七处关押。其前身叫做"K"字楼,位于西城区半步桥一带,由日本人占领北平时建造。犯人中有俗语称,"进了K字楼,但求保住头。"

1996年3月9日,韩磊因盗窃罪被警方羁押。当年4月中旬,"严打"开始,这是继1983年"严打"后第二次全国性对犯罪活动展开从重从快"打击"。

小说里,方冰和其他嫌犯听到"严打"的消息后,"所有人都面色苍白,牢号里沉寂得古墓一般,只能听到心跳声怦怦怦此起彼伏。"

韩磊写到了对人生的留恋:他忽然想起了父母,想起了自己年轻短暂的一生,他觉得逝去的一切都是那么美好……生活中值得牵挂的东西太多太多,他渴望活下去,深深地渴望着活下去。

入狱之初,韩磊告诉母亲:我那时一门心思就想犯罪。"严打"将他心底里对死亡的恐惧血淋淋地掏了出来,他悔不当初。

1974年6月26日,韩磊出生于丰台区东高地航天部大院,其母是航天部第一研究院下属某厂的修理工,父亲是该厂的木工。韩磊还没出生,其父就去四川达县的小山沟里支援三线,一去12年,韩磊8岁那年才返京。

韩母回忆,那时她一人带着韩磊和他姐姐,还要抓学习,促生产,平时能让孩子吃饱饭就行。

回到北京的韩父发现儿子性格不好,脾气暴躁,但"教育他已经来不及了"。

小说中的方冰上初一的时候就退了学,从小就喜欢交接所谓的社会人,讲些江湖义气,也少不了干些江湖上打架争胜的勾当,上了初中一星期倒有三天被人约出去打架。

韩母回忆,韩磊初中原读于东高地中学,初一时,班主任嫌韩磊调皮惹事,要求韩磊转学。韩母安排韩磊去了其舅妈任教的角门中学,在学校,韩磊有次被人拦在厕所,后来呼啦一下召集了20多名同学助阵。初中没读完,韩磊便退学了。

退学后韩磊成天流浪,韩母骑着自行车满地追他。有天她在路旁的排水沟发现韩磊,要他跟她回家吃饭,但韩磊就是不肯,"他怕他爸打他。"韩父经常抽起木工板就打。

1989年,韩磊因盗窃被北京市公安局丰台分局行政拘留七天。其母称,当时家中添置的一辆新自行车被偷,但没想到,韩磊又去偷了别人的自行车,还被抓了现行。

1992年,韩磊因为打架,又遭行政拘留十天。发小张国新回忆,当时韩磊和一个哥们在公交车上跟人冲突,把对方打成了轻微伤。

虽然长得是个小白脸,但韩磊骨子里很泼辣。少年韩磊感兴趣的,并非只有好狠斗勇。张国新称,韩磊对唐诗宋词、琴棋书画有浓厚的兴趣,"他追求的是江南才子的境界"。

张称,少年时,他曾陪韩磊去书店购买《芥子园画谱》,韩磊跟另外一位购书者相谈甚欢,当时就表示要向人拜师。

1991年,韩磊报名参加中国书画函授大学北京分校书法班。次年,他从航天部职高毕业,经人介绍去了光明日报社一个下属单位做校对,其间以自己的经历写了一本小说,当时一个出版社的编辑找到韩磊的母亲,让她凑二三万元帮韩磊出版。

韩母那时周末帮人打零工,凑了700元钱,准备买个半自动洗衣机,二三万是个天文数字。她也不以为然地认为:他那种孩子还能写小说?

1996年1月23日凌晨,韩磊跟另外两名同案一起,盗窃白色公爵王牌轿车一辆,销赃后获人民币3.2万元。判决书认定,这辆车价值41万余元,销赃后"由被告韩磊全部挥霍"。

三名被告的辩护人均提出,对被盗轿车的估价过高。"那是辆二手车,市价在19万左右。"张国新说。

这一时期,据韩母回忆,1996年年初,韩磊买了一把价值4 000元的红木古琴,还花4 000元买了一把枪,到手后才发现是假枪。他还添置了大量书籍,包括台湾陈致平《中国通史》一套10本、《古琴曲集》《三希堂法帖》《词律词典》《古今花鸟画范》等。这些书目前还在韩家。

"他喜欢的东西,和其他人不一样。"韩母说。

牢 狱

2011年2月,"昔我往矣"在聊天中得知李易自小学习二胡,告诉她自己很喜欢《二泉映月》,"听了不下100遍"。

李易告诉韩磊,这首曲子太悲了,她不喜欢。对方告诉她:你还小,不理解其中的人生况味。

李易并不知道,自己的对话对象仍是一个身处高墙的囚犯。1997年,在北京市第二监狱服刑半年后,韩磊致信其姐称,"我对犯人不是人深有体会,真后悔当初那么草率行事,有时真想还不如死。"

北京市第二监狱简称"二监",位于朝阳区豆各庄,和自由世界只有一墙之隔,却是天地之别。北京的重刑犯,死缓、无期和20年以上徒刑的囚犯都在此关押。二监共有六栋楼,每栋三层,每一层为一个中队,每间牢房为一班。

狱友张振和韩磊同在一个中队。他回忆,韩磊个性颇不驯服,在牢房里和牢头"大班长"不对付。一般人挨了"大班长"的欺负,都是忍气吞声,但韩磊不服,和其手下"土地雷"等七八个人对打,结果不仅自己挨了打,还被关了一年的小号。

张振介绍,二监的小号高2米,宽1米,长1.67米左右,号里有地漏。里面又湿又潮,吃不上,喝不上,也睡不好,只能在里面抓抓虱子,逗逗从地漏里爬上来的耗子。

韩磊也跟张国新介绍过小号里的情况:脚被脚镣拴在墙角,睡觉的时候只有半个身子都够着床板;在里面渴得不行,只好尿在身上,从裤子上挤出尿喝;没人说话,只能自言自语;最头疼的是夏天的蚊子,最大的奢望,便是队长往里面喷点敌敌畏。

在一首名为《狱中忆张国新》的诗中,韩磊写道:

"目断铜墙泪生频,相邀咫尺若天涯;

闻君一语还临梦,梦里无情劝年华。"

韩磊跟张国新讲在监狱里包筷子,"手上的螺纹都快磨没了。"

在小说中,韩磊描写了方冰在"南大楼"包筷子的情形。"南大楼"是"北京市服刑人员分流中心"的俗称。方冰拿印着"高温消毒"的纸票包筷子,被每天的定额折磨得焦头烂额,想到自己在外边时用的正是这种筷子,又觉不寒而栗。

韩磊的狱友李伟介绍,1998年之前,犯人们工作都有定额,只能连夜干。监狱里的活都是劳动力附加值低的手工活,李伟在里面干过织毛衣、缝皮球、包筷子、糊纸袋、往集邮册里插邮票,还缝过铠甲。"看过《满城尽带黄金甲》么?里面千军万马的铠甲,都是二监缝的。"

因为不驯服,初入狱的韩磊吃了不少苦头。张政回忆,有次韩磊想不开,拿衣裤在厕所里打了个结准备上吊,被狱友及时发现。

韩磊有次在信中告诉张国新,自己偷偷磨好了一个刀片。

检察院指控,韩磊在北京市二监集训队服刑期间,于2003年6月6日未经主管队长允许,私自进入亲情电话室拨打亲情电话,与民警田某争抢电话,并甩了民警一个嘴巴,因破坏监管秩序罪,加刑一年。

其姐回忆,入狱之初,韩磊一心想越狱。家人劝他安心改造,别老想着走捷径,"真被打死了怎么办?"

减 刑

通过自考,韩磊先后获得了心理学、汉语言文学、档案管理、行政管理、新闻学共五个大专文凭,并借此多次减刑。

"他对心理学感兴趣。"韩姐称。在 2004 年一封家信中,韩磊写道:从心理学角度而言,人的性格极复杂,坚强的人有懦弱的一面,正直者也有邪恶之时,切忌脸谱化。

2004 年 4 月,韩磊通过了社会心理学、大学语文等四门课程,当年下半年又通过了教育心理学、应用心理学等七门课程。

他还学以致用,在信中跟其姐谈论该如何进行儿童教育,"对子女的教育应该以思想、道德为主,使他懂得怎么做人。一个人先天本质再善良,后天的教育尽是杀戮、野蛮时,他也不会保持自己善良的个性,因为他的审美出发点已经改变。"

刑事裁定书显示,韩磊 2004 年获得监狱表扬奖励,"能认罪服法,深挖犯罪根源,遵守监规纪律,积极参加政治、技术等方面的学习",获减刑两月。

2005 年,韩磊一共通过了十二门课程,包括实验心理学、古代汉语、外国文学作品选等。

他在信中向其姐推荐文学作品时称,"关于中国当代文学,《白鹿原》和《穆斯林的葬礼》都写得不错,其他当代作家的小说不要看,多看外国小说,如诺贝尔奖获得者或订阅《外国文学动态》。"他还着重强调了以马尔克斯为代表的魔幻现实主义。

2006 年 4 月,韩磊被评为监狱改造积极分子,减刑一年。当年,韩磊又通过了写作、现代汉语等十一门课程。

在狱中,张振对韩磊的印象是"特别聪明,记忆力好,什么东西一学就会,古琴、吉他都弹得不错。"

在坐牢后期,韩磊和监狱的关系也逐渐缓和。他有一个杀手锏,便是往司法局和监狱管理局写信,反映监狱里的违纪状况。管教不帮他投递,他便央求姐姐在外面写。

李伟和韩磊同一个班,是盯韩磊的"眼线"之一,主要任务就是保证他不写信上告,以免影响监狱的评分,但防不胜防,这些信曾数次搅动监狱管理局和二监。

"好几次我被督查叫去问话,问的内容一看就知道是韩磊反映的,不管问什么,我都回答'不知道'。"李伟说,尽管韩磊所说属实,但那种情况下,没人敢和韩磊同心。

信写多了,狱友们对韩磊都心生不满,嫌他破坏了大家的环境。"他写信反映监狱里大家使用手机、电脑等违禁品,搞得清监后大家的手机、电脑都被没收一空。"李伟称,自己最初对韩磊也很反感,但相处下来发现他"人不坏,挺正直"。

张国新记得,有次韩磊在牢房里搜集了 20 多台手机、电脑、平板电脑,拍了一张合照发到他的手机上,并关照"一旦出现什么不测,把照片上交"。后来狱政科长亲自电话张国新,求他劝劝韩磊别折腾,并答应把扣掉的分还给韩磊。

"管教们都得哄着他。"李伟回忆,拿到了新闻学自考大专文凭的韩磊,还给监狱报纸《新生报》当起了通讯员,写了不少诸如"我中队开展劳动安全教育"的歌功颂德稿。

"全是瞎编。"李伟称。

出 狱

2012 年 10 月 5 日,韩磊获释,亲朋好友去接他出狱,一共去了四辆车,排场很大,有一个发了财的哥们还开了一辆保时捷凯宴,牵了一条藏獒去。

这也是韩磊入狱近 17 年来,张国新首次见他,"进去时还是小孩,出来时已经是个中年人。"

眼前的韩磊让张有点不敢相认,他的身材佝偻了,20 多岁时灵气逼人的眼睛,已经变成了"死鱼眼"。

在张看来,出狱后的韩磊还保留着上世纪 90 年代的特征,"他心目中的社会还是个情感社会,对朋友,他没私心,也不防人,但现代社会是个利益社会。"

韩磊出狱后,李伟跟他说起 AA 制"亲兄弟,明算账"的好处,韩表示哥们之

237

间绝不能接受。

张国新也注意到,出狱后的韩磊成了个烟鬼、酒鬼,脾气更为暴躁。

在会见中,韩磊告诉律师,自己在 2001 年左右在牢里开始喝酒,刚开始喝了就吐,慢慢就不吐了,酒量也越来越大。

张振介绍,监狱要么喝二锅头,要么是自酿酒。一瓶袋装的二锅头,市价几元,在牢里要卖到 100 元一袋,遇上清监货物紧俏时,价格还能翻番。

"钱在外面管用,在牢里更管用。"张振说,里面的手机也比市价贵上数千元,他在监狱里基本没见过 20、50 元面额的人民币,都是 100 元。

"有钱的犯人也很多,里面也讲究浮夸和攀比。"李伟介绍,没钱喝二锅头时,犯人们便自酿酒,把葡萄干、晒干的月季花放在大可乐瓶里,冲上开水,放入绵白糖,在阳光下自然发酵,酿出来的酒也有二十五六度。

李伟记得,韩磊在牢里每次喝完酒便闹事,有次还把厕所里的挡板全给拔了,醒来时全然不记得。

出狱后的韩磊还经常神经质。张国新记得,有次他们去西单吃饭,保安收了 50 元的停车费,韩磊不知外面停车费已经暴涨,冲着保安大吼:你讹我呢?信不信我打死你。

"他的人生观、价值观都在监狱里形成。他在里面经历了残酷斗争,没有感受到一点点的爱,遇事特别容易眼红。他是监狱的儿子。"张国新说。

监狱在韩磊身上打下了深深的烙印。在牢里,他开始写那部监狱题材的自传体小说。李伟记得,韩磊每次写完还大声朗读,请狱友们帮他核实细节。

出狱后,韩磊交给其姐三张手机 SD 卡,请她帮忙保管。卡里存储了从 1901 年到 2004 年诺贝尔文学奖获得者的作品,以及哈耶克的《通往奴役之路》、托克维尔的《论美国的民主》等社科类著作,还有韩磊在狱中记下的大量读书笔记、写作素材。

在读书笔记里,韩磊写到:命运只在一念之间。

爱 情

2011 年 3 月,在聊天时,李易提到自己想学钢琴,韩磊说:给我弹《少女的祈祷》。

在小说里，韩磊写到了自己的初恋：方冰轻轻走到她的身畔，看见钢琴上摆放着一本琴谱，上面写着《少女的祈祷》。

张国新记得，年轻时韩磊很招姑娘喜欢，好打扮，做衣服都要呢子大衣、西服五件套。1996 年，韩还拿偷车得来的钱买了一件 2 000 元的真皮夹克。

韩磊的初恋英文名叫 Annie，当时在中国大饭店从事外事工作。韩磊的母亲和姐姐记得，姑娘"一看就是书香门第出生，漂亮得像明星"，但姑娘家里不同意。韩磊每进 KTV，必唱歌手王杰的《Annie》。

韩磊入狱前，另交了一个女朋友。女孩的妈妈曾致电韩母，说闺女愿意等他。韩母力劝对方放弃。

2012 年 10 月，韩磊出狱次日，便请张国新开车载他去首都医科大学，见个女网友。双方一见面，便相谈甚欢。

出狱不到 20 天，韩磊便赶去看望李易。他给李易留下了"谦卑又和善，理智又沉稳"的印象，李带他认识了自己的好友和师长。

"有次，我们去面包房买面包，我因塑料袋问题与店员争执了几句，他当即把我拉到身边并劝说'出门在外大家都要宽容一些'，回去之后更是教育我'能让则让，多为别人考虑'。"李称。

这是她的初恋，"见面后，我更加确定了要与他相伴一生的信念。"

这段感情也并非全无疑点。韩磊前后问过她多次：如果我不是 1984 年出生，而是 1974 年，你会怎么样？

出狱后的韩磊一心想做大事。他跟李伟提到自己想去养羊，搞绿色农业。李伟劝他别急于求成，既然有了女朋友，就踏实过日子。"他对这个社会的认知太理想化，没有产业链，没有关系群，谁会收你的羊？"

2012 年 12 月 5 号，韩磊和张振、张国新从内蒙古加格达奇进了一批羊，在山东德州陵县的村庄养起了羊。三人一共凑了 55 万启动资金，其中有 39 万是韩磊的钱，既有家人给的，也有朋友借的。

李易去德州看望过韩磊，那里条件艰苦，水电不通，韩磊每天的工作就是拌料、喂羊。她还带他回家见了父母。李父母首次见到韩磊时，韩一身羊屎味。

李的父母觉得他一个北京人还这么能吃苦,对他大有好感。

在李家,韩磊每天基本都拿着平板电脑看书,不怎么抽烟喝酒。李的父母觉得,他很儒雅。

春节后,韩磊把羊卖了,算下来赔了近二十万。"赔掉的钱,基本都算韩磊的。"张国新说。

李易的父母提出,让韩磊逐渐接手自己的工作。李易的父亲安排他去塑机厂实习,准备开个小厂,让韩磊管理。

"我就这么一个女儿,她喜欢的,我都支持。"李父说。

李易也劝韩磊安安稳稳地过中产阶级生活。她甚至设计好了未来:一毕业就要跟韩磊结婚,生孩子取名中也要蕴含"平安快乐"之意。

2013 年五一前夕,李易的父母和外婆去北京,韩磊全程作陪。李母回忆,韩很懂礼貌,在外开口便是"大姐,麻烦你如何如何"。在琉璃厂文化街,看到古琴,韩磊上去便弹奏一首。他们对韩磊再满意不过了。

转 折

在李易的父母前,韩磊很明显地克制了自己的弱点和缺陷。

李易不让韩磊喝酒。张国新称,每次韩磊跟李易见面前,都会说"我得抓紧多喝点。"

相处时间一长,李易也发现韩磊的脾气暴躁。有次在 KTV 唱歌,李易看韩磊的哥们唱得不差,半途掐掉了原唱,结果韩磊当众爆发,骂她"成事不足败事有余"。

李易又觉得,"他所给予我的是一生的财富。由于父母离异,我们相识时我一直都很阴郁、自卑,甚至想到过死,是他让我心中充满能量。"

李回忆,7 月 23 日中午,她电话韩磊,告诉韩她的父母去订购机器了,8 月份他就可以离京过来经营工厂,"他特别开心,所以还请求我多让他喝几杯。"

韩磊自述,7 月 23 日上午醒了后,他一个人喝了点酒,在家睡觉,下午 4 点左右,他起来炒了个菜,又喝了七八两 56 度的牛栏山二锅头。晚六点,他接到朋友电话,让他去大兴区旧宫镇饮食一条街人民公社大食堂吃饭,其间他又喝了二三两白酒和七八瓶啤酒。

饭后有人提议去唱歌,韩磊建议去他熟悉的天鑫龙KTV。韩磊坐上李明的车,给他指路。李明1996年因抢劫被判处无期,2012年1月获假释。歌厅的保安说没有停车地方了,让他们停在马路对面。就在对面的车站,韩磊和推着婴儿车的母亲相遇了。

关于事发经过,双方各执一词。韩磊自述:我说"大姐麻烦您一下,我要停车",那女的说"这是公交车站,不让停";我说"大姐我不是停这,我要停车站那边去,麻烦您挪一下",她说"你开车想停哪就停哪啊,那里也不让你停",双方对了四句话,那女的不依不饶,把小推车横过来挡住了我的车,我打了她一巴掌,她上来也打了我,周围很多人,打女的不合适,我就想把她车砸了。

那位母亲则表述称:韩磊下车说"你躲开点",我没说话,就把婴儿车推着躲开了点,并告诉他"公交车没法进站",对方说"你他妈还管得挺宽",我说"本来就是",韩说"你信不信我把你孩子摔死",还没等我反应过来,他便将我打倒在地,然后快步向婴儿车走去。

当晚20:56,在围观群众的围堵中,韩磊上车离开。"我当时在假释,不想惹事,就想赶紧离开,但韩磊又窜上来了。"李明称,当时韩磊瞪着眼睛,头发根根竖起,一副丧心病狂的样子,他不敢招惹,往前开了数公里,在一个垃圾桶旁把韩磊放下。

次日中午,韩磊跟张振及其弟张建一起吃饭。张振称,当天韩磊的话很少,有些不对劲,他们在良乡一个海鲜酒店吃饭,点了一只1 700元的大龙虾,还买了三瓶红酒,价值数千元。吃完饭他们去游泳,游完后被警方团团围住。

李易觉得,这是韩磊在抓紧最后的机会享受。她感慨"天意弄人,因为韩磊一个不经思考的举动,毁了一个家庭,也要葬送我们的一生"。

韩磊给李易写过一首诗,名为《四月》,预言了自己的结局:

"你指那苍茫的大海,

说生命不过是沧海一粟。

从海面到洋底的距离,

便是你我的人生之路。"

温情与理性的融合

2013 年 7 月的北京摔婴事件轰轰烈烈,各种媒体和舆论的关注将当事人韩磊瞬时就被推到了舆论的风口浪尖,一时间各种指责与谩骂蜂拥而至。但是在简单的新闻表象之后,还有更多值得深入思考的问题,《南都周刊》(以下简称"南都")的这篇《摔婴者韩磊命运只在一念之间》在事件发生后的两个月后,对当事人本身进行了多角度的立体呈现。正如文章开头所述,"我们决定追访其朋友家人,我们不想为其背书,只是试图更为立体地还原一个众人唾骂的摔婴者,挖掘人性的复杂。"挖掘人性的复杂,找到性格悲剧的原因,这是深度新闻报道应当承担的社会责任,也是其价值之所在。

既是专业需要,也是社会承担

对于这样一个备受关注的新闻事件,南都自然没有理由推却,在新闻价值方面,这一选题的重要性和显著性不言而喻。在该文面市之时,距离事件发生时间已过去一个多月,但是在更多更新的细节信息被发掘披露的过程中,话题的热度依然未散,无辜的婴儿、刑满释放的罪犯,这两个特殊的事件相对主体,格外引人注目,让人们对此事件一直保持着较高的敏感度,迟迟不肯释怀和忘却。此时,大部分的舆论对事件的主要当事人韩磊持强烈谴责的态度,这些舆论在一定程度上遮蔽了新闻事实,影响了人们的理性思考,从新闻报道的客观性原则上讲,有必要跳出舆论干扰,从不同角度传递更全面的事件信息。深度报道的重要意义就在于不只是简单的叙述新闻事件,而是要进一步剖析内在规律与本质特征,由外到内、由表及里,借用新闻信息的选择实现议程设置,引导人们找准正确的舆论着力点。南都的这篇《摔婴者韩磊命运只在一念之间》即是如此,以韩磊的个人经历为线索,将对韩磊的简单谴责引向深度思考,寻找悲剧发生的原因,从而能对社会的整体、个体提供发展借鉴,这是新闻媒体重要的社会功能。

专业与特色写作

从整篇文章的创作角度上看,以事件的当事一方为写作对象,通过备受关注的新闻人物来表达和反映事件,是一种比较特别的写作方式,在写作的成果和反响方面,确实是在热点话题中找到了新的方向,另辟蹊径,从不同角度、不同的叙事方式更深入地报道了这一新闻事件,让读者在简单而深刻的文字中看到了事实的另一个侧面。

从文章的语言风格上看,温情又不乏理性,既有新闻报道的客观性,又有创作者的思考分析。温情体现在对于韩磊人性中柔软部分的呈现,让读者了解到一个真实的韩磊,他的双面性及多重性,而不仅仅是舆论表现出来的杀人恶魔。比如,"韩拿自己举例:我二十岁时都写了本四十万的书,几百首诗歌。你们二十岁在追求什么? 等到二十年后再回首你就知道了。"表现的是韩磊的追求与理想;

"李易初三时父母离异,她始终走不出这个阴影。当她向韩磊倾诉对父亲的感受时,他会告诉她,要学会宽容,学会感受亲人的爱。正是在这段时间里,李易改善了与父亲的关系。"表现的是韩磊对于他人的关爱和理解;

"韩磊写到了对人生的留恋:他忽然想起了父母,想起了自己年轻短暂的一生,他觉得逝去的一切都是那么美好……生活中值得牵挂的东西太多太多,他渴望活下去,深深地渴望着活下去。"表现的是韩磊对于生活的热爱;

"入狱之初,韩磊告诉母亲:我那时一门心思就想犯罪。'严打'将他心底里对死亡的恐惧血淋淋地掏了出来,他悔不当初。"表现的是韩磊对于生命的渴望以及对犯罪行为的悔恨。

这些文字都体现了韩磊的积极一面,这与媒体和大众所理解的韩磊本人是有着巨大差距的。而理性的分析则更多体现在韩磊的成长过程中。

比如，"韩母回忆，那时她一人带着韩磊和他姐姐，还要抓学习，促生产，平时能让孩子吃饱饭就行。回到北京的韩父发现儿子性格不好，脾气暴躁，但'教育他已经来不及了。'"表现的是韩磊嘈杂而不幸的童年成长环境；

"三名被告的辩护人均提出，对被盗轿车的估价过高。'那是辆二手车，市价在 19 万左右。'张国新说。"表现的是韩磊所遭受的相对不公平惩罚；

"'他喜欢的东西，和其他人不一样。'韩母说。"表现的是韩磊与众不同的兴趣爱好。

这些冷静的陈述则为韩磊的性格形成找到了一条明晰的路径，一步步倒逼，追根溯源，为事件的发生寻找到最初的根源。

整篇文章结构，以韩磊的几大人生节点关键词为标题：严打、牢狱、减刑、出狱、爱情、转折，通过这些词语将韩磊的经历分解成几个阶段，在这些阶段的叙述中，其性格特征一点一滴显现出来，并逐步累积至事件的最终发生。这些记录都是基于对韩磊的家人和朋友的采访基础上表现出来，虽然每个外围人的信息利用都很有限，但是从信息的价值和多方面角度，可以看出作者在采访和收集资料的工作中付出了极大的努力。而从内部结构上看，文章以发生在不同时间、不同人物的事件之间地来回穿插，通过这种立体、全面、相互结合的形式更为真实地反映主人公韩磊的某一种特质，使得这种表面看似杂乱的陈述却显得格外有力。比如文章以 2010 年主人公与女朋友的网上聊天为开头，记录了两人之间交往的一些过程片段，这些过程只是客观记录，却因为明显的议程设置，让韩磊的形象立刻鲜明起来，各种性格特征叠加出现：爱好文学、愿意宽容、渴望爱、外貌老相、酗酒、失眠等等，然后笔锋一转回到了摔婴案事件，以及案件发生后韩磊的现状和态度，这些信息都在简短的引言部分层层体现出来，信息数量与文字之间的对应比例是相当大的，可见作者的写作功底之深和文字水平之高。

另外，作者对于文字的把握和利用也是极其巧妙的，标题"摔婴者韩磊命运只在一念之间"引用的是韩磊在狱中读书笔记中的一句话，极其精确地贴合了韩磊的命运之路。而文章的开头与结尾均引用了韩磊与女友李易之间的交往信息,首尾呼应。尤其是结尾,"韩磊给李易写过一首诗,名为《四月》,预言了自己的结局"意味深远,留给人无限的遐想空间。

这篇文章的作者季天琴作为南都的主笔,曾经在 2012 年发表了三组在中国新闻界引起广泛关注的报道:《起底王立军》《BBS 往事》《悍匪末路》,其对于时政和法制的独特观察能力和分析能力,延续到此篇报道中,同样有着明显的个人色彩。季天琴具备了作为一个好记者的基本素养:深厚的新闻专业功底、精准的新闻敏感、靠谱的责任心,在这些支撑下,相信未来我们还会欣赏到她更加精彩的作品。

第十篇　西藏种草记

《中国周刊》记者　张亚利　西藏报道

　　西藏的导游知道怎么让外地游客笑。他们会说汉话、粤语,有时还蹦几句英语。但几乎所有人都会在某个时刻语气里透着惋惜,严肃地介绍:你看那边的山脚下,只剩下一点点绿,就是保护起来的沼泽,拉萨市区原来湿地面积挺大,现在萎缩了很多。从 2005 年到现在,拉萨都很少下雪。你看那片沙地,曾经是草场……

　　在全球变暖、人类开发活动以及长期超载过牧的影响下,作为黄河、长江等河流发源地的"亚洲水塔"青藏高原,特别是西藏高原的生态环境有进一步退化的趋势,其中直接影响到藏人生产生活的,就是西藏天然草场的退化、沙化。

　　如何保护这片"神山圣水",国家机构、科研人员、环保人士和企业的尝试是——到西藏去"种草",治理退化的天然草场,用围栏圈养替代漫山散养……

　　在这些尝试中,有一股力量来自"绿哈达行动——青藏高原万亩植绿计划",该计划由中华环境保护基金会在西藏科技厅的支持下,携手联合利华力士品牌、阳光媒体集团、大润发等企业,在今年 4 月共同发起,目前已在海拔 3 822 米的西藏林周县卡孜乡白朗村种植 1 600 亩人工草地。

　　"种草"效果如何? 当地人对这件事怎么看? 用现代生产方式维护生态的尝试会遇到什么挑战?

不再"安全"的草场

　　索朗仁青是林周县卡孜乡白朗村村民,18 岁,初中毕业。和其他热衷于去拉萨打工的村里同伴不同,他更喜欢与牛羊为伴。姐姐在拉萨读高中,妹妹在当地读小学。父母忙着收割青稞,索朗仁青自然成了家中70只羊的"羊倌"。

背上糌粑、煮土豆和酥油茶,每天上午九十点出门,放到下午六七点回家。羊都喜欢爬坡,索朗仁青就跟在羊群后面爬,羊吃草时,他就坐在一旁喝酥油茶吃土豆。

羊爱爬坡,是因为山上植被好,平地上的天然草场,很多都稀稀疏疏,甚至到处是沙石。

山上也只有薄薄一层土壤,在裸露的断层处可以清晰地看到土层。山上的植被一旦被破坏就更难恢复,会导致水土流失甚至露出光秃秃的岩石。

索朗仁青的办法是——多花点时间,让他的羊吃饱,可他并不知道,西藏的天然草场在过去的几十年间已经退化、减少了一半以上,情况仍在恶化。

自上世纪90年代后期开始,中国科学院拉萨农业生态试验站就开始关注和研究西藏草场退化问题。2011年,武俊喜博士开始负责西藏科技厅的"西藏饲草产业重大专项"在林周县的实施工作,第一次到卡孜乡白朗村目睹了退化草场的景象,尽管有心理准备,武俊喜仍感震惊扼腕。

在青山环抱中,本应碧绿的草场沦为荒地,植被星星点点,沙石遍布,有的荒地干脆当了赛马场……

作为我国五大牧区之一的西藏,有天然草地83万平方公里,约占全国天然草地面积的21%,占西藏土地总面积的68.1%。吃牛羊肉、喝酥油茶、用牛粪作燃料,作为生命之源的草地是藏人生活之根本。一定程度上来说,草场的生态安全意味着西藏的生态安全。

但武俊喜掌握的研究数据不容乐观:2000年和2001年的一项实地抽样调查结果表明,除去无人区草地和不能利用的草地面积,西藏退化草地面积已经超过了50%。而1990年~2005年的调查显示,西藏草地退化面积仍以每年5%~10%的速度在扩大。

"天然草地退化与其本身的脆弱性,恶劣气候条件有关,但超载过牧等人类活动仍然是主要原因之一。"武俊喜介绍,西藏草地土壤成土时间短,且砾石含量多,易生土壤侵蚀和退化。加上高寒、干旱、降水少等气候条件,西藏高寒草地生态系统具有脆弱性和易退化的先天基因。

然而这样的草场依旧孕育了西藏上千年的历史文化,在过去的几十年里,草场遭遇大规模退化。

草地载畜量的变化也许具有一定说服力。

从 1959 年到 2004 年,西藏农牧民人口增加了 0.97 倍(从 113.22 万人增至 223.37 万人),牲畜年末存栏量更是增加了 1.6 倍(从 956 万头增至 2 509 万头)。而建设、开发等人类活动也对西藏的生态造成一定影响。

2009 年初,国务院审议并通过了《西藏生态安全屏障保护与建设规划》,计划投资 155 亿元,实施 3 大类包括天然草地保护、森林防火及有害生物防治、野生动植物保护及保护区建设、重要湿地保护和生态安全屏障监测等方面在内的 10 项生态环境保护与建设工程,计划到 2030 年基本建成西藏生态安全屏障。

155 亿只是一个数字,真正到西藏去种草,会怎样?

种草、养羊和文明碰撞

2013 年 4 月,中华环境保护基金会和力士等企业共同发起"绿哈达行动——青藏高原万亩植绿计划",是响应国家政策的一次民间尝试。作为这一计划的起步,武俊喜负责具体实施林周县白朗村的项目。

选点林周县"白朗村",因当地有较大的草场面积和农牧业生产基础,海拔 3 880 多米左右,气候相对较好,还有一定的灌溉条件,还可以借助中科院正在该区域实施的"促进农牧民增收的农牧结合技术体系构建与示范"项目为平台。

不过,要在人家地盘上"围栏"种草,得给村民一个说法。

"刚开始村民是有担心的,怕土地他们将来用不了,怕弄一弄不是他们的了。"武俊喜介绍说,项目组给村民开会,说种了草可以用更少的土地养羊,搞集体经济,养了羊出栏后卖掉还能给村民分红。羊肉、羊奶一旦打出了品牌还能价值倍增,村民的收入也会有大幅度提高……不过这些美好的愿景,一开始在藏民这里还是有点行不通。大家一边喝酥油茶一边说笑。

刚开始深入了解藏族文化的武俊喜有些哭笑不得:"藏民不会想那么复杂,他们养羊就是卖羊毛,一头羊的羊毛一年能卖 40 到 60 块钱。自己家的羊也不太舍得卖,眼看着养不活了才卖出去。"

不过受到现代文明冲击的西藏人,也不全像以前那样闭塞传统了。村里有文化、会说汉话的村干部、年轻人起到了"桥梁作用"。最终,白朗村拿出1 600亩荒地"种草",并在中科院西藏区域协同创新平台建设项目的支持下尝试搞"合作社",先养300只羊,计划要养500只~700只,卖钱以后集体和农牧民分红。

300只羊也是从村民家里买来的,一只400元的价格渐渐让一些人动了心。放羊小伙索朗仁青家的70只羊就卖出了10只给"合作社"。

开始种草时,武俊喜也有点担心,草场划定时已经是五六月,过了最好的播种期。

先请当地人捡出石子,犁地、播种……目前种的还是从美国引进的多年生黑麦草和箭舌豌豆,都是传统的优质牧草,而要选育出适合西藏条件的本地草种,武俊喜预计还要至少三到五年时间。

最终,1 600亩的草场算是初见成效,不过尚未达到武俊喜的预期。

为了测试围栏种植的草场养羊的效率,"合作社"曾做过实验,放一批羊进来吃草,差不多1个半小时就可以吃饱,赶回羊圈"长肉"。

合作社的羊统一用"现代化方式"进行圈养,专门选了聪明能干有文化的当地年轻人来学习全套种草和养羊的技术,羊的防疫、信息追踪和圈舍清洁等,他们先掌握,然后教给其他人。"我们自己语言不通,全靠他们传播。"

据测算,传统的放牧,需要23亩草场养一头羊,而围栏种草则只需要10亩甚至更少,这将使更多草场解放出来。按照这一理念,恢复生态的目标也可同时实现。

不过,人工种草的可持续效果如何? 藏民能否接受生产和生活方式的完全改变? 种草面积目前而言还是微乎其微,如何满足藏民的放牧需求? 这些都需要长时间的摸索和磨合。

"牧业生产和生态恢复是一对天然矛盾,我们实际上是希望通过改变藏民传统的放牧方式和生产方式,将当地农牧民的增收和生态环境的保护结合起来。这项工作今年正式开始,需要10年到15年。"武俊喜清楚他们需要付出更多的努力来拯救草原。

　　小伙儿索朗仁青参观过"新式"放羊后说:"好嘛,我自己放羊要跟着羊爬山,现在只要坐在旁边看就行了。"不过如果以后羊全都圈养了,索朗仁青这样的年轻人估计也得和其他伙伴一样去拉萨、甚至更远的地方打工了。他会怀念一整天放羊、发呆、喝酥油茶的日子吗?

"绿色"主题的魔力

　　正如《中国周刊》所标榜"记录变革的时代"的社会责任目标,这篇《西藏种草记》就是在记录时代中的一角——西藏草场的变化,从新闻报道的角度对这一"变"字进行了深度思索。在生态环境问题面前,作者将主题推至读者面前,以疑问而不是结论或观点的方式引人入胜,步步入画。相比该刊物中的其他栏目,《西藏种草记》被安排在"绿色"栏目版块,虽然字数及篇幅上远远不及其他,但是却依然字字如金、入木三分。

选题:主动探索　关注角落

　　在选题方面,虽然中国周刊开辟了"绿色"专栏,但实际与生态环境相关的选题却并不多见,与大量的时政新闻、经济新闻、社会法治新闻等相比,此类选题显然很难引起记者和读者的关注。《西藏种草记》则体现了作者张亚利在选题方面的主动探索性和敏感性,通过合理恰当的报道使得文章兼具了传递信息与引导舆论的功能,充分发挥了新闻媒体的社会功效,既有可读性,又有价值性,将在地域上、影响力上偏离了人们视线,处于社会角落地位的环境保护话题,拉回到眼前。

结构："绿色"创作　巧妙提问

从整篇文章的结构和叙事方式上来说，比较传统简单，无外乎提出问题、原因与现状、解决路径顺序展开。这种写作思路一方面是适应篇幅浓缩的需要，另一方面也使得问题的凸显更加鲜明，直截了当、简明扼要，与环境资源类的创作主题相当，体现了"绿色"。但是在内部结构上，却又多次运用悬念，环环相扣、曲折婉转，吸引读者的兴趣。比如，在导语部分最后抛出的问题，"'种草'效果如何？当地人对这件事怎么看？用现代生产方式维护生态的尝试会遇到什么挑战？"读者刚看到开头，面对这样的设问，自然不会轻易放弃，会跟随作者的引导而进入正文阅读，以期找到这些问题的答案。在正文第一部分结尾处作者再次提问，"155亿只是一个数字，真正到西藏去种草，会怎样？"为了透过表面的数字而看到真正的结果，读者还是会忍不住读下去。即便是在文章的结尾部分，问题依然不能就此罢休，"不过，人工种草的可持续效果如何？藏民能否接受生产和生活方式的完全改变？种草面积目前而言还是微乎其微，如何满足藏民的放牧需求？""他会怀念一整天放羊、发呆、喝酥油茶的日子吗？"此处的问题不再是设问性质，而是留给读者无限思考空间的疑问，个中答案，需要读者自己去分析得出。这既是双方的无声互动，也是对《中国周刊》所定位的高端读者群的一种尊重，对于这样一些高素质、高水平的传播对象来说，充足的空间远远优于简单的告白。再回看全文前两问，处理巧妙，都起到了很好的承上启下的作用，既是总结，又是新的开始。总体来看，这些问题在文章中犹如画龙点睛，多多少少弥补了生态环境类报道主题的无趣和晦涩，提升了趣味性。

文字：转折与数字的魔力

在文章的开头部分，讲述了西藏导游的两面情绪之间的转换和对比，通过这样看似轻松、不着边际的一个现象而引出了全文的主题。表面上看，导游与生态环境之间没有直接的联系，但是也正是因为导游的职业特殊性，他们在工作中亲眼目睹西藏草场的变化，所以他们针对草场退化的言论可信度更高，或许这就是作者选取这样一个特殊角色作为主题陈述人的重要原因。除此之外，

"西藏的导游知道怎么让外地游客笑。他们会说汉话、粤语,有时还蹦几句英语。但几乎所有人都会在某个时刻语气里透着惋惜,严肃地介绍"这样短短两句话之间的转折却让人心中一陡,文字间的氛围突然就急转直下,从说笑到惋惜、从轻松到严肃,前后对比产生了极其强烈的表达效果,使得这一问题的呈现更加鲜明,并通过之后的介绍内容体现了草场退化的严重以及带给人们的情感伤害。由于这些精妙的写作技巧,第一自然段的文字在全文起到了引出主题、奠定基调的重要作用,为下文写作铺开了较为宽阔的道路。

除了转折,作者还在前半部分尤其是第一部分使用了大量数据,用数字说话,将问题呈现得更加真实、清晰、有说服力。这些经过采访等专业途径采集来的数据,与文章开篇西藏导游介绍中所使用的大量概化的词语,比如"一点点绿"、"湿地面积挺大"、"萎缩了很多"、"很少下雪"等又一次形成了对比。

文中的数据大多以组合形式集中出现,如"作为我国五大牧区之一的西藏,有天然草地 83 万平方公里,约占全国天然草地面积的 21%,占西藏土地总面积的 68.1%。"

"但武俊喜掌握的研究数据不容乐观:2000 年和 2001 年的一项实地抽样调查结果表明,除去无人区草地和不能利用的草地面积,西藏退化草地面积已经超过了 50%。而 1990 年~2005 年的调查显示,西藏草地退化面积仍以每年 5%~10% 的速度在扩大。"

"从 1959 年到 2004 年,西藏农牧民人口增加了 0.97 倍(从 113.22 万人增至 223.37 万人),牲畜年末存栏量更是增加了 1.6 倍(从 956 万头增至 2 509 万头)。而建设、开发等人类活动也对西藏的生态造成一定影响。"

这一组组数据生动地说明了西藏草场问题的严峻性。生态资源类的新闻报道,一般不太被重视,也很少得到读者的主动关注,那么在已有兴趣读者的基础上,如何稳定并持续吸引这批读者,往往是摆在新闻记者面前的重大难题。其实正如《西藏种草记》的作者张亚利所采用的手法一样,对比、转折、数据、设问,这些技巧的有效融合与配合,就会使得原本平淡无趣的报道主题和写作具有了令人惊喜的魔力,杰作由此而成。

第十一篇　新疆暴涨万倍的疯狂石头

《南方周末》记者　陈江

　　在北京与上海,玉是新富阶层的财富象征;在原产地,玉石却承载着一个地方和一群人的暴富之梦。在这里,希望和绝望交织,悲惨的故事与暴富的故事一样多。这里的悲喜剧自成一体,却又随着整个新疆整个中国的变化而波折不断。这是一个中国版的"西部淘金梦"

　　在跳进和田市郊区米力尕瓦提荒滩上一个 6 米深的坑中之前,65 岁的挖玉人阿卜杜·哈拜尔把一块馕饼和着水塞进嘴里,以抵御已经来临的饥饿与困倦。哈拜尔每天在这片荒滩上干十多个小时活,整个月中,他需要在这片沙漠边缘的戈壁滩上面临孤独、疲惫、饥饿、寒冷,以期挖掘出哪怕一小粒和田玉,那将是对他最好的报酬。

　　这个荒滩上的深坑以外的世界似乎与哈拜尔无关,他并不知道,数月以来,由于前往新疆贩玉的汉族商人的骤减,和田美玉曾经持续火热的销售如今基本处于停滞。

　　在一个他曾经挖掘了半个月却没有任何收获的土坑里,哈拜尔用帆布和木架搭起了一个简易帐篷,他就住在里面。每一天,他都在这个帐篷附近开掘新的土坑,寻找着新的玉石。对他来说,这是种古老的赌局,赢了,他可能会挖到价值几十元直至几千万的宝贝,而输了,他输 3 块钱——一天三个馕饼的价钱。

　　哈拜尔在孤独的等待好运来敲门。"也许一会儿就会中大奖。"与哈拜尔一起在这里挖玉的买提江笑着用维语说,"谁知道呢,这都是真主的旨意。"日落时分,他们在例行的仪式中,面朝西方祈祷,希望真主能赐给他们这里地下的宝玉。之后他们穿好鞋子又跳进坑中,趁着还有光亮,他们再挖掘起来,期待着泥土中能出现那幸福的闪光。"要不要赐给我,或者什么时候赐,都是真主说了算。"买提江一边笑着,一边把几片莫合烟叶放进嘴里咀嚼,用以提神。经常到巴扎(市场)上闲逛的他清楚知道现在很少有内地的商人敢来新疆买玉,但他相信真正的好玉仍然是俏货,"因为现在的和田玉资源几乎没了,连米粒大小的也翻不出来。"去年,这个不满30岁的年轻人在这里不远处挖出一块饭盒大小的白玉,卖给了一个同村的玉石商人,对方给了他40万,这让他首次触摸到了真实的财富。在之后的几个月,他用这40万雇了一辆挖掘机在曾经的"福地"继续深入挖掘,但好运再没光顾这里,他没能挖到哪怕米粒大小的一块玉石。很快,40万用完了,挖掘机司机在结完最后一笔账后分秒必争赶往下一个主顾的深坑去,将买提江一个人留在了荒滩上,他又变回了从前的样子。"除了这身西服,什么都没剩下。"他拉着西服两侧的口袋盖自嘲道。

这里是新疆南部和田市的边缘。每年雪山融水过后,此处会如童话故事般显现出一条东接昆仑山的干涸河道,几千年来,被洪水从山上冲下的和田美玉就沉积在河床附近,吸引着无数人来到这个地方,但只有最近几年,超过10万人蜂拥到这里的戈壁荒滩上疯狂挖掘,而玉价在短短10年间随之陡然暴涨了一万倍。

玉石在这里被挖玉人从地底掘出;商人们将之贩运到遥远的南方,在那里切割,打磨与雕琢;再流向北京上海这样的现代都市。数千年以来玉石的流转保持着这一路线,更加恒久不变的则是在原产地挖玉人中反复上演的好运与绝望,这个地区深陷疯狂的财富梦想与环境恶化的现实之中,人们使用着几十个世纪以来都没有变化的寻宝技术,疯狂地找寻着自己的梦想。

百分之一百万的涨幅

在北京朝阳门一处胡同中的私人会所,缓缓的音乐配合着柔和的灯光充斥着整个房间。"敬各位,也敬这块美玉。"吴老板向旁人举起了酒杯。

几分钟前,经营电池生意的吴老板看着他的江苏同乡们比拼着各自手中的玉器,而当他亮出一块手掌般大小,犹如笼罩着一层乳白色光辉的和田羊脂玉雕后,在座的其他"总们"都围上来,他们纷纷打听这块玉件的出处以及雕工,并再也不好意思拿出自己的玉器"献丑"。而在 2 个星期前,吴老板还在为自己"玉不如人"而神伤。吴老板随即得意地侃侃而谈,介绍自己半个月前如何与此玉结缘,并果断出手 200 万买下这块宝玉的经历。事后他私下打电话给一位在新疆和田的玉石商人,感谢他帮忙找到这块好玉,让他挣足了面子,还说他最享受的就是看见同乡×总垂头丧气的样子。这位×总之前用一块 80 万元的和田青花玉佩让吴老板很下不来台。但这一回,吴老板认为自己扳回了一局。放下电话,另一头的玉石商人也松了一口气,几个月以来,涉足南疆腹地的内地玉石商人数量大为减少,"幸亏这些内地老板们仍有需求,否则我也不知道该怎么办才好。"

在北京、上海这样的都市,新近富裕起来的一批中国富豪对行走于豪华高尔夫球场或是 LV 手袋兴趣减弱,他们反而觉得拥有一块绝世的玉石才是身份与高贵的象征——历史正重演着同样的情节——珍贵的玉石再次来到了新时代的显贵们手中。在很多场合,晚宴与私人聚会都最终成了玉石"展览"会,为了尊严与荣耀,这些富豪、名流、世家子弟们不惜动用几百万的家财换来一二石头,虽然他们或许并不真的懂玉,"但对他们来说,面子比什么都重要。买 LV 反而显得俗不可耐。"一位玉石商人如是说。

几千年来,还没有任何一种石头对于中国人的吸引力及影响力能够超越玉石。事实上,作为硅酸盐物质的玉石并没有任何实际的用途,这种化学成分除了因在形成过程中受到水的融合外,几乎和任何岩石砂石没有区别。但其晶莹剔透、温润高雅的气质使它成了几千年来除去黄金外中国最受欢迎的商品之一。自从儒教将美玉与君子以及道德结合在一起,玉石更成了中国文化血脉的一部分,它再也不是一块普通的石头了。而如今,随着近十年中国经济的高速发展,玉石又被附加了财富、地位、品位的新意义,成为显贵们最新的宠儿。"黄金有价玉无价"这句话非常好地诠释了最近十年和田玉石价格的走势。80 年代仅仅价值几百元的和田玉籽料目前的售价为几百万元,而且往往处于既无价也无市的状态。在一本介绍和田玉石情况的书籍《中国新疆和田玉》中,作者保守估计目前和田羊脂玉每公斤售价为 20 万,而有商人认为,这个价格在实际交易过程中往往要乘以 5 甚至 10。据统计,虽然近十年来国际黄金价格上涨了 235%,但在中国,和田玉石的上涨幅度却是百分之一百万。

玉石由于其日渐稀少更显魅力。在整个人类的历史上,玉石开采量只有几万吨,尚不够填满一个水立方的跳水池,而这其中有将近 2/3 是近十年才被开采出来。如今和田一个月的玉石开采量就远远超过人类几个世纪开采量的总和。为了得到这象征着财富的石头,数以十万计的人们自发加入了淘玉的大潮,有人戏称,作为主产地,整个和田地区除了铺有柏油路面的地方,已经都被翻过一遍,但很快又被后来人翻了回去。

"缘分哪"

切莱莱赫今年 26 岁,可是她的手已经磨光得像块老皮。只有长时间在石料堆中用手拨弄,手才会变成这样。自从离婚后,她为了自立,便到当地砂石厂找了一份活计。事实上,这根本也不算是个工作,她只是每天被允许呆在石子堆上,用手和一块小木板寻找极少数没被人找到的玉石颗粒,而为了这个她要每天付给看守 10 元钱作为"门票"。

切莱莱赫找到玉石的机会微乎其微,皆因这里的石料早已被人拣选过多遍,在收取 10 元让她进场前,已经有人以每月 2 万元的"门票"承包了第一轮的拣选机会,除非这些人睡觉或者有事,否则基本很难有玉石逃过他们的眼睛,即便是米粒大小的也不例外。

作为玉石食物链的顶端,和田地区的砂石场往往都成为了变相的采玉。经过非常复杂以及严格的审查,缴纳不菲的费用后,这些砂石场才被允许建在古老河床之上。每天向下挖掘几米之后,砂石场老板将会对石料进行第一次的拣选,而之后才会对外承包,直到切莱莱赫这个层级之后,没用的砂石料才被磨成细粉,卖给随便什么建筑商,而其每吨几十元的利润远远不能与玉石交易以及承包拣选权相比。"本子上我们的主业是加工砂石料,但谁也知道会拣出玉来,所以这是一项副业,当然无可否认这项副业最赚钱⋯⋯"一位希望匿名的砂石场老板整理着自己采玉的正当逻辑。

即便找到玉的几率是如此地小，切莱莱赫仍然愿意呆在这里，因为她时常还是能凭借着自己的眼睛从砂石堆中找到小粒的玉，而如果这些玉形态够完美，又或带有红或黄的花纹，她便可以将这些玉立即变现，卖给无时无刻都守候在附近的玉石贩子，换取几十元或上百元的收入，而这意味着她整个月的"门票"和食物都有了着落。采玉食物链的顶端与末端在这里奇怪地共生着。

人们估算，每年依靠玉石为生的和田人超过10万，他们中有一些确是因为贫穷而挖玉求生，还有很多却完全是出于对一夜暴富的渴望。有人开玩笑说，在和田地区，一夜暴富的故事比土里的玉石还要多。因为到处都流传着某人某日挖出了多么大块美玉的消息，而往往这个人就因此发了横财，过上了幸福的生活。这使得这里的人们更为疯狂地去寻找，希望自己也有朝一日能够成为传说。

最近的一个谈资是去年在河滩里挖出的那块80公斤带皮羊脂玉料，最终在北京以3 000万元成交。而很快，有人看到一夜暴富的玉主返回了河滩，这位千万富翁选择继续挖玉而不是回家养老。

在和田市郊的一个砖瓦厂，司机刘震非常懊悔地讲述着自己亲身经历的一件事。几个星期前，他驾驶一辆皮卡车出外送货，却在村口的土路上陷进了泥里，正巧一块大石卡住了他的轮胎，使他进退不得。他到处找人帮忙推车，废了九牛二虎之力终于推车碾过了那块大石，却听到车尾的欢呼声有些过于振奋。"我下车一看，一个巴郎子(小孩子)抱着那块石头高兴得快哭了，是一块青白玉。"刘震满脸失落，"一看那玉我差点哭了，那块至少能卖25万，我就这么压过去了……"

在采玉界，人们往往笃信缘分。很多传说告诫人们，在一个地方挖上大半年也许一无所获，但不应该放弃，"你不挖，别人过来接着挖，一挖就出来三四块，瞬间成了富翁。"买提江说。这样的传闻更让挖玉者们欲罢不能，因为每次想要停止的时候，"总是希望再挖多一层，那就永远也停不下来了。你知道，希望总在下一铲土里。"买提江自己笑得很惬意，他不到一岁的儿子已经能够爬来爬去，这个孩子的名字叫努尔，维吾尔语里是光芒的意思。买提江说之所以起这个名字，是因为在挖到那块40万元的玉时，他真的看到了光。

悲惨的故事和暴富的故事一样多

没人在乎需要挖掘多少吨土方才能从中找到一粒和田玉，在这里，只要有可能,即便是把整个山头都削平也有人在所不惜。人们只看到身边一个个暴富的身影,而选择性地避开更多因采玉而倾家荡产的悲剧。当加满了柴油的挖掘机们怪兽般冲进河床深处时,除非弹尽粮绝,否则它们是不会停下的。

当奥运奖牌将使用和田玉为原料的消息使玉石热潮攀上顶峰时,在和田市玉龙喀什河河道中进行采玉作业的挖掘机达到了顶峰,八千余辆。这甚至引起了国外军方的注意,观看卫星照片根本无法理解这些绵延几十公里的工程场面意味着什么。不仅如此,全国各大重型机械集团的老总也不清楚为何自己的产品在和田如此畅销。几年来和田地区重型机械的销售量一直居全国榜首,几乎所有厂家的领导班子都慕名到这里来考察调研。

玉石所激起的欲望之可怕在外界是难以想象的。在玉龙喀什河的一次开采活动中,两个挖玉人同时看到了挖掘车抓斗中的一块带皮白玉,两人不顾一切扑过去抢,却忘记了脚下被挖掘机刨出的深坑,一人当场摔死,另一人受伤。如此这般的惨剧并不罕见,暴富的诱惑让人们对这些惨剧习以为常,更多的人加入到淘玉的浪潮中来。

整个10月,艾尼·买提一直在玛丽艳开发区帮他的好友看场子,这个开发区早先的规划是希望进行农业开发,可当人们不知从哪里得知这里几千年前曾是古河道后,此处很快被挖掘得像是月球表面,整个地区水土流失严重,荒漠化也近在眼前。"人们只要玉,其他的无所谓。"一位市质监局的官员无奈道。

艾尼的主要任务是监督雇来的另外5个人工作,并杜绝这些人私藏玉石的可能。简单来说,他们需要在漫天的灰尘中紧盯挖掘机倾倒下来的土方,寻找任何玉石的踪影。而如今,距离上一次发现玉石已经8天了,艾尼和他的朋友一样焦虑,8天来,挖掘机从河床内掏出的土方已经超过400吨,可他们这个小队连和田玉的渣子都没看到一粒,光是每天每辆挖掘机一千多元的柴油费用如今就已经净赔数万。

"这里是最大的露天赌场。"玉石商人侯文波如是定义艾尼他们的行为。类似艾尼这样的小队,挖掘机一般是租赁而来,每月2万8到3万6的租金,柴油自筹(基本上是每天每辆一千多元油耗),如果算上工人的工资,每个月每台车就要投入10万到12万的成本,这些钱大多是筹借而来,一旦挖不到像样的玉石,"基本就是倾家荡产的结局。"侯文波说。

2006年,侯文波与另外4人合伙进行着和艾尼同样的玉石挖掘生意,三个月内挖出的玉石与投入的成本刚刚持平,5个人都不敢再干下去,"动辄就是倾家荡产。"侯文波至今仍然觉得自己很侥幸,"这种生意就与赌博无异了。"侯文波记得当年有6个浙江老板组成的小队在河道里挖出了一块带皮白玉籽料,卖了128万的天价,可由于不愿就此收手,很快128万赔个精光,又倒赔上百万,最终合伙人间内部分裂,黯然收场。"打比方说有10台车挖玉,最后最多只有一台车的人有机会暴富,2台车保平不赔不赚,其他都是倾家荡产。"侯文波很庆幸自己是没有赔钱的人之一。

在和田,如果精心留意,悲惨的故事几乎和暴富的故事一样多,只是大多数人选择性地过滤掉了那些悲剧。侯文波还认识几个当年叱咤风云的阿吉,由于挖玉失败,如今一无所有,不是在家务农就是在路边卖烟,"他们都曾经是身家几千万的富豪,总想着挖更大的石头,最后就落得如此下场。"侯文波说。

2004年底,一个挖玉人借了亲戚朋友的钱买了挖掘机挖玉,但连续一年时间,没有挖到像样的玉石,亲友不停向他追债。一天晚上他通知了所有的亲友,说第二天早晨在玉龙喀什河边的一个地方还钱,当第二天亲友们赶来的时候,发现他已经在因缺油而无法运转的挖掘机上上吊自尽了。

"祝你下次好运"

整整一天,玉石商人卡吾力骑着他的摩托车往返于各个荒滩之间,他全家的生活都依靠他平日里倒卖玉石来维持。依靠着信息灵通,卡吾力近几年赚到了不少钱。在和田,像他一样的玉石贩子"数都数不清",但是大多都是串场加价获利,每次赚个二三十块钱,互相炒卖,但很少有人有渠道把玉直接卖到内地去。

"巴扎里都是我们本地人,炒来炒去还在我们手里,到最后还是要内地人来接才行。"卡吾力也没法子,他自己没有渠道把玉卖到内地,只有汉族商人以及几个维族阿吉有这个渠道,"现在内地商人不来了,卖给阿吉他们又杀价很低,怎么都是亏本。"

卡吾力索性开着摩托车跑到米力尕瓦提转悠,遇到熟识的阿卜杜·哈拜尔，后者告诉他已经很多天没有找到东西了，"都让你们给卖了。"哈拜尔半开玩笑指责卡吾力。买提江拿了一块石头给卡吾力看，这是他几天前在石滩里找到的，外表与很多石头无异，但用手电筒照则隐约觉得其中有异。由于部分玉石在形成过程中被包裹了很厚的石皮，因此一块石头里面是顽石还是美玉，这基本上只能靠眼力，简单说就是赌。"看不好，里面不一定有玉。"卡吾力撇着嘴，"去找个电锯刨开看看吧。"买提江不同意，他还是想囫囵个卖掉。"挺难，现在买家本来就少，太便宜了你也不舍得卖。"卡吾力临走前说。

事实上，由于玉石本身带有或多或少的石属性，即便是专家也有看走眼的时候。和田地区最大的玉石山料矿阿勒玛斯矿前矿长安举田，是自1980年代起就开始在国营矿场担任收购人员的老专家，但在一次光线暗淡的场合，他仍然被一块咔哇石打了眼，误当做碧玉收购下来，虽然此事过去十多年，安举田仍然心有余悸，从此之后他再不于光线不好的地方进行交易。前不久，他的一位朋友——一位天津玉器店的老板——硬是将一块近2吨的咔哇石当做碧玉收购下来，经济损失惨重。这种生意自古至今严格按照一手交钱一手交货的古老方式，就是要让双方都无法反悔。赚钱或是赔本全靠眼力。

但一些事例也让更多的人愿意选择铤而走险。在和田玉石巴扎，曾经有人赌一块石头里面有玉，3万块买下后刨开发现里面竟然是上等大块白玉，价值超过百万，轰动整个和田。当然，这样做的风险就是也有很大可能几万块买到一块彻底的顽石。

买提江的妻子每次看到丈夫回来都不问是否挖到了玉石，虽然她也希望自己家能有好的运气。她只是默默地把买提江带回来的那些石头码好，放在一边。"说不定那石头里面就是玉呢。"买提江总是这样说。

几天之后，终于，买提江下了一个决定。他用衣服裹上那块顽石，珍而重之地抱在怀里，搭了一辆三轮车赶去和田市内。这位农民打算赌一下自己的运气，看看从戈壁荒滩上捡来的这块顽石究竟内里有否美玉。

买提江来到一家熟识的玉器加工点，这样的店铺在和田有上百家，工艺和技术也都雷同。买提江这回要借用对方的石头切割机，一种非常笨重的机器，但几分钟之内就可以用其锋利的电锯割开大部分石头，也包括玉石在内。

店家用手电反复查验之后，建议买提江从最边上刨开薄薄一片。这样做的优势很明显，因为不会伤害内里的玉石，如果里面有的话。

得到同意后，店主开始动手。买提江来回踱着步子，用手指搔着自己的胡须，做着深呼吸。

5分钟之后，随着嘈杂的声音结束，一片石头被割了下来，掉在了地上。买提江咬起了嘴唇，凝视着平滑的横截面。店主用水冲掉石浆，这块石头终于露出了本来的面貌：它表里如一，没有玉。"祝你下次好运。"店家说。

石非石　人非人

《南方周末》的深刻性向来是大多数新闻媒体难以企及的，而在老牌记者陈江笔下诞生的这篇《新疆暴涨万倍的疯狂石头》中，分析对象更是经历了从石头到人再到区域社会的过渡，层层深入、步步为营，文字中透露的力量早已不是标题表面的"疯狂石头"那样简单，玉石产业链中的石头不再只是石头、人也不再只是人，而是承载了更多对于这一产业现象和新疆社会生活的思考。

选题：以小见大的效应

2009年，新疆乌鲁木齐"7·5"严重暴力犯罪事件引起了国内外媒体和舆论的普遍关注，在这种背景下，《南方周末》作为一家有全国影响力的深度媒体，就必须从简单的焦点新闻事件后发现更有价值的新闻线索、更值得关注的社会问题，从而借助新闻报道手段发现推动新疆的稳定与发展的方法。正是凭借着敏锐的新闻洞察力，《南方周末》鉴于对风波之后的现状和多元共存的未来的思考，推出了这篇文章，并在文前按语部分表示"本报拟推出'新疆的现实与未来'系列观察，对这块牵动国人神经的土地，从民间生态、财富流动、社会脉动等角度，记录其坚强与困惑的现实状况，探索其进步与繁荣的未来可能。"推出这样一个系列观察,既有当年的新闻时效性,又有相应的社会价值,是非常值得赞赏的。不过可惜的是,该系列观察也只是停留在了"拟推出"阶段,在此篇报道之后,并没有跟进后续报道,这多少会让人感觉到一些遗憾。跳出系列网络,从本文的选题上看,新疆和田玉主题全面涵盖了按语中提出的三方面报道角度:"民间生态、财富流动、社会脉动",起到了以小见大的效应,具有宏观的气势和深刻的意义。而所谓以小见大的效应正是依靠作者陈江独特的采写角度和功力发挥出来的。

主题表达的借用与双关

在主题处理方面,作者多处巧妙借用,表达了新疆和田玉狂热现象的表面特征与内部精神。

最突出的借用就是文章的题目"新疆暴涨万倍的疯狂石头",除了修饰语强烈地说明了新疆和田玉的价值涨幅之快、之大以外,作者对于"疯狂石头"的引用,读者都心知肚明。电影《疯狂的石头》在2006年上映后,因其独特的黑色幽默和无厘头的喜剧风格,迅速红遍大江南北,电影的品牌影响力已然形成,并成为同类电影作品中的经典代表。作者对电影片名的借用,立刻就拉近了与大众读者的距离,大部分熟知电影的人看到《南方周末》的这篇报道,就会倍感亲切,好奇心和兴趣点被吸引,阅读欲望也自然提升。除了对电影品牌影响力的借用,文章与电影的故事内容都是围绕"石头"而展开,这种主体相似性也使得引用更加贴切。除此之外,在创作的内涵方面,文章与电影都倾向于表达"石头"带给人的物质与精神变化,透过现象看本质,这也可以说是文化创作的一种基本功能。所以,作者陈江在题目中引用电影名称,实现了一箭三雕,达到了新闻报道更好的宣传效果。

除了题目中的引用,文章在封面导语中提到"这是一个中国版的'西部淘金梦'"。很显然,这是引用了美国历史上赫赫有名的西部掘金热潮的故事。而该处的引用同样也不只是简单的文字借用,更重要的是表达了这一名词背后精神雷同的观点。美国的西部淘金梦代表着奋斗、冒险、梦想、希望与绝望、财富与贫困,这些同样适用于中国新疆的和田玉现象,"在这里,希望和绝望交织,悲惨的故事与暴富的故事一样多。这里的悲喜剧自成一体,却又随着整个新疆整个中国的变化而波折不断。"因此,对于熟悉美国历史尤其是了解美国淘金故事的读者来说,由"西部淘金梦"这个词语就很容易联想到其中的特征、内涵,从而自觉地转接到新疆和田现象上来,这对于在下文阅读中的文化认同和理解起到了奠基作用。

结构:关键点的逻辑

从整篇报道的结构布局上看,并没有什么明确而清晰的逻辑顺序,但实际上,作者是将几个重要的关键点拼接,组成了一个呈现并列关系、各有侧重的逻辑思路。

导语以记录挖玉人的工作场景为开篇,接下来通过真实描写与谈话采访,借助精准的文字使用呈现了挖玉人的工作环境、生活状态以及思想和价值观。第一部分"百分之一百万的涨幅"则是以都市中的富豪们对和田玉的推崇和一系列活动为报道对象,文中之意,正是这些人的参与在一定程度上哄抬了玉石的价格,带动了和田玉的产业发展。"据统计,虽然近十年来国际黄金价格上涨了235%,但在中国,和田玉石的上涨幅度却是百分之一百万。"这样的对比体现了和田玉石夸张的价格上涨幅度,这也正是作者想要在第一部分表达的关键点。第二部分"缘分哪"所集中的关键点则在于在新疆采玉界,人们笃信缘分,正是在这种畸形信仰的影响下,"很多传说告诫人们,在一个地方挖上大半年也许一无所获,但不应该放弃",人们对于玉石的热情近乎疯狂,以一种非常态的状况还在持续,我们从文中多少可以感觉到,这或许是作者所不期望看到的现象。第三部分"悲惨的故事和暴富的故事一样多"很明显就是在讲述悲惨和暴富的故事,这些故事的主人公是一个又一个的个体,透露出的确是当地整个社会的两极情绪。而第四部分"祝你下次好运"则是以挖玉人买提江的故事为关键点,说明玉石中的赌博色彩以及极大的运气成分。文章最后以店家的一句话"祝你下次好运"为结尾,给人留下了广阔的遐想空间,意味深远。

导语与正文四部分之间关键点的结合,看似松散,却暗含思路,从不同角度、不同层面深刻剖析了和田采玉业的复杂内幕,其深度与广度都是非常值得学习和赞赏的。

第十二篇　狱侦耳目

《南方周末》记者　刘长

袁连芳已过早地衰老了。年初的一场中风,让49岁的他几乎丧失咀嚼能力。一碗馄饨,需要他人喂入口中,袁仰起脖子,让馄饨顺着食道滑落。

2001年至今的10年间,袁连芳的特殊身份从未示人——直到两起他参与作证的命案,相继遭遇被告人喊冤,公众才开始审视两起案件中的诸多巧合:袁在服刑期间,先后现身浙江、河南的看守所,均以同监犯人的身份促成他人作有罪供述,并在侦查或审查起诉阶段做出证人证言,且屡次获得减刑。

袁的身份,正是警方通称的"特情",即警方线人。而袁这类在看守所内的特情,官方表述称之为"狱侦耳目"。南方周末记者调查了解到,袁连芳的多次现身,不过是中国狱内侦查制度中的寻常一幕,如杭州市司法界一位厅级官员所言:"(袁连芳的)调用是有依据的,是公安的侦查手段。"

看守所内的狱侦耳目,一般分两类:一类了解人犯动态,主要用于防止各类事故的发生,保证监所安全,名为"控制耳目";一类配合预审,主要用于突破重大案件或疑难案件,名为"专案耳目"。袁连芳正属于后者。

获　刑

在成为锅炉工、副站长和碟片摊贩之后,袁连芳在高墙之内,成为警方的耳目。

袁连芳,杭州人,1962年生。其父母均为杭州普通工人,育有袁连芳等兄弟五人,其中袁连芳排行老五,由其姑姑带大。

关于袁连芳的学历,有初中、高中、大专等不同说法。南方周末记者从其家属处了解到比较一致的一点是:袁"脑子很灵"、读书很多。

走出学校后,袁曾在杭州市下城区商业局下辖的国企——杭州武林浴室公司工作,起先是做烧锅炉的工人,后来成为公司的骨干成员,负责管理电器。后来,袁一度担任下城区某粮油站的副站长,此为其一生最辉煌的时期。据其家人透露,袁任职副站长时,恰逢袁母逝世,"很排场,花圈都摆了很多"。

袁连芳的一位不愿透露身份的亲属告诉南方周末记者,袁早年曾与一医院护士结婚,后因对方是知识分子家庭,对袁不甚满意,二人遂离婚。后袁与家住杭州武林路附近的莫某相识,二人组成家庭,一起生活近 10 年,但一直未正式登记结婚。

经历上述多次身份转换后,袁连芳成为一个生意人。1999 年,他与女友莫某在杭州市湖墅南路的电子市场租下摊位,开始经营电子器材。经营仅一年多,2001 年 1 月 12 日,警方接到举报,从二人的摊位、仓库及住处共搜出碟片3 600余张。后经警方鉴定,其中有 3 474 张为淫秽碟片,均由袁、莫二人从浙江义乌购得,尚未售出。

袁、莫二人随即因涉嫌贩卖淫秽物品牟利罪,被刑事拘留,1 个月后被正式批捕。法庭上,律师为袁做了罪轻辩护,提出袁的贩卖淫秽碟片行为属未遂,应减轻处罚。同年 5 月,拱墅区法院正式对该案作出判决:袁与女友莫某均被判刑 6 年。

在成为锅炉工、副站长和碟片摊贩之后,袁连芳意外地进入高墙之内,随即获得一个全新的身份。

留 所

利用"狱侦耳目"侦破刑事案件,是政法系统内部认可的做法。

长征桥,位于杭州市北郊,横贯南北的京杭大运河,在此拐了一个弯,然后向东南流入杭州市区。运河西侧这片伸入水中的半岛地带,曾经坐落着杭州市拱墅区看守所。如今,这里已被新的商业楼盘取代,旧貌无迹可寻。

官方资料显示,自2001年1月13日被刑拘,到2004年9月12日刑满释放,44个月时间里,袁连芳都羁押在此。拱墅区看守所工作人员还记得袁的模样:"络腮胡子、眼睛细细的",唯独对袁在看守所内的特殊身份讳莫如深。

按照法律规定,余刑在一年以上的罪犯,都必须移送监狱服刑。但1987年最高法、最高检、公安部的联合通知,留下了一个口子:个别余刑在一年以上的罪犯,因侦破重大疑难案件需要,或者极个别罪行轻微又确有监视死刑犯、重大案犯需要,暂时留作耳目的,可以留所服刑。

"3年以上刑期的人留所服刑,只有一种可能,就是留作耳目。"杭州市检方人士向本报记者分析,袁连芳的刑期是6年,留在拱墅区看守所服刑,必然是以"狱侦耳目"的形式留所。而成为狱侦耳目后,袁连芳的身份需由看守所上报上级公安、检察部门审批,并对袁建立专门档案管理。

浙江省政法系统2006年的会议纪要显示,利用"狱侦耳目"侦破刑事案件,已是政法系统内部认可的做法。该纪要规定,狱侦耳目必须有一定文化素质和社会阅历、有较好的心理素质和口头表达能力、知晓或初通国家的有关法律法规等。

袁连芳的一位家属向南方周末记者证实,袁的口才很好,"能给你从天说到地、从外说到内"。据他介绍,2001年5月,法院判决之后,袁连芳表示愿意以"线人"的身份留所服刑,希望家人能帮忙找找关系。"可能是他自己跟看守所关系也搞得蛮好,外面再帮他说一下,就可以留在看守所坐牢。"判决生效后,袁连芳经过亲友在狱外的疏通,最终获准留所。

一般认为,在看守所服刑,会比在监狱服刑略为自由,居住和伙食条件相对较好,亲友探视也较为容易,故很多刑期较轻的罪犯在判决之后,都希望能争取留所。不过,袁连芳提出留所服刑的真实动机,外界仍无从得知。

可以确定的是,杭州市中级法院判决执行的回执单显示:袁连芳的同案犯莫某被送往"七监"(女子监狱)服刑;而属于袁连芳的那份文书,送往何处服刑一栏上,却空无一字,仅盖有"拱墅区看守所"的两个红章——印章上还被划了三道黑杠。

号 长

袁连芳是号房里唯一用有柄牙刷的人。他所有吃的东西、洗漱用品、香烟，"都是有人拿过来的，待遇什么的也都不缺"。

现有材料中袁连芳首次"执行任务"，已是其进入看守所2年之后，地点为距杭州1 040公里外的河南鹤壁——淇水在此汇入卫河，然后向东，与自杭州北来的京杭运河在山东临清交汇。

2002年5月30日夜，鹤壁发生一起灭门血案。由于案情重大，经逐级上报，该案成为公安部督办案件，公安部多次派出测谎专家、足迹鉴定专家，参与侦破。同年底，鹤壁农民马廷新被怀疑制造了该起血案，遂被刑拘，并被投入鹤壁市第一看守所。但50天过去，警方仍未掌握其作案的确凿证据。

2003年2月4日，马廷新被转到看守所内的1号监室，号里已有四个人，其中一位是监室的"号长"——袁连芳。两天前，袁已提前抵达这里，等待着马廷新的到来。

据马廷新回忆，袁连芳是杭州人，自称是某工厂厂长，因经济犯罪入狱。马入监后，号长袁连芳主动提出跟他谈谈，说："我跟公安局、检察院认识人，有关系。""公安局说了，只要你招了，就不再找你家里人的事了。"

马廷新发现，号长袁连芳是号房里唯一用有柄牙刷的人——从安全考虑，看守所嫌犯用的都是特制无柄牙刷，以防自杀和伤人。此外，袁所有吃的东西、洗漱用品、香烟，"都是有人拿过来的，待遇什么的都不缺"。

南方周末记者多方了解到，"狱侦耳目"能够获得一定的特情经费，并可以因表现积极或立功而减刑。1996年公安部和财政部制定的《看守所经费开支范围和管理办法的规定》透露：看守所狱侦耳目和预审办案等所需要的费用，均在公安业务费中列支。

"所有的供述，都是他（袁连芳）写好，让我背，背不出来不准睡觉、吃饭。"经历了警方的刑讯和号长在号房内的反复"教导"，23天后，马廷新写出了长达5页的《主动坦白交代材料自首书》，承认了"犯罪事实"。可堪玩味的是，这份材料,是由马先交给袁连芳,再由袁上交给警方。

马廷新"交待"之后,4 月 8 日,袁连芳离开鹤壁。多年后,鹤壁市鹤山区检察院出具材料称,对鹤壁市看守所 2003 年至 2004 年的羁押人员档案进行"多次查阅","均查无此人"。

现有关于袁连芳此次北行两个月的唯一记录,是一份拱墅区公安分局刑侦大队 2003 年 4 月出具的证明,称:袁连芳涉嫌经济犯罪,因案情复杂,出于"排除干扰"的考虑,羁押于鹤壁,后仍押回杭州。

当年 5 月,杭州中院首次裁定袁连芳减刑:一次性减刑一年半。因司法材料未公开,此次减刑原因不明。

作　证

同监室犯人袁连芳指控张辉的"证言",是被告人张辉的供述之外,唯一直指张辉杀人的证言。

袁连芳回到杭州后 1 个多月,古运河边的拱墅区看守所,迎来了新的犯罪嫌疑人:杭州西湖区新发生一起强奸杀人案,安徽人张辉被怀疑涉案,随即被杭州市西湖区公安分局刑事拘留。

据张辉自述,被抓后,他被连续审讯了 5 天 5 夜,后于 2003 年 5 月 30 日送往看守所。蹊跷的是,张未送往案发地的西湖区看守所,而是来到了袁连芳所在的拱墅区看守所。

根据杭州市政法界人士介绍,杭州区域内的 9 处监狱、13 个看守所和 3 个劳教所中,拱墅区看守所的狱内侦查工作一直先进,"在全浙江也很有名"。拱墅区看守所内,类似袁连芳的办案耳目,最多时有五六个人。

张辉日后在申诉材料里回忆称:被关押于拱墅区看守所的 28 天里,他在 15 号房。这里的"号长",是一个 40 多岁的中年男子。

据律师转述张辉的描绘:一进号房里,就有人问他是犯何事进来的,张辉不答,对方准确报出了张辉涉嫌的罪名,并多次问他"有没有做过",张否认,遭到对方毒打。"边打边说,你这个案子我都知道你是怎么做的,你开车到哪儿,在哪儿调的头,怎么抛尸的……都说得很清楚。"

直到开庭前,张辉也不知道这位"号长"的名字,但很快,他也在拱墅区看守所内写出了一份交待材料,叙述了自己的"犯罪事实"。随后,张辉被换押至杭州市看守所。

这并非袁连芳和张辉的唯一交集。资料显示:2004年4月12日,袁连芳还在看守所内接受过杭州市中级法院工作人员的询问,袁连芳表示,自己曾与张辉关在同一号房,并曾主动问起张辉关于其案子的事情,张辉则曾私底下向他承认,确实犯下强奸杀人罪。

9天之后,杭州中院一审判决张辉死刑。袁连芳的上述证言,是被告人供述之外,唯一直指张辉杀人的证言。

同年8月,杭州中院再次裁定袁连芳减刑,并称:袁在服刑期间,认罪服法,认真遵守监规……服从分配,不怕苦不怕累,积极完成生产任务,多次调派"外地"协助公安机关"工作",完成任务成绩显著,故予以减刑10个月。

晚 年

> 看守所在监舍里安排"耳目",以获取破案线索和维护看守所秩序,这些"拐棍"和"耳目",容易形成牢头狱霸。

2004年9月12日,袁连芳刑满释放,就此告别看守所。一年之后,拱墅区看守所因城市建设和看守所本身场地狭小,搬迁至5公里外的杭州市渡驾路81号,运河边的旧址被推土机夷为平地,新的住宅小区随之拔地而起。

出狱后的袁连芳,与女友莫某断绝了来往,并卖掉了入狱前二人置办的房产,偿还了债务,一个人租房生活,与亲属也绝少往来——部分亲属甚至连袁的租住地都不清楚。

在鹤壁,马廷新案被鹤壁中院和河南高院两级法院多次作出无罪判决。2008年3月,被羁押5年多的农民马廷新,终于被无罪释放,随后拿到了首笔2万元的国家赔偿。

在杭州,张辉在被同监室犯人袁连芳指证后,先后被杭州中院和浙江高院判处死刑、死缓。随后于2008年被押往新疆农二师库尔勒监狱服刑。在狱中,张辉坚称自己无罪,并在服刑至今的7年间,申诉不断。

2011年春节后,袁连芳因高血压中风,一度不能进食和讲话,被几个打麻将的朋友送往医院,住院治疗长达一个半月。其住院所在的杭州市第二人民医院,也在京杭大运河边,与他昔日服刑的地方隔河相望。

对于狱侦耳目滥用的后果,法学界早有警惕。2009年,中国犯罪学会副秘书长、中国政法大学教授王顺安在谈及看守所问题时,曾向南方周末记者表示:看守所在监舍里安排"耳目",以获取破案线索和维护看守所秩序,但由于公安机关强调高效率的侦审合一,往往会滥用"耳目",这些"拐棍"和"耳目",均容易形成牢头狱霸。袁连芳的案例可与上述印证:无论在鹤壁市第一看守所内与马廷新同监,还是在拱墅区看守所内与张辉同监,袁连芳均是"大哥"、"号长",并参与促成嫌犯承认"罪行"。

2011年3月份,昔日的"号长"袁连芳出院。虽恢复说话,但语调已较常人缓慢,行动亦只能靠拄着拐杖慢行。同年8月,全国人大常委会对刑事诉讼法修正案草案进行初次审议,该草案中关于侦查机关"秘密侦查"适用的相关条款,引发舆论的强烈质疑,至今余波未了。

与此同时,47岁的河南人马廷新,带着刑讯逼供留下的伤痕,继续留在鹤壁乡间务农。35岁的安徽人张辉则在新疆的监狱里继续申诉着,记录显示,他余下的刑期为:15年零5个月。

(文章部分资料参考自:王亮《狱内侦查实务》、龙学群《新时期狱内侦查问题研究》、袁誉斌《狱内耳目制度探究》、王武良《狱侦狱控之技能》)

个人命运与制度考量

"狱侦耳目",是中国司法界的一项侦查手段,也是对特定人群的一种专业的官方称谓,或许,在这篇文章之前,普通民众都很难了解和知道这种制度的存在,也正是因为与普通人的距离遥远,造成了司法侦查的不透明、审判的不公正,导致了制度渐行渐远,完全背离了其初衷和规则。刘长的这篇《狱侦耳目》,正是在当时的新闻背景下,通过袁连芳这个典型的"狱侦耳目"代表的故事,对制度本身提出了质疑。《南方周末》类深度媒体的意义也正在于此,在深刻分析个别案例和人物的基础上,对整个制度与环境进行考量,以期推动社会的积极变革和进步。

选题:用新闻敏感去思考

在法治新闻领域,冤假错案也许有很多,但是怎样才能在众多的案件中挑选出有新闻价值的题材,怎样才能引起社会舆论的普遍关注,这既是摆在记者眼前的选择难题,也是新闻报道的规律需求。2011年底,《狱侦耳目》的发表引起了极大的轰动,该文将监狱中的警方线人群体暴露在大众面前,这正是作者基于新闻职业敏感和专业思考所作出的明智的选择决定。这篇文章对于中国新闻界的后续法治报道影响巨大,除了引起社会对于文中提及的张辉案件的关注和重新审视以外,2013年3月28日《河南商报》针对这一案件的重点报道则直接再次借用了题目"狱侦耳目",可见《南方周末》这篇文章的深刻性和影响力。

《狱侦耳目》在选材上的独特之处在于,它不仅仅是局限于为冤假错案提供发声的平台,而是敏锐地截取了冤假错案的部分剖面,也就是一定程度上的内部形成原因,这些原因的存在从未被察觉,因此,一旦被揭示出来,必然会产生强大的社会冲击力,引起人们的集中关注。但在这个过程中最关键的就在于敏锐的观察力,这种观察力不是任何人或者普通的新闻工作者所能具备的,而是在大量的调查研究、跟踪采访、收集专业资料的基础上,逐渐锻炼出来的,这是一个日积月累的过程,并不是一蹴而就的,这就对记者的持久耐力和专业素养提出了很高的要求。

也正是基于已有的报道成绩,《南方周末》在2013年张氏叔侄案件被重新判决后,没有再给予大篇幅的跟踪报道,因为在《狱侦耳目》中,虽然媒体不能行使司法审判职能,但是从作者的分析推理和文字倾向上看,案件结论已经不言而喻,若再继续对同一主题进行二次报道,难以创新,也难以突破,所以在其他媒体蜂拥而上的时候,《南方周末》选择退而求新,去发现其他更有价值的新闻线索。虽然在后来对这一案件也有一些关注,但是在报道的篇幅与力度上都无法与这篇文章相提并论,只是一定程度上的应景之作而已。

结构:以人为线,串起制度分析

这篇文章在叙事结构上有一个典型特征,就是表面上看,是在记录一个人,也就是具有"狱侦耳目"身份的袁连芳,但实际上袁连芳只是贯穿全文的中心线索,文章的核心主旨和目标是呈现、分析"狱侦耳目"制度,这也是深度新闻报道的一个重要写作手法。

整篇稿件以袁连芳人生的几个重要节点"获刑、留所、号长、作证、晚年"为界限,划分为多个部分,以顺叙的方式讲解袁连芳,在每个部分各有侧重,用大量的采访资料和事实情况来分析袁连芳的成长环境、个人性格、狱中活动以及出狱后的生活处境等,从个体的侧面来观察整体制度和环境。这样的讲述更具故事色彩和趣味性,用个体的命运轨迹来拉近与读者的距离,让读者更有亲切感,从某一个人的微观角度去认识某一项制度的宏观情况,往往会更容易理解一些。

除此之外,在文章的各部分衔接之处,作者总会留下伏笔,这些埋伏一方面意味着引出下文,另一方面也暗含着对制度的质疑。比如在第一部分"获刑"的最后提到,"在成为锅炉工、副站长和碟片摊贩之后,袁连芳意外地进入高墙之内,随即获得一个全新的身份"。"全新的身份"是什么? 读者欲得答案,就必须阅读下一部分。第二部分"留所"的最后,"而属于袁连芳的那份文书,送往何处服刑一栏上,却空无一字,仅盖有'拱墅区看守所'的两个红章——印章上还被划了三道黑杠"。为什么空无一字? 三道黑杠意味着什么? 读者还是需要到下文中寻找答案。这样层层递进、环环相扣,读者在阅读的过程中好奇心不断被勾起,进而跟随作者的推理和自己的思考寻找最终的答案,对于《南方周末》的忠实粉丝来说,这是一个非常愉悦的过程。

刘长:法治记者的智与乐

记者刘长,曾经于 2013 年 4 月在中国青年政治学院做过一次讲座,谈"当我们在报道法治时,我们报道什么"。他将侦探小说划分为两种流派,一种是"黄金时代派",另一种是"硬汉派",而他自身在法治调查中只能走"黄金时代派"路线。中国人民大学的刘海龙教授以"自有他的优势"来评价刘长的外形特征与性格。"他装不了什么法官律师,但是人们对他是没有什么戒心的,很阳光、柔弱的、无辜的小同学。"正是这种正确的认识与定位,刘长在新闻采写过程中能够找到恰当的路径,借助严谨的取证和推理,寻求法治记者的长远之路。在《狱侦耳目》一文中,我们也可以清晰地看到刘长的逻辑和思考,以及在他的各种努力下争取到的多角度信息,让文章看起来更加生动、丰满。虽然在调查中会面临各种黑暗、考验,但是对于这样一个勇于挑战的优秀记者来说,工作中的快乐远远盖过了艰难。

第十三篇　十年前,他们离开部委大楼
——1998 年部委人员大分流回望

《南方周末》记者　张悦　沈亮

编者按

　　北京,又一场机构改革已启动。像前五次一样,每次改革都是一次"革命",而机构的人员分流和职能转变,是这场"革命"成败的关键。

　　本文记录的是,十年前第四次机构改革那场大规模的部委撤并和人员分流的故事。我们不应忘记,伴随着那场动人心魄的改革的,是一大批普通部委公务员的命运流转。大历史往往靠"小人物"来书写,今天的改革故事也是昨天历史的延续。而只有读懂历史,我们才能更好地畅望未来的改革。

　　他走的时候并没有想过回来。"分流的时候领导说,将来有可能需要新的人手,那么你是可以回来的,但很多人不愿意冒险,如果这样的话大家都去了。"

　　"改革本身面临一个实际操作的问题,这些人出去之后,在一段时间内就不在编制之内了,但一段时间后这个岗位还需要人,就回去了,要一个新毕业生培养成一个掌握专业知识的公务员,你选择哪一个。"

　　1999 年 4 月 14 日,朱镕基在美国麻省理工学院宣布了自己的胜利:"我们原定的目标是要 3 年内把中央政府减少一半,但是去年我们就把这个一半机构减少了……现在政府机关的人是一个人干两个人的活!"

　　媒体评论说这个过渡如此平稳,连国家经贸委原主任盛华仁都感到惊讶,

"在调整中几乎没有人给国务院给中央写信"。

还是像十年前那样，部委办公楼前国旗猎猎，武警照旧像铁桩般挺拔地站立，大门两边的两个大石狮子注视着进进出出的人。

从部长到公务员，大楼里不少职位换了好几茬人，薛剑（化名）每天仍会看到镇守这座大楼的这对石狮，尽管前些日子，它们并没能阻止东北某县的警察擅入抓人，但这些天，这座大楼里议论的焦点却是即将启动的国务院部委机构改革。

这意味着有人会从大楼里离开，十年前，薛剑离去时，已有3年公务员工龄。

从去年十七大胡锦涛报告提出"探索实行职能有机统一的大部门制"的概念，到改革方案草案今年2月25日在北京召开的中共十七届二中全会讨论，再到3月11日国务院披露机构改革方案，薛剑依旧像十年前那般关注机构改革的任何新动作，只不过，这次他是以新闻人身份。

十年过后，他心平气和地回顾那段时光，还真感谢当时被动的"出局"。"一个小人物在风浪面前是没有搏击本钱的，尽快找一个安静的避风港湾呆下来，是明智的选择。"他说。

那次行政机构改革，不再保留的部委有15个，新组建4个部委，3个部委更名。改革后除国务院办公厅外，国务院组成机构由原有的40个减少到29个。中国各级党政群机构共精简行政编制115万名——比1985年那次震动世界的百万裁军还多，是历次机构改革精简力度最大的一次。

然而，小人物的选择和被选择不仅可以给大时代作出贡献和牺牲，大时代也为小人物提供了新的机会和位置。

十年中，很多人像薛剑一样，不但找到了避风港，而且还重新启航成为弄潮儿。

今天国人对机构改革的热情，远不如当年，薛剑们说起十年前的故事时，也多少有点"让历史告诉现在"的意味。

风雨欲来

一切是在整整十年前的那次"两会"确定下来的。

那年"两会"闭幕式,意气风发的新总理豪情万丈地说哪怕前面有地雷阵,有万丈深渊,也要勇往直前,鞠躬尽瘁,死而后已。

尽管薛剑当时在为自己的前途担忧,但听完这席话,心里还是很感动的。

当年,外电曾评价改革闯进两大雷区:一是国企改革,一是机构改革。

1998年的"两会"期间,朱总理在人大湖南代表团对家乡代表说:"我抱着粉身碎骨的决心来干这件事!"

当时刚分配进北京某区纪委的王贤(化名)是和同事们挤在单位传达室看完那场记者会的现场直播。"朱镕基的办法是拆庙,和尚赶不走,我拆庙赶和尚。"王贤说。

总理一次性拆掉9座小庙,9个专业经济部门一并撤销或降格变成行业协会。此举意味着按照计划经济模式设计的政府机构框架逐渐消解。

而精简人员更是针对所有部委,其中难处可想而知,机构改革剥夺的不单纯是部门利益、个人利益,还有集团利益。

实际上,对于利益的焦虑和博弈在上一年就已开始。

当年的报道说,1997年12月底,朱镕基在一次讲话中道出苦衷:他正在操作国务院机构改革,找几十位部长逐个谈话;没有一位部长主动表示自己的部门该撤;长时间坐着谈话使他过度疲劳,每次站起来都很困难。

1998年那次机构改革的目标是逐步建立适应社会主义市场经济体制的有中国特色的政府行政管理体制。但方案最终确定之前,各部委的官员纷纷向决策层陈情:市场这只无形的手还不那么有力,还离不开那只有形的政府之手。

部长们在为各自部门的存在理由据理力争,而作为普通办事员的薛剑一开始则"事不关己,高高挂起"。"听到这些传言,我们同大多数年轻人觉得很遥远,青春就是本钱,上面那把达摩克利斯之剑,怎么也落不到我的头上。而那些从部队转业的处长,已灵敏嗅出风雨将来的味道,一位老处长对我说,看来这次真的要动真格的,得早作打算呀。"薛剑回忆。

而距薛剑所在大楼只有一箭之地的外交部,只有25岁的蒋琦(化名)则隐隐感到机会来了。"开始传说了很久,只不过大家不知道什么时候用什么方式改。"蒋琦进入外交部一个业务司两年多,自觉对机关工作不适应。机构改革也是换一种人生的机会。

薛剑说，机关工作，就是重复。工作内容、人际关系、办公环境其至思维模式都在重复。某些老机关，有些人二十来岁进去，六十来岁退休，几十年来都在同一栋办公楼上班，在同一个食堂吃饭，感冒了去同一个医务室拿药，只是随着职务升迁，办公室有所调换，办公桌有所更新。

在其后浩浩荡荡的改革大势中，一个迎流而上，一个则被裹挟而下，薛剑和蒋琦都告别了这样的机关人生。

煎熬

3月份"两会"召开，已经正式决定国务院系统要精简 47%，但具体到各个部，如何分流裁员，还没确定。

传言随之四起：一会说政法部门要加强，不会怎么裁员，裁掉的是经济部门；一会又说只能一视同仁，都砍掉 47%。

公允地说，人员精简的决策，各部委人浮于事的现象确实严重。当时流行一段顺口溜，说一个部委人员构成的状况："厅级干部一走廊，处级干部一礼堂，科级干部一操场。"媒体也纷纷为这次分流造势，称此次改革将从根本上走出"精简——膨胀——再精简"的怪圈，还有人从历史上找分流的合理性，大讲当年延安精兵简政的伟大意义。

转眼已是 1998 年夏天，几十万大军集中在长江沿岸和松嫩平原抗洪。而大楼里则少人关心这场"百年不遇"的大洪水，都在等着分流的政策最后出台。

等待，是备受煎熬的。国务院系统精简 47% 已成定局，而具体到每个部门，如何精简还在进一步博弈中。"两会"后，大楼换了新部长，这一变化似乎有了缓兵不动的理由。

刚刚履新的部长和各位司局长都在观察，大家都不先走一步，就像开车一样，踩住离合，看情况再打方向盘或提速。

新部长上任伊始，就在会上安慰大家，说政法部门不会像经济部门那样砍得狠，大家不要多虑，好好安心工作，组织也会对每一位干部负责到底。

分流的口号是，"让走的同志舒心，留下的安心"。薛剑所在的人事司自然是具体操作部门,但他们要考虑其他人的安排,还要操心自己命运。

大楼中的领导采取以静制动的政策,别的部委精简人员都相继动起来了,那些被撤销的部委,如纺织部、煤炭部、供销总社,部长都没有了,分流起来倒是干脆,相当一部分年青公务员去大学读研究生,因为他们占了先机,所以在专业选择上很理想。而大楼里则心存侥幸,以为分流的比例将比那些经济部门小得多,所以一直在观望。

煎熬的感觉让薛剑痛苦不堪。"我们都疲惫了,心想:爱怎么着就怎么着,还不如明天把我分流算了。"

但工作还得照常干,而且大家都表现得更加积极,连那些平时泡病假的人也每天严格遵守作息时间,希望避免成为分流名单上的人。而在往常,大伙儿争着到各省特别是风景秀丽的地方出差,这时候万一不在机关,会在分流中吃亏——这实则是一种杞人忧天的可笑想法。

不独这栋大楼,现在财政部的中层干部当年的科员吕青(化名)说,传出人员精简的消息后,部里人心惶惶,基本小半年没心思干活。"有关系有能力的人肯定留,那些只有关系或只有能力的人最紧张。"

其中一个部委的人回忆:找关系送礼的事情过去只有耳闻,当时则时有目睹。

从外交部分流出去的蒋琦则将这场机构改革比作国企改革:"不少人都明白分流意味着什么,说不好听一点,你下岗了。"

那场机构改革在国务院层面不但包括部委,还涉及意图政企分开的很多央企。比如,国务院决定,解散中国有色金属工业总公司,组建国家有色金属工业局(在机构改革期间,仍负责管理原公司所属企业,待组建企业集团之后,再实行政企分开),该局为国家经贸委管理的国家局。改革方案,由中编办和该局抓紧商定后,报国务院审批。

"经历机构改革的感觉是非常震撼!觉得四周暗流涌动,而自己却身无所依。"该公司的老干部郑锡说,"我们的改革来临得非常突然,总公司在两会后被突然要求解散。"

郑锡说,在最终的人员变动决定没出来之前,筹建负责人家的门到晚上人多得推不开。当时在外面挂职下放锻炼的干部吓坏了，赶紧跑回来问情况。领导就说单位肯定还是要你们——下放锻炼的干部多是厅局级——精简很少能影响到这一层面。

落 槌

当时各部委给出的条件不尽相同，吕青所在的财政部作为强势部门是当时分流政策最好的部委之一。"1998 年精简的时候，财政部给了 18 项优惠政策，比如分一套房子；由公费出钱去读书两年，有去英国剑桥美国哈佛的也有在清华中央财经的；还可以选择去财政部下相关的事业单位；等等。当然这些政策不可能一人独占，只能在其中择一。"吕青说。

当时年纪轻的人，大多倾向选择出国读书。让吕青最为扼腕的是他的一个女同事，当时她选择了去英国读书。这几乎是分流人员最令人艳美的出路了，饶是如此，这位女同事被精简后心情一直不好，一直没有想通，因无法适应国外求学生活只读了半年便回国了。不久又与丈夫离婚了，最终失去理性选择了自杀。"她如果料到过了两年，去读书的人大多又都回到了部里，估计也不会做出如此选择吧。"

薛剑所在的部委也有这么一位闹自杀的主。这位军转的处级干部认为自己身无长处，要是部里分流他就是把他往死路上推，声称一旦被分流就从 12 楼办公室跳下去。

薛剑觉得这一切都是"官本位"作祟，机构改革首先要改变政府职能，而要改变政府职能则首先应改变这种"官本位"的传统文化心理。但不可讳言，在那个时候乃至延续至今，崇拜权力也是我们这个国家国民正常的心态。

在大楼里做过三年科级公务员的薛剑，也自然做过紫袍加身、开府封疆的白日梦。那个挤在纪委传达室看朱镕基答记者问发出"大丈夫当如斯"的王贤亦如此这般痴迷权力游戏，他那时的抱负是"50 岁之前做到中委"。

在中国，政府占据了太多的社会资源，对社会的影响过于巨大。吊诡的是，不久之后电视中那个王贤倾慕不已的大人物紧接着发动的改革让他 30 岁之前就远离了官场。

薛剑在大楼里的主要工作是起草公文,这活说简单则简单,说难则难。一些干部终其一生,就在钻研这事。

薛剑午饭后会玩一回电脑游戏,然后去公共澡堂洗澡,洗澡完毕回到办公室,干点杂活,等着下班。那些日子,电脑游戏《仙剑奇缘》正风靡全国,这座令人仰视的部委大楼也概莫能外。"我想,每个人都有李逍遥(游戏主角)初出江湖时的豪情万丈,每个人的人生也都有他那样的不得已。游戏 over 时,我流泪了,不敢再去玩一遍。"离开那座大楼后,薛剑就再没有回去的想法。

一箭之地外的蒋琦则已经在期盼着离开的那一天了。

他仍然记得离开会议室的那一刻,心中仿佛听到落槌之音,他知道那一天永远不会再来了。"国务院文件的形式通知各个部委单位,开会的形式传达到每个个人,部委里边司局有一个统一的会议,然后是各司局开。"蒋琦说,夏天一过,他终于可以离开了。

等到 1998 年 10 月,大楼的精简方案已定,上面根本没给任何的通融,减47%,机关公务员由 420 余人减少到 270 人。

尽管之前,大楼里的头脑也鼓励公务员参加研究生考试主动分流,但大家都憋着,无人响应,最后硬是没一个公务员主动离开。

薛剑仍记得落槌之日的场景:依旧在司会议室的大会议桌。围着会议桌有十七八张椅子,再在外面紧靠着墙壁又有一圈椅子。开会时,没有人刻意做规定,大家都心有灵犀地找对自己的座位。司长坐在中间,副司级干部在他两旁坐定,其他处长、副处长便把环绕会议桌"二环路"的一圈椅子坐满,而靠墙壁这圈被称为"三环路"的椅子,稀稀拉拉由我们这些科级干部占据。

此时,坐在"三环路"的他依旧幻想着若是有一天提拔为副处长,第二天开会他会自觉地递进到"二环路"上坐定。

分洪区

那次各部委的分流安置主要是三个途径:一是离退休还有几年的老公务员提前退休,不少人乐得利用资源下海兼职发挥余热;第二条途径则是政府拿钱去大学学习三年,本科毕业的去读硕士,硕士学历的去读博士,三年期间各种待遇不变,哪怕大楼里分牛羊肉、大米也都有其一份,这些研究生的名额是特批的;第三条途径则是调到直属国有企事业单位,好像直属单位就不人满为患了。

因为去直属单位原则上是级别不变,直属单位受制于上级领导部门,一般对分流来的人员不能不接受。这些单位当时被人形象地称为"分洪区","几次改革之后,那些分洪区也已经是汪洋大海,分无可分了。"结束了"中委"之梦,分流到一家事业单位的王贤说。

分洪区也不是国家财政直接支付的,也不会给国家财政带来财政压力,很多事业部门财政主要是靠收费,比如王贤分流去的那家,国家给30%的经费,其他靠收费。

虽说人员减少了近一半,但部级官员和司局级官员的职位基本上没什么变化,处级职位减少也不多。比如薛剑那个司仅仅将8个处减少为7个处,老干部局和机关服务局从公务员编制就地变为事业编制——这样就不占编制名额。

减少的主要是科级和科级以下的职位。比如原来每个处四人,处长、副处长各一,现在变成一个处仅三人或二人,处长、副处长职数不变,每个处要么留一个科员要么一个科员都不留,全是官员。对具体办事者来说,首先要平衡各方面利益,再然后就是考虑分流工作的难易程度。

但是这场惊心动魄涉及多方利益的改革并没有出现曾经预想中的尖锐矛盾。就像官方学者声称的那样,上世纪的几次机构改革已为冗员安置探索出了宝贵经验。

大楼宣布分流后不久,就是春节,春节过后,薛剑这些被分流者还得回部里等候安置。这时候,他分到了一套1995年建的小两居,两间卧室加一个小厅,使用面积42平米。房子在北三环外,位置还不错。分到了房子,妻子比他还高兴,她对薛剑进部委最大的期盼就是分一套房子,有了房子她觉得分流算个啥。后来薛剑了解到,各部委分流干部无房者普遍分到了住房,这点算是货真价实的"赎买"。

"中央政府有能力用种种政策和财物来赎买分流干部放弃公务员的资格。而被分流的公务员,大部分实际利益并未受到损害,只是心理上多少有些失落罢了。"薛剑说。

离开的时候,薛剑选择了去直属该部委的一家报纸当记者。

缓解阀

蒋琦选择了去北大读书,1998 年 11 月,他参加了考试,在翌年 3 月份开班,比一般的研究生早一点入学。读的是那年最热门的法硕专业。

外交部是采取自愿的原则,一种是走了之后给你提供一些比如公费上学的条件,在行政待遇上有一系列安排,还有一些可以上完学再回来。

他走的时候并没有想过回来。"分流的时候领导说,将来有可能需要新的人手,那么你是可以回来的,但很多人不愿意冒险,如果这样的话大家都去了。"

3 年的学习深造对他们来说是一种"缓解阀"。"你让这些人去找工作是不现实的,所以当时想出这种办法,让你上个学,有个 3 年的缓冲期。"蒋琦说。

蒋琦认为,外交部那时候其实是相当缺人的,一些后勤部门着着实实是削减的,而业务部门显然是需要人力的,但为了完成精简指标不得已分流。

"但分流给我这样不适应机关的人提供了一些这样的机会,在若干年内,不能自由辞职,一定要走的话,要付出一些代价。"

考试分几种,有一种纯粹去学校参加一个培训,不用通过考试,费用由国家提供,另外两种是通过考试,一种是参加学校的学位班,另一种是参加国家统一的研究生考试,如果考过,国家出钱给你。

蒋琦在北大和所有在校研究生一起上学一起考试,不同的是,各定点专业都有一个"国务院班",都是从各部委通过考试进来的。

如果关系不是非常铁,班上的同学不会互相打听分流经过,"你总不能问他是自己想来的,还是单位劝他来的吧。"

在国家机关里工作过几年的人,他们的社会经验和人生履历上,学习目的非常明确,态度上也是比较认真的。"混日子是很可笑的,不是跟自己过不去嘛,我们都遭遇到一种不可抗力,当经历到你身上,你只能抓住一切机会来充实自己,为下一个机会做努力。"

他们不像在校生那样激进。1999 年 5 月 8 日,中国驻南斯拉夫大使馆遭到以美国为首的北约的导弹轰炸。在那种时刻,首都很多人参加了游行,但习惯代表国家行使权力的"国务院班"却有很多人没参加游行。

"等我到使馆的时候，使馆边上的水泥砖都被砸光了，我到那里去不是为了砸砖，而只是为了看看是发生什么事情。班上其他人也是看国家会用怎样的方式解决这件事情，相对来说比较冷静。"蒋琦说。

那天，即将离开大楼的薛剑在楼上的办公室冷冷地俯瞰着使馆周围的一切。

轮　回

事实上，蒋琦后来又回去了。回去工作了一年，然后才辞职的。

"我知道的班上像我一样回去的至少有十几个人。实际上，各个不同的部委面临的情况是不一样的，机构改革的时候不应该搞一刀切，但是各部委分开操作，又显得不平衡，很难完全做到公平公正。"

蒋琦认为，这也不能简单地归结为精简—膨胀的轮回。"改革本身面临一个实际操作的问题，这些人出去之后，在一段时间内就不在编制之内了，但一段时间后这个岗位还需要人，就回去了，要一个新毕业生培养成一个掌握专业知识的公务员，你选择哪一个。"

很多人，包括蒋琦，是一边上学一边上班的，"单位实在忙不开的时候还是需要你帮忙的。上学期间也给你一个基础工资。"

一般来说，每年部委都不断招募新的公务员，另一方面减少的仅仅是退休的公务员，所以公务员的数量肯定是增加的。"这和国家管理的模式相关，西方国家是小政府，而我们国家是一个大政府，必须面面俱到。"蒋琦反思说。

"我们的机构改革还是跟原来的政府管理方式有关系，每个部位分得很细很细，每个事情都要人来负责，需要庞大的公务员来支撑这个机构，直到他觉得编制人数太多了。这基本上是一个周期率。减下来又缩回去。"

至今仍在财政部工作的吕青也面对同一困惑，"那次改革的问题是只减了人员，但一些职位的职能没有发生变化，导致一度缺人手，这也是部分人能够重新回来的原因之一。"但他相信2008年新的大部制改革会避免这一问题，"这次改革不是以精简人员为目的的，而主要在于改变政府职能。""官迷"王贤至今仍感叹被后人称为波澜壮阔的"中国行政改革年"的改革力度和决心,朱镕基还是把这只有形的政府之手砍了下来。1999年4月14日,朱镕基在美国麻省理工学院宣布了自己的胜利:"我们原定的目标是要3年内把中央政府减少一半,但是去年我们就把这个一半机构减少了……现在政府机关的人是一个人干两个人的活!"

2001年2月19日,国家经贸委举办了一个简朴的新闻发布会,宣布国家机械工业局、国家石油和化学工业局等9个国家局正式撤销。3年前,它们由部降为局,3年之后终归于撤销。

媒体评论说这个过渡如此平稳,连国家经贸委原主任盛华仁都感到惊讶,"在调整中几乎没有人给国务院给中央写信"。

2003年的一天,已经当了3年记者的薛剑被报社领导找去谈话,说大楼对你的工作很满意,决定借调你回去帮忙。

他说这也许是他一生中迄今为止碰到的最黑色幽默的故事。当年要分流你,现在又要借调你回去工作。他答应下来了,觉得有一段时间去观察分流后的机关也是个好事情,至少能见识是否真的起到了"减员增效"的作用。到了大楼后他直奔食堂吃早餐。在食堂里他才发现自己快成机关的陌生人了,因为新面孔很多,这两年又招收了好些公务员,同时还有一大批拿着自己单位工资给部机关干活的借调人员。

当年要精兵简政、减员增效的调门还不曾被忘却,可眼下各级公务员招考如火如荼地进行,大学毕业生挤破脑袋都想做一名公务员。

当年薛剑的处室共有4人,2人留下,2人分流,留下的他的一位好友第二年就因病去世了。留任的处长给他打电话通知他参加追悼会,那次他悲痛不已。

处长后来升任了副司长,他电话祝贺,处长说,找个时间喝酒吧。可没过去多长时间,这位副司长在山西五台山出差途中遭遇车祸故去。

至此,当年处室的4人,已经没有一个还留在那栋大楼里。薛剑相信新的血液也许能让那个处室更加蓬勃,因为"权力还在那里"。

（根据被受访人的意愿文中部分受访人为化名）

新闻链接

第一次:1982 年。这次改革明确规定了各级各部的职数、年龄和文化结构,减少了副职,提高了素质;在精简机构方面,国务院各部门从 100 个减为 61 个,人员编制从原来的 5.1 万人减为 3 万人。

第二次:1988 年。通过改革,国务院部委由 45 个减为 41 个,直属机构从 22 个减为 19 个,非常设机构从 75 个减到 44 个。在国务院 66 个部、委、局中,有 32 个部门共减少 1.5 万多人,有 30 个部门共增加 5 300 人。增减相抵,机构改革后的国务院人员编制比原来减少了 9 700 多人。

第三次:1993 年。改革实施后,国务院组成部门、直属机构从原有的 86 个减少到 59 个,人员减少 20%。国务院不再设置部委归口管理的国家局,国务院直属事业单位调整为 8 个。

第四次:1998 年。国务院不再保留的有 15 个部委,新组建 4 个部委,更名的有 3 个部委。改革后除国务院办公厅外,国务院组成部门由原有的 40 个减少到 29 个。

第五次:2003 年。这次改革是在加入世贸组织的大背景之下进行的。改革后,除国务院办公厅外,国务院由 28 个部门组成。

以史为鉴

《南方周末》作为南方报业的领头羊,核心读者群为知识型读者,拥有全国甚至世界的影响力。被自由主义知识分子推崇,视其为中国最坦率和敢说话的报纸,"在这里,读懂中国",是《南方周末》改版之后的定位语,表达了这样一种诉求:在纷繁复杂的转型期,读者可以通过这个窗口了解到更真实更全面更清晰的中国。

这是文章是 2008 年南方周末记者在国务院机构改革的背景下写的一篇文

章,但是在选取的角度上面另辟蹊径,采取了回顾十年前的那次机构改革,讲述当时大规模的部委撤并和人员分流的故事,包括改革中的小人物生活方式的改变。

选取小人物映射大时代

文中出现的第一个人是薛剑,是当年大部制改革中分流出去的人,他"依旧像十年前那般关注机构改革的任何新动作,只不过,这次他是以新闻人身份。"通过这个人物的经历来体现出当时大规模部委改革对公务员以及国家机构的变化。还有王贤、蒋琦,其中蒋琦就通过这个机会远离了自己并不喜欢的机关单位生活,因为这次改革而换了一种人生。

而且,这篇文章通过讲述一组过来人的经历也回答了当时社会上对部委改革的质疑。比如说,"蒋琦认为,这也不能简单地归结为精简—膨胀的轮回。'改革本身面临一个实际操作的问题,这些人出去之后,在一段时间内就不在编制之内了,但一段时间后这个岗位还需要人,就回去了,要一个新毕业生培养成一个掌握专业知识的公务员,你选择哪一个。'"这段文字就通过蒋琦的经历在一定程度上巧妙地回答了政府改革难逃精简开始膨胀结尾的怪圈,毕竟通过这样一个历史事件经历者的角度来叙述更有说服力,而不是通过引用国家某干部的发言。

政策的每一阶段的变化都有一个代表人物的经历,通过将人物的心理以及生活的状态来映射出政策的变化是一个很不错的写作手法,可读性强。

另外,选题方面也是一向秉承《南方周末》以往的风格,选取了大家关注的社会上热烈讨论的问题,"在这里,读懂中国",不仅体现在写作方式上,我们可以看出《南方周末》的高明之处。

正如"编者按"里面写的那样:大历史往往靠"小人物"来书写,今天的改革故事也是昨天历史的延续。而只有读懂历史,我们才能更好地畅望未来的改革。

故事穿插讲述反映时代变化

本文主要讲了薛剑和蒋琦的故事,其中还穿插了王贤、吕青的经历。

开头还是一如既往的南方报业的风格,即"华尔街日报体",也就是用一种讲故事的方法去讲述新闻。通过故事的讲述,文章会有更强的可读性,更加的通俗易懂。

"还是像十年前那样,部委办公楼前国旗猎猎,武警照旧像铁桩般挺拔地站立,大门两边的两个大石狮子注视着进进出出的人。"开头一段的描写中"石狮子"这个意象让人印象深刻,石狮子形象地表现出这是一件关于政府部门的新闻,有些东西随着岁月的变迁会发生变化,比如说石狮子注视着的进进出出的"人",但是有些事物并不会因为时间而变迁,比如说"石狮子"。

通过薛剑的视角写出当时新总理上任时政治形势的变化,包括国企改革和政府改革,以及当时改革时各大利益集团之间的博弈,今天就是历史的重演,现在各方面的质疑就如同当时改革面临的困境一样,这样更有借鉴意义。

在讲述部门之间斗争的时候引出了另一个人物——蒋琦,蒋琦在这篇文章中代表着另一种人,他不喜欢机关的生活,认为机关的工作就是每天的重复,他个人更加倾向于离开这个环境,认为机构改革也是换一种人生的机会。

文章继续沿着薛剑这一核心人物,写出当时人们听闻要改革的信息,但是又不确定具体的政策是怎样的,会不会轮到自己被分流时的煎熬心情,而且这一部分的小标题也是"煎熬"。在讲述为什么煎熬的原因时,称述新闻事实。

如"等待,是备受煎熬的。国务院系统精简47%已成定局,而具体到每个部门,如何精简还在进一步博弈中。'两会'后,大楼换了新部长,这一变化似乎有了缓兵不动的理由。"

"大楼中的领导采取以静制动的政策,别的部委精简人员都相继动起来了,那些被撤销的部委,如纺织部、煤炭部、供销总社,部长都没有了,分流起来倒是干脆,相当一部分年青公务员去大学读研究生,因为他们占了先机,所以在专业选择上很理想。"

"而大楼里则心存侥幸,以为分流的比例将比那些经济部门小得多,所以一直在观望。"

这一部分之后又引入财政部门吕青,通过他的口吻讲述部门改革落锤定音之后的变化。比如"1998年精简的时候,财政部给了18项优惠政策,比如分一套房子；由公费出钱去读书两年，有去英国剑桥美国哈佛的也有在清华中央财经的；还可以选择去财政部下相关的事业单位；等等。当然这些政策不可能一人独占，只能在其中择一。"吕青说。

之后再次人物集合，说出分流之后人物的命运。其中包括国家政策的变化而导致的小人物命运的改变。

表达出作者的看法：小人物的选择和被选择不仅可以给大时代作出贡献和牺牲，大时代也为小人物提供了新的机会和位置。

背景资料的设置

这篇文章中比较特别的一点是比较少的可以在《南方周末》看到的"背景资料"，不过这一部分的背景资料是关于我国五次部委大规模改革的基本情况，包括具体时间、改革结果、部门变化等。

是对本文的补充。

第十四篇　南京饿死女童的最后一百天

《南方周末》记者　柴会群　鞠靖　实习记者　万梅梅

三个多月中,李氏小姐妹曾迸发出柔弱但足够坚忍的求生本能。邻居、民警、社区和亲戚也都曾作出他们自认为称职的努力。

拯救李氏姐妹的机会被一次次地错过。警察将曾侥幸逃脱的姐姐交还给吸毒母亲;一位担心"惹麻烦"的邻居最终退还了李家的钥匙;社区以不符合政策拒绝将其送往孤儿院。

这起所有人都认为他们付出了足够的关心和努力的事件,最终以两个幼童的死亡结局。

锁匠把泉水新村24幢二单元503的门打开后,一股异味扑面而来。在没有窗户的卧室里,南京江宁区麒麟派出所民警王平元看到了李氏姐妹已经风干的、幼小的尸体。

在2013年6月21日上午9点王平元带着锁匠赶到503室门口前,他已经有了不祥预感。

503住着的是一户特殊的人家。28岁的男主人李文斌2013年2月因涉毒被判刑半年。22岁的女主人乐燕也有吸毒史,曾于一年前被警方查获,但因处在哺乳期被免于刑罚。

困扰王平元的,是李家的两个女儿:3岁的李梦雪和1岁的李梦红。她们的母亲,也是惟一的法定监护人乐燕,曾不止一次地将孩子丢在家中外出不归,有时长达四五天。

从2013年3月份起,社区决定加强对李家的救助。其中一项重要工作,就

289

是由王平元联系乐燕，通常是一个礼拜一次。他每次只给这名不称职的母亲一百元到四百元不等的救助金，用以照顾孩子。这是王平元一份颇费神的工作，他当时的想法是："熬到8月份"就没事了。

8月李文斌将刑满出狱。邻居们说，在坐牢之前，两个小孩主要由这位父亲照顾。

王平元终归未能熬到头。从6月8日最后一次给出200元后，他再未能见到乐燕。而6月8日这天，他也未见到两个孩子。6月17日，王发现乐的两个手机都关机。两天之后，消失许久的乐燕主动与王平元联系要钱。王问小孩怎么样，对方说"好好的"。王平元怀疑，"你明天和小孩在家，我送钱过来。"

次日，王平元到了泉水小区，却没见到乐燕，电话仍打不通，他知道出事了。

2013年3月——侥幸逃脱的孩子

姐姐李梦雪曾侥幸逃出来，但办事民警把她们还给了吸毒的母亲。

最先到达现场的人们看到，一岁的李梦红躺在床上，3岁的李梦雪则在卧室门口。她似乎想用尽力气打开门，但没有成功——门缝里被母亲塞上了尿布。即便是成年人，也要费很大劲才能推开。

警方随即立案调查。他们没费什么力气就抓到了乐燕。据说她当时正在一个网吧里。

泉水新村位于南京市江宁区，是一个地处郊区的拆迁安置点。6年前，当地的泉水行政村和定林行政村合并为"泉水新村"，由村变成了社区，"大队"也变成"居委会"。由于原来的村庄拆分合并，加上大量的外来租房人员，居民相互之间不再如原乡邻那样熟识。

小区门卫说，3年前，当时尚不满20岁的乐燕"大着肚子"住进泉水新村，开始与李文斌同居。一个月后，她生下了一个聪明漂亮、人见人爱的女孩。

因拆迁补偿，不少原住民都发家致富。作为定林村原村民，李文斌在泉水新村曾拿到两套房子。一套90平方米，一套60平方米。不过，60的那套早被他卖掉。17万元的卖房款，据说半年就花完了。

原定林村村小组长鲍友海对南方周末记者说，李文斌一直没有正当工作。

"大队"曾经介绍他当"协警",但他没去。

李文斌被判刑之后,因为有两个年幼的女儿,社区居委会将李家作为重点帮扶对象照顾。尤其是在3月份后,更是加大了"救助力度"。这源于一起意外事件:3岁的李梦雪被困在家中四五天后,自己打开房门跑了出来。小区居民们相信,如果不是那次侥幸逃出,李氏小姐妹早就死了。

二单元404室的施春香每天晚上都要外出散步。今年春节过后,她渐渐发现了503室的异常:这户人家一连四五天都没开过灯,但却有小孩哭声。

此前,施春香和小区很多居民都看到,那个大一点的娃娃经常爬到窗户上玩。如果楼下有人,她会向下面招手,喊"爷爷、奶奶"。有时她的一条腿挂在窗户外,像秋千一样荡来荡去,那时施春香便担心,小孩别掉下来摔死。

事发前一两天,施春香听到五楼传来持续的拍门声。从下午一两点持续到晚上十一二点。

声音是如此之大,以至于连隔一层楼的3楼住户也听到。他们一度误以为是四楼在装修。

"(小孩)一边拍一边喊'妈妈,妈妈',拍得我心都揪起来了哟。"施春香说。

正在帮儿子带小孩的施春香知道,那是小孩饥饿时发出的声音。她上了楼,对着503室门背后的女孩说:"娃娃,你把门打开,我送点东西给你吃。"但是小孩在里面弄了半天,门也没能打开。

第二天早晨,一夜未睡好的施春香听女儿说,妈,五楼的娃娃早晨出来了。

这一天凌晨五点钟,不知道经过多长时间的努力,李梦雪打开房门出来了。在乍暖还寒的早春,她光着脚、满身大便、赤裸着上身,跑到小区大院里。"头上都长蛆了。"一位邻居说。

有人看她可怜,给她买来馄饨和肉包子。她吃饭之后,又在小区里转来转去,后来躺在一棵大树下睡着了。

终于有居民打了110,王平元很快赶到。施春香将其带到了503,"赶紧赶紧,里面还有一个小的呢!"

门被李梦雪出门时带上了。王平元叫锁匠来打开门,施春香进去,发现小孩趴在床上不动,以为已经死了。但喊了一声后,小孩回过头来。

两个小孩随即被带到附近的卫生院。经检查并无大碍。不过妹妹李梦红明显营养不良，虽然一岁了，但她还只会爬，屁股只有巴掌般大。姐姐李梦雪下身有多处溃烂，医生判断，那是长期不换尿不湿的结果。

一位骆姓护士给两个小孩洗了澡，边洗边流眼泪。她发现除了身上，两个孩子的嘴里也有大便——她们显然饿坏了，将大便当成仅有的食物。

王平元设法找到了乐燕。她来到医院，抱起孩子哭。这让王平元相信，她还是喜欢孩子的。只是不那么"稳定"。

乐燕的"不稳定"很快表现出来，医生建议让下体溃烂的李梦雪住院治疗，但乐燕拒绝了，当天下午即将两个孩子领回了家。

送饭一星期——背不起的包袱

邻居曾拿到乐燕家的钥匙并为孩子送饭。但坚持了一周后，觉得这麻烦惹不起退还了钥匙。

"你怎么能把孩子丢在家里不顾？"3月份的事情发生后，施春香问乐燕。"我连自己都顾不过来，哪还顾得了孩子？"对方说。

施春香后来渐渐发现，乐燕确实连自己也顾不过来。她不会烧饭、不会洗衣服，"什么都不会"。有一次，她到施春香处借了两个鸡蛋，学了半天，最后还是把鸡蛋拿回来，让施帮忙做熟。

一位缪姓锁匠对503的那位女主人印象深刻，2012年，她曾三四次因丢了钥匙而让他上门开锁。他看到家里可怜，只收过一次钱。

3岁小孩的"自救"事件震动了社区。人们开始关注这个"不正常"的家庭。事实上，如果只有开头，这原本可以成为一部温暖的"爱心"喜剧。

最先行动起来的是泉水社区居委会。事发当天，居委会就以每人一百元的价格，雇了四个勇敢的老太太到503打扫卫生。尽管她们事先做好了准备，但进门后还是有人忍不住呕吐。当时去过503的一位小区居民说，屋里面全是小孩的屎尿，根本不像人待的地方。

居委会很快决定对李家进行救济。用王平元的话说，对于李文斌一家生活上的困难，警方和社会全力支持。"钱不成问题"。

救济款每月为800元左右。因为担心乐燕乱花钱,王平元负责发放并监督。王平元通常每个礼拜给乐燕一次钱。他的考虑是:不能一次给太多钱,防止乱花;时间长了也不行,一周一次可以保证让其不脱离自己的视线。他以为,通过控制钱就可以控制乐燕,就可以督促乐燕照顾孩子。

账单显示,从3月4日发放第一笔救助款到6月8日后乐燕失踪,泉水社区居委会总共给乐燕发放12笔救助款,合计2 300余元。居委会还出资为李家买了洗衣机,更换水龙头。据说,在此之前乐燕从来不洗衣服。

邻居们也自发行动起来。经历过3月份的历险之后,施春香嘱咐乐燕:下次出去玩时把门开着,这样娃娃饿了我们可过来给他吃一点。

"她说阿姨啊,我怕大女儿再跑出来,我给你一把钥匙吧。"

施春香手里有了一把503的钥匙。此后一周,邻居们以施春香为中转站,相继将食物送到小姐妹跟前。

然而好景不长。施春香接钥匙时曾正告乐燕:自己也有两个娃娃要带,偶尔帮她带小孩可以,但时间长了就顾不了。乐燕连声说行。

施春香拿到钥匙后的第二天下午,乐燕出去,跟施打招呼说天黑回来。当晚施春香吃过饭,装了一碗饭菜上楼去喂两个娃娃。"我门一开,发现她在家。这一次她说话算数。"

然而,"第二次出去就不回家了","两三天都没回来"。

施春香的担心加剧。在此之前,就有邻居告诫她:这件事没办法管。普通老百姓惹不起麻烦。

一周之后,乐燕又来敲门,施春香把钥匙还了回去。"钥匙还她后,我感觉卸下了一个包袱。"施春香说。

她显然没意识到,一同交出去的,还有两个娃娃活命的希望。

2013年4月——"孤儿院不收"

社区拒绝了让孩子进孤儿院的请求,认为不符合政策。

在交出钥匙之后,一直到惨剧发生,施春香和小区很多人一样,一两个月里再未见过乐燕。她不放心。有次她问503的楼上对门人家:她(指乐燕)是不是走了？是不是把娃娃带出来了？对方说可能吧。

在此之后，也再未有邻居看到过窗台上的孩子，施春香也再未听到孩子敲门的声音。"当时我们小区都以为她真的把孩子带出去了。"

事实是，乐燕把孩子关进了那间没有窗户的卧室，并用尿布把门挤住。李梦雪再也出不来，外界也无法听到她的声音。这就是乐燕从上次事件中吸取的"教训"。

最先引起警觉的是李文斌的奶奶丁春秀。这位78岁的老人孤身住在离泉水新村不到一公里的一个村子里。自从听人说起重孙女从楼上跑下来的事情，她便一直不放心。

有一天，泉水新村一个她不认得的人过来告诉她：老太，大的看不见了，小的也看不见了。

"大的"指乐燕，"小的"是两个重孙女。

此前，丁春秀已经与孙子、孙妻断绝来往多日。后者一直怪她"小气"，不肯给晚辈钱。重孙女出生时，丁春秀给了300块钱。乐燕嫌少，说自己妈妈给了五千。

但丁春秀放心不下两个重孙女。她本能地预感到，孙子入狱之后，孙媳妇一天到晚不在家，两个重孙女可能饿死。

丁春秀于是到派出所报案，她先后去了几次。第一次不错，派出所民警赶到泉水新村，敲了半天门没敲开。以为有事发生，便叫来锁匠撬锁，结果孙媳妇一下把门打开，嫌敲门吵她睡不着觉。

丁春秀当时在楼下，她本想乘机看重孙女一眼，但怕被孙媳妇发现，便没上去。她上次来这儿的时候，是被孙子和孙媳妇轰走的。

有了这次教训，丁春秀再去报案时，派出所便不再积极。

在报案时，丁春秀还跟警方提出，把重孙女送到孤儿院，对方让她去找社区居委会。丁春秀后来才知道，原来"大队"变成了"社区"。她于是找到社区书记，恳请对方"做做好事，把两个'小把戏'送进孤儿院。给她们一条活命"。对方回答：她们有老子有娘，孤儿院不收。

丁春秀辩解道：娃娃是有老子有娘，但老子关在牢里，娘从来不管孩子。还不和没老子没娘一样？

没有人听她的话。

丁春秀有 7 个儿女，均经历过"三年困难"。按她的说法，7 个儿女都是吃"猪食"长大，但没有一个饿死。

7 个儿女中，李文斌的父亲李大发是长子。2003 年，李大发在一个采石场出了事故，瘫痪在床，苦撑 6 年后死去。一年之后，李文斌的母亲也因病去世。

李文斌很快成为村民眼中"不务正业"的典型。他小学未能毕业，9 岁即学会抽烟。李本人还曾出过一次车祸，并从此不能干重活。

在沾染上毒品之后，他更加成为整个家族的累赘。叔叔和五个姑姑均不再与之来往。

2013 年 5 月——最后的呼救

太外婆王广红最后听见孩子在门里喊饿。

乐燕同样出生于一个残破的家庭。她曾告诉施春香，她自小由奶奶一手带大，奶奶临过世时才告诉她妈妈还活着——她妈妈 18 岁生下她后，便与父亲离婚改嫁了。

乐燕母女两人去年相认。王平元告诉南方周末记者，4 月份，考虑到乐燕难以抚养小孩，他曾找到乐燕的母亲。王平元提出，由居委会出点钱，让她帮乐燕带两个小孩，或者上门来，或者带回家。对方说回去商量商量，但之后就没了下文。

一位知情的亲戚说，阻碍在于乐燕的母亲又有了新的家庭。她不想让女儿和外孙女影响到她的生活。乐燕甚至不知道她家的住址。

不过岳母帮李文斌找了一份保安工作，这也是他第一份正常工作。但上了两天班，便因"容留吸毒"被抓。

悲剧发生后，有人感慨，假如当时乐燕和李文斌一起被抓，两个孩子也不至于死掉。他们认为，这位母亲是横在女儿生命面前的最大障碍。王平元并不认可这种假设。在他看来，假设是没有意义的。关键是有没有尽到责任。

王平元认为自己已经尽到责任。作为片区民警，他不可能亲自照顾孩子。一个礼拜去看一次，工作量已经比较大。面对孩子死亡的现实，王平元很是沮丧："我们付出了那么多努力，最后却是这么个结果。"

亲戚当中，惟一没有抛弃李文斌一家的，是他的外婆王广红。李文斌从小在外婆家长大，和王广红感情颇深。李氏小姐妹出生之后，也主要是由她帮忙带大。

因为担心两个重外孙女的生活，王广红曾多次去泉水新村送饭。小区里很多人都对这个年迈的太婆印象深刻。不过，很多时候都是大门紧锁，空跑一趟。娃娃有时也被送到王广红家，乐燕说来接但经常迟迟不来。王广红不会用电话，娃娃吵着回家时，她便将她们背到泉水新村，但到了后却往往发现锁着门，只得再背回来。

3月份后，王广红再次送饭时发现，门开始反锁，重外孙女关在里面再开不了门。她有时责问乐燕干嘛反锁门，后者的解释是担心她会跑出来。"她怕丢她的人。"王广红说。

王广红始终没敢要一把外孙家里的钥匙。她担心惹来麻烦，"她会讲家里少了东西"，会赖她。

和李文斌在一起后，乐燕经常来到王广红家吃饭，有时也带娃娃来，王广红每次来都责骂她，但王广红发现根本没有用。

王广红最后一次见乐燕是在事发前四五天后。她来借钱，说钥匙丢了，要找锁匠换锁。她问："娃娃怎样了？"乐燕回答"养得好好的"。王广红不信，"你带来给我看看"。"一带就得带俩，不方便。"乐燕说。"你坐出租车来，我出车钱。"乐燕答应了，临走时带走了吃剩下的鸡蛋糕，说回家给娃娃吃，自此再未露面。

王广红再次听到重外孙女的消息，便是6月21日的噩耗。

王广红说，乐燕曾两次跟她提出，要把大娃娃交给王广红带，但她没敢答应。王广红本人也是当地有名的困难户，她的老伴偏瘫多年，身边还有一个痴呆女儿，都由82岁的她一手照顾。

王广红自己的生活费用则主要由当教师的儿子负担。他更不赞成母亲带娃娃。并多次告诫母亲，不要再和外孙家有太多来往，"她不正常，你不能跟着不正常"。对此王广红也明白，但她实在舍不得两个孩子。

王广红说,她前后接济过外孙一家三万多元钱。这些钱几乎都是她从牙缝里省出来的。

5月17日,农历四月初八,按江南传统要吃"乌饭"。这一天中午,王广红带着做好的"乌饭"来到泉水新村。这也是她在事发之前最后一次来看重外孙女。

她没能敲开门。但里面传来李梦雪的声音:"太太,门反锁了,我开不开,你找妈妈要钥匙。我饿死了。"门外太婆的眼泪淌下来。无奈回去后,当晚乐燕竟自动找上门,还带了一碗饭回去,说是给孩子吃。

王广红相信了,直至一个多月后接到两个孩子的死讯才追悔莫及——那其实是李梦雪留给外界的最后的生命讯息。

片段式叙述与整体事件描写

当我们在学习新闻写作时,也许可能从书本上了解到了很多关于该如何写好一篇新闻的理论,但再好的理论终究要在实践中去检验。在《南京饿死女童的最后一百天》一文中,作者没有用常规结构来叙事,而是采用了一种片段式或者说是段落式的叙述,分别讲述几个具有代表性的时间段内事件主体所发生的事情,最后把这些片段或者画面串联起来,让读者对整个事实有了一个脉络式的清晰认识。

三个多月中,李氏小姐妹曾迸发出柔弱但足够坚忍的求生本能。邻居、民警、社区和亲戚也都曾做出他们自认为称职的努力。文章第一段把将要讲述的故事大致传递给读者,不管过去有怎样的事情发生,作者只把重点放在两姐妹生命的最后三个月,这三个月中发生了什么?为什么事情会这样发生?故事的结果是怎样的?等等这些,都通过全文第一句话就让我们有所思索。而事情的结果是怎样的,作者首先把这个问题的答案给了我们。锁匠把泉水新村24幢二单元 503 的门打开后,一股异味扑面而来。在没有窗户的卧室里,南京江宁区麒麟派出所民警王平元看到了李氏姐妹已经风干的、幼小的尸体。这样的结局固然令人痛心,但为何为发生这样的悲剧,这才是作者想要告诉我们的。这起所有人都认为他们付出了足够的关心和努力的事件,最终以两个幼童的死亡结局。其背后原因在哪?

当文章进行到这里,也许所有人都急着想知道答案,但是作者却没有急于给出一个答案。反而,作者却把时间往回拉,拉回到三个月之前说起。

最先到达现场的人们看到,一岁的李梦虹躺在床上,3 岁的李梦雪则在卧室门口。她似乎想用尽力气打开门,但没有成功——门缝里被母亲塞上了尿布。即便是成年人,也要费很大劲才能推开。

警方随即立案调查。他们没费什么力气就抓到了乐燕。据说她当时正在一个网吧里。

在"2013 年 3 月——侥幸逃脱的孩子"这一段开头,作者其实已经暗示了两个孩子将来的命运。而这正是大家开始关注乐燕和她两个女儿的开始。此后所有故事,都是以这件事为起点开始。正是有了这样一件令人十分震惊的事情的发生,所有人开始觉得应该帮助一下这个十分不负责任的母亲。在一段画面式的描述之后,文章才逐渐把事情铺展开来叙述。慢慢把孩子父亲李文斌的情况告诉读者。而在一开始这段细致入微的描述里,作者还给我们展现了当时小姐妹的情况和大家对待这件事情的种种反应。当然所有人的反应没有任何不正常,除了一个人,那就是孩子的母亲。为什么孩子没有被很好地照顾? 为什么母亲拒绝对孩子的治疗? 这成为一个谜,让这一段文章戛然而止。迷惑中通过这一段描述给我们留下了这样几个印象式的人物,一个不靠谱的母亲,两个可爱的孩子,和一群有那么些热心的邻居。这其中所有人物性格的描述全部是只言片语,但却通过典型事件、典型语言,把他们一个个形象展现了出来。

"送饭一星期——背不起的包袱"这一段似乎是在说某一个人对乐燕和两个孩子的救助,其实是在说整个社区对她们母女曾作出的帮助。这其中既有想要坚持送饭的邻居、有帮忙开锁的开锁匠、有社区民警,当然还有小区的居委会。面对所有人的帮助,母亲乐燕却没有任何改变的意愿,依然坚持着不管孩子、甚至不管自己的作风。而为什么照顾不好孩子,也在这一段中给出了答案,因为母亲根本就没有照顾他人甚至自己的能力。在这样的情况下,再热心肠的人也不可能坚持下去,于是,送饭等等帮助都成了"包袱"。难怪乎,施春香把钥匙还了回去,说"钥匙还她后,我感觉卸下了一个包袱。"然而,悲剧也就此注定要发生。一同交出去的,还有两个娃娃活命的希望。

正是在这样的背景之下,出现了大家想让两人孩子去孤儿院的情况。但是面对这个独特的姐妹俩,孤儿院最终没有接受她们。一副无奈而悲凉画面开始在这里显现。"最后的呼救"一段悲剧的发生,最后两段的描述全是作者在一个个一句或者两句成段的叙述中完成的。就如同电视新闻中一幅幅画面组成的感觉一般。强烈的片段感让读者在阅读时一点点感受到悲剧即将发生时的急促气氛,直到悲剧发生,叙述完成。

总的来看,这篇文章最大的特点就是运用了一种片段式的叙述方式,让读者在似乎是跳跃式的阅读中,逐渐了解到事件发生的大概脉络。而在行文过程中,作者也是通过小段落的罗列,制造了阅读时紧张的氛围,让本就知道结果的读者,感受到悲剧事件即将来临时的紧张和压抑。

第十五篇　关于移动支付的专题(节选)

《南都周刊》2013 年 45 期　主笔　陈无诤　特约记者　丁若

第二篇　小额支付的城市文艺范

晴朗根本不是个商人,身上那种文艺情结,浓得化不开。就像他在"有约"网站首页写的那些话。

总有某些事某些情,来不及被你发现,就已经成为过去……"有约"为你提供 24 小时内的文艺活动,新鲜有趣。

一个有趣的展览,一场本应不该错过的舞台剧,或一位你可能一见钟情的歌手,"有约"为你推荐身边精彩的活动。现已开通北京、上海、广州、深圳四个城市。

不要让未发生的遗憾发生,让"有约"成为你的眼睛,发现生活之美,就在手边。门票轻松购,更优惠更个性,尽在"有约"。

没错,这就是"有约",属于晴朗的"有约"。这位"有约"的合伙人,身上曾经有很多标签——媒体人、策展人、经纪人,唯独不像是个商人。

但是他确实在创业了,自称"创业大叔"的他,和曾在中国移动搞技术的高中同学,20 多年后重相逢,碰撞出来的,就是"有约"一个致力于城市演出小额支付的网站和 APP,他的想法很简单,如同他自己微信的自我介绍——有约:文艺就在身边。

这个接近不惑的文艺大叔,拥有多年的演出票务市场经验,"有约"的创办,似乎一切都是水到渠成。他们独立开发解决了电子票最后验证环节的难题,甚至还拿到了专利——提供一站式的全方位服务。

南都周刊:当初为什么想到做这么一个叫"有约"的网站和APP,甚至开发了独立的城市小额支付验证系统?

晴朗:我做过多年的媒体,后来也做了多年的票务演出。我喜欢这种生活类型的小型演出,比如音乐、生活聚会、文化讲座、电影首映、美食、摄影等,都是城市的小型支付项目,一般都在500元以下,我们只关注小额的小型活动的移动支付。

我们为此和"有约"的合伙人——我曾在中国移动做技术开发的高中同学,开发了小额移动支付的验证系统。之前的票务系统,一般分为两种,一个是实体票务,都是打印的,一是二维码这种。但是电子票有一个问题,就是在验票环节容易出问题。特别是二维码,很容易被不法的黄牛,同时卖给了很多人,但到了最后验证的环节,才能知道真伪。南京的民谣歌手李志,在今年的全国巡回演出中,就曾经遇到过这种问题。

我们开发的支付验证专利"Z"(模仿佐罗的手势),是在最后入场时候,通过一个仿真的手势密码,让验票员模拟撕票的动作,解决了二维码的天然缺陷,同时解决了其不可避免的重复售票的问题。而且只要手机有相应的APP,也可以很方便地转赠给朋友。

南都周刊:作为一个文艺大叔,你是怎么想着做一个看似还有些技术门槛的移动支付的小型创业项目呢?

晴朗:我做了多年的票务演出,创业也是做自己熟悉的领域嘛。我合作人是做技术的,我则负责市场和推广,我们是最佳拍档,当时聊到半夜,一拍即合,大家的理念看来非常相近。我们比较得意之处,就是解决了欧美都没有解决的移动支付最后一分钟的线下身份认证问题。我们发明了这个解决方案,并申请了专利。

在演出市场的票务环节,最后的验证最麻烦,传统的票务验证要花费大量的金钱和成本。比如现在很多团购网站,在电影院专门设置自己的打票机,都是价格不菲。我们这个专利完全是独立研发,目前公司只有13个人,技术人员占60%。我的拍档做过很多中国移动的大型软件开发,比如七天连锁酒店移动端的后台系统。我们 20 多年没见了,在今年的饭局上一见如故。我虽然大学没毕业,但有实践。他读了 MBA,有技术有理论。从今年 6 月份开始,开发了三个月,就用移动端的技术解决了这个问题。

南都周刊:像"有约"这样的小型移动支付项目,主要的盈利模式是什么呢?包括后期的推广策略如何?

晴朗:我们的商业模式其实很简单,其一就是代售门票,通过微博、微信和APP 推广宣传,目前主要在北上广深四个城市推广,做一些中小型演出活动的票务代理。其次,目前也在和一些在线商城谈合作,把我们票务代理系统的专利授权他们使用。现在也有一些投资人对我们很有兴趣。

我算是个文艺青年。对于自己看过的演出很有记录的愿望,相信很多人也如此。80 年代的门票很精美,有设计感,现在的门票则很粗糙。我们的电子门票,则经过专门的设计,用户可以留下很漂亮的票根。多年以后再回想,人生的记忆留下真实的凭据,回忆也是有寄托的。电子票不能仅仅是一个很难看的二维码,而应该是寄托了情感的一种消费,这是个很文艺的 APP,为自己在城市的文艺生活,留下非常美好的印迹。

第三篇　网购狂人的"双十一"

11 月 11 日,公民刘丽莎没有看到清晨的阳光。

丽莎的先生阿 ken 差点以为抱错了老婆。结婚三年,每一年的 11 月 11日,丽莎都会很早起来抱着电脑双眼放光面色潮红手指颤抖地敲击着键盘,嘴里不停冒出一些阿 ken 听不懂的呓语,偶尔还有粗口,阿 ken 无法将丽莎呈现出的肾上腺素升高的状态与电脑屏幕上那双好似高跷一般的靴子联系在一起,因为他自己只有在看曼联队进球或者日本动作片时才会有这种半癫狂的痴迷。更糟糕的是,这种与阿 ken 无关的癫狂还要他来买单。

所以,当阿 ken 看到横陈在床上的丽莎,立即担心起她的健康。他晃动丽莎的肩膀,丽莎有点愠怒地醒了。

"干吗?!"

"你没事吧老婆?"

"有事,我在睡觉!"

"可是,今天是 11 日……"

"我当然知道今天是 11 日。"

"那你是改了?"

"嗯,改了,不用电脑了,用手机了。"

"……"

丽莎带着从 0 点到凌晨 5 点拼杀之后的疲惫再次沉沉睡去,同样深沉的还有她的购物车。深夜的寂静和熬夜的反常兴奋带给了她更多购物激情和灵感,新的智能手机很配合地响应了她的兴奋。相比往年对着电脑网路阻塞,页面刷新不能,着急上火到爆粗口,今次手机支付显得相当闲适,11 月的凉夜,丽莎蜷在被窝里,用拇指完成了 17 笔交易。

拇指交易

这一夜,与丽莎一起用拇指交易的人很多。来自支付宝的数据显示,在"双十一"刚开始的 1 个多小时里,有超过 1 400 万用户通过手机完成购买,成交额突破 10 亿元,通过支付宝手机支付的比例接近 30%,最高的比例甚至达到了 36.1%。

全天下来,支付宝实现手机支付 4 518 万笔,占支付宝总体交易笔数的 24.03%,手机支付额突破 113 亿,占支付宝总体交易额的 32%。据说,这是目前全球移动支付的最高纪录。

艾瑞网发布的数据显示,2013 年第三季度中国第三方移动支付市场交易规模达 2 965.1 亿元,环比增长 152.6%。有分析人士认为,目前国内移动支付处于推广初期,预计未来 1~2 年将迎来爆发期。

丽莎当然不知道,她用拇指选择的背后,是一场真正的战争。

对于习惯了每天一睁眼先看微信朋友圈、地铁上打发时间和躲避陌生人面面相觑的目光时看看微信好友发的各式帖子、开会时领导的车轱辘话说了多久就能聊多久微信的丽莎,微信已经成了她与这个世界建立联系的一个不可或缺的通道,她在微信里有了存在感,也帮助别人得到存在感,时不时发个赞,心情好时点个评,让丽莎觉得生活充实了不少,而且还充实得比较美好。大部分人在微信里都显得快乐健康、积极向上,有时候真的会让丽莎产生温暖温馨世界和平的感觉。

意外的是,丽莎发现,这次微信也可以买东西了。几天前,微信有个更新通知,加了一个"我的银行卡"功能,丽莎点开来,发现新增了一个"双十一精品,便宜还免邮"的选项,点击后即可进入易迅双十一微信卖场。腾讯公司悄悄地将旗下电商易迅网嫁接上了微信平台,人在北上广的"丽莎们"被试点了。

丽莎看了看,虽然整个微信卖场的商品种类不多,但不少热门商品都出现其中,有 iPad mini、iPhone 5C、苹果笔记本电脑等,挑起丽莎兴奋点的,是 16G WiFi 版 iPad mini,1 888 元的价格令她毫不手软地收了。想想自己每天上下班来回在地铁上的两个小时,看看美剧那是多么美好的事,况且还能练口语听力,"老板再也不用担心我的英文了,so easy"。

买入一样新东西,丽莎向来能给自己找到千百个理由,从百般游移到理直气壮,最后,有时甚至有沉冤昭雪的感觉。

丽莎发现,这个微信卖场里的东西没有每次购物都有的商品详情展示、搜索等功能,选出来卖的东西都是平时都很了解的,不需要太多的参考配置、参数,也不用再做过多比较,想买的话直接下单就好。同时,易迅的这个微信卖场购物流程也不大一样,丽莎点了 iPad mini 之后,直接跳出来的就是订单确认,没有加入购物车这一步骤,而后可以直接通过绑定的银行卡进行微信支付。

事后丽莎才知道,这个叫做"闪购"。这个"闪"字很是新潮,特别适合明明无所事事却非要什么都图快都靠抢的现代人。而且东西抢完一款再上一款,抢到了会让内心获得极大满足感。

丽莎努力在 8 点半挣扎起来,照例只化妆不吃早饭,然后 9 点挤进地铁,习惯性又看了看微信,发现微信卖场还有新小米盒子卖,立即又下手抢了一台。中午在食堂吃饭时,边喝着面目模糊的酸辣汤,边看手机,发现小米盒子已经卖完了。丽莎嘴角泛起一丝得意的微笑,堪比蒙娜丽莎一般神秘,坐在对面的要好同事佳佳调侃道:"谁呀?老公还是情人?"丽莎并不直接解释,留个悬念显得自己生活丰富,她问佳佳:"双十一呐,你买东西没?"佳佳撇撇嘴角"喊"了一声道:"我就缺个新版的 GUCCI 手拿包,有折扣伐?"丽莎的好心情瞬间被杀掉大半,熬夜的疲倦袭上眼眶,她打个大大的呵欠,对佳佳说:"走,starbucks 还是 costa? 我请。"

谁来埋单

请佳佳喝了大杯摩卡,丽莎自己要了中杯拿铁,她也说不清为什么要请佳佳喝咖啡,自己明明已经买了那么多东西,大出血,看到佳佳那副满不在乎的表情,丽莎更是觉得自己除了十三点,还很二。

无处排解的丽莎打电话给阿 ken,约他下班之后一起在公司附近的必胜客吃饭。阿 ken 嗯嗯啊啊地说要加班,丽莎忽然就起了疑心,说:"你有什么事啊,吃个饭这么不痛快。"阿 ken 沉吟了足足有一分钟,丽莎觉得相当漫长,但她还是努力忍住等待,就在她刚要爆发的时候,阿 ken 像是终于下定了决心似的说:"我查了下今天新增的信用卡账单和支付宝,你,是不是有点过分?"

丽莎被点破,顿感五味杂陈,有点羞愧自责,但更多是委屈愤懑,想想跟佳佳相比她并不差什么,嫁了不同的人,境遇竟如此不同。她买了那么多东西,加起来的价格还不及一个 GUCCI 的手包,阿 ken 还说她过分,要知道,那些东西里,也有给阿 ken 买的一件外套,虽然只有一件,可也还是想着他的吧,怎么能⋯⋯

阿 ken 见丽莎不说话,以为丽莎有悔悟之心,接着说:"今晚我不想跟你吃饭,因为我怕自己忍不住发火,对大家都不好。你调高了信用卡额度,都不告诉我。"丽莎仍是不说话。阿 ken 觉出气氛不对,竟然不哭不怒不抱怨,今天第二次反常。于是又说:"不过没关系,这次就算了,以后不要这样了⋯⋯"

丽莎啪一下挂断电话,阿 ken 像受了一记耳光,不知如何是好之下,赶紧先研究起怎么对付丽莎的那将近 3 万块账单来。

丽莎花掉阿 ken 两个月的薪水,而不许阿 ken 有意见,这令阿 ken 无比郁闷。而丽莎算账则是分摊在每个月的,这些东西她老早就想买,为了省钱才一直忍到现在,半价购入,多划算,多么勤俭持家,所以丽莎也深感委屈。

丽莎提前申请了提升自己信用卡的临时额度,但信用卡还款卡是阿 ken 的工资卡，阿 ken 不得不面对现实，吐槽无用。阿 ken 知道，持卡人获得的临时授信额度是有"有效期"的，大多为 30 天。到期后持卡人的信用卡授信额度将自动恢复到原来的额度，所以只要跟丽莎好好谈谈，下次不透支就好。但麻烦的是，一般来说，临时申请调高的额度是不能分期还的，而且期限大都在一个月内，因此临时申请的额度若在本月产生了消费，自然就属于当期需归还的账款。所以，必须按时一次还清。

除了直接用信用卡付款，丽莎还用了支付宝。阿 ken 微信上问了对银行业务清楚的朋友，被提醒要注意的是，各家银行在这些第三方支付平台上开通的跨行还款合作银行会有所不同。

其中，建设银行、中国银行等通过第三方支付平台"拉卡拉"还款，需要交纳 2 元/笔的手续费。而目前使用电脑在支付宝给自己的信用卡还款，仍免收服务费，给他人还款将收取还款金额 0.2% 的服务费，最少 2 元/笔，最多 25 元/笔。

不过持卡人在手机使用支付宝手机客户端，无论给自己还是他人的信用卡还款，都免收服务费。另外，通过第三方支付平台还款通常不能实时到账，所以得预留出足够的时间以便资金到账，需要提前还款。

这时，阿 ken 的微信"吱吱"叫了两声，拿起来看，正是丽莎。

"我已经找到人帮我付这笔钱，你不用那么生气了。"

阿 ken 一看，立即坐直了身体，脑袋冷了一下。发出"什么意思？"时，手指有点不听使唤。

丽莎却没有回复。

网购将来时

傍晚 6 点，丽莎从公司走出来时，看到阿 ken 站在大门口，有点冷，他的手插在衣袋里，目光茫然。丽莎走到阿 ken 身边时，阿 ken 甚至都没有觉察到。"咳嗯。"丽莎故意清清喉咙。阿 ken 梦醒一般左右寻找，丽莎觉得有点好笑，道："走神走成这样，想什么呢你？"阿 ken 答："想是谁帮你付那笔账。"

"重要么？"

"当然,当然很重要。我是你老公呀,什么为什么? 别人谁无缘无故帮你付账!"

"知道就好。是你自己说的,自己哭着喊着要求帮我付账的,是吧?"

阿 ken 自知中计,也无可奈何,有个网购狂的老婆,只能在漫长道路上斗智。他有些憎恨起移动平台的网购方式,这样一来,还不是全天候无时差无条件限制地便于丽莎网购了?

阿 ken 闻言不语,在初冬的冷风里紧紧衣领,一只手不自觉地摸了摸钱包,分明有些瘦弱。

第五篇　手机钱包

当手机越来越侵入到人们的生活时,下一个被智能手机改变的,又会是什么?

被干掉的,很有可能就是我们的钱包。互联网金融时代渐行渐近,纸币或许正慢慢的消失——这就是被移动支付改变的生活。一部智能手机,已经开始逐渐代替钱包,坐车、订票、购物,在我们身边,如影随形。

来自手机淘宝的最新数据显示,手机已经成为目前用户的主要购物渠道之一。今年"双 11"通过手机购买的成交额高达 53.5 亿,是去年的 5.6 倍;通过手机成交的商品笔数达到 3 590 万笔,占比整体交易额的 21%。25 岁以下的年青人,半数衷爱手机购物。

移动支付的国际市场,早就已经沸腾。在美国,新兴公司有 Square,PayPal 不甘落后,谷歌有 Google Wallet,苹果也在 iOS 里埋下 Passbook,准备做移动支付。NetBanker 统计,预计 2015 年将达到 6 700 亿美元。

明年 5 月 1 日起,移动支付国家标准正式实施。中国移动支付市场狼烟四起,进入前战国时代群雄纷争——有中国移动、联通等移动运营商,还有支付宝、钱袋宝等应用提供商,银行、银联等支付服务商,POS 机、芯片等设备提供商。

正在消失的钱包

程澄(化名)现在每次出差,几乎都忘记带信用卡,钱包貌似也成了摆设。

商务手机上的几个移动支付 APP，几乎解决了他的全部问题。

正像他太太已经习惯在淘宝购物，用支付宝付款。程澄常用的 APP 有去哪儿、携程、腾付通和高铁管家，加上一两家网银，机票、高铁和酒店，轻松搞定。

在广州白云机场和上海虹桥机场，甚至在上海的地铁沿线，微信支付和支付宝钱包的广告牌铺天盖地，争夺已经趋近白热化。近日，支付宝公告称，从 2013 年 12 月 3 日起，支付宝个人用户在 PC 端使用支付宝账户间转账将不再享有免费转账额度。

程澄太太的消费习惯怕要改变了——平时在上班闲暇时间用电脑购物的好日子要大打折扣。支付宝带来一个坏消息，将对 PC 端账户间转账费率进行调整，原先每月的免费额度取消，费率由 0.5％调整为 0.1％，0.5 元起收，10 元封顶，按每笔交易收取。原有的费率及免费转账额度从 2013 年 12 月 3 日起停用。

与此同时，手机支付宝钱包转账继续免费。支付宝的企图昭然若揭，其在 PC 端的收费策略，最主要的原因，就在于腾讯微信支付对其生态圈的威胁；支付宝希望借此把 PC 端用户迁移到“支付宝钱包”。

尽管在今年的“双 11”，阿里巴巴集团旗下的淘宝和天猫在一天内做到 350 亿元的平台成交额，但一贯自信满满的掌门人马云，心中仍是隐隐不安。在他看来，电商在 PC 端的战役已经基本结束，而在移动互联网领域的争夺才刚刚开始。

阿里小微金融服务集团 CEO 彭蕾对媒体的解读颇有意味，“阿里巴巴对移动战略非常重视，也是一篇腾讯高管对移动战略的解读刺激了阿里方面，让阿里感受到了来自腾讯移动领域的威胁。”

腾讯电商的一组数据让马云压力颇大：从 8 月中旬易迅网全面接入微信支付后至 8 月 31 日，易迅网微信支付订单量已累计 3 万单，日均订单在 1 600 单以上。“财付通及微信支付将维持现在的收费率不变。”财付通相关负责人的表态意味深长。

中国移动支付市场的战火已经点燃。为此业内人士戏谑，背靠的电商或用户平台实力越强，支付平台的市场影响力越大；身后没有电商资源平台，则必须在特定垂直行业进行深耕、在某环节进行单点击破。

在移动互联网和移动金融时代,支付宝为自己设立了一个比 PC 时代宏大得多的目标:取代钱包,战胜现金,成为个人金融的入口。

比马云和阿里走得更早的是,还有真正的行业大佬。早在今年 6 月份,中国移动与中国银联共同推出移动支付联合产品——手机钱包。对客户而言,手机钱包将客户的各种实体卡电子化,客户通过手机钱包客户端下载电子卡应用到 NFC-SIM 卡后,拿着 NFC 手机便可实现商户消费、刷公交、刷门禁等。

移动支付争夺战

在移动支付的前战国时代,并未有真正的战国七雄出现——现在在标准性、安全性等基础问题上,都存许多争议与模糊,移动支付市场还是混战一片。

国外的先烈们也是在摸着石头过河。谷歌、Square 和 Isis 等科技公司投入的大量精力财力都是收效甚微,而做咖啡的星巴克,却出人意料地开发出了美国市场最成功的手机支付方式。

《华尔街日报》此前的报道称,在过去的季度里,美国消费者每周通过手机钱包的方式向星巴克支付 400 万美元,相当于总交易量的 1/10。与其他的电子钱包软件不同,星巴克的移动客户端相当于是一张电子版的会员卡,其设计和使用都相当简单方便。

星巴克不过尝了第一口鲜。随着电子商务的蓬勃发展及 3G 技术在全球的全面普及,移动支付手段迅猛发展,吸引了包括银行、电信运营商、智能手机制造商和零售商在内的众多行业参与角逐。

尽管愈发受到各界关注,当前全球移动支付行业在资金转移市场所占的份额仍非常小,不过增长速度确实凶猛。据市场调研公司 Juniper Research 的数据,到 2017 年移动支付规模有望达 1.7 万亿美元,仅占全球零售交易额的 4%。

而在中国,这一数据更没任何说服力。分析机构认为,当前移动支付行业存在巨大机遇,同时面临来自技术、商业和监管模式等多方面的挑战,预计未来将经历大幅度的行业洗牌。

中国同样面临类似的困境。与此同时,近年来,更多的与移动支付相关的新产品、新技术如雨后春笋般出现,而致力于这一领域的技术公司的投资价值逐渐为市场所认可。总部位于旧金山、由 Twitter 联合创始人杰克·多尔西创办并执掌的 Square 公司于 2010 年推出面向 iPhone 和安卓系统手机的信用卡读卡器。

而在中国,快钱正推进移动支付布局,寻求做中国"square"。有消息称快钱正在开发一款类似于手机钱包的产品。该款产品除了具备优惠券管理等时下热门的功能外,还可以进行订单推送、订单合并支付等功能,并有望形成整体移动支付行业解决方案。

EnfoDesk 易观智库研究发现,近两年随着以手机刷卡器为典型产品的美国"square"刷卡器产品在本土取得快速发展以后,中国的支付企业也开始在移动支付领域进行相应的产品布局。从 2011 年下半年开始,中国市场上越来越多的厂商如快钱、拉卡拉、乐刷、盒子支付等相继推出了手机音频刷卡器支付产品。

FT 的报道预计,Square 公司有望在未来五年内创造逾 10 亿美元的收入。假设该公司利润率达 75%,税率为 35%,则能收获 2.82 亿美元的净利润。

此前,拉卡拉公布 2013 年第三季度业务数据,其移动支付交易规模达 981.1 亿,环比增长超 200%,移动支付的注册用户突破 400 万,其中信用卡还款和转账汇款占据最大交易份额,平均单笔金额均超过 6 000 元。

这一数字,无疑更是吸引着前仆后继的追随者,谁是探路者,谁又成了先烈?

千亿蛋糕的诱惑

在移动支付市场,同样需要"拼爹"。中国移动支付领域流传的一句戏语称,虽说江湖混战,只要银行关系硬,一切都能搞定。

但是如果银行加入战局了呢,谁能成为最后的赢家?移动支付的主流还是银行,第三方支付公司的规模和影响力无法与之匹敌。但第三方支付在创新和顺应客户需求上反应速度会更快。

11 月 14 日,招商银行发布,携手手机品牌 OPPO 就 NFC 支付达成战略合作伙伴关系。而 OPPON1 正是国内品牌智能手机厂商首款支持 NFC 支付功能的手机产品。

这一合作相当具有标本意义——被认为是招商银行面对第三方支付的直接挑战。本就硝烟四起的移动支付战场,加入了真正的江湖大佬。除了招商银行,包括平安银行、光大银行在内的大型股份制银行纷纷发力,抢食移动支付市场。

相关数据并不乐观,2012 年我国移动支付市场交易规模达 1 511.4 亿元,其中近场支付占比仅为 2.6%。而在央行下发磁条银行卡在 2015 年前全部更换为芯片银行卡的指令,并最终明确我国移动支付系列技术标准为 13.56MHz 的 NFC 技术标准后,以 NFC 支付为代表的移动支付业务,将要迎来真正的春天。

越来越多的业内人士,把 2013 当做移动支付的元年,并信誓旦旦地确信,未来移动支付产业一定会出现一个爆炸式的增长。美国市场研究公司 Gartner 于今年 6 月初发布的一份研究报告称,今年全球移动支付交易额将达到 2 354 亿美元,较 2012 年的 1 631 亿美元增长 44%,曾被寄予厚望的 NFC(近场通讯)支付技术仅占 2%。

日前,微信支付全面接入中信银行信用卡支付,用户将信用卡信息与微信进行绑定后,即可通过微信进行手机支付。中信银行近期上线的“微信银行”,不仅是与客户点对点即时沟通的工具,更是服务大众的互联网金融平台,是继网上银行、电话银行、手机银行之后推出的又一便捷金融服务渠道。

德勤调查显示,有 21.37% 受访者认为,到 2015 年银行将会主导移动支付产业,而认为电信运营商、银联和第三方支付机构主导产业发展的分别为 20.48%、16.96% 和 15.86%。

而在移动支付的标准之争方面,更是白热化。就在去年 8 月,中国银联和中国移动之间长达 3 年之久的标准之争告一段落。银联总裁许罗德表示,目前移动支付标准已经基本确定为银联标准——这是银联标准首次得到官方证实。

银联最近在 2013 年的中国金融展上表示,明年基于 NFC 的 SWP-SIM 出货将超过 1 亿张。而在消费端,NFC 在中国的支付环境也逐步趋于成熟,目前国内不少大型商场、超市、影院等都逐渐增加对 NFC 支付功能的支持。

"刷手机"并没有得到普及,一直停留在"叫好不叫座"的状态。业内人士把其原因归结为缺乏统一的国家标准。近日,国家标准化管理委员会公布了将于明年 5 月 1 日实施的移动支付国家标准。

至此,有关这项标准的所有传闻终于画上了句号。国家标准委副主任方向表示,这项标准涵盖了移动支付射频接口、卡片、设备、多应用管理和安全、测试方法等基础技术内容,"确保了产品的互操作性和互通性"。

谁能真正赢得明天

尽管移动支付的前景,大家似乎一片叫好声,但是谁又能真正赢得明天?

注定还要经过一番大浪淘沙。阿里和腾讯为了各自的生态圈切断淘宝与微信,微信移动支付功能剑指支付宝;京东与银联推出了"乐付卡",百度推出了百付宝,新浪推出了微博钱包。战国时代前夜,谁又能脱颖而出?

"行业领先"的微信支付都只是看上去很美,移动支付想要真正热起来,并成为消费主流,面临的现实问题也很迫切:移动支付运营商们需要切实解决商户与用户的使用成本问题。金融企业、手机生产商及电信运营商须多方协同运作,努力营造线下需求。

手机支付真的比掏钱更方便吗? 有人称微信推出移动支付说明其已经实现 O2O 闭环,不少专家认为做出这样的结论还为时尚早。移动支付要在一定的支付场景下(比如团购等)才能发挥它支付的优势。

与此同时,移动支付的安全问题一直让人担心。据网秦不久前发布的《2013年上半年网秦全球手机安全报告》显示,网秦"云安全"监测平台 2013 年上半年查杀到手机恶意软件就达到了 51 084 款,同比 2012 年上半年增长 189%。

移动支付正逐渐成为病毒重灾区。数据或许说明一切。2013 年上半年感染手机 2102 万部,同比 2012 年上半年增长 63.8%。全球范围内,中国大陆地区以 31.71% 的感染比例位居首位。

最近,支付宝发生的盗刷事件,更是拷问互联网金融的安全。移动支付越发火爆,支付宝面临的"快捷隐忧"也是整个第三方移动支付行业面临的安全课题——用户在享受支付便捷的同时,同时要直面追求用户体验而埋下的风控隐患。

"目前第三方支付行业,不能光发了牌照就好了,行业准入门槛要提高,例如支付宝平台运行时,有快捷支付这样的创新之举,但更加要做好创新过程中的监管问题,树立行业的安全标准。"中国电子商务研究中心主任曹磊说。

随着移动支付方式的增多,消费者支付场景的切换和银行卡信息的使用频率同样增加,这也导致支付安全问题出现的概率增大。不过,无论使用何种移动支付方式,保护个人信息和上网环境安全是关键。

而在电子商务观察者、万擎咨询 CEO 鲁振旺看来:"支付平台的风险关键存在于快捷'支付密码'的设置上;当手机和银行卡绑定后,捡到手机的人不需要输入卡号,就可以获取密码。这是支付平台存在的巨大隐患,而且这个隐患越来越严重。"

据 iResearch 艾瑞咨询统计数据显示,2013 年第三季度中国第三方互联网支付市场交易规模达 14 205.8 亿,环比增速 26.7%。随着越来越多的个人信息被转移到网上,信息泄露的风险还在不断扩大。

"目前我国对整个支付体系的监管制度建设相对滞后,今后应逐步向完善支付法规制度、提高支付监管效率方面倾斜。"国务院发展研究中心金融研究所副所长巴曙松一针见血地说。

移动支付时代的博弈

在移动互联网时代,移动支付这一大蛋糕是每一家电商都在使尽浑身解数想要分得一块的领域,而且移动支付也在改变着金融业。这个专题的五篇文章是 2013 年 11 月出的,而 2014 年 3 月因为余额宝,阿里和传统银行之间的博弈在社会上引起了轩然大波。虽然没有明确提出移动支付除了自己的互联网公司的竞争外的与传统银行的利益冲突，但还是有一定的前瞻性。

关于《南都周刊》，这份杂志的定位是新闻性城市杂志。一般意义上的"城市杂志"，是指以反映、传播并塑造地域性城市社会文化与物质消费为主题的刊物，强调消费文化，体现出比较强烈的区域色彩。南都的优势，是内容以当地物质、文化生活为主，话题与资讯比较有贴近性，为当地人所熟知，是当地市民生活一个比较高端的公共平台。而且把新闻周刊的深度调查报道、名家评论与城市杂志"潮流发现者与定义者"的生活细节及社会趋势报道相结合，把整个当代中国城市化过程中产生的中间阶层作为核心目标读者，报道他们关注的对社会进步有推动效应的社会热点，关心他们的利益诉求与身心健康、生活品位，突出现代城市生活的共性和精神内核。

专题多角度的阐释

这个专题的五篇文章都是围绕移动支付这一主题，但是每篇文章都是从不同的支付领域入手，而且写作方式也不尽相同。尤其是《网购狂人的"双十一"》这篇文章用一种小说的写法，写出网购时代人们的疯狂和生活的改变。

第一篇《移动支付三国杀》，从整体上分析了移动支付领域两大巨头阿里和腾讯，以及后来加入这场混战的百度，他们之间的利益博弈以及各自的优缺点，还插入了移动支付为什么前景如此光明的分析。最后一部分写出现在消费者对移动支付的最大的顾虑——支付安全问题。

第二篇《小额支付的城市文艺范》，不仅身价过亿的大公司大巨头可以做移动支付，平常人也可以尝试这一领域。这一篇文章是关于致力于小额支付的网站和 APP 的，比如：演唱会、音乐、生活聚会、文化讲座、电影首映、美食、摄影等，基本都是小于 500 元。自己提出想法，自己做技术。

第四篇《支付也可以走着玩》，写出民间其他的资本也渐渐加入移动支付领域。

第五篇《手机钱包》还是围绕着移动支付，不过他提出的更加直接，提出智能手机下一个干掉的就是我们的钱包和我们的消费习惯，通过对比国外移动支付行业的发展情况，来分析国内移动支付领域的发展前景和困境。

精确数据的运用

这一点在最后一篇文章《手机钱包》中表现得最为突出,在分析国内手机淘宝的销量和国外移动支付占据市场份额时特别明显。

如:来自手机淘宝的最新数据显示,手机已经成为目前用户的主要购物渠道之一。今年"双 11"通过手机购买的成交额高达 53.5 亿,是去年的 5.6 倍;通过手机成交的商品笔数达到 3 590 万笔,占比整体交易额的 21%。25 岁以下的年青人,半数衷爱手机购物。

《华尔街日报》此前的报道称,在过去的季度里,美国消费者每周通过手机钱包的方式向星巴克支付 400 万美元,相当于总交易量的 1/10。

据市场调研公司 Juniper Research 的数据,到 2017 年移动支付规模有望达 1.7 万亿美元,仅占全球零售交易额的 4%。

此前,拉卡拉公布 2013 年第三季度业务数据,其移动支付交易规模达981.1 亿,环比增长超 200%,移动支付的注册用户突破 400 万,其中信用卡还款和转账汇款占据最大交易份额,平均单笔金额均超过 6 000 元。

德勤调查显示,有 21.37%受访者认为,到 2015 年银行将会主导移动支付产业,而认为电信运营商、银联和第三方支付机构主导产业发展的分别为20.48%、16.96%和 15.86%。

越来越多的业内人士,把 2013 当做移动支付的元年,并信誓旦旦地确信,未来移动支付产业一定会出现一个爆炸式的增长。美国市场研究公司 Gartner于今年 6 月初发布的一份研究报告称,今年全球移动支付交易额将达到 2 354亿美元,较 2012 年的 1 631 亿美元增长 44%,曾被寄予厚望的 NFC(近场通讯)支付技术仅占 2%。

移动支付正逐渐成为病毒重灾区。数据或许说明一切。2013 年上半年感染手机 2 102 万部,同比 2012 年上半年增长 63.8%。全球范围内,中国大陆地区以 31.71%的感染比例位居首位。

据 iResearch 艾瑞咨询统计数据显示,2013 年第三季度中国第三方互联网支付市场交易规模达 14 205.8 亿,环比增速 26.7%。随着越来越多的个人信息被转移到网上,信息泄露的风险还在不断扩大。

每一个涉及的点都有大量的数据支持,虽然看起来比较枯燥,但是数据通常是不会骗人的,是最好的说服工具。

尤其是大家都习惯读一种用故事去讲述深度叙事模式,大家都在追求有趣、可读性的时候。这篇文章有种财经深度报道的感觉,即大量的引用数据事实,利用数据简扼有力,具有说服力。不过这种报道的读者大多都是受教育程度和职业背景相对较高、较深的人群,他们大多是某一专业领域的研究者、社会管理者,或者是能从更深层次理解社会问题的人,适合数据阅读的人。

但是《南都周刊》是城市杂志,比较生活化并要求有贴近性,这样的处理在我个人看来并不是很适合出现在这本杂志,这篇文章更适合出现在《新财经》等财经类的杂志,而作为《南都周刊》的文章,个人觉得应该相对减少不必要的数据资料,用一种大众喜闻乐见的方式比较通俗地向大众传递信息。

后 记

    本书的缘起是因为我二十余年的新闻传播教学、研究及实践过程中的接触、思考和探索。

    新闻传播是一门实践性极强的学科,各种新闻文本正是实践的最直接的结果。而所有的新闻文本都要以不同的新闻文体来呈现,因此,对新闻文本的研究和探讨是新闻传播领域永不落伍的话题。特别是在新闻传播环境发生重大变革的当下,这一课题的探究更具理论及实践意义。

    本书由于采用了对新闻范本解析的研究方式,因此在书中必然引用了所解析范本的原文,以增加读者对解析范本的感性认识。在此向授予我们无偿引用原文的作者表示由衷的感谢!

    本书在写作过程中得到江丹、王军、郭吉刚、郗斌等人的大力支持,在此表示感谢!山东师范大学文学院的王万森教授和本书的责任编辑李红女士对本书的支持,让我感动,谢谢你们!

常庆

2014 年 5 月于泉城